나쁜 관계

1

나쁜 관계 1

The Bad Relationship

안데 장편소설

Prologue · 7

1.피식자와 포식자 · 91

2.미친 생각 · 235

3.꿈과 현실 · 319

4.발버둥 칠수록 · 383

5.나비효과 · 473

6.너를 쫓다 보니 · 525

The Bad Relationship

Prologue

|거미줄을 피하는 건 나비의 본능이다

초조함에 눈을 꼭 감았다. 맞잡은 손은 병원 입구로 들어섰을 때부터 줄곧 긴장 상태였다. 한시도 가만있지 못하고 물어뜯은 입술에선 진한 피 맛이 감돌았다. 스물다섯 살 나이에 난치병은 이르지만 담담하게 받아들이자 생각했다. 나를 뚫어지게 보던 의사가 심드렁하게 말했다.

"오지혜 씨 본인 맞으시고요."

"네……."

"별다른 이상 없는데요?"

"네?"

그럴 리가. 입술이 작게 벌어졌다.

"수면 시간이 길다고 하셨는데 모든 기능, 수치 다 정상이시고 심지어 건강한 편이신데요. 평소 햇빛은 자주 보세요?"

"……."

정신이 멍했다. 의사는 제가 입고 있는 새하얀 가운처럼 검사 결과가 깨끗하다며 날 한순간에 예민한 여자로 만들었다.

"비타민 D라도 처방해 드려요?"

선심 쓰듯 말하는 목소리를 들으니 더는 앉아 있을 수가 없었다. 바깥으로 나서는 내내 속 안에서 억울함이 피어올랐다. 문을 쾅 닫으니 맞은편 벽에 걸린 디지털시계가 번득였다.

오늘은 23일이었고, 내가 잠든 건 21일 아침이었다. 처음에는 8시간, 그다음은 12시간. 점차 수면 시간이 늘어나더니 이젠 이틀. 깨어나면 훌쩍 지나가 버린 시간과 무수히 쌓인 부재중 전화는 내가 정상적인 삶과 멀어진 걸 증명했다. 나중엔 어떻게 될까, 예견할 수 없어 두려운 내 미래를 다른 누군가는 이미 알고 있었다.

—곧 잠이 많아지겠어.

—네?

한 달 전 친구와 재미 삼아 들렸던 점집이었다. 올해 결혼이 목표였던 선미는 점을 꽤 맹신하는 성격이었지만 혼자 가기 무료했는지 그날은 나도 함께 가길 원했다. 그런다고 무교인 내가 점을 믿을 리 없었다.

—제가요?

—그래. 너.

설핏 웃음이 터졌다. 복채는 선미가 낼 텐데, 지갑을 열 사람도 구분하지 못하고 가방도 없는 내게 왜 이러나 싶었다.

—잠이라니요, 얘가 얼마나 바른 생활 고수하는 인간인데요. 잠은 6시간 이상 안 자고 매일 아침 일어나서 1시간 스

트레칭하고 아침밥 먹고 정석대로 움직이는 애예요, 얘가.

문지방이 닳도록 드나든 선미도 이번만큼은 말이 안 된다고 생각했나 보다. 내가 게으른 곰처럼 잠이 많아진다니, 코웃음을 쳤다. 그러자 도끼 같은 눈이 날 꿰뚫어 보았다.

—생년월일 말해 봐.

—전 됐으니까 제 친구 점이나 봐 주세요.

—태어난 시간도.

평소 선미가 용하다고 입에 침이 마르도록 칭찬하더니, 그래서인가. 확실히 사람을 압도하는 기운이 그녀의 주변으로 넘실거렸다. 빨간 섀도를 짙게 바른 눈두덩이도 크게 한몫했다. 나도 모르게 그녀가 질문한 걸 말해 주었다. 거침없이 방울을 짤랑거리던 무당이 손을 뚝 멈추더니 혀를 쯧쯧 찼다. 전생에 나비였구만. 내 미간이 슬쩍 구겨졌다.

—나비요?

—그래.

—그…… 날개 날린 곤충이요?

—그래, 이것아. 너 지금 하는 일이 뭐야? 뭐, 물어볼 것도 없이 사람들 앞에서 춤추거나 재롱떠는 일 하겠네.

몹시 불쾌한 말이었지만 틀린 말은 아니었다. 선미가 '어머!' 하며 내 팔을 꼭 붙잡았다.

—맞아요, 맞아! 얘 발레해요!

—꽤 하겠어? 몸이 워낙 가벼우니 남들보다 월등히 잘할

테지.

—제대로 보셨어요. 얘 어릴 때부터 콩쿠르만 나갔다 하면 맨날 수상했거든요. 지금은 국립 발레단 수석이고요.

선미는 자신이 올해 결혼할 수 있나 궁금해하던 것도 까마득하게 잊었는지 나보다 더 흥미로운 눈빛이었다. 순간 체중 조절을 하느라 마른 팔이 나비 다리처럼 보여 섬뜩했다.

—잘 들어. 전생을 못 버리고 그대로 안고서 태어나는 것들이 있어. 네가 그래. 인간으로 환생했지만 나비일 적 훨훨 날던 기질은 못 버린 셈이지. 그러니 현생에서도 제 버릇 못 버리고 춤이나 추고.

손목을 들어 시계를 내려다보았다. 내 얘기로 선미의 시간을 빼앗는 게 미안했다. 적당히 일어서야 할 것 같은데…….

—호접몽이라고 들어 봤나?

—……뭐라고요?

—호접몽胡蝶夢.

장자가 꿈에서 나비가 되어 훨훨 날아다닌 후 잠에서 깨 떠올린 걸 말하는 것일까. 내가 나비인지, 나비가 나인지 하는…….

—머지않아 넌 호접몽을 꾸게 될 거야.

그 뒤로 말도 안 되는 얘기가 수두룩하게 쏟아졌다. 내가 전생에 나비였고, 곧 꿈에 갇혀 현실로 돌아오지 못한단 얘기와 어떻게 하면 호접몽에서 깨어날 수 있는지. 나는 무표정하게 열과 성을 다해 떠드는 그녀를 보았다. 뭐라고 할까, 부적이라도 써 달라고 해야 하나? 근데 언제까지 듣고 있어야 해?

—선미야, 나 먼저 가 볼게. 시간이 없네.

—어? 어, 응.

—내 말 정 못 믿겠으면 병원에 가 봐, 뭐라고 하나.

그때 뭐라고 했더라, 연습하다 쓰러질 때 아니면 안 간다고 했었나. 잘근 입술을 깨물며 병원 문을 박차고 나오자 뜨거운 햇살이 쏟아졌다. 손으로 내리쬐는 열기를 가리자 손틈 사이로 빛이 파고든다. 마치 꿈에 갇힌 듯 몽롱한 게……

—아무 이상 없다고 하지.

내 일상은 조금씩 어긋나고 있었다.

"국립 발레단 출신?"

"네."

"그러고 보니 본 적 있는 얼굴이네요."

지배인은 나를 빤히 쳐다보더니 기사에서 보았단 말로 알은체했다. 앉아 있는 소파의 가죽은 고급스러웠으나 내

가 가만히 엉덩이를 붙이고 있기엔 낯설었다. 원래의 난
조명이 내리쬐는 무대를 너른 벌판처럼 뛰어다니는 데에
익숙했으니까. 하지만 그것도 1년 전 얘기다.

"옅게 화장하고 머리 푸니까 못 알아봤어요. 예쁘네요,
인상도 깔끔하고."

"감사합니다."

"영어는 얼마나 하시죠?"

"회화 정도는 가능합니다."

"다 괜찮은데…… 여기 원래 경력자만 받아요. 뒤에서
말 나오지 않게 남들 하는 것보다 두 배, 세 배는 열심히
해야 하는데 할 수 있어요?"

"네. 열심히 하겠습니다."

"좋습니다. 출근은 저녁 7시까지고 마감은 새벽 3시. 일
을…… 이틀씩 한다고 했나?"

"네."

"이틀 쉬고 이틀 일하고."

"네. 맞습니다."

말도 안 될 스케줄임을 알기에 대답하고 나서도 민망했
지만 내겐 인맥이란 동아줄이 있었다.

"선미 부탁이니까 따로 더 볼 건 없고……."

이미 마음속으로 내게 직원 배지를 달아 주었는지 남자
가 자세를 편하게 바꾸었다.

"근데 이틀씩이라, 무슨 다른 일도 하나 봐요?"

사적인 질문이었다. 대답을 하지 않으니 오히려 남자의 눈이 만족스럽게 휘었다.

"입 무거운 여자 좋지. 오늘부터 일해요."

비밀을 숨기기 위해 나 역시 눈웃음 지었다.

알고 보니 입 무거운 여자가 환영받을 수밖에 없는 곳이었다. 지배인이 소개한 홀 매니저와 함께 내부를 둘러보며 감탄을 금치 못했다. 앤티크한 인테리어와 소품 하나하나가 모여 잘 가꿔진 화원처럼 기량을 발휘했고 메뉴판에 적힌 가격이 이곳을 이용하는 고객들의 수준을 대변했다.

"원래는 Y 호텔에 있던 바인데, 가게 확장 문제로 이전해 나오면서 그때의 고객이 그대로 유지되고 있습니다."

가게 시스템과 관련된 얘기를 이어 나가던 매니저가 계속해서 반복해 강조하는 건 '예의'였다.

"고객에게 실수하지 마세요."

무게감에 짓눌린 고개가 위아래로 움직였다. 머리로는 납득했으나 몸이 따라 줄지는 미지수였다.

"선미야, 나 오늘부터 일하기로 했어."

「그래? 오빠가 뭐라고 안 해?」

"응, 네가 잘 얘기해 준 덕분에."

출근한 직원들과 인사를 마치고 탈의실에 들어와 선미에게 전화를 걸었다. 고마움을 전하려 한 통화인데, 선미는 한숨만 푹푹 내쉬었다.

「얘는, 내가 한 게 뭐 있다고. 그래도 사촌 오빠라고 있는 게 이럴 때 도움되긴 하다만.」

"소개시켜 줘서 고마워."

「됐어. 안 그래도 잠 못 자서 피곤한 앤데, 더 편한 곳으로 소개 못해 준 게 한이다.」

쓸쓸하게 웃으며 유니폼 단추를 마저 채웠다.

"너도 알잖아. 이틀씩 일한다는 사람 받아 주는 곳이 어디 있어."

점차 늘어나던 수면에도 경계는 있었다. 48시간. 횟수와 상관없이 한번 잠들면 이틀이었고, 수면에 빠지면 오감과 생리적인 욕구도 전부 멈췄다. 오직 살아 움직이는 건 꿈속에서 허공을 날아다니는 나뿐이었다. 색이 연한 곳에 발을 대거나 건물 아래를 내려다보는 따분한 풍경은 내 의지와 상관없이 늘 48시간을 채우고서야 끝났다.

「그게 네 탓이야? 잠 때문에 평생 해 오던 발레도 그만두고, 너 한동안 집 밖으로 안 나왔을 때 내가 얼마나 걱정했는데…….」

수면으로 규칙적인 삶이 깨지니 모든 게 엉망이었다. 늘 칭찬 일색이었던 단장에게 기본적인 자세를 지적당했을 땐 머리에 돌덩이가 떨어지는 듯했다. 집요하게 연습하던 도중 염증을 앓던 발목까지 엇나갔으니 더는 그곳에 발을 붙일 수가 없었다. 슬프게도 나를 대신해 줄 발레리나는 많았다.

"언제 적 얘길 하는 거야, 나 이제 괜찮아."

우울해할수록 파묻히는 건 내 삶이었다. 벗어나기 위해서라도 이상하게 변한 몸에 맞춰 규칙을 만들어야 했다. 밤낮으로 커피와 에너지 드링크를 마시며 이틀을 견디고, 나머지 이틀은 꿈에 갇힌다.

「근데 안 자고 버틸 수 있겠어? 바에서 일하는 거 보기보다 힘든데.」

"내가 찬밥 더운밥 가릴 때야? 해야지."

「자주 놀러 갈 테니까 적응 잘하고, 응?」

"응. 알았어."

잘해야지. 이 공간은 변태變態한 날 받아 주는 기특한 곳이었다.

"지혜 씨, 창원 씨가 안 보여서 그런데 이거 3번 룸으로 서빙 부탁해요."

"아, 네."

벌써 일주일이 지났지만 신입이라 눈치 봐야 할 일이 많았다. 재빨리 아이스 버킷을 쟁반에 옮겨 복도로 향했다.

모든 손님들에게 조심해야 하지만 유독 룸에 들어간 손님은 신경 쓸 것이 많았다. 방음벽이 두꺼운 만큼 중요한 얘기가 오고 갔고 하루 자릿값만 해도 천만 원대였다. 문 앞에서 옷매무새를 가다듬고 고개를 세차게 털었다. 혹시라도 실수를 저지를까 봐, 이틀째 잠들지 못해 졸음이 쏟아지는 날은 더욱 긴장해야만 했다.

"실례하겠습니다."

각각 개별 의자에 둘러앉은 네 명의 남자들에게로 시선을 고정했다. 안은 공기청정기가 설치되어 있음에도 담배 연기로 자욱했다. 몽롱하던 시야가 더 흐려져 눈가에 힘을 주었다.

"얼음 채워 드리겠습니다."

테이블 위에 놓인 잔에 얼음을 하나씩 넣는 건 안에 있는 고객을 배려한 서비스였다. 그들은 내 존재도 잊은 채 열띤 대화를 하고 있었다. 그중에서 유독 심드렁하게 의자에 파묻히듯 기댄 남자가 있었다. 무슨 얘기를 하는지 흥미도 없어 보였다. 유독 그의 곁에 갔을 때 퀴퀴한 향이 아닌 고급스러운 향이 느껴졌다. 그의 잔에는 얼음이 하나도 없었다. 집게로 하나를 넣고 색이 너무 짙어 보여 또 하나를 넣으려고 할 찰나에 남자가 뒤를 돌아보았다.

"전 됐습니다."

가슴이 철렁했다. 지그시 구겨진 미간이 정적임에도 내 심장은 혼자 날뛰고 있었다. 마치 안개를 헤치며 날아가던 나비가 거미줄을 보고 기겁한 모양새였다. 그는 조각 같은 얼굴과는 어울리지 않는 주름을 거두며 웃었다.

"눈이 잘 안 보이는 편?"

뒤늦게 그가 손을 내렸다. 되었다고 허공에다 손을 까딱인 모양인데 내가 보지 못한 듯싶었다.

"……죄송합니다. 잔을 새로 드리겠습니다."

"아니. 됐습니다."

괜찮다면서 입을 대고 맛보더니 금세 뗀다. 희석된 술을 좋아하지 않나 보다.

어둑한 풍경 안에 있는데도 그는 다른 의미로 올곧았다. 입고 있는 정장의 값어치를 매길 순 없으나 흐트러진 자세로 있는데도 구겨진 곳 하나 없었다. 마치 제 옷에 흠집이 나지 않는 적정선을 아는 듯 보였다. 술잔을 들고 흔드는데도 손목시계가 정중앙을 유지하는 건 그의 움직임에 군더더기가 없다는 걸 의미했다.

"또 못 보네……."

정신을 차리니 그가 매끄럽게 웃었다. 이번에도 그가 한 손짓을 보지 못했다.

"수고했으니 나가 보세요."

말은 그렇게 하면서도 내가 나가는 모습을 그가 뚫어지게 응시했다. 마치 먹잇감을 노려보듯이.

"하아……."

문을 닫고 나오자 숨이 터졌다. 그의 시선이 닿는 순간 몸이 꽁꽁 묶이는 기분이었다. 날 조이기 위해 치밀하게 짜인 공간을 힘겹게 뚫고 나온 것처럼 다리가 후들거렸다. 왜 이러지, 내가 마주친 건 그의 새까만 눈이 전부였는데. 복도를 거닐면서도 좀처럼 그의 모습이 잊히질 않았다.

─몸이 나풀거려서 바람 따라 날아가고, 향기 쫓아 날아가고 그런 것에 정신이 팔리니 꿈에서 깨질 못하지.

바 테이블로 들어왔을 때 불현듯 무당이 했던 말이 떠올랐다.

─넌 네 날개를 결박해 줄 거미를 만나야 돼.

잔을 감싸던 그의 손가락이 유독 길었다.

"무슨 일 있어요?"

화들짝 어깨를 떨자 다가온 직원이 도리어 놀란 듯 눈을 한번 깜빡였다.

"아니요, 아무것도."

"근데 왜 이렇게 얼굴이 새파래. 귀신이라도 본 것처럼……."

그녀가 가만히 보더니 이윽고 이해심이 가득한 목소리로 날 달랬다.

"안에 무게감이 장난 아니죠?"

식은땀이 날 정도로 숨 막히는 상황이긴 했다.

"우진원 씨 봤어요?"

반짝이는 눈동자를 보니 네 명 중에서 가장 어리면서도 누구보다 편해 보였던 모습이 머릿속에 그려졌다.

"지오 그룹 상무님이잖아요. 우리 가게 단골인데 매번 룸에만 들어가셔서 지혜 씨는 가까이에서 보는 건 처음이 겠다."

아…… 지오 그룹. 눈치 없는 사람처럼 두근거려 하는 직원이 그제야 이해 갔다. 원래 대한민국은 수려한 외모와 재력을 겸비하면 유명해질 수밖에 없는 나라이다. 나 역시 자세한 건 모르지만 지오 그룹의 최연소 상무는 알았다. 인터넷에서 사람들이 떠들어 대고 기자들이 물고 늘어지니 쏟아지는 기사도 하루에만 수십 개였다. 아예 전담 파파라 치마저 따라붙을 정도니, 그의 인기는 연예인 못지않았다.

"아, 12번 바 손님이 지혜 씨 찾던데."

"네. 가 볼게요."

오싹한 기운이 채 가시지도 않았는데 곧바로 테이블 바를 가로질러 갔다. 아무나 출입할 수 없는 공간이라서 그런지 이곳 손님들은 모두 예의가 있었다. 목소리도 점잖고 나긋해 졸음이 쏟아지는 게 흠이라면 흠이었지만 그런 잔 잔함을 유지하기에 눈에 띄는 장면이 연출되면 시선이 쏠리기 마련이다.

"……."

룸 복도에서 이제 막 나온 네 명의 남자들이 보였다. 저들보다 한참이나 어린 그에게 깍듯이 인사한다. 룸을 치우기 위해 직원들이 바삐 움직이는 걸 보니 이제 가려는 모양이다. 같이 나설 줄 알았는데, 그가 몸을 돌려 바^{bar}로 다가왔다. 그녀의 말에 따르면 안에서만 술을 마시는 그인데, 바에 와서 앉는 모습은 내가 봐도 낯설었다.

"주문."

그것도 나를 보면서.

"안 받습니까?"

낮지만 무시할 수 없는 목소리가 고막을 뚫었다. 내 앞에는 대화를 이어 나가던 손님이 있었다. 내가 빤히 보자 손님이 따라 시선을 돌렸고 이내 '흠흠' 헛기침하며 화장실을 찾았다. 내가 기억하기로는 이 남자도 압구정에 빌딩을 여러 개 소유한 남자인데 그에게 비하면 턱없는 위치인 듯했다. 뒤꽁무니를 빼며 먼저 자리를 피한 덕분에 내 앞은 텅 비었다. 하는 수 없이 그의 앞으로 가 섰다.

"죄송합니다. 메뉴판 드릴까요?"

"몇 개?"

그가 뜬금없이 내 앞으로 손가락을 세 개 펼쳤다. 긴 손가락을 보니 또다시 오싹 소름이 돌았다.

"……세 개요."

"눈이 나쁜 건 아니었네."

근데 왜 못 본 거지. 그가 얼음장처럼 차가운 얼굴로 혼잣말하며 손을 내렸다. 뒤로 등을 기대자 높은 의자를 비웃기라도 하듯 긴 다리가 바닥을 지지했다.

"실례했습니다. 관심 못 받은 적이 없어서 어색했나 봐요."

미소 짓자 냉기가 온화해진다. 그는 자신의 존재감을 너무나도 잘 알고 있었다. 우직하게 벌어진 넓은 어깨와 큰 키는 함부로 범접할 수 없는 위화감을 조성했다.

"확인해 본거지, 놀린 거 아니니까 오해하지 말았으면 합니다."

말할 때마다 이마를 덮은 검은 머리카락이 잘게 흔들렸다. 검은자위보다 흰 부위가 더 많이 보이는 눈이었다. 겁에 질려 길고 예리하게 뻗은 눈매를 간신히 벗어나면 드높은 콧대가 시선을 또 붙잡았다. 입술은 귀한 열매만 따 먹었을 것처럼 먹음직스럽게 도톰했다. 아래로 시선을 내린 그가 고요히 웃었다.

"관찰 다 했습니까?"

위에서 떨어진 조명이 그의 날렵한 턱 선을 타고 흘렀다.

"그럼 공평하게 이제 저도 볼게요."

그의 차가운 인상에 큰 몫을 차지하는 건 눈과 턱이었다. 본인도 그걸 잘 아는지 그는 입술 끝을 잘 올렸다.

"못 보던 얼굴인데……."

"일한 지 일주일 됐습니다."

"힘들진 않아요?"

"별로……."

"원래 서비스업이 힘든데, 원치 않은 상황에서도 손님

앞이라 계속 웃어야 하잖아요."

"……."

"아까 들어왔을 때 많이 답답했죠? 실내 흡연이 법으로 금지된 지가 언젠데 아직도 고집부리면서 뒤에서 몰래 하는 사람들이 꽤 있어요."

"그렇군요."

"지겹게 담배만 태워 대죠. 그거 없다고 얘기가 안 되는 것도 아닌데 말이에요."

"네."

"담배 연기 때문에 날 제대로 못 봤나?"

고개를 들자 그가 뚫어지게 날 쳐다보았다. 룸 안에서의 상황이 몹시 이해가 안 갔나 보다. 그것도 아니면 불쾌했다든지. 내가 사과를 하지 않았던가? 여전히 시선에서 느껴지는 강렬함은 건재했다. 살기 위해 슬그머니 눈빛을 피하자 그가 웃었다.

"아님 일부러 안 본 건가?"

섬뜩했다. 존재감이 또렷한 그를 일부러 못 본 척해 흥미를 끌어내려는 여자처럼 비쳤나 싶었다. 정작 난 도망치고 싶은 기분이 지배적이었다. 그는 흥미롭게 의자를 더 가까이 끌어왔다. 테이블 위로 올린 손목에서 메탈 시계가 번득였다.

"괜찮은 칵테일 좀 추천해 주세요."

"……블랙 러시안이요."

딱 두 가지 술만 넣으면 완성되는 칵테일이라 선택한 거였다. 그가 정승처럼 서 있는 나를 보며 단조롭게 손가락을 테이블 위로 두드렸다. 천천히 턱을 벌리는 그의 행동은 느렸다.

"팔이 기네……."

나지막이 혼잣말을 한 그가 웃으며 나와 눈을 똑바로 마주쳤다.

"그거 한 잔 주세요."

재빨리 등을 돌려 칵테일을 제조했다. 뒤에서 꽂히는 시선에 등줄기로 땀이 흐르는 듯했다. 어서 빨리 다른 누군가가 와서 자리를 바꿔 주길 간절히 바랐지만 오늘은 바쁜 금요일이었다. 아무도 나를 구해 줄 수 없을 것이다.

"여기 있습니다."

그의 눈동자만큼이나 어둡고 짙은 색이 담긴 술을 내려놓았다. 그가 머들러muddler를 잡고 휘적였다. 겉으로 보이는 표정이 건조하다고 하나 행동은 철저한 규칙으로 움직였다. 손대면 댈수록 흐트러지는 것을 아는 간결한 움직임에서는 그가 자라 온 환경을 엿볼 수 있었다. 딱 네 번의 회오리를 만들어 낸 후 입에 댄 그가 웃었다.

"조금 달짝지근하네요."

"깔루아가 과했나 봐요. 보드카 더 넣어 드리겠습니다."

"원래 블랙 러시안이 까다로운 술이거든요. 레시피대로 해도 맛있다고 하는 손님 별로 없어요. 사람 취향이 각자 다 다르거든요."

손을 뻗었다가 잠시 멈추었다.

"단 거 싫어하는 사람은 알코올이 약하다고 뭐라고 하고, 쓴 거 못 먹는 사람은 독하다고 뭐라고 하고. 참 피곤하죠?"

"손님은 독한 거 좋아하시는 것 같네요."

"그렇긴 한데 지금 마시는 것도 나쁘진 않아요. 의미가 좋거든요."

꽃말이나 별자리의 뜻처럼 사람들은 사물이나 현상에 의미를 부여하는 걸 좋아한다. 그 역시 그런 것들에 익숙해 보였다. 자의적인 게 아니라 그를 둘러싼 수많은 여자들로 인해.

"이 술은 음흉하고 어두운 속마음을 뜻하는데……."

그가 반쯤 잔을 내리자 진한 눈매가 내게 들이닥친다.

"알고는 만들었어요?"

순식간에 주변으로 막이 생긴 듯한 기분이다.

"아니면 정말 쉬워서 골랐어요?"

숨은 또 바싹 조여 왔다. 그가 천천히 바 테이블로 시선을 깔았다.

"손가락도 기네요."

나비 다리처럼 앙상한 내 손가락이 움찔거렸다. 오득오 득, 다리가 잡아먹히는 기분이다. 무당은 내게 거미의 기질을 지닌 자를 만나게 되면 온몸이 오싹할 거라고, 널 꼼짝 못하게 묶어 줄 자를 만나니 도망치고 싶은 마음만 들거라고 했다.

"……."

그리고 지금 난 그것을 하나도 빠짐없이 경험했다. 그가 건조한 표정으로 잔을 내려놓자 내 시선도 함께 따라갔다. 그에게서 도망칠 구실은 하나뿐이었다.

"다시 타 드리겠……!"

손을 뻗었는데 경직된 근육이 또 말썽이었다. 잡는다는 게 그만 밀어내고 말았다. 잔은 바 테이블을 넘어 아래로 추락했다. '쨍그랑' 바닥에서 파편이 된 잔보다야 떨어지면 서 그의 옷을 적셨을 액체가 더 걱정이었다. 놀란 마음에 냅킨을 챙겨 들고 바깥으로 나서니 그가 벌써 손수건을 꺼내 문지르는 게 보였다. 다가가 무릎을 접으니 그의 손짓이 느려진다.

"죄송합니다."

허겁지겁 그의 옷을 변질시킨 액체를 닦았다. 냅킨이 금세 눅눅해질 정도로 꽤 많은 양이었다. 그가 편하게 의자에 기대는 것도 눈치채지 못한 채 닦는 데 혈안이 되었다. 재킷과 셔츠, 그리고 허벅지 안쪽으로 내려왔을 때 그의 검은색 구두가 한번 까딱이는 게 보였다. 여자의 손이 닿기엔 민감한 부위였다는 걸 뒤늦게 눈치챘다. 하지만 그의 몸짓은 여유로웠다.

"……."

천천히 턱을 들자 그가 부드럽게 웃었다. 나를 내려다보느라 숙인 고개 때문에 이마를 덮었던 머리카락이 살짝 떴다. 아까는 보이지 않던 눈썹은 그물처럼 무척 촘촘하고 짙었다. 그는 참 깔끔한 남자다. 너무 치밀해서, 깨끗한 것처럼.

거미를 만나면 모를 수 없을 거라고 자부하는 무당에게 내가 물었다. 그렇다면 그 사람도 절 만나면 똑같이 느끼나요?

"너 나한테 관심 있지?"

당연하지. 잡아먹고 싶어 안달일걸.

|나비를 본 거미는 거리를 잰다

대부분의 사람들은 내 외형에서 호감을 느끼고, 가진 것들에 환심을 표한다. 날 향한 관심의 표출은 사소한 행동에 의미를 부여하며 시작된다. 그냥 술을 마신 것뿐인데 이 술의 의미가 무엇인지 아느냐고 묻는 여자들부터 해서 실수로 잔을 떨어뜨려 관심을 끌거나 옷에 쏟아 보상해 주겠다는, 눈에 뻔히 보이는 따분한 행동들. 나는 그녀를 보며 웃었다.

"그만 만져."

하지만 지금껏 싸구려 냅킨으로 허벅지 안쪽을 닦아 주는 여자는 없었다.

"괜찮으십니까?"

매니저가 등장하자 그녀의 손이 황급히 달아났다. 젖은 슈트를 본 매니저는 잠시 말이 없었다.

"……저희 직원이 실수를 한 모양입니다."

내가 입고 있는 옷의 가격대를 알아챘을 거다. 그걸 알기에 함부로 손을 대지 않았던 여자들과 달리 그녀는 냅킨만 꼭 움켜쥐고 있었다. 그래서 더 눈에 들어왔다. 저 냅킨에 금이라도 발라 놨나. 시선을 떨구며 젖은 의자에서 일어났다.

"그럴 수도 있죠. 보상하실 필요 없습니다."

"옷이 많이 젖으셨습니다."

"부위가…… 애매하긴 하네요."

웅덩이가 가득 고인 곳은 민망한 부위였다. 뒤늦게 이 소식을 듣고 나타난 지배인 역시 잠시 놀라 굳더니 이내 고객을 그냥 보낼 수 없단 결연한 의지가 엿보이는 표정으로 말했다.

"보상도 싫으시다면 불편하실 테니 바로 앞 Y 호텔에 방을 잡아 드리겠습니다. 드라이클리닝은 저희에게 맡겨 주시죠."

바로 앞 호텔이라면 우리 그룹 계열사였다.

"됐습니다. 제가 알아서 가겠습니다."

손수건으로 깔루아로 끈적해진 옷을 닦았다.

"그나저나 직원분이 많이 놀라신 거 같은데."

까맣게 번지는 그녀의 동공을 보며 미소 지었다.

"별일 아니니까 너무 놀라지 말아요."

매니저가 눈짓으로 어서 대답하라며 그녀를 찔러 댔다. 그녀가 울며 겨자 먹는 표정으로 말했다.

"……네."

"모습이 이러니 한시라도 빨리 집으로 가야겠네요. 대리기사 좀 불러 주시겠습니까?"

별일 아니긴, 잘리는 게 당연했다. 화장실로 가 세면대에서 손을 닦은 뒤 앞머리를 가볍게 쓸어 넘겼다. 거울에 비친 그녀가 선사한 얼룩진 흔적들을 보며 잠시 생각에 잠겼다.

『선미 걘 왜 이런 친구를 쓰라고 말해서…….』

옆에 풀어 두었던 시계를 들어 왼쪽 손목에 끼워 넣으며 문을 열었다. 내 등장에 지배인이 다급히 고개를 돌렸다. 그 앞으로 공손히 두 손을 모은 그녀가 있었다. 건조하게 바라보다 물었다.

"기사는 아직 멀었습니까?"

"금방 올 겁니다. 자리를 마련해 드릴 테니 앉아 계십시오."

지배인이 자리를 안내하겠다며 먼저 움직였다. 그 뒤를 따라가는 그녀의 걸음엔 힘이 없었다.

"도와줄까요?"

"……네?"

그녀가 멈춰 서 나를 올려다보았다.

"도와줘요?"

마저 시계 체인을 채우자 '찰칵' 하는 소리가 났다. 그것이 잠긴 자물쇠를 여는 것처럼 들렸는지 꽉 막혀 있던 그녀의 표정이 한층 살아났다. 세차게 끄덕이는 고갯짓은 살고자 하는 욕구가 강했다.

"기다려 봐요."

그녀의 생명줄을 연장하는 법은 간단했다. 보상해 준다고 한들 내가 받지 않을 사람이라는 걸 잘 알기에 그들이 제공하는 혜택을 얌전히 받아 주면 되었다. 호텔 드라이클리닝을 이용하고 싶다고 하니 지배인이 기쁜 표정으로 내 제안을 수락했다. 직원의 실수로 고객을 잃게 될까 걱정이 이만저만 아니었을 거다. 그녀가 쏟은 술값을 계산하며 웃었다.

"직원분도 아까 놀랐을 텐데 너무 혼내지 마세요."

"네, 알겠습니다."

"일을 잘하는 것 같던데요. 대화도 잘 통하고."

되돌려 준 카드를 받으며 말하니 지배인이 그녀를 따로 불렀다. 얼마 가지 않아 되돌아온 그녀의 손엔 카드가 들려 있었다.

"직원이 드라이클리닝과 댁으로 귀가하는 것까지 도와드릴 겁니다."

고개를 끄덕이고선 가게를 나섰다. 호텔에 도착하자 지배인이 건네준 카드로 결제하려는 그녀를 무르고선 빈손을 앞으로 내밀었다. 젖은 내 옷을 본 호텔 직원이 빠르게 카드키를 쥐여 주었다. 난처한 얼굴을 한 그녀가 내 뒤를 쫓아 엘리베이터 앞에 섰다.

"타이밍을 놓쳤는데, 계산은 제가 이따가 나가면서 하겠습니다."

"됐으니까 이 타이밍이나 맞춰 줘요."

그녀를 향해 웃자 굳게 닫혀 있던 철문이 스르륵 열렸다. 엘리베이터에 올라 카드키를 꽂았다가 빼며 버튼을 눌렀다.

"……지배인님 제안 받아들여 주셔서 정말 감사합니다.

안 그래도 친구가 소개해 준 일자리라 저 때문에 싫은 소리 듣게 될까 봐 걱정했거든요."

"도움이 돼서 다행이네요."

그녀는 모르겠지만 호텔 드라이클리닝 서비스는 형편없다. 옷을 맡긴다면 원단 결이 상할 게 뻔했지만 그녀의 속셈을 파헤치기 위해 지급한 대가라고 생각하니 아깝지 않았다.

"그나저나 냄새가 진동을 하는군."

좁은 공간 안에 들어오니 한층 더 냄새가 고조됐다. 제가 저지른 일을 후각으로 느꼈는지 그녀의 고개가 수그러들었다. 웃으며 속삭여 주었다.

"탓하는 거 아니에요. 엘리베이터가 너무 느리다고."

엘리베이터가 경쾌한 소리를 내며 멈추었다. 카드키로 열고 들어간 화려한 내부 따위 감흥 없었다. 스위트룸은 욕실이 세 개인 편리함으로만 내게 와 닿았다. 재킷을 벗고 단추부터 푸는데, 뭔가 이상했다.

"안 들어옵니까?"

문밖에서 고리를 잡은 채 서 있는 그녀가 보였다.

"거기서 뭐해요?"

그녀에게 다가서며 살결에 질척하게 붙어 있던 셔츠를 벗었다. 못 볼 걸 보았다는 듯이 그녀가 재빨리 고개를 돌린다. 웃음이 났다. 저건 또 뭐지?

"전 밖에서 기다리겠습니다."

"이 시간에 어떻게 여자를 밖에 세워 둬요."

"……."

"불편하다면 방을 따로 잡아 줄까요?"

"아니요, 저 때문에 그러실 필요 없습니다."

슬금슬금 안으로 들어온 그녀를 두고선 욕실로 향했다. 샤워하는 내내 그녀가 무슨 생각을 하고 있을지 궁금했다. 과정을 단축해서라도 빨리 씻고 나가고 싶은 마음은 내게 낯선 것이다.

호텔에서 제공된 보디로션을 쓰는 것이 찝찝하지만 샤워를 마친 뒤, 가운을 걸치고 대충 끈으로 묶었다. 욕실 바깥으로 나왔을 때 내가 문 앞에 내려놓았던 옷들은 없었다. 그녀가 손을 댄 것인지, 직원이 와서 가져간 것인지는 알 수 없었다.

"미안해요, 샤워 시간이 좀 길었죠."

그녀가 직접 만졌으면 좋겠다.

"앉아 있지 그랬어요."

내가 옅게 인상을 찌푸리자 곧게 서 있던 그녀가 조금씩 움직인다. 소파에 앉아 그녀가 오는 걸 지켜보았다. 가슴까지 내려온 검은색 생머리가 차분하니 단정했다. 고혹한 빛깔의 눈동자와 버선 끝처럼 올라간 코가 제법 잘 어울렸다. 뼈대가 길어 움직이는 선이 예쁘다. 무슨 일을 했을까. 내 눈에 우아해 보인다는 건 그녀의 척추 하나하나가 놀고 있지 않다는 걸 의미했다.

"샤워하시는 동안 드라이클리닝 맡겼어요. 호텔에서 아무리 빨리해도 2시간이라고 하더라고요."

"원래 12시 넘으면 드라이클리닝이 안 되는데⋯⋯."

"중요한 분의 옷이니 가능한가 봐요."

"그래서 저한테 작업 걸었어요?"

단도직입적으로 물으니 그녀가 당혹스러운 표정을 지었다.

"내 손짓도 못 봤다고 하고, 자신 있다고 타 준 건 블랙러시안인데 그걸 내 쪽으로 쏟았고."

지긋지긋하게 겪어 온 수많은 상황들을 천천히 내뱉었다. 내게 접근한 여자들의 수법은 항상 뻔했다.

"아무리 생각해 봐도 작업으로밖에 안 보이는데⋯⋯."

"뭔가 오해가 있으신 모양인데 아까 일은 죄송했습니다. 그런 의도가 아니라 정말 실수였어요."

"제 이름은 압니까?"

"⋯⋯."

"알아요?"

"죄송합니다. 원래 알았는데."

"알았는데."

"⋯⋯잘 기억이 안 나요."

피식 웃음이 터졌다. 내게 접근하는 여자들 대부분이 자신의 속마음을 들키면 가치가 낮아진다 생각한다.

"기억이 안 나요?"

"네."

관심 없는 척하지만 알고 보면 나에 대한 전문가들이었다. 파파라치처럼 내 일상을 쫓거나 은밀히 끌어모은 정보를 통해 내가 가장 좋아하는 것들을 우연인 것처럼 선물했다. 그것도 내가 소유한 것들과 겹치지 않는 제품으로.

기자들이 하루가 멀다 하고 연예인도 아닌 내 일거수일투족을 기사로 내는 마당에, 내 패션은 진작 잡지에서 특종으로 다룰 정도였다. 그러니 누구든 내 정보는 쉽게 알아챌 수 있었다.

"근데 모르는 것도 나쁘진 않네."

눈에 보이게 행동하는 애들은 별로인데 지금은 아니었다.

"내일 되면 생각나려나?"

흥미로운 듯 묻자 그녀가 작게 한숨을 내뱉었다. 내 눈썹이 작게 구겨졌다. 그 숨이 가진 무게를 안다. 그녀들을 보며 따분해진 내가 늘 뱉던 것이다. 일 절만 해라.

"……번호가 뭐예요?"

"네?"

"번호요."

"무슨…….."

"제가 여기서 오지혜 씨 집 비밀번호 물어보겠어요?"

그녀의 동공이 놀란 듯 커진다. 턱짓으로 왼쪽 가슴을 가리키니 냉큼 제 이름표를 손으로 가렸다. 저건 무슨 의미지.

"규정상 손님에게 번호 주는 일은 안 됩니다."

"여기가 규정대로 흘러가는 가게도 아니잖아요."

"어차피 핸드폰 연락 잘 받지도 못해요."

느긋하던 시선에 힘이 실렸다.

"왜요?"

"……."

"연락 오면 화낼 남자 친구라도 있어요?"

"네."

"……."

내 입가로 웃음이 번졌다.

"거짓말은 별론데?"

그냥 찔러 본 건데, 그녀는 예민하게 반응했다. 보통 저런 반응을 보이면 뻔했다.

"정말 있어요."

"몇 살인데?"

"스물…… 여섯이요."

"군대는 다녀왔대요?"

"네? 네."

"학교는 졸업했고?"

"네."

"어느 대학교?"

"명운대⋯⋯."

"지혜 씨 나이 스물여섯이고 명운대 다녔어요?"

그녀의 표정이 새파랗게 질렸다. 보통 거짓말을 급조하다 보면 저를 기준으로 하기 마련이다. 모르는 척 웃으며 물었다.

"남자 친구가 일하는 건 아무 말 안 해요? 나 같으면 벌써 뭐라고 했는데."

"손님들 편안하게 술 마실 수 있도록 편의를 제공하는 일이에요. 다른 사람에게 이해 못 받거나 무시당할 이유 없어요."

"가게 성향 물은 거 아니에요."

일부러 느릿하게 말했다.

"힘든 일은 안 시킬 거란 의미였어요."

누구 앞에서 이런 말을 한 건 처음이라 말한 뒤 그녀의 반응을 살폈다. 여느 여자들이라면 좋지만 내색하지 않으려 표정 관리를 하기 바쁠 텐데 그녀는 제 얼굴 위로 감정을 전부 드러냈다. 당황스러워하다가 약간 짜증스런 기색도 보인다. 돈 자랑했다고 저러나?

"⋯⋯매니저님께서 세탁물 오기 전까지 이곳에 있으라고 하셨어요. 아까 바지도 젖었는데, 제가 나가서 속옷이라도 사다 드릴까요?"

짧게 웃음이 터졌다. 달려들어 가운을 벗겨도 모자랄 판에, 그녀가 선택한 건 탈출이었다. 그녀를 뚫어지게 주시하자 벌써 눈은 나가고 싶단 듯이 문 쪽으로 향해 있다. 금방이라도 탈출구를 향해 날아갈 것만 같은 기세였다. 여기 공기가 갑갑한가, 편히 주변을 둘러보았다. 내가 오염 물질이라도 된 기분이다.

"알겠으니까 번호."

질척여 보기로 했다. 그녀는 잘근 입술을 깨물더니 내게로 손을 내밀었다. 테이블 위로 올려 둔 핸드폰을 집어 올려놔 주자 그녀가 빠르게 번호를 눌렀다.

"전화 걸어요."

"통화 버튼 눌렀어요."

"근데 왜 안 울려요?"

"핸드폰 가게에 있어요."

'뚜루루루' 연결음이 울려 퍼지자 입가에 조소가 걸렸다.

"근데 속옷 필요 없는데."

"아니요, 사다 드릴게요."

"시간이 늦었는데 혼자 괜찮겠어요?"

"네."

그녀가 테이블 위로 핸드폰을 두고선 곧바로 등을 돌렸다. 손목을 잡자 그녀가 화들짝 놀란다.

"……미안해요, 갑자기 잡아서."

발끝에서부터 머리까지 전기가 통한 것처럼 움찔한 몸은

처음이라 당혹스러웠다.

"카드키 들고 가야지 다시 들어오죠."

"아, 네."

새하얗게 질린 얼굴을 보며 천천히 말했다.

"다른 카드는 필요 없어요?"

"그건 제가 계산할게요."

"그래요."

엄지로 경직된 살결을 쓸어 올렸다.

"빨리 와요. 새벽엔 위험해서."

방 안의 온도는 적당한데 그녀의 피부엔 소름이 돋아 있었다. 낯선 감각 때문에 내 손을 내려다볼 수밖에 없었다. 뭐라도 묻었나. 많은 여자들이 남몰래 훔쳐보던 커다란 손이 순간 징그러운 벌레처럼 느껴졌나.

그녀의 귀가는 무척 늦었다. 지루함에 기댄 소파에선 축축한 기운이 선연했다. '띠리링' 저 멀리 문이 열리는 소리에 느릿하게 시선을 문 쪽으로 돌리며 생각했다. 오기 싫었던 건가, 아니면 날 기다리게 할 심산이었나?

"어디서 사 왔어요?"

"편의점이요."

이 근방에 편의점만 해도 네 곳이었다.

"왜요?"

낙엽 같이 손대면 바스러질 것만 같은 그녀의 머리카락

에선 밤공기가 가득 묻어났다. 바람을 맞다 왔나, 초가을
이라지만 새벽엔 제법 추울 텐데 그녀는 얇은 유니폼 차림
으로 35분 동안 최대한 시간을 끌다 온 모양이다.

"……거기에 이런 것도 파나 보네."

퍼석해진 시선을 거두며 그녀가 내민 봉투를 집어 들었
다. 욕실로 가 열어 보니 얇고 볼품없는 비닐에 속옷이 포
장되어 있었다. 사이즈를 보니 굳어 있던 입가가 다시금
살아난다.

"사이즈 잘 골랐던데요."

"잘 맞으세요?"

"네. 어떻게 알았어요?"

"남자 속옷 사이즈가 95 아니면 100이죠."

몸에 감기는 느낌이 무척 나빴지만 긴 머리카락 사이로
살짝 고개 내민 귀가 연하게 붉어지는 걸 보니 그마저도
상관없어졌다.

"선물 고마워요. 잘 입을게요."

다 알면서 모르는 척하긴. 소파에 앉는 순간에도 웃음이
떠나질 않았다.

"계속 그렇게 있을 거예요?"

"전 괜찮은데……."

"다리 아프니까 앉아요. 보고 있기 불편하네."

끈질긴 배려 끝에 어쩔 수 없이 푹신한 소파에 앉은 그녀

의 눈꺼풀이 무척 무거웠다. 호텔의 배려가 반영된 난방은 지나친 감이 없지 않았다. 방음벽이 두터워 소음은 없었지만 오히려 그 점이 그녀를 괴롭게 하는 듯 보였다.

"실내 온도를 조금 낮출까요?"

"아니요, 괜찮습니다."

"……."

"아직 머리도 덜 마르셨는데……."

지배인이 최대한 손님의 비위를 맞추라 파견해 어쩔 수 없이 온 것처럼 그녀는 앉아서도 내 얼굴이 아닌 문만 주시하고 있었다. 뭐 마려운 강아지를 강제로 내 앞에 붙여다 둔 기분이라 또다시 기분이 묘해졌다.

"옷 다 벗고 기다리는 사람도 있는데 여유 좀 가져요."

나한테 작업 거는 게 아니었나……. 그녀가 작은 얼굴을 절레절레 흔들었다.

"제대로 드라이되었을까 걱정돼서요. 제가 실수한 건데, 옷 상태가 어떤지 확인해야 저도 안심이 되죠."

아직까진 반반이었다. 도통 알 수 없는 그녀의 속마음을 확인하기 위해 결국 마지막 수를 꺼냈다.

"피곤해 보이는데 나 때문에 퇴근 못하고 있죠?"

그녀는 들켰다는 듯이 눈을 굴려 댔다. 새벽 두 시가 넘은 시간이었다.

"붙잡아 둬서 미안해요. 지배인한테는 알아서 말할 테니 그만 집에 가서 쉬세요."

"아닙니다. 제 잘못으로 생긴 일인데요."

"그럼 들어가서 자요. 침대 두 개예요."

"……안 졸려요."

"안쪽에 큰 거 써요. 세탁물 오면 알아서 입고 갈게요."

"괜찮습니다."

"그럼 방을 따로 잡아 줄 테니까 가서 쉬어요. 수고했으니 제가 지혜 씨 보낸 거로 지배인에게 말해 줄게요."

"옷 상태 보겠다고 조금 전에 말씀드렸잖아요?"

목소리는 날카로우나 혀 굴림이 무척 느려 실망만 커졌다. 상사가 머물러 있으니 퇴근도 못하고 인터넷 창이나 껐다 켜면서 시간을 때우는 직원 같았다. 일할 마음이 없는 직원에게 무엇을 기대하긴 어려운 법이다.

"난 내 밑에서 일하는 직원들 야근 안 시켜요."

"전 당신 직원이 아닌데요."

"그래도 앞에 앉혀 두고 보니까 꼭 야근시키는 거 같잖아요."

"그런 거 아니니까 신경 끄세요."

"만약 지혜 씨가 내 부하 직원이면 어떨까?"

그녀가 모르겠단 얼굴을 했다. 친절히 이해를 도왔다.

"내 밑에서 일하고 있고, 지금 야근하고 있다고 생각해 봐요. 내가 지혜 씨한테 뭘 했을까?"

재미없는 역할극 정도로 받아들였나 보다. 그녀가 작게 인상을 구기다 이내 한숨과 함께 말했다.

"매너가 좋은 분이라면 커피 주시면서 힘내라고 하겠죠."

"또?"

"……배고플 시간일 테니 같이 먹으라고 빵도 사 왔을 테고."

"빵? 귀엽네. 또?"

"…….."

"내가 지혜 씨한테 관심 있는 상사라고 생각해 봐요. 아 버지 잘 만나서 회사에서 영향력도 좀 있고."

관심이 있는 상사라고 말해 주니 그녀가 살짝 입을 벌린다.

"그런 분이시라면……."

눈을 날카롭게 치켜뜬다.

"애초에 제가 야근할 상황을 만들지 않았을 거 같은데요?"

잠시 말을 잃었다. 고맙다고 할 땐 언제고, 이제 와 날 원망하고 있나? 픽 웃음이 터졌다.

"나와 생각하는 게 다르네."

가소롭단 웃음에 울컥했는지 그녀가 반대로 물었다.

"그럼 당신이라면 어떤데요?"

"지혜 씨가 만약 내 직원이라면 난 없던 일 만들어서라 도 야근 몰아붙여."

"…….."

그녀가 살짝 인상을 찌푸렸다.

"피곤해서 죽지 않을 만큼?"

관심 있는 여자에게 일부러 일을 산더미처럼 몰아주다
니, 인정사정없는 모습으로 비쳤다. 그녀의 얼굴 위로 섬
뜩해하는 감정이 읽혔다. 고요히 시선을 내리깔았다.

"집에 가는 길이 몹시 길게 느껴질 거야."

겉보기엔 어떨지 모르겠으나 난 그런 무자비한 남자가
맞았다.

"시간은 늦었지, 몸은 피곤하지, 집에 가서 얼마나 잘 수
있나 계산도 할 테고."

"……."

"그런 지혜 씨 앞에 내가 차를 몰고 나타난다고 생각해
봐요."

여유로운 미소를 그렸다.

"집이 어디냐고. 그럼 거절하겠어요?"

지금껏 내 앞에서 이런 본성을 끌어올린 여자는 없었지
만 말이다.

"직장 상사라서 평소엔 불편하다고 해도 사람이 몸이 피
곤하고 정신이 몽롱해지면 거절하기 힘들거든. 누구라도
기대고 싶어지겠지. 그럼 내 옆자리에 태워. 그리고 집으
로 최대한 빨리 가 주는 거지, 내가 가진 차가 그 정도 속
력 내줄 수 있기도 하고."

확실한 승기를 거머쥐기 위해 밑바닥부터 철저하게 계획하는 편이다. 맘에 드는 여자가 있다면 몸을 혹사시켜서라도 날 거부하려는 그 판단부터 무너뜨려야 한다. 그녀가 몹시 놀란 모양이니 이쯤에서 얘길 그만두려고 했다. 선은 지켜야지. 그걸 넘게 하는 여잔 지금껏 없었다. 공들이고 싶은 여자도 없었고. 순간 반대편에서 유약한 숨결이 날아든다.

"……그래서요?"

"뭐가?"

"집에 도착해서요."

그녀가 내게 정적인 목소리로 물었다. 탐정처럼 끈질긴 눈동자로 나를 응시하는 그녀를 보며 나지막이 말했다.

"그게 궁금해요?"

"네."

의외였다. 굳어 있던 입가로 설핏 웃음이 터졌다.

"집에 도착한 뒤에."

'데려다준다'까지가 선이었지, 내게 그 뒷얘기를 묻는 여자는 지금껏 없었다. 낮은 숨소리와 함께 천천히 입을 움직였다.

"조심히 들어가라고 인사하겠지. 내일 출근할 때 조금 늦게 해도 된다는 배려도 해 줄 수 있고 또…….."

순식간에 일어나 소파 밑으로 떨어진 그녀의 무릎 뒤를 잡았다. 귓가로 입술을 밀착했다.

"들어가서 다리 주물러 줘도 되냐고 할 거야."

더운 숨이 그녀의 고막 사이로 빨려 들어갔다. 잘게 떨며 반응하는 몸을 보니 입꼬리가 올라갔다.

"거절할까?"

힘만 빼. 그럼 모든 일이 쉬워질 거야. 그녀가 달뜬 숨을 내뱉었다.

"제 몸에서…… 손 떼세요."

"왜."

몸을 더 밀착했다. 그녀의 등이 소파로 구겨지듯 파묻혔다.

"만지면……."

"응. 만지면."

나른하게 오금을 주물러 주니 그녀의 긴 속눈썹이 파르르 떨렸다. 무거워진다.

"만지면…… 잠이……."

스르륵, 그녀의 얼굴이 한쪽으로 기울었다. 반사적으로 손을 가져다 댔다. 받친 손목 위로 핏대가 도드라졌다. 목뿐만이 아니라 그녀의 몸 전체에서 힘이 빠진 것이다. 내 손바닥에 얼굴을 댄 채 새근새근 숨을 내뱉는 걸 보니 기가 찼다.

"진짜 자는 거야?"

이런 작업은 지금껏 없었는데.

|거미의 줄에 걸려 들다

"……!"

눈을 뜨니 낯선 벽이 달려든다. 포근히 누르던 이불을 거둬 내며 벌떡 일어났다. 주변은 조용했고 내가 일어선 침대는 무척이나 컸다. 당혹스러움에 머리가 빙빙 돌았다. 시선을 떨어뜨리니 머리 모양대로 푹 꺼진 베개가 잘 잤느냐고 인사했다.

"미쳤어."

도망치듯이 침대에서 벗어났다. 후들거리는 다리로 걸어가 탁자에 놓인 전화기부터 움켜쥐었다. 0번 버튼을 누르는데 손이 덜덜 떨렸다.

「안녕하세요, 무엇을 도와…….」

"오늘 며칠이에요?"

「네?」

"며칠이냐고요!"

「9월 15일 토요일입니다.」

내 동공이 거칠게 흔들렸다. 어제가 14일의 금요일이었는데. 내가 놀라움에 말을 잃자 수화기 너머로 직원이 친절하게 오늘의 날씨와 현재 기온을 말해 주었다. 현재 시각은…… 입니다.

"몇 시라고요……?"

「오전 8시 20분입니다.」

말도 안 돼. 혹시나 이게 꿈은 아닐까 손으로 이마를 짚었다. 하지만 현재 내 발은 땅에 잘 붙어 있고, 대리석 바닥만 윤기 나게 반질반질 빛났다. 허공에서 날아다니며 지겹게 바라보던 풍경이 전혀 아닌 셈이다. 꿈이 아니다.

「고객님?」

현실이다. 힘이 빠져 그만 바닥으로 주저앉을 뻔했다. 이 고마운 소식을 전해 준 전화기를 꼭 움켜잡았다.

"……사랑해요."

「네?」

"사랑한다고요."

이상하게 몸이 변한 이후, 처음으로 6시간 만에 일어났다.

「아…… 네. 저도 사랑합니다.」

기쁨에 눈물이 나올 것만 같았다. 원래대로 몸이 돌아온 걸까? 6시간은 예전의 내가 늘 잠들던 수면 시간이었다. 어제 편의점에 들렀을 때 보았던 시간이 2시였고 소파에 앉아서 대화를 나눈 게 다니까 대략 2시 30분쯤 잠든 거로…… 순간 꺼림칙한 소름이 전신으로 퍼졌다.

"……못 살아."

이틀을 안 잔 상태에서 조용하고 따뜻한 공간은 내게 쥐

약이었다. 깜빡 잠이 든 날 책망하며 주변을 둘러보았지만 그의 모습은 찾을 수가 없었다. 순간 먼저 들어가 자라고 했던 매너 좋던 목소리가 떠올랐다.

"그럼 그 남자가 날 여기로……."

그의 긴 손가락이 내 몸을 감싼 채 들어 올렸다 생각하니 섬뜩했으나 제가 한 말은 지키는 남자였다. 세탁이 끝나면 알아서 입고 간다더니 정말 그랬나 보네. 다행스러운 일이었지만 지배인이 안다면 반갑지 않을 사태였다. 나는 어제 맡은 바를 다하기 위해 이곳에 온 것인데 그가 나가는 모습, 하다못해 슈트를 무사히 받았는지도 모른다.

"잠든 거 알면 곤란한데."

지배인이 추궁한다면 할 얘기가 없었다. 혼잣말을 들었는지 수화기 너머로 직원이 날 불렀다. 하는 수없이 그녀의 도움을 받아야만 했다.

"저, 죄송한데 새벽에 세탁물을 맡겼는데 그건 어떻게 됐나요?"

「드라이클리닝이 2시쯤 끝나 곧바로 가져다 드리려고 했는데, 상무님께서 아침에 가져다 달라고 하셨어요.」

잠시 멍해졌다.

"아침이라니, 몇 시에 건네주셨는지……."

「올려 보내 드렸는데 못 보셨나 봐요.」

"네……? 그 남자 언제 이 방에서 나갔는데요?"

그러자 직원이 의아한 목소리로 말했다.

「5분 전에 나가셨는데요?」

조금 전까지 이곳에 있었다. 수화기를 내려놓는 손이 사시나무처럼 떨렸다. 혼란스러운 듯 이리저리 구르던 눈동자가 침대 옆 소파에 놓인 새하얀 가운을 발견하곤 턱 하고 멈추었다.

"……."

등골이 오싹했다. 다가가 가운을 만져 보니 언제 온기를 품었다는 양 서늘했다. 침대로 돌아서자 똑같이 생긴 베개가 마치 샴쌍둥이처럼 꼭 달라붙어 있었다. 양손으로 나란히 짚어 보니 두 개의 베개에선 미약하지만 서로 다른 온기가 느껴졌다.

"……."

머리 위로 돌이 떨어졌다. 가운을 벗은 그와 같이 누워 있었다.

유니폼 단추를 푸는 손이 덜덜 떨렸다. 서둘러 셔츠를 벗고 속옷의 버클이 가장 안쪽에 잠겨 있는지, 스타킹 올이 나간 곳은 없는지 샅샅이 살폈다.

"뭐야……?"

놀란 마음과 달리 문제 되는 부분은 없었다. 살결에 남겼을 법한 자국도 없었고, 입술도 립스틱이 마른 그대로였다. 엉망인 건 짓눌려 헝클어진 머리가 전부였다. 고개를 든 나는 멍청하게 눈을 한번 깜빡였다. 화장대 거울에 비친 내 모습이 몹시 낯설었기 때문이다.

"말도 안 돼."

늘 제집인 양 터를 잡고 있던 다크서클은 온데간데없고, 퍼석했던 피부에선 혈색이 돌았다. 손으로 얼굴을 감싸자 촉촉한 수분이 느껴질 정도였다. 이틀간 꿈에 갇혔다 깨어났을 때도 이런 적 없었다.

"이게 대체 무슨……."

혼란스러움이 집채만큼 커졌다. 평소 몸만 잠들었다 뿐이지, 꿈속에서 바쁘게 날아다니느라 일어났을 때도 피곤함을 숙명처럼 끌어안아야만 했다. 하지만 지금은 정반대였다. 몸이 너무나도 가벼웠고, 뇌도 몹시 깨끗했다. 원래는 꿈에서 본 풍경도 생생한데 잠든 이후부터 기억이 안나는 걸 보아 꿈도 꾸지 않았다. 어떻게 이런 일이, 믿기힘든 현실을 마주하자 의문으로만 남았던 무당의 말이 하나둘씩 맞춰졌다.

'이것아, 거미줄에 착 달라붙어 있어야 네가 사람답게 살지.'

그러니까 내가…….

—나비일 적 버릇 못 버리고, 언제까지 꿈속에서 갇혀살래?

그 남자와 같이 누워 있어서 꿈을 안 꿨다고?

다시 원래대로 돌아왔을 거란 환희가 발밑으로 푹 꺼졌

다. 마른침을 삼키며 가운을 바라보았다. 그 남자가 정말 무당이 말했던 '거미'라서 내 꿈을 묶어 준 것이라면…….

"……."

의사도 구제해 주지 못했던 날 그는 할 수 있다. 받아들이기 어려운 사실이 머리를 찔러 왔다. 마음에도 없는 남자에게 기생해야지만 정상적으로 살 수 있다니.

"웃기지도 않아……."

어제 느낀 거부감은 이미 내 몸에 선명히 각인돼 있었다. 떠올릴수록 으스스 소름이 돋았다. 어제 처음 본 남자에게 빌붙어 잠자리를 구걸하는 삶이라니, 상상만 해도 끔찍했다. 차라리 피곤함에 찌든 지금이 훨씬 안정적이고 속 편했다.

"집에나 가자."

그가 떠난 공간이라지만 여전히 숨 막혔다. 드디어 벗어나나 싶었는데 갑작스런 벨 소리가 내 발목을 붙잡았다. 문을 열자 직원이 웃는 얼굴로 내게 정중히 인사했다.

"실례하겠습니다."

멍하니 서 있는 날 지나친 직원이 카트를 밀며 안으로 들어왔다. 달콤한 냄새가 후각을 자극한다.

"일어나시면 룸으로 식사를 올리란 지시가 있어서요."

거실로 향했을 때 테이블 위로는 때 아닌 잔치가 벌어지고 있었다. 갈비찜과 옥돔구이, 윤기 나는 흑미와 맑은 고깃국을 선두로 싱그러운 샐러드와 갓 구운 빵이 함께 어우러졌다.

"메뉴도 그 남자가 직접 골랐나요?"

"어떤 걸 좋아하시는지 잘 모르신다고…….."

"……"

"즐거운 식사 되십시오."

직원이 부드럽게 웃으며 인사한 뒤 바깥으로 나섰다. 테이블을 차지한 접시는 무려 열 개나 되었다. 함부로 먹을 수 없는 친절이었다. 지나쳐 나가려는데 빼곡하게 놓인 그릇들 사이로 마치 침범하면 안 될 영역처럼 피해 간 곳이 보였다.

"……"

뭐가 무서워서 저러나 싶었는데, 그곳엔 작은 명함이 놓여 있었다. '우진원'이라 새겨진 양각을 누르자 어제 날 짓누르던 위압감이 또다시 떠올랐다. 그의 반듯했던 모습처럼 말끔히 재단된 선 위로 손끝이 위태롭게 스쳤다.

"아!"

종이 날에 그만 손이 베이고 말았다. 손가락을 입에 무니 더 이상 머물면 안 될 곳처럼 느껴졌다. 음식과 명함은 고스란히 남겨 두고 가게부터 찾았다. 오전에는 카페로 운영되는 곳이라 다른 지배인이 날 반겼다. 많이 늦었지만 유니폼을 갈아입고 핸드폰도 챙긴 뒤 나오자 이제 막 구름 위로 뜬 햇살이 달콤한 시럽처럼 내 몸에 닿아 녹았다.

개운한 숙면으로 머리가 가벼우니 마음도 함께 들떴다. 이른 아침이지만 선미에게 전화를 걸었다.

"니가 웬일이야, 안 자도 돼?"

선미는 몹시 놀란 눈으로 내가 있는 신사동 카페를 찾았다. 딱한 내 사정을 아는 건 그때 점을 같이 보러 갔던 선미뿐인지라 놀라는 것도 당연했다. 나는 여유롭게 보던 잡지를 내려놓고 고갯짓했다.

"이리 와서 앉아."

"야, 너 얼굴 왜 이렇게 상큼해?"

무슨 레몬이세요? 슬며시 웃음이 터지자 선미의 넋이 반쯤 더 나갔다.

"수산시장에서 갓 잡아 올린 활어 같은 미소……."

"야, 그만해."

"너 무슨 일이냐고. 안 잤어?"

"응, 아직."

"근데 이래도 돼?"

"어차피 출근은 7시니까 오늘 6시 안에 자기만 하면 돼."

"와…… 내가 살다 살다 너랑 이렇게 멀쩡한 모습으로 카페에서 모닝커피를 마시고. 안 되겠다, 달달한 거 마셔야겠어."

좋은 내 기분은 선미로 인해 한층 더 부풀었다. 1년 내내 엉망이 된 몸으로 죽지 못해 살던 시간이 생각나지 않을 정도였다. 그래, 가끔은 이런 날도 있어야지. 주문을 마친 선미가 자리로 와 앉으며 물었다.

"가게 일은 할 만하고?"

"어…… 응."

선미의 사촌 오빠인 지배인이 그에게 고개를 숙일 땐 앞이 컴컴했는데 다행히도 연락하지 않은 모양이다.

"야, 그나저나 어제 있잖아. 내가 백화점엘 갔는데……."

"응."

볕이 따사로운 카페에 앉아 선미가 하는 얘길 가만히 들어 주었다. 수면으로 이틀을 할애하는 내게 친구와 바깥나들이는 꿈도 못 꾸던 거였다. 쇼핑이 취미인 선미가 내가 보던 잡지를 들추며 요즘은 봐도 살 것이 없다 중얼거렸다. 그러다 문득 페이지가 뚝 하고 멈추었다.

"진짜 때깔 죽이지 않냐?"

선미가 예찬하는 제품이 뭘까, 시선을 내리깔았다가 그만 마시던 아메리카노를 뿜을 뻔했다.

"왜. 네가 봐도 잘생겼지?"

냅킨으로 입가를 문지르며 인상을 찡그렸다. 그가 있는 곳에서 도망쳐 나왔는데 잡지에서까지 그 얼굴을 봐야 한다니. 따가워진 목을 가다듬고 볼멘소리를 냈다.

"이 사람은 왜 여기 있어?"

"왜긴, 사람들이 일상생활을 궁금해하니까 나오지요."

선미는 흥얼거리면서 도촬한 듯한 사진이 더욱 잘 보이게 쫙쫙 펼쳤다.

"와 씨, 기업인이 이렇게 생긴 건 불법 아니야?"

기업인에게 이런 관심을 보이는 대중들이 더 윤리적이지 못했다.

"어떻게 이런 평범한 슈트를 한 번도 안 겹치게 입을까?"

그의 얼굴은 사람들이 자주 보는 패션 잡지나 신문 기사에서 손쉽게 찾아볼 수 있었다. 기억을 더듬었다. 그가 언제부터 연예인처럼 만인에게 어떤 옷을 입고 어떤 제품을 사용하는지 공개하는 사람이 된 걸까.

"돈 많고 키 크고 몸도 좋아. 아, 머리도 똑똑하고 매너도 죽이지. 지적이야."

우중용 회장의 셋째 아들에 관해선 알려진 바가 거의 없었다. 외국에서 명문대를 졸업하고 군대 문제까지 말끔하게 해결한 후 자그룹子企業으로 입사하기 전까진 말이다. 그가 어린 나이에 보인 실적을 기사로 처음 접한 대중들은 순식간에 연예인 못지않은 그의 화려한 외모에 열광했다. 관심은 그가 걸치고 있는 모든 것에 집중됐고 그는 곧 유명인의 반열에 올라섰다.

"와, 이 시계 진짜 비싼 건가 봐. 가격도 안 적혀 있는 거 보여?"

재벌가의 사람들이 어떤 삶을 사는지 뻔한데도 그의 인기는 식을 줄 몰랐다. SNS를 통해 알려진 그의 행적은 늘 검색어 순위에 올랐다. 주말엔 예술 공연을 관람하고 아침엔 한강 둔치에서 조깅을 한다. 블랙 스포츠카를 멈춰 세운 채 포장마차에서 떡볶이를 먹는 장면은 대중들을 열광케 했다.

"이런 사진 찍히고서 고소도 안 하는 거 보면 진짜 천사가 따로 없지. 기부도 잘하고, 저번에 난청 어린이 수술 지원한 거 봤어?"

기업인인 그가 대중들의 사랑을 받는 이유 중 하나는 서늘한 인상과 다르게 사람이 수더분하다는 것에 있었다. 불우이웃에게도 고개 숙여 인사하면서도 옷은 상위 1%만 거머쥘 수 있는 것들로만 입었다. 대중들은 그런 양면성에 매료되었다. 꺼림칙한 기분에 커피를 한 모금 마셨다.

"······너무 좋아하진 마. 그렇게 착한 사람 아닌 거 같으니까."

"얘는, 이런 완벽한 사람이 또 어디 있어?"

선미가 뾰로통하게 말했다. 아까와 달리 커피 맛이 제법 썼다.

집으로 돌아가는 길에 수면 유도제를 샀다. 매일 피곤에 지쳐 쓰러지는 날이 많았지, 지금처럼 잠이 안 와서 문제되었던 적은 없었다. 그로 인해 내 수면의 규칙이 깨졌단 사실이 떠올라 떨떠름했지만 축적된 피로는 모두 날아가 있었다.

빌라 앞에 다다르자 문득 뒤에서 '쾅' 하며 차 문을 닫는 거친 소리가 울려 퍼졌다. 지금이 새벽이었더라면 아마 어디서 총이라도 쏜 줄 알았을 것이다.

"오지혜 씨."

천천히 고개를 돌리자 그가 서 있었다. 그의 미간이 구겨진 이유를 예측할 수 있었다.

"사람 당황시키는 게 취미인가?"

그의 턱에 짓눌려 말이 씹히는 게 느껴졌다. 아마 내가 새벽에 막무가내로 눌렀던 가짜 번호가 문제인 듯싶었다.

"무슨 말이에요?"

내가 모르는 척 쳐다보자 그가 픽 하고 웃었다.

"재미있나 보네. 계속하는 걸 보면."

어깨가 흠칫 떨렸다. 내 몸 어딘가에서 부서지는 소리가 나는 듯했다. 도망치고 싶어 하는 간절함을 눈에서 읽었는지 그가 매끈하게 입꼬리를 올리며 웃었다.

"잘 잤어요?"

코끝으로 시원하지만 독한 냄새가 풍겨 왔다.

"나도 잘 잤는데."

이것이 본래 그의 향인 듯싶었다. 볼일이 있었는지 어제와 다른 슈트가 그와 지나치게 잘 어울렸고 난 또 거기서 거부감을 느꼈다. 내가 결국 참지 못해 한 걸음 물러서자 그가 웃었다.

"혹시 무슨 문제 있었어요?"

"뭐가요?"

"서로 사이좋게 잤는데 호텔에서 연락이 왔더라고요. 음식 하나도 안 먹고 그냥 갔다고."

"사이좋게라니요?"

"왜 안 먹었어요?"

"배가 안 고파서요."

"그럴 리가. 아침에 빈속은 안 좋은데 조금이라도 먹지 그랬어요."

"제 속은 제가 더 잘 알고요, 성의는 감사하나 먹기 싫었어요."

"그래요?"

"네."

"곤란한데. 그 얘기 듣고 나서 계속 오지혜 씨 생각났어요. 왜 음식에 손도 안 댔을까, 아침에 막 일어난 사람의 식욕 하나 못 불러일으킬 음식을 만든 주방장에게 책임을 물어야 할까. 속이 안 좋았을 수도 있는 거니 또 걱정돼서 전화했어요. 문자 보낼까 고민하다가 그래도 목소리 듣는 게 나을 거 같아서."

"……."

"근데 웬 남자가 받네?"

웃던 미소가 조금 차가워졌다.

"난 또 진짜 남자 친구 있는 줄 알았고."

지금 오해할 상황을 만들었다는 것에 화를 내는 건가? 이해할 수 없는 와중에도 거짓말은 스스럼없이 나왔다.

"어제 말씀드렸잖아요. 저 애인 있다니까요?"

"그 아저씨랑 사귀어요?"

"……."

"부인에 애 둘이나 있는 사람이던데, 불륜 저지르다니 생각보다 간이 크네요."

그는 이미 내 말이 거짓인 걸 다 알면서 날 이리저리 굴려 댔다. 얼른 집으로 들어가고 싶어졌다. 근데 우리 집은 어떻게 알았지?

"여긴 어떻게 알고 찾아왔어요?"

"가짜 번호 알려 줘서 지배인에게 전화해서 물어봤어요."

"……."

"또 속을까 봐 집까지 물어봤고요."

손님과 연락처를 주고받으면 안 된다는 건 진짜였는데. 하아, 절로 한숨이 새어 나왔다. 내가 고개 숙이자 머리 위로 그의 낮은 목소리가 내려와 짓눌렀다.

"지배인한테 말해도 돼요?"

목덜미가 빳빳하게 굳었다.

"뭘요……?"

"우리 어제 같이 잤잖아."

"아무런 일 없었잖아요."

"어떻게 확신해요?"

"확인해 봤어요. 내 몸은 내가 가장 잘 알아요."

"그것 말고 아닌 이유가 있어요?"

"당신 그렇게 여자 함부로 건드리는 위치 아니잖아요?"

그가 작게 웃음을 터트렸다.

"위치가 사람 만들어요?"

또 무슨 소리일까, 저건.

"태어나 보니까 위치가 있는 거지."

그가 건조한 눈빛으로 매끄러운 자태를 뽐내고 있는 구두를 내려다보았다. 지루한 시선을 받을 몸값이 아닌데도 불구하고 그는 무감각했다. 오래되어 자잘한 알갱이가 굴러다니는 바닥을 구두 밑창으로 한번 쓸었다.

"지혜 씨도 깨어나 보니까 호텔이었잖아? 그거 본 직원 여럿 돼요."

"아무 일 없었잖아요."

"또 모르지."

하지만 나와 얘기할 때 그의 눈동자는 날카롭게 빛났다.

마치 내가 생기를 불어넣어 주는 호흡기가 된 기분이었다.

"지배인한테 뭐라고 말할 생각인데요?"

"뭐라고 말할까요?"

"……."

"그러고 보니 지혜 씨가 말한 가게 규정이라는 걸 다 어
긴 것 같기도 하고."

"왜 제 옆에 누우신 건데요? 가운도 없이."

"나 벗고 잔 것도 알아요? 자는 척하는 것 같진 않던데."

"내 말에 대답해요."

"난 세 번의 기회를 줬어요. 집에 가라, 방 따로 잡아 준
다, 들어가서 자라. 근데 셋 다 싫다고 하더니 기어코 내
앞에서 쓰러지면 어쩌자는 건데?"

그건 책임감 때문에 남아 있던 거였다.

"그리고 내 가운은 지혜 씨가 먼저 벗겼어요."

"뭐라고요?"

말도 안 되는 소리. 내가 예민하게 반응하자 그가 도리어
날 찔렀다.

"침대로 옮겨 놓고 나가려 했는데 내 목에 팔 감고선 쓰
러뜨렸잖아요."

"거짓말하지 말아요."

솔직히 내가 뱉은 말에 자신이 없었다. 기억도 안 날 순
간에 내가 정말 그의 몸에 팔을 감았을지 누가 알겠는가.

반대로 그의 증언은 생생했다.

"계속 내 가슴에 얼굴 가져다 댔잖아요. 오지혜 씨가 날 안 놔줘서 어쩔 수 없이 같이 누운 거예요. 그러면서 벗겨진 거고."

"그럴 리 없어요."

"어떻게 장담해요?"

"평소에 잠버릇 없다고요."

"나한테 먼저 친하게 굴었어요."

"기억 안 나요."

"어린아이처럼 꼭 끌어안던데."

"저기요."

"곰 인형 된 기분이더라고요."

"우진원 씨."

"드디어 내 이름 말하네."

사람들이 부르라고 지은 이름인데, 내가 부르면 뭐가 특별해지기라도 하는 걸까. 그의 표정이 꽤 만족스럽게 변했다.

"지금 하는 일 계속하고 싶으면 연락해요."

빙빙 도는 건 그만하고 이제야 본론으로 들어선다.

"어려운가?"

이를 악물었다. 그와 연락을 하게 된다면 연결 고리가 생기는 셈이었다. 그는 여유롭게 나를 앞에 두고 기다렸다. 달아나고 싶은 기분이 밀려왔지만 그 와중에도 머리는 열심히 일과 신변을 두고 저울질했다.

선미의 부탁으로 간신히 얻은 일자리였다. 지방에 있는 부모님은 이상하게 변한 내 몸에 관해선 꿈에도 몰랐다. 안 그래도 다 키워 놓은 딸이 발목을 접질려 발레도 쉬게 되었는데 전생 얘길 한다면 믿을 사람이 몇이나 될까. 고백은 기약 없이 밀려났지만 매달 날아오는 고지서와 집세는 일정했다.

"……연락만 하면 되죠?"

결국 고개가 끄덕여졌다. 쇠뭉치가 턱에 매달린 듯 점차 아래로 내려갔다.

"얼굴 보는 건 싫어요."

"그건 내가 결정하는 거고."

흠칫 눈을 치켜뜨며 그를 보았다.

"나 밉구나."

그는 기분 좋은 미소를 입가에 그린 채 돌아섰다.

"기다려 봐요. 떡 하나 줄게."

미운 사람 떡 하나 더 준다는 속담과 지금 이 상황은 어울리지 않았다. 그가 차 안에서 무언가를 꺼내 내 앞으로 내밀었다.

"자."

그가 내민 건 종이 봉투였다. 표면에 적인 상호를 보니 맛이 좋기로 유명한 일식집이었다.

"독 안 탔으니까 먹고."

그는 허리 숙여 내 손에 그걸 쥐여 주며 웃었다.

"지배인한테 연락해서 번호 물어본 거 아니니까 걱정하지 마."

척추가 싸늘했다. 그는 정갈한 구두 소리를 내며 차로 향했다. 골목과 어울리지 않는 차가 자잘한 알갱이들을 짓누르며 움직였다. 눈앞에서 사라지자 뒤늦게 정신이 돌아왔다.

그건 내 뒷조사를 했다는 뜻이었다.

몸이 순식간에 피곤해졌다. 그의 앞에 서 있으면 자연스럽게 얻게 되는 고질병 같았다. 현관문에서 신발을 벗자마자 핸드폰이 울렸다. 그가 내 연락처를 안다고 생각하니 이젠 벨 소리만 들어도 몸이 흠칫거린다. 핸드폰을 가방에서 꺼내 들었다.

산 넘어 산. 지배인이었다.

「지혜 씨, 정우한테 들었는데 아침에 가게 들렀다고?」

"네."

잠에 취한 지배인의 목소리를 들으니 더욱 억울했다. 그가 한 말을 곧이곧대로 믿은 내가 더 바보겠지만.

「호텔 직원이 새벽 3시에 세탁물 넘겨줬다는데, 왜 가게로 안 왔어?」

"……."

그는 나와의 비밀을 만들고자 뒤에서 노력한 모양이었

다. 벌써 여러 사람이 그에게 매수당한 것 같았다. 덕분에 지배인은 설마 내가 그곳에서 잠들었을 거라 생각하지 못했다. 나는 천천히 입을 움직였다.

"너무 피곤해서 집으로 곧바로 갔어요."

「시간이 늦긴 했었지…….」

"네, 죄송합니다. 앞으론 이런 실수 없도록 할게요."

「그래요, 사고를 치더라도 케어할 수 있는 선에서 저질러야지. 어젠 나도 간담이 서늘했어.」

"……."

「평소에 잔도 한 번 안 깨던 사람이 그러니까 당혹스럽지.」

"너무 유명하신 분이라 저도 긴장했나 봐요."

「그건 익숙해지면 되는 일이고. 상무님은 별말씀 없었어요?」

"네."

「어디 가서 말할 사람은 아니겠지만 호텔 간 건 비밀로 하고요. 괜히 소문나면 상무님도 그렇고 우리 쪽도 골치 아파요.」

"그럼요."

'지잉' 하고 짧게 핸드폰이 울렸다. 문자가 도착했단 알람이었다. 지배인은 푹 쉬고 월요일 날 보잔 인사로 전화를 끊었다. 핸드폰 액정에 떠오른 건 낯선 번호였지만 상대는 뻔했다.

[인질은 잘 있어요?]

인질이라니? 그에게 받은 거라곤 일식집 종이 봉투가 전부였다. 다급하게 봉투를 열어 보자 초밥이 담긴 박스 위로 블랙 카드가 놓여 있었다. 불현듯 어제 그와 나누었던 대화가 떠올랐다.

—카드키 들고 가야지 다시 들어오죠.

—아, 네.

—다른 카드는 필요 없어요?

기가 찼다.

[긁어, 미운 만큼.]

그건 마음껏 제 안으로 들어오라는 뜻이었다.

|나비는 발버둥 친다

몸 선이 예쁘다지만, 발레를 했을 줄이야.

몸 쓰는 예술가들에겐 늘 인대가 말썽이다. 발목 부상으로 수석의 자리에서 밀려났다는 기사가 담긴 태블릿을 옆으로 치우고선 흥미롭게 TV 화면을 보았다.

비서가 공수해 온 백조의 호수 공연 DVD였다. 다 똑같은 진한 화장으로 누가 누군지 얼굴을 분간할 수 없었지만, 몸짓을 보니 그녀가 오데트인지 알겠다. 같은 동족에게 끌리는 것처럼 백조가 흑조로 변하는 장면이 몹시 마음에 들었다. 아니, 내가 눈여겨보는 대상이 연기했기 때문일까. 화려한 몸짓과 선이 이뤄 내는 아름다움에 흠뻑 취해 있다 보니 어느새 시간이 훌쩍 지나가 있었다.

발레는 원래 사람들과 대화를 나눌 때 예술 문화와 관련되어 필요한 지식으로 보던 것 중 하나였다. 여러 번 되돌려 보고 싶지는 않았지만 손은 자연스럽게 되감기 버튼을 누르고 있었다. 아깐 작품을 보기 위함이었다면 이번엔 다른 것이 눈에 들어왔다.

"원래 저렇게 신체적 접촉이 많았나."

잘록한 허리를 단단하게 붙잡는 발레리노의 큼지막한 손

이 보였다. 그로 인해 살아난 듯 무대를 뛰어다니는 오데트는 마치 한 마리의 나비 같았다. 나비는 원래 일할 땐 프로 의식이 강한가? 모든 남자의 손길에 거부감을 느낀다고 생각했는데 아니었다. 다른 남자의 손에 의지해 몸을 맞대는 장면을 보다가 천천히 리모컨을 든 손을 펼쳤다.

"……."

길게 뻗은 손가락이 흠잡을 곳 없이 말끔했다. 가만히 손을 관찰하는 시선은 집이 아닌 식사 자리에서도 계속되었다.

"저번에 한신 주식 다들 샀어?"

"아니, 놓쳤지. 새로운 투명 디스플레이를 개발한 것 때문에 엄청 주가가 뛰었던데, 아무래도 유기 반도체를 대신해 무기 산화물 반도체를 적용한 건 획기적이더라."

"진원이 네 생각은 어때?"

"……."

"진원아?"

"샀어."

"아, 그렇구나. 역시."

성의 없는 대답에도 열심히 고개를 주억거린다. 주가가 얼마나 뛰었는지보다 내 관심은 오롯이 손에 가 있었다.

뭐가 다르지. 오히려 더 크고 힘 있어 보이는 건 내 쪽이었다. 그녀의 몸 정도야 우습게 들고 내려놓을 수 있는데 문제는 반응이었다. 손목을 잡았을 때 그녀의 어깨 위론 두려움이 가득했다. 아니, 혐오였나. 마치 오물을 피하는 것처럼 반사적으로 뒷걸음쳤다.

"내가 더러워?"

살며시 인상을 구기자 대화가 이뤄지던 실내가 고요해졌다. 일제히 내게로 시선이 쏠리는 게 느껴졌지만 오히려 눈빛은 더 거세졌다. 옆에 있던 우석이 난해한 얼굴로 물었다.

"아니, 무슨 얘길 하는 거야?"

"해롭나?"

"갑자기 웬 개그야? 너만큼 깔끔한 놈이 어디 있다고."

그제야 살벌했던 분위기가 와해된다. 시선을 들자 여기 저기서 일순간 긴장했던 몸을 풀고 웃는 녀석들이 보였다. 그제야 연달아 모임 스케줄을 잡았던 걸 깨달았다. 변경된 장소와 인물들을 지루한 시선으로 둘러보았다.

부모님의 인맥으로 만들어진 사교회 자리는 어려서부터 봐 온 멤버들이 대부분이다. 거기서 인원이 플러스 혹은 마이너스 될 뿐, 원래 대한민국 재벌 3세들의 모임은 특출 난 무언가가 없다.

"너 신아영인가, 그 연기자 있잖아. 요즘 TV에 틀었다 하면 광고로 나오던데 그거 네가 꽂아 준 거지?"

"어, 근데 계속 보니까 좀 질리더라. 관리라도 잘하지, 애가 요즘 영 한물갔더라고."

결혼을 한 녀석들은 유부남이랍시고 따로 모임을 가지는데, 거기서 나오는 얘기가 더 심했다.

　"야, 한물갔으면 잘라."

　"그럴까 봐. 요즘은 다 성형을 해서 눈에 띄는 애들이 없어. 어디 자연 미인 없냐?"

　"모델 쪽 애들 한번 건드려 보든가. 요즘은 거기가 물 좋은 거 같던데."

　점잖았던 아까와 달리 이곳에서 사업적인 대화나 미래의 기술력에 대한 토론은 벌어지지 않는다. 그들에게 돈은 목마름을 느낄 새도 없이 언제나 풍족했고 마르지 않는 샘물이다. 이런 녀석들에게 회사를 넘겨줘야 할 부모님도 골치깨나 아플 거다. 검지로 미간을 꾹 누르고 있는 날 본 재훈이 눈치 보며 말을 꺼낸다.

　"살살 하고 다녀라, 인마. 너 때문에 우리도 덩달아 옷에 얼마나 신경 쓰게 되는 줄 아냐?"

　"……."

　"어디서 맨날 안 보이던 옷을 걸치고 나와. 입는 건 정장이 다인데 왜 이렇게 우리랑 달라?"

　재훈이 슬그머니 시선을 옮기며 동조를 원하자 모두가 '그래, 맞아. 살살하고 다녀라.' 아쉬운 소리를 하나씩 하며 내 비위를 맞춘다. 내 입술 끝에 조소가 걸렸다.

　"그래?"

"어, 저번에 네가 차고 온 시계 어디서 구했냐? 나도 하나 하자."

내가 가진 옷이나 수많은 제품들은 국내에선 보기 힘든 디자인이 대부분이다. 확실히 재벌 3세가 대중들의 관심을 받게 되면서 덩달아 같이 긴장하게 되는지 모임 녀석들의 옷 입는 형편이 나아졌다. 검은색에 하얀색 셔츠가 전부인 정장에서 어떻게 신선함과 패셔너블을 보여 줘야 하는지에 무지한 건 여전하지만.

"프랑스."

"네가 직접 가서 사 왔어?"

"아니, 시켰지."

"하긴. 네가 여기서 제일 바쁘지."

그들은 날 향해 안타까운 시선을 보냈다. 피곤한 삶이라 생각하는 게 분명하다. 저들은 원할 때 여행 가고, 놀고 싶을 때 놀고. 회사에서도 아랫사람들이 알아서 갖다 바친 기획안에다가 사인만 하면 할 일은 끝이다. 여기서 배운 머리를 유용하게 써먹으려는 건 나밖에 없었다.

"너 혜경 씨랑은 어떻게 된 거야?"

"누구?"

"윤혜경."

"아. 일산 그룹이었지."

얼굴이 기억나지 않아 눈썹을 작게 찌푸리자 명진이 알

은체했다.

"저번 주에 같이 저녁 먹었다며. 우리 윤 여사가 진원이 너한테 빼앗겼다면서 얼마나 난리……."

"식사만 했어."

잠시 내부가 고요해졌다. 모두가 내 대답을 기다리는 듯했다. 나는 여유롭게 커피를 마저 비웠다.

"그게 끝인데."

"뭐야…… 너희 어머님이 선 자리 알아본 거 아니야?"

"나 결혼 안 해."

"뭘 안…… 하긴, 해도 지금은 아니겠지."

"여기서 진원이 결혼 제일 늦게 하게 될걸? 지금 갑자기 너 결혼 발표하면 여럿 올 거다."

"진원이가 무슨 연예인이냐? 결혼한다고 하면 우리 오빠 어떡하냐면서 질질 짜게."

"그 수준이라니까?"

바람직한 언행, 신경 써야 할 이목, 조심스러워야 할 생활. 여기선 모두 불필요하다. 따분함에 핸드폰을 들여다보았다. 혹시나 알람이 오는 걸 듣지 못할까 손에 쥐고 있었지만 원하는 상대에게 이틀 동안 아무런 연락도 오지 않았다. 손목을 들어 본 시계에선 오후 8시를 알렸다. 월요일 8시면 할 법도 한데.

"하긴, 쟨 우리와 다르지. 우리는 선물 갖다 바치는데 진원이는 반대로 여자들이 주잖아."

하다못해 카드 사용 내역 문자도 조용했다. 돈밖에 없는 남자가 순정을 준 건데, 신명 나게 써도 모자랄 판에 그녀는 매몰찼다.

"원래 진원이가······."

"나 뭐."

내가 날카롭게 눈을 뜨자 갑자기 녀석이 말을 턱 멈춘다. 날 본 그녀의 모습과 같았다.

"너도 내가 더러워?"

"아니, 아까도 그렇고 밑도 끝도 없이······ 오늘 왜 이렇게 저기압이야?"

저기압? 내 눈살이 한껏 찌푸려졌다. 움츠러든 녀석의 눈동자가 내 심기를 한 번 더 불편하게 만들었다. 아무래도 그녀 때문에 내가 점차 기분이 나빠지고 있다는 건 부정하기 어려웠다.

"그러지 말고 술이나 마셔, 왜 답지 않게 커피를 마시고는."

먼저 연락을 안 해 본 것도 아니었다. 일요일 오후 6시, 가장 무료하고 내일이 오지 않길 바라는 시간대에 걸맞게 커피를 마시자고 제안했었다. 근데 답장도 없고 묵묵부답. 조금 전까지만 해도 잘만 마시던 커피가 갑자기 쳐다보기도 싫어졌다. 시선을 들자 나를 제외한 녀석들 앞엔 다른 빛깔의 알코올이 놓여 있었다. 한숨을 내쉬며 소파에 기대 었다.

"차 가져 왔어."

"우리도 다 가져왔어, 인마. 왜 빼고 그래."

"안 마신다고."

인상을 쓰자 금세 말이 기어들어 갔다. 불현듯 내가 누구 때문에 술을 안 마시고 있는지 알 수 있었다.

"오늘 진원이 이상하네."

그녀의 연락이 오기만 고대하고 있다는 것도. 짜증 나는 참인데 그만 일어설까, 고민하던 중 핸드폰이 짧게 한번 울렸다. 엄지로 액정을 날렵하게 밀어내자 옆에 앉은 명진 이 뭐라 말했다. ……재미로라도 만나 볼래?

"뭐?"

"성윤아라고 있잖아. 너 대외적인 이미지도 좋지만 그러 다 고자 되겠다."

잘 안 들렸다.

[답장 늦어서 죄송해요.]

아무것도 안 들린다.

[문자를 잘 못 봐서. 커피 마시자고 연락하셨죠?]

못 봤어? 허탈하게 웃음이 터졌다. 글자 위로 엄지를 세 워 두드렸다. 내숭이야, 밀당이야. 고민하는 순간에도 입 가로 번지는 미소가 아까보단 한결 가벼웠다. 내가 여자에게 온 문자를 보며 웃는 걸 안다면 지금 여기 있는 녀석들이 뭐라 할까. 아마 귀신이라도 본 것처럼 놀랄 것이다.

[지금도 안 늦었으니까 같이 마셔요.]

타인의 압력 없이, 순수하게 그녀가 보고 싶어진 건 나조차도 의아했다.

[저 일하는 중인데요.]

[알아요, 지혜 씨 언제 어디서 일하는지.]

[그것까지 알아봤나 보네요.]

삐졌나? 글자가 뾰족해 보여 귀여웠다.

[나도 몇 시에 출근하고 퇴근하는지 말해 줄까요?]

[아니요. 연락만 하고 얼굴은 안 보고 싶다 말씀드렸잖아요. 커피 마시는 건 못 들은 걸로 할게요.]

편히 기대어 있던 의자에서 허리를 떼었다.

[지금 가게로 갈게요.]

[한가해요?]

짧게 웃음이 터졌다. 얜 왜 이렇게 날 못 밀어내서 안달이지.

[아니. 바쁜데 보고 싶어요.]

날 보면 왜 기겁을 하는지 알고 싶었다. 호텔에선 내 목에 두른 팔을 필사적으로 떼지 않았으면서 지금은 아닌 척 돌아서는 냉랭함이 왜인지 궁금했다. 언제쯤 손대면 놀란 토끼처럼 눈을 크게 뜨지 않을지, 피곤해 죽겠단 얼굴로 날 바라보지 않을지도.

[오지 마요.]

[삼십 분이면 가요.]

내 손길에도 네가 살아날지 궁금해, 오데트^{Odette}.

[마시고 싶은 커피나 말해 줘요.]

언제쯤 내 앞에서 오딜^{Odile}이 될 수 있는지도 알고 싶어.

핸드폰을 내리자 도돌이표처럼 다시 여자 얘기로 넘어와 있었다. 누가 예쁘니, 걘 골반이 별로라느니 품평회가 한창이다. 그 안에서 내 성욕을 걱정하던 명진이 제일 열정적으로 말하고 있었다. 청각보다 곤혹스러운 건 시각이었다. 보통 영상 매체는 음향과 영상의 합이 맞아야 하는데, 여긴 소리만 우렁차고 배우들의 얼굴은 영 아니다.

"다들."

자리에서 일어나 날 향하는 볼품없는 장면들을 보았다.

"여자 따질 시간에 관리들 해. 얼굴 영원한 거 아니야."

재킷을 정리한 뒤 소파에 걸쳐 두었던 트렌치코트를 집어 들었다.

"돈 믿고 나대지들 말고. 어?"

감독은 잘난 맛에 사는 배우들을 지적하며 퇴장한다. 역시나 주변은 조용했다.

"상무님, 여기 계셨군요."

딸랑거리는 문을 열고 들어온 남자가 내 앞에 선 채 허리를 한번 숙였다. 급하게 차려입고 나온 슈트와 그의 웃는 얼굴에서 방울 소리가 들리는 듯했다. 미안한 마음을 담아 그에게 말했다.

"죄송합니다. 퇴근하셨는데 밖으로 부르기나 하고."

"아니요. 오늘 집에 들어가 저녁을 먹었는데 어찌나 속이 더부룩한지, 안 그래도 술 한잔해야겠다 싶었습니다."

내가 웃자 그는 오히려 더 싱글벙글했다.

"테이크아웃 기다리는 중인데, 한잔하세요. 제가 사 드리겠습니다."

"아, 괜찮습니다."

"그렇게 서 있지 마시고 앉으세요."

"네."

"저도 술이 마시고 싶은데 같이 마실 사람이 없더라고요. 친구 녀석들은 이럴 땐 제 상대도 안 해 주고."

"절 찾아 주시니 영광이죠."

"인사과는 제가 관심 가지고 지켜보는 곳인데 회사에선

얘기 나눌 시간이 없어 아쉬운 마음에 불렀습니다. 나오게
한 이상 대가는 톡톡히 치를 생각이고요."

"제가 잘 마시는 거로 유명한데, 이거 오늘 상무님 지갑
이 부담스러우실 텐데 괜찮습니까?"

"얼마든지요."

내 지갑 사정은 그가 백날 마셔 봐야 기별도 안 올 것이
다. 마침 테이블에 올려 두었던 진동벨이 울렸다. 그가 반
사적으로 일어나 픽업대로 향했다. 혼자로는 무리일 텐데,
나는 느긋하게 일어나 그의 뒤를 따랐다.

"어이쿠, 무슨 종류가 이렇게 많습니까?"

직원이 내민 커피는 무려 16잔이었다. 한 손에 네 개씩,
두 사람이 함께 들어야만 했다.

"대답을 안 해 줘서요."

"예?"

"뭘 좋아하는지 말을 안 해 줘요."

"누가…… 아, 전 아메리카노 좋아합니다."

"그래요? 여기 있는 아메리카노는 전상윤 팀장님께서 드
세요."

"근데 누굴 주려고……."

"자주 가는 곳인데, 직원분들에게 매번 폐만 끼치는 것
같아 커피라도 사 가려고요."

"호텔 바에서 마시지 않고요?"

"계열사 호텔이라니, 거기까지 가면 정말 일하는 기분 들잖아요?"

그가 호탕하게 웃으며 고개를 끄덕였다.

"하기야 사람이 어떻게 밥만 먹고 삽니까, 다른 음식도 먹어 보고 하는 거지."

그는 내가 한 말이 기막혔는지 감탄을 아끼지 않았다. 내가 지금 누굴 만나려 불러냈는지 모른 채.

가게에 들어선 나를 본 그녀의 표정이 파리해졌다. 진짜 왔어? 딱 이 표정.

"안녕하세요, 오지혜 씨."

"……."

테이블 주문을 받고 돌아오던 그녀의 길목을 막아섰다. 그녀의 시선이 아래로 떨어졌다. 양손 가득히 든 커피를 보며 무슨 생각을 할까. 나는 그녀를 향해 고갯짓했다.

"따라 들어와요."

안내받은 룸은 언제 봐도 말끔했다. 먼지 한 톨조차 용납할 수 없단 지배인의 의지가 느껴질 정도였다. 은은하게 풍기던 커피 향이 금세 공간을 가득 채울 무렵, 간결한 노크 소리와 함께 메뉴판을 든 그녀가 나타났다.

"……주문 도와드리겠습니다."

"팀장님, 드시고 싶은 거 고르세요."

"정말 눈치 안 보고 주문합니다?"

"그럼요."

내가 웃자 그가 테이블에 놓인 메뉴판을 기세 좋게 들었다. 그의 시선이 자잘한 글자에 박힌 틈을 타 그녀를 바라보았다.

"피곤하죠?"

"네?"

"커피 사 왔는데 드세요."

"아뇨, 전 괜찮습니다."

한발 물러서는 건 또 뭐지. 극구 싫다는 표현인가.

"뭘 좋아하는지 몰라서 여러 가지 샀어요. 밤엔 제법 추워서 뜨거운 거로 준비했고. 마실 때 혀 안 데게 조심해요."

"아니…… 이러실 필요까진."

"지혜 씨 마시고 싶은 거 먼저 고르고 남은 건 직원들한테 대신 전달해 줘요. 그럴 수 있죠?"

그녀가 입술을 꾹 짓눌렀다. 하나만 사 왔다면 특별 취급을 받는 기분이라 거절했겠지만 다른 직원들의 몫까지 가져온 이상 어려울 거다.

"무슨 커피 좋아해요?"

"……."

"대답이 없네. 추천해 줄까요?"

가져온 것들 중 유독 큰 사이즈를 들어 건네주었다.

"지혜 씨, 이거 마셔 봐요."

그녀가 눈치를 보는 게 느껴졌다.

"팔 떨어져요."

그녀가 떨떠름하게 손을 뻗었다. 최대한 안 부딪치게 조심하는 모습이 다 읽혔다. 내 손을 피해 표면을 움켜쥐는 걸 기다렸다 검지로 지그시 눌렀다. 전류에 감전이라도 된 듯 그녀가 화들짝 떨었다.

"……떨어뜨릴 뻔했네."

침대에서는 먼저 팔을 감더니 지금은 왜 저럴까. 계산할 때 카드를 든 외간 남자의 손과 수십 번도 더 접촉할 그녀였다. 아니, 정답은 이미 수도 없이 보았던 공연 영상이 말해 주고 있었다. 너한테만 이러는 거야.

"코냑 괜찮으십니까?"

"안 가립니다."

팀장은 여태 메뉴판을 보며 심사숙고하는 중이었다. 그와 비례하게 내 시선이 그녀에게 박혀 있는 시간도 늘어났다. 그녀는 끈질긴 내 눈을 피해 한 걸음 더 물러섰다. 저러다 문까지 갈 기세다.

"아니, 오늘은 위스키가 좋을 거 같은데."

"아, 그렇습니까?"

"네. 싱글몰트로요."

나가지 마. 시간을 끌고선 웃자 그녀가 딴 곳으로 시선을 돌렸다. 내게서 점점 멀어질수록 관람할 수 있는 범위가 넓어진다는 건 꿈에도 모른 채 말이다.

하얀 셔츠와 검은 치마로 이뤄진 유니폼은 단정했다. 미간이 슬쩍 좁아졌다. 근데 치마가 좀 짧네. 자세히 보니 무릎 위 3㎝로 정석대로다. 나한테만 짧아 보이나…… 천천히 내려가던 시선이 구두를 보고선 멈추었다.

"발목 안 좋다며."

무의식적으로 나온 말이었다. 그녀가 눈치를 보는 게 느껴졌다. 나 역시 시선을 옮기자 아직 그는 메뉴판을 보며 갈등하고 있었다. 다시 시선이 돌아왔을 때 그녀는 질색하는 얼굴이었다. 그녀의 정보를 캐낸 이상 부상 여부를 모를 리 없다 여긴 것인지 그걸 왜 이곳에서 티를 내냐는 식이다. 그런 눈빛을 받으니 피가 끓었다. 재미있네. 다리를 교차시키며 의자에 기댔다.

"여기 직원들은 다 그렇게 높은 구두 신어요?"

"6㎝는 높은 것도 아닌데요."

"그래도 오래 신으면 아플 거 아니에요. 이곳저곳 움직이는 일도 많을 텐데 효율이 너무 떨어지지 않나."

"겉으로 보기에 손님께 결례가 되지 않기 위해서죠."

"격식 갖추는 거 좋죠. 고급스러운 이미지는 좋은데 그로 인해 피곤해지면 그것도 문제 아니에요? 바지가 더 편할 텐데 여자라서 치마 입히는 것도 그렇고……."

그녀의 눈동자가 도르륵 굴렀다.

"일은 사람이 하는데 아침마다 넥타이에 정장에, 여자는 꼭 3㎝ 이상의 구두를 신더라고요. 불편한 치마를 입고 의자에 앉아서 구겨진 주름 걱정하고."

"편한 차림으로 앉아 있다가 나태해지면 그것도 문제죠."

"옷 입는 거에 따라 태도가 달라지면 책상 차지하고 앉아 있으면 안 되지."

"……."

"난 적어도 회사에서만큼은 여자 직원들이 발 아파하면서 반창고 붙이거나 스타킹 나가서 난처해하는 거, 치마 주름 걱정할 시간을 없애 주고 싶어요. 그래서 하루 정도는 편한 옷차림으로 출근하는 방안 추진하고 있고요."

"……대기업이 그래도 돼요?"

그녀가 껄끄럽게 묻자 미소 지었다.

"대기업이니까 할 수 있는 기획이죠. 우리 그룹부터 대대적으로 바꾸다 보면 고착된 인식도 변하지 않을까요?"

"그럼요. 괜히 명문이 있는 게 아닙니다. 위에서 규정 하나 생기면 아래도 똑같이 따라서 주르륵 생기잖습니까?"

"네. 그러네요."

마지못해 대답하는 그녀를 향해 말했다.

"응. 그러니까 지혜 씨도 입지 말라고."

그녀는 또 힐끔거리며 메뉴판을 보는 팀장의 눈치를 보았다. 여전히 내 시선은 높게 올라선 그녀의 가녀린 발목과 짧게 느껴지는 치마로 가 있었다.

"열심히 해야겠네……."

내가 혼잣말하자 커피를 든 그녀의 손이 한번 떨렸다. 한참을 들여다보던 메뉴판을 내려놓은 그가 주문을 했다. 그녀는 직원의 몫이라 말했던 것까지 들고선 재빨리 나섰다. 다른 직원이 들어와 술을 세팅하며 그녀가 미처 다 들고 가지 못한 커피도 잘 마시겠단 인사와 함께 가져갔다. 나는 웃으며 술병을 들었다.

잔에 알코올을 채우면서 회사 내의 복장에 대해 얘기했다. 복지에서 그치는 것이 아닌 회사를 정말 내 집처럼 생각할 수 있는 곳으로 만들고자 하는 내 포부를 팀장은 경청했다. 사람이 편해야 능률도 오르고 충성도도 함께 오른다. 이 회사에 오래 머물고 싶단 생각이 비단 월급에서 오는 것이 아니라 가슴에서부터 치고 올라와야 그룹 이미지도 함께 청소되는 것이다.

반 병 정도 비웠을 무렵의 시간은 10시였다. 내일도 출근할 그를 위해서라도 이쯤에서 일어나는 게 맞았다. 룸을 나서자 바삐 움직이는 그녀가 보였다. 온갖 허드렛일은 여기서 다 하는 거 같았다. 계산대로 향하니 지배인이 커피에 관해 말했다.

"이렇게 직원들까지 챙겨 주시고, 감사히 잘 마셨습니다."

"아닙니다. 잘 마셨다니 다행이네요."

카드를 꺼내 들자 옆에 선 팀장은 오늘 호사했다며 너스레를 떨다 화장실로 향했다. 계산을 마친 지배인이 5분이면 대리 기사가 도착할 거라 전했다.

"아, 다 젖었네."

문을 열고 들어온 손님의 어깨가 축축했다. 비가 오나, 지나쳐 들어가는 남자를 빤히 보자 직원들이 하나둘씩 나와 인사했다.

"정말 감사드려요. 종류도 다양해서 덕분에 직원들끼리 좋아하는 거 골라 마셨어요."

"이러면 제가 불편한데, 인사는 잘 마신 거로 충분합니다. 그만 들어가 보세요."

내가 난처한 표정을 지었지만 인사 행렬은 끊이지 않았다. 서비스를 하는 입장에서 고객이 준 커피 한 잔이 그들에겐 커다란 배려로 보였을 것이다. 피곤해지려는 찰나에 그녀가 얼굴을 내밀었다.

"커피 감사해요. 잘 마셨어요."

"다 마셨어요?"

다른 직원들의 관심엔 부담스러워하던 내가 도리어 묻자 또 난처해한다. 지배인이 다른 고객에게 인사하는 틈을 타 은밀히 물었다.

"내가 준 인질은? 보니까 안 썼던데."

"카드라면 오늘 출근하는 길에 경찰서에 맡기고 왔어요."

잠시 할 말을 잃었다. 혹시나 하는 마음에 물었다.

"……습득 신고?"

"네."

하, 짧게 웃음이 터졌다.

"귀엽네?"

때마침 기사가 왔단 지배인의 목소리가 들려왔다.

"들어가서 일 봐요."

얼얼해진 머리를 쓸어 넘기며 걸음을 옮기자 지배인이
말했다.

"우산 준비해 드리겠습니다."

"아니, 괜찮습니다."

밖으로 나서자 한층 더 빗소리가 거셌다. 내가 되었다니
덩달아 빈손으로 나온 팀장은 기사와 함께 우산을 쓰고 주
차장으로 향했다. 처마 밑으로 고여 떨어지는 빗방울이 굵
었다. 만나서 주는 것도 아니고 그걸 경찰서에 맡겼단 말
이지. 허탈한 웃음을 흘리며 기사에게 차 키를 건네주었
다. 나서려는데 뒤에서 문이 열렸다.

"저기……."

고개를 돌리자 그녀가 한 손에 커다란 우산을 들고 있었다.

"이거 가져가세요."

지배인의 등쌀에 못 이겨 나온 눈치다.

"됐습니다. 비 오니까 들어가요."

"왜 안 가져가시는데요?"

눈에 보이는 배려는 별로다. 그것도 내가 눈여겨보는 여자가 마음에도 없는 행동을 지금 내게 했다.

"차 바로 앞에 있어요."

"쓰고 가세요."

그녀의 가느다란 팔이 필사적으로 위로 향했다. 직접 우산까지 펼쳐 내 머리 위로 덮었다. 나는 그녀를 가만히 내려다보았다. 고집스럽게 우산을 씌워 준 행동은 날 이 빗속에 혼자 보내기 싫단 것처럼 느껴졌다.

"오지혜 씨."

기분이 들떴다.

"아까 마신 커피 맛이 뭐야?"

"라떼요."

설핏 웃음이 터졌다.

"아니, 그건 카푸치노였어."

그녀를 위해 특별히 준비한 것도 안 마셨다. 우산대를 잡고 그녀를 확 끌어당겼다. 허리 숙여 그녀의 귓가로 다가섰다.

"내가 즐겨 마시는 거니까 잊지 말고."

너는 날 자꾸 오해하고 헷갈리게 하는데…….

"적당히 자극해, 어?"

그럼 더 알고 싶지.

The Bad Relationship

1.피식자와 포식자

1. 피식자와 포식자

아스팔트로 빗방울이 추락해 박혔다.

"날 걱정한 건 아니겠지만 지혜 씨가 주는 거니까 쓰고
는 갈게요."

축축한 소름이 팔 위로 번졌다. 지혜는 황급히 뒷걸음질
쳤다. 기울였던 우산대를 곧게 잡으며 진원이 반쯤 몸을
돌렸다.

"이제 정말 들어가요. 감기 걸리겠다."

깔끔하게 물러섰지만 아직 지혜의 귓가엔 그가 남긴 말
들이 선명했다. 단순한 소름이 아니다. 정말 그에겐 뭔가
가 있었다.

'쾅' 거칠게 문을 닫고 집으로 돌아온 지혜는 몹시 날이

서 있었다. 추적추적, 창밖으로 내리는 비는 아까의 감각을 계속 떠오르게 했다. 언제부터 나한테 반말을 했더라? 섬뜩했던 목소리는 선미가 말했던 '젠틀'과는 거리가 멀었다.

에너지 드링크를 마신 지혜는 노트북 앞에 비장하게 앉았다. '우진원'. 토요일 낮에도 열심히 검색했던 키워드를 누르고 눈이 빠져라 보았지만 온라인상을 가득 채운 건 예찬이 전부였다.

"그럴 리 없는데······."

지혜가 느꼈던 감각이나 섬뜩함을 논하는 사람은 하나도 없었다. 진원이 사비로 기부한 덕분에 어려움을 극복한 단체 얘기나 장애인을 위한 캠페인에 앞장서는 모습들. 그는 겉만 화려한 게 아니라 속까지 꽉 찬 사람이었다.

대통령이나 국회의원이 아님에도 불구하고 괜히 대중들에게 사랑을 받는 게 아니다. 진원에겐 흠잡을 곳이 없었다. 늘 완벽하게 갖춰 입은 정장, 차가운 눈매와 다르게 부드러운 말투. 하지만 지혜의 생각은 전혀 달랐다. 그가 무심결에 뱉던 반말이나 이마를 덮은 머리카락 너머로 본 날카로운 눈썹. 그리고 보면 진원은 항상 눈썹을 가리고 다녔다.

"······숨기는 건가?"

무표정일 때 그의 인상은 서늘했지만 언제나 미소를 유지했고 누구에게나 기꺼이 고개 숙이는 걸 보며 사람들은 배려가 넘친다 했다. 재벌가의 기업인이라면 말투가 딱딱할 거라 생각하는 고정관념도 깼다. 그래 봤자 이익을 추구하는 기업인이다. 키워드를 바꿔 '지오 그룹'을 검색했다. 마스코트라도 되는 양 진원의 얼굴이 뉴스 페이지를 꽉 채웠다. 더 뒤로, 뒤로. 한 움큼 날짜를 거슬러 올라가자 우중용 회장 외 5명의 임원들이 비리로 검찰에 출석한 기사가 눈에 띄었다.

"그럼 그렇지. 별수 있어?"

4년 전까지만 해도 지혜처럼 생각하는 사람이 대부분이었다. 문어발처럼 온갖 분야를 장악하는 그룹에겐 안 좋은 소리가 흘러나오기 마련이고, 지오 그룹은 비자금을 조성할 계열사가 차고 넘쳤다. 사람들은 있는 자들이 더하다며 비난했지만 이런 얘기가 전부 쏙 들어가게 된 것도 우진원, 그가 회사에 입사하면서부터였다.

지오 전자 전략기획팀이라는 핵심 분야에 입사해 스물아홉 살의 나이로 상무를 달았다. 특출 난 인물을 가진 연예인도 실수 하나에 매장당하는 세상인데, 진원은 다방면에서 뛰어났고 낙하산 발언은 잠시일 뿐이었다.

국회의원들이 선거 유세를 하는 것처럼 서민 음식도 자주 찾아 즐겨 먹는 모습도 수차례 목격됐다. 누구나 다가가기 쉬운 행동을 하지만 만만하게 볼 수 없는 건 명품으로 휘두른 의상 때문이다.

"가만 보니까……."

진원은 친절히 자신을 공유했다. 어떤 제품을 사용하는지, 어딜 자주 이용하는지 알려지면서 자연스럽게 선망과 인기를 거머쥐었다.

"손해 보는 장사가 아니잖아?"

기사를 앞으로 넘기던 지혜의 손이 점차 껄끄러워졌다. 득이 없는 행보가 아니었다. 진원이 사람들에게 노출될수록 빈약했던 20대 사이에서의 인지도가 눈에 띄게 늘었고, 상무로 있는 전자 제품 분야의 매출이 올랐다. 진원과 함께 일하고 싶어 회사에 지원하는 사람들도 많았다. 물론 거기에 지오 그룹에 관한 안 좋은 소리는 찾아볼 수가 없었다.

"나는 대체 어떤 남자를 만난 거야……."

그는 그룹의 어두운 면을 가리는 방패막이 역할을 톡톡히 해내고 있었다. 지혜는 으스스함에 손으로 팔을 감쌌다.

"……처음 봤을 때부터 꺼림칙하더니."

마치 대중들이 원하는 것만 보여 주고 원치 않는 부분은 감추는 듯한 모습은 뒤로 몰래 줄을 치는 거미와 몹시 잘 어울렸다.

허기짐에 배를 움켜쥐니 어느덧 아침 일곱 시였다. 오늘까지 버텨야 수면으로 이틀을 보낼 수 있었다. 포만감으로 잠이 오면 곤란하기에 간단하게 빵을 먹으려 지혜가 자리에서 일어나자 핸드폰이 짧게 진동했다.

[비가 계속 오네.]

지혜는 마른침을 삼켰다. 만약 제가 한 추리가 맞는다면 한가롭게 있으면 안 되었다.

[알고선 어제 우산 들고 가라고 했나?]

힘주어 핸드폰 액정 위를 두드렸다.

[그런 거 아니니까 오해하지 마세요.]

선을 긋자. 이제라도 명확하게 그으면 된다.

[할 건데.]

……도움이 필요한 시점이었다. 그에게 더 묶이기 전에 빠져나가야만 했으므로.

막상 찾아왔지만, 발이 떨어지지 않았다. 지혜가 갈등하는 동안에도 우산 끄트머리에 맺힌 물은 계속 떨어지고 있었다. 그동안 무당을 찾아가지 않았던 건 인정하고 싶지 않아서였다. 자신의 예언대로 된 지혜를 보면 과연 그녀가 무슨 말을 할까.

"어이구, 꼴골 봐."

역시나 첫마디부터가 반갑지 않았다. 무당은 신령을 모신 재단 앞에 한쪽 무릎을 세우고 앉아선 기고만장하게 웃었다.

"거미를 드디어 만났구먼?"

애써 미소 지으며 비에 젖은 치마를 한번 털었다. 궂은 날씨에도 대기하는 손님들은 많았고 그사이를 지혜는 빠르게 통과했다. 선미의 도움이 아니었더라면 예약 명단에 이름도 못 올렸을 거다.

"알려 주세요."

"뭘?"

지혜는 인정했다. 그녀가 용하단 걸.

"어떻게 하면 벗어날 수 있는지."

방석에 앉은 지혜의 첫마디가 의외였는지 그녀의 빨간 눈두덩이 짙어졌다.

"그걸 왜 벗어나?"

"중요한 일이에요."

"아니, 어떻게 벗어나느냐고."

무당은 말을 정정했다. 마치 출구 같은 건 없다는 듯이 말이다. 쯧쯧, 혀를 찬 무당이 고개를 내저었다.

"이미 거미를 만난 시점에서 걸려든 거나 마찬가지인데 포기해."

"그렇게 쉽게 말씀하지 마시고요."

"왜, 좋지 않아? 허구한 날 움직이던 날개도 거미 덕분에 멈췄을 텐데 어찌 이런 말을 할까."

"그 남자 꺼림칙해요."

"어허?"

"제 감일진 모르겠지만, 평범한 사람 같지 않다고요."

"그래서 싫다?"

"네. 차라리 수면이 긴 게 나아요."

"얼마나 긴데?"

"……이틀이요."

어허, 무당의 입에서 묵직한 숨이 토해졌다. 독하디독한 전생일세.

"그보다 독한 건 네년이지."

"……."

"포기하라니까? 방법을 알려 줘도 왜 거부해."

"제 입장이 아니시니까 그런 말씀을 하시는 거겠죠."

"너야말로 거미의 습성을 몰라서 하는 말이지."

"……."

"이것아, 거미란 자고로 먹이가 벗어나려고 하면 할수록 거미줄을 더 치밀하게 짜."

지혜의 동공이 허해졌다.

"네가 발버둥 칠수록 점점 빠져나올 틈이 없어진단 거지."

진원과 마주친 것도 의지가 아니었는데, 도망치는 것도 마음대로 안 된다니. 문득 지혜는 억한 심정이 몰려왔다.

"그래서요, 저보고 어떡하라고요?"

"같이 잘 지내라니까?"

"어떻게 같이 지내요! 그 남자가 누군지 알지도 못하시
잖아요!"

"어허."

"저랑 어울릴 수 없는 사람이라고요. 사는 세계가 달라
요. 그런데도 얌전히 다가오는 걸 지켜만 보라고요? 저보
고 지금 그 남자의 장난감이라도 되란 소리세요?"

"이것아."

"좋아하지도 않는 남자를 필요로 하는 게 얼마나 섬뜩
한지 알기나 해요? 그 사람이 뭘 하든 겁부터 먹게 된다고
요. 바라보는 것조차 불편해요. 내가 싫은데 그걸 어떻게
견디라고!"

"신령님 앞에서 버르장머리 없이."

끅, 목울대를 잠재우자 지혜의 눈가가 뜨거워졌다. 욱신
거리는 감각이 두통을 동반했다. 이렇게 이성을 잃고 타인
앞에서 소리치는 것도 지혜답지 못한 행동이었지만 그만큼
상황이 두려웠다. 어떻게 하면 벗어날 수 있을까, 엮이지
않을 수 있을까. 연락처를 알려 주지 않았더라면 시작되지
않았을 관계였을까? 아니, 전혀.

"어쩔 수 없어. 거미는 널 처음 본 순간부터 네게 끌리게
되어 있으니까."

어떤 방법으로든 접근했을 남자다. 진원에게 지혜는 먹
음직스러운 대상이었다.

"넌 그 남자에게 먹히지 않으려고 도망치고 싶을 테고. 그게 너희 둘의 숙명이야."

파르르 경련하는 눈꺼풀을 손으로 꾹 짓눌렀다. 그럼 지금처럼 그가 시도 때도 없이 찾아올 때마다 꺼림칙해하며 피하기나 해야 할까. 그러다 그 남자와 잠들기라도 하면? 또 빨리 깨어나 내 생활 규칙이 다시 뒤틀리면? 진원은 다른 위치의 남자였다. 매달릴 수조차 없는데, 계속 부딪치면 나만 아프고 무너질 것이다.

"……잘 들어, 이것아."

지혜가 천천히 고개를 들자 무당이 한숨과 함께 말했다.

"네가 걸려든 순간부터 거미는 경계심이 없어져."

처음 만났을 때를 말하는 걸까?

"하나씩 실수를 하긴 할 거야. 왜냐하면 그놈은 자기가 친 줄에 걸린 널 당연히 먹을 수 있을 거라 생각할 거거든."

예컨대.

"그때 보이는 게 거미의 본모습이지."

그가 내게 무의식적으로 흘리는 모습을 자료로 모으면 될까? 암담했던 지혜의 머릿속에서 빠르게 안개가 걷혔다. 대중들에게 바른 이미지로 알려진 것과 달리 지혜에게 하는 언행은 정반대였다. 만약 진원이 그룹 이미지를 포장하는 역할이라면 지혜가 목격한 것들로 그를 흔들 수 있을 것이다.

"……감사해요."

지혜는 한 줄기 빛을 본 듯했다. 진원은 흔한 스캔들조차 나지 않을 정도로 깔끔한 전적을 가지고 있었다. 그런 진원이 여자에게 작업을 거네 마네 떠들어 댄 걸 대중들이 안다면 무슨 생각을 할까? 지혜의 뒷조사를 한 건 또 어떻고. 놓아줄 협박거리로 사용하기 제격이었다. 점차 밝아지는 지혜의 표정을 보던 무당이 불만스럽게 말했다.

"나중에 와서 딴소리하지 말어."

"……어떤 말이요?"

"이건 벗어날 수 있는 방법이 아니라 발버둥 치는 법이야. 그러다가 운이 좋으면 달아날 수야 있겠지."

"……."

"한데 실패하면? 넌 지금보다 더한 거미줄에 걸리게 될 텐데 그래도 웃음이 나와?"

잠시나마 올라갔던 지혜의 입술 끝이 아래로 내려갔다.

"그렇다고 얌전히 있어요?"

무당이 뚱한 눈빛을 했지만 지혜는 거기에 동조하지 않았다. 제아무리 전생에 나비였고 긴 수면을 끌어안아야 하는 숙명이라지만 적어도 한 남자에게 묶여 살고 싶지 않았다.

"죽을 땐 죽더라도 끝까지 해 봐야죠."

내가 받아들인 건 운명이지, 그가 아니다.

바깥으로 나온 지혜는 며칠 일한 돈이 가뿐히 날아갔지만 아깝지 않았다. 축축이 내리던 빗줄기가 어느새 약해져 있었다. 어렴풋이 내리쬐는 해가 지혜를 응원하는 듯했다.

곧바로 대형 전자 상가로 향한 지혜는 녹음기를 살폈다. 시대가 좋아졌는지 소개하는 제품들은 누가 봐도 녹음 기능이 내장되어 있을 거라고 생각할 수 없을 수준이었다. 그중에서 제일 위장하기 좋은 펜을 고르자 직원이 탁월한 선택이라 말했다.

"제일 잘나가는 제품이에요. 근데 아가씨가 사는 건 드문데."

"스피치 연습할 때 쓰려고요."

"공부하려고요? 잘됐네. 이거 볼펜으로도 사용할 수 있어요. 그냥 쓰셔도 되고 녹음할 땐 여길 누르고요. 여길 분리해서 컴퓨터와 연결하면 파일을 옮길 수 있고요."

"네……."

"녹음 시간은 연속 6시간입니다."

펜을 뚫어지게 보던 지혜가 생긋 웃었다.

"충분하네요."

어차피 그와 오래 있지도 못하니까.

집으로 돌아와 지혜는 계획을 짰다. 다른 누군가가 있을 땐 평소 이미지대로 행동하는 진원이었다. 녹음하려면 그와 단둘이 있는 상황부터 만들어야만 했다.

"데이트?"

스스로 말하고도 소름 끼쳤다.

"그게 무슨 데이트야, 계획이지."

마음이 한결 가벼워진다. 진원이 아무리 치밀한 남자라지만 지혜의 앞에선 경계가 무너졌다. 내심 동등한 관계라여겨졌다. 지혜가 오싹하고 껄끄러운 대신 진원은 그녀 앞에서 한없이 안일했다. 진원의 다른 모습을 본 대중들은과연 어떤 반응을 보일까? 그 사실을 필사적으로 막으려는진원을 떠올리자 지혜는 용기가 솟아났다.

한 가지 문제가 있다면 진원을 보면 자연스럽게 거부감을 느끼는 지혜의 몸이었다. 그것부터 억누르고 참아야 하는 게 단점이었다. 진원이 아무리 지혜에게 허물없어진다지만 계속 경련하고 놀라는 여자가 하는 말을 솔직하게 믿어 줄 리 없었다.

그래서 지혜가 선택한 것은 공포 영화를 억지로 보는 것이다. 귀신이라면 질색을 하고 새빨간 피라면 눈부터 감는지혜가 끝까지 모니터 앞에 앉아 있는 건 어찌 보면 대단했다. 연달아 2편 정도 보니 어느덧 출근 시간이 가까워졌다. 전신을 뒤덮은 소름은 영화를 멈춘 뒤에도 여전했다. 이 기세를 몰아서 지혜는 핸드폰을 집어 들었다.

[퇴근하세요?]

귀신이 나올 때 분위기는 음습했고 어두웠다.

[아직도 비가 오네요.]

때마침 창밖으로 눅눅한 비가 내렸다. 지혜는 문자를 보내고 잠시 기다렸다. 보통은 답장이 오는 동안 다른 일을 찾기 마련인데 그럴 필요가 없었다.

[데리러 가요?]

그는 너무 쉽다.

[네. 저희 집 아시죠?]

내게만 그렇겠지.

머리를 단정하게 하나로 묶은 지혜가 그 위로 망을 씌웠다. 비 오는 날 도로 사정은 익히 잘 알았기에 진원이 오는 시간도 조금 걸릴 터였다. 치마와 스타킹, 출근 시간이 5분 정도 늦을 걸 예상해 바로 유니폼만 입어도 될 수준으로 준비했다.

"이런 날에 구두는 조금 아닌가?"

현관 앞에 선 지혜는 잠시 주춤했다.

"아무렴 어때."

대수롭지 않게 구두를 신었다. 진원의 차 안은 전부 습기에 약한 가죽으로 이뤄져 있을 거라, 물 묻은 구두도 말끔하게 말려 줄 것이다.

[도착했으니 나와요.]

녹음기 버튼을 누르고선 가방 안으로 넣었다. 우산을 집는 지혜의 손이 비장했다.

나는 지금 귀신을 만나러 간다. 그렇게 생각하며 문을 여니 먹구름 낀 우중충한 날씨가 한층 더 이입을 도왔다. 아파트 계단을 심호흡하며 내려갔다. 1층 입구에 도착한 지혜의 입이 작게 벌어졌다. 잘 빠진 형체가 아파트 입구 앞에 서 있었다.

　"왜…… 나와 있어요?"

　우산을 든 진원이 고개를 돌렸다.

　"데리러 오라면서요."

　완전히 몸을 틀고선 웃는다.

　"마중 나오라는 거 아니었나."

　예상을 벗어난 진원의 행동에 지혜는 잠시 굳어 있던 몸을 애써 움직였다. 한 번도 좁다고 느낀 적 없던 입구가 진원의 몸집 하나로 협소하게 느껴졌다. 굵은 빗방울이 떨어지는 곳으로 우산대를 뻗자 진원이 말했다.

　"이리 와요."

　"저도 우산 있어요."

　"알아요."

　진원이 손을 뻗어 지혜의 어깨를 감쌌다.

　"그래도 들어와요."

　확 끌어당기는 바람에 지혜의 몸이 휘청했다. 부딪쳐 멈춘 곳은 진원의 가슴이었다. 서류에 종일 파묻혀 있었을 텐데도 새하얀 셔츠에선 윤기가 났다. 어김없이 시작된 거부감을 감추기 위해 지혜는 몸을 최대한 안쪽으로 웅크렸다. 고개 숙이자 물방울이 맺힌 진원의 구두가 보였다.

"또 파고드네?"

어두운 색을 머금은 구두가 기분 좋게 움직였다. 다부진 긴 팔은 지혜의 어깨를 덮는 거로도 모자라 비까지 젖지 않게 해 주었다. 차에 도착해서 직접 문을 열고 난 뒤에도 지혜가 오르는 동안 우산을 받쳐 주었다. 문턱에 부딪치지 않게 머리 위에 손을 올렸고 지혜는 진원이 이끄는 대로 들어갔다.

"무슨 비가……."

'쾅' 문을 닫고 운전석에 올라탄 진원의 옷이 축축했다. 하지만 금세 마를 정도로 차 안에는 차가운 바람이 가득했다. 지혜의 피부로 서늘한 감각이 바늘처럼 꽂혔다.

"습한 건 별로라."

"네."

"추워요?"

"아니요. 괜찮아요."

"치마가 짧네……."

"……."

지혜를 곁눈질로 본 진원이 기어를 바꾸며 말했다.

"감기 걸리겠다."

어제도 그러더니, 감기 걸리길 기도하는 사람처럼 군다.

축축한 아스팔트 바닥에서도 진원의 차는 비단길을 달리는 것처럼 흔들림이 없었다.

"옷을 길게 입고 다닐 생각 없어요?"

"……가서 유니폼 갈아입을 시간 줄이려고 입은 거예요."

"나 때문인가?"

콕 짚어 주니 지혜가 고개를 끄덕이며 진원이 좋아할 만한 대답을 했다.

"네. 잠깐이라도 보고 싶어서요."

끼이익, 도로 위를 매끄럽게 달리던 차가 멈추었다. 안전벨트를 푼 진원이 입고 있던 재킷을 벗었고 안착한 곳은 지혜의 다리였다.

"너 때문에 사고 나겠다."

그 사이로 짙은 눈썹이 보였다. 곤두선 감각이 지혜에게 도망가라 신호를 보냈지만 여긴 4차선 도로였다. 진원은 입꼬리를 올린 채 느릿하게 제자리로 돌아갔다. 동시에 파란불이 켜졌고 지혜는 탈출할 기회를 잃었다.

"아, 그러고 보니 오전에 카드 받았어요. 경찰서에서 연락 왔더라고."

"……잘 받으셨다니 다행이네요."

"내 카드인 거 알고 경찰분이 많이 놀랐어요."

"……."

"그래서 실수로 잃어버렸다고 했지, 바쁘신 분들 피곤하게 한 거 같아서 비서 통해 마실 것도 보냈고요."

왠지 실수는 지혜가 저지르고 진원이 수습한 것처럼 들려왔다.

"위급 상황에 부르라고 있는 분들이에요. 지혜 씨가 그냥 내게 주면 여러 사람 안 피곤하잖아."

"……애초에 제게 안 주셨으면 좋았잖아요."

"선물이었는데."

"네?"

"속옷 받았잖아요. 뭘 사 줄까 하다가 좋아하는 것도 아직 모르니까."

"그건 선물이 아니라…… 아니, 그런다고 낯선 여자한테 카드를 줘요?"

"그럼 안 돼요?"

'하' 지혜의 입술 사이로 헛숨이 토해졌다. 진원은 친절을 베푸는 방식도 남달랐다.

"원래 이런 식으로 고마움을 표하세요?"

"아니요. 관심 있는 사람한테만 하는데."

관심이라는 단어가 몹시 낯설었다.

"그런 여자는 처음이라 미숙했네. 카드가 많이 부담스러웠어요?"

마치 진원에게 특별한 사람이라도 된 것만 같은 기분이라, 지혜가 재빨리 대답했다.

"그건 자기밖에 생각 안 하는 행동이죠. 우진원 씨는 받는 여자 입장까진 생각 못하시나 봐요."

"알아서 인질이라고 한 건데."

지혜의 입이 작게 벌어졌다. 생각해 보니 진원이 불우이웃에게 손을 뻗어 부족한 것을 채워 주는 것과는 전혀 다른 배려였다.

"날 가지고 협박하는 법도 알려 줘야 하나?"

느리게 움직인 눈동자가 지혜에게 닿았다.

"아니면 카드 찾아준 대가로 사례가 어떤 건지 보여 줄까?"

적어도 약자에게 베풀 땐 무언가를 바라지 않는 법이다. 진원이 핸들을 매끈하게 훑으며 웃었다.

"원하는 거 말해 봐요. 들어주게."

하지만 지혜에겐 있다. 저에게 바라는 게 뭘지 예측한 지혜는 몸을 들썩였다. 여기 탄 목적을 상기해야지. 지금 이 상황은 지혜에게 무척 유리하게 흘러가고 있었다. 진원이 더욱 날뛸 수 있도록 차분하게 말했다.

"……제가 더 어린데 말 편하게 하세요."

"그러면 나야 좋긴 한데. 지혜 씨도 같이 놔요, 그럼."

"오늘만 보고 말 사이도 아닌데, 전 천천히 놓을게요."

반가운 소리였는지 진원이 반대쪽으로 고개를 돌리며 옅게 웃었다.

"매일 볼 거예요?"

"가게 단골이시니까……."

"그래, 그럼. 먼저 놓을게."

좋다고 곧이곧대로 웃는 걸 보니 속내를 잘 숨기는 타입은 아닌 거 같았다.

"저, 하고 싶은 말이 있는데."

"뭔데?"

"제가 진원 씨 만날 때마다 놀랐던 거, 오해 안 하셨으면 해서요."

"오해라…… 손 닿으면 떨던 거?"

"네."

"눈 마주치면 표정 굳고 닿으면 싫어하고."

"그게, 긴장돼서 그랬어요. 진원 씨는 저와 다른 분이시니까요."

적절한 핑계였다. 진원이 이해한다는 듯이 고개를 끄덕였다. 자신의 위치를 잘 아는 것 같았다.

"그런데 침대에선 그렇게 껴안아?"

먹혀야 하는데.

"귀여우니까 봐준다."

먹히니 지혜는 기분이 이상했다. 오해라 둘러대고 진원이 수긍하니 계획이 조금씩 완성되는 기분이 들었다. 목적을 상기하기 위해 지혜는 녹음기가 들어 있는 가방을 꼭 움켜쥐었다.

"전략 기획팀에서 일하고 계시죠?"

"그런 것도 알아?"

"네."

진원이 신기하다는 듯이 지혜를 쳐다봤다. 그럴 만도 했다. 처음 만났을 때 지혜는 그의 이름조차 기억 못 했으니까.

"무슨 일 하는지 궁금한데, 얘기해 주세요."

"……별거 없어. 어떻게 하면 지금보다 회사의 매출이 더 커질 수 있을까 목표와 계획을 세워."

"아무래도 해외 쪽으로 시선이 갈 수밖에 없겠어요."

"그렇지. 구매 추세를 확인해서 내국인보다 외국인의 선호도가 더 높은 제품들은 바이어를 만나 계약 끌어내기도 하고."

"계약 조건 같은 걸 따지기도 하고요?"

"그래. 그 나라에 제공할 때 할인 혜택을 준다든가 그쪽에서 도도하게 굴면 요구하는 조건에 최대한 맞추기도 하고 아니면 세게 밀어붙이기도 하고."

"기싸움하는 거 같네요."

"응. 잘하거든."

"어떤 걸요?"

"기싸움."

진원의 목소리에서 자신감이 읽혔다. 왠지 석연치 않은 기분을 지우려 지혜는 아무 얘기나 떠들어 댔다.

"사람들 상대하려면 눈치도 빨라야겠어요."

"응."

"관찰력도 좋아야 할 거고, 세심하기도 해야 할 거 같아요."

"그렇지."

'끼익' 어느새 도착한 가게 앞에서 차가 멈추었다. 여유롭게 브레이크를 잠그며 진원이 지혜를 바라보았다.

"너무 빨리 왔나."

"아니에요. 데려다주셔서 감사합니다."

"내일 쉬겠네."

"네."

지혜가 무심결에 대답하자 진원이 웃었다.

"근데 너 이틀 동안 뭐해?"

심장이 아래로 꺼졌다.

"이…… 틀이라뇨?"

만약 소리가 시각화되어 보였더라면 지혜의 심장 뛰는 소리는 기괴하게 퍼져 나가는 모양새였을 것이다.

"가게엔 이틀 출근하고, 이틀 쉬고. 또 이틀 동안 연락 없었잖아."

하지만 진원은 소리를 보지 못할지언정, 그보다 더 뛰어난 통찰력을 지니고 있었다.

"보통 문자 보내면 늦게라도 연락하거든."

진원이 가늘어진 눈매를 했다.

"하루 지나서 말고."

바들바들 떨리는 걸 들키지 않으려 지혜는 안전벨트를 두 손으로 꽉 움켜쥐었다.

"그게 왜 궁금하세요?"

진원이 옅게 웃었다.

"왜 떨어?"

숨이 멎었다.

"추, 추워서 그래요."

진원의 긴 손가락이 냉기로 가득 찬 내부 온도를 올렸다. 지혜는 간담이 서늘했다. 사회생활로 단련된 그의 예리한 촉이 자신에게도 작용할 줄은 꿈에도 몰랐다. 이건 어떻게 보면 위험한 일이었다. 이틀 동안 잠에 빠지면 아무것도 못하고, 못 듣는 지혜가 그와 잠들면 정상적인 수면이 가능하단 걸 알게 된다면 어떻게 될까? 한 번도 걱정해 본 적 없던 일이라 소름 돋았다.

"원래 집에선 폰 잘 안 봐서 그래요."

"이상하다. 집이면 더 자주 보는데."

"데려다주셔서 감사합니다. 그만 가 볼게요."

다급하게 안전벨트를 풀며 진원이 얹어 놓은 재킷을 건네었다. '투툭' 허벅지 부근에서 불길한 소리가 났다. 자세히 보니 재킷 주머니에 펜이 꽂혀 있었다.

"아……."

한없이 연약한 재질로 이뤄진 스타킹은 날카로운 쇳덩이에 걸려 일직선을 남겼다.

"괜찮아?"

"네. 새로 사서 신으면 돼요."

"이래서 바지를 입으라고 한 건데."

여자도 공평하게 편한 것을 입어야 한다는 신념을 말하는 걸까. 진원은 불합리한 사회를 뒤집는 선구자 같은 면이 있었다. 지혜의 다리를 보던 진원이 눈가를 찌푸렸다.

"긁혔나?"

"네."

"상처 생겼으려나……."

본래 그의 관심은 거미줄처럼 투명했다. 자세히 보아야 형체를 알 수 있고.

"내가 봐 줄까?"

발견하면 놀라는 것처럼. 지혜의 손가락이 빳빳하게 굳었다. 반면 진원은 여유롭게 웃고 있었다.

"해 줘?"

"우진원 씨."

"응."

"지금 이거, 성희롱이에요."

"그래?"

"여자에게 이런 말을 하는 건……."

"아플까 봐 걱정이네."

"무슨……."

"침 발라 줄까?"

세상에나. 지혜가 다짜고짜 문고리를 잡았다. 픽 하고 웃는 진원의 웃음소리가 귓가를 꿰뚫었다.

"싫으면 안에 들어가서 잘 봐. 상처 났으면 연고 꼭 바르고."

바깥으로 나선 지혜에게 진원이 뒷좌석에 실려 있던 긴 장대 우산을 건네주었다.

"우산 가져가야지."

"네."

"지배인에겐 덕분에 잘 썼다고 전해 줘."

"알겠습니다."

"근데 연락 계속 늦게 할 거야?"

지혜는 '쾅' 하고 문을 닫고는 무작정 걸었다. 추적추적 내리는 비를 맞으면서도 어디에 물기가 닿는지 모를 정도였다.

자주 가는 단골 가게의 직원과 함께 차를 타고 왔다는 건 진원의 대외적 이미지를 손상시킬 수 있을 만한 장면이었다. 가게 문을 여니 등 뒤로 빗물을 매끄럽게 헤치며 굴러가는 차가 유리에 비쳤다. 지혜는 진원이 자신을 뒤따라오는 장면을 남들에게 보여 줄 만큼 멍청한 남자는 아니라고 생각하며 안도했다.

내부는 오픈 준비로 분주했다. 편의점에 들를 시간이 없던 지혜는 결국 맨다리를 택했다. 녹음기를 틀어 보니 다행히도 잡음이 섞여 있지만 대화 내용은 무사했다. 상처를 봐준다느니, 침을 발라 준다느니. 대중들이 알면 기겁할 발언이 여럿이었다. 놀란 가슴은 덕분에 진정되었다. 계속 이렇게 굴어라 속으로 기도했다.

"오지혜 씨."

"네?"

위아래로 보는 매니저의 시선에 지혜는 마른침을 삼켰다. 의상을 지적하려나, 걱정하던 순간 매니저가 들고 있던 무언가를 건네주었다.

"이거 받아요."

"……뭐예요?"

그녀가 준 봉투 안에 있는 건 스타킹이었다. 아무리 많은 손님이 들이닥쳐도 일사불란하게 지시를 내리는 매니저는 평소 눈썰미가 좋은 편이었다. 수십 명의 직원 사이에서도 맨다리인 자신을 발견하고 스타킹을 준비한 그녀의 배려에 지혜는 작게 감탄했다.

"감사합니다."

'달그락' 스타킹 밑으로 작은 상자 안에 담겨 있는 연고가 보였다. 연고?

"탈의실 들어가서 신고 나와요."

머리가 새하얘졌다. 그에게 내 집 주소와 연락처를 알려 준 밀고자는 다름 아닌 매니저였다.

이쯤 되면 일하는 공간도 진원의 손바닥 안이었다. 카메라만 안 달렸다뿐이지, 매니저는 꼼꼼하게 직원들을 관리하는 역할이었고 지배인과는 호텔에 있을 때부터 관계를 지속해 오고 있는 사람이었다. 이 사실을 솔직하게 말한다고 해도 지배인이 지혜와 매니저의 말 중에 누구를 믿어줄지 뻔했다. 탈의실에 들어온 지혜는 신경질적으로 스타킹 포장지를 뜯었다.

"내 몸을 왜 지가 걱정해?"

어느샌가 진원은 경계선을 허물없이 넘고 있었다. 발을 집어넣고 쭉 올리자 허벅지엔 빨간 생채기가 일자로 그어져 있었다. 이젠 이것도 열 받는다.

"다치라고 사주한 거 아니야?"

진원이 준 연고를 쓰레기통 안으로 집어넣고선 거친 숨을 내몰아쉬었다. 그래, 인정한다. 그는 정말 거미 같은 남자라 내가 벗어날 수 있는 확률은 극히 낮아 보였다. 하지만 걸렸다고 포기해 축 늘어지는 건 지혜의 성격과 어울리지 않았다.

"연락?"

고개를 든 지혜의 눈빛은 아까와 달리 비장했다.

"하면 되지."

이들의 오해부터 지워 주겠단 생각으로 지혜는 곧장 선미에게 전화를 걸었다.

"왜, 무슨 일이야?"

지혜의 연락을 받고 온 선미는 입구에서 지배인인 사촌 오빠에게 잔소리를 듣고 나서야 테이블에 앉을 수 있었다.

"어휴, 저 꼰대. 내가 아직도 술도 못 마시는 줄 안다?"

작게 구시렁대던 선미는 메뉴판을 들고 온 지혜를 보고 의자를 쭉 빼 주었다. 의자에 앉은 지혜가 선미를 마주 보았다.

"뭐 마실래? 내가 살게."

"됐어, 나보고 무알코올 칵테일 마시란다. 메뉴도 자기가 정해 놨다니까?"

"너 걱정해서 그러시나 봐."

"웃기고 있어."

딸이 귀한 집안에서 태어난 터라 선미는 친척 사이에서도 유별난 대우를 받았다. 어렸을 땐 공주님, 다 컸을 땐 아가씨 하며 불러 주는 게 지혜의 눈에는 애지중지하는 거로 보이는데 선미는 진저리쳤다.

"내가 결혼 못하는 거 어쩌면 당연한 건지도 몰라. 다들 저 모양인데 데려온 남자 친구가 맘에나 들어?"

"저, 선미야. 나 오래 얘기 못해."

"왜? 평일이라 손님도 별로 없는데."

매니저와 직원들의 눈치를 봐야 하는 지혜 입장은 선미에게 우스운 것이다. 안 그래도 경력자만 뽑는 곳에 연고 없는 지혜를 낙하산으로 꽂아 주었으니, 그 높은 콧대가 이해가 가지 않는 건 아니다.

"부탁할 게 있어서, 잠깐이면 돼."

"어? 뭘?"

"나 오늘 자면 이틀 동안 못 일어나거든."

"응, 알지. 딱 봐도 알겠다, 눈이 퀭한 게 엄청 피곤해 보이네."

지혜가 주머니에 넣어 두었던 핸드폰을 꺼내 테이블 위로 올려놨다.

"나 잠든 동안 내 핸드폰으로 연락 좀 해 줄 수 있어?"

"누구? 부모님?

선미가 뚱하게 대답했다.

"너 전화 안 받으면 원래 나한테 거시잖아."

"다른 사람이야."

"너 일자리 또 알아봤어? 그럴 거면 내 걸로 하지."

안 그래도 아르바이트를 구할 때면 잠든 시간에 연락 못 받는 것을 방지하기 위해 선미의 연락처를 알려 주는 편이었다. 고개를 내저은 지혜가 핸드폰에서 진원의 연락처를 찾았다.

"이 사람한테 하면 돼."

"어디 보자, 이름이…… 무슨 저장을 이렇게 해 놨어? 누군데?"

"있어, 그런 사람."

핸드폰 속 진원은 '엮이기 싫은 사람'이었다.

"너 스토커 붙었어?"

"……뭐, 비슷해."

선미가 기함을 했다.

"진작 말하지. 내가 퇴치해 주면 돼? 아주 정나미가 떨어지게 해 줘?"

"어?"

지혜는 놀라 눈이 커졌다. 그러고 보니 선미는 남자와 만나는 데도 선수였지만 정리하는 데도 일가견 있었다. 헤어지자고 말한 뒤에도 아직 널 못 잊었다느니, 보고 싶다느니 새벽 1시에 술 취한 구 남친에게 문자가 올 때면 '네 보험금 수익자 나로 해 주면 안 돼?'란 답장을 보내는 여자였다.

지혜는 매 순간 진원의 앞에서 움츠러들고 벗어나려 머리 굴리지만 선미는 아예 상관없는 타인이었다. 어쩌면 녹음까지 갈 필요도 없이 정이 떨어질지도 모를 일이었다.

"한번 해 줘 봐."

"알았어. 이런 문제면 진작 말하지, 나만 믿어."

선미는 자신만만하게 핸드폰을 낚아채 갔다.

"너무 예의 없거나 건방지게 굴진 말고."

"걱정 마, 그냥 너란 여자한테서 정이 확 떨어지게 해 줄 테니까."

"응, 고마워."

"몇 살인데?"

"스물아홉."

"오빠네, 오빠."

지혜가 기겁했다.

"오빠 아니야!"

"어?"

"오빠란 단어 절대 쓰지 마. 반말도 하지 말고, 꼬박꼬박 존댓말 사용해 줘."

선미는 모르겠단 얼굴로 물었다.

"왜? 그럼 이름 불러? 이름이 뭔데?"

"이름도…… 안 돼."

얼마 전만 해도 선미가 잡지에서 보며 예찬했던 인물이 바로 핸드폰 속 그 남자였으니까. 선미가 이해심 넓은 표정으로 끄덕였다.

"얼마나 싫으면 이름도……. 안 봐도 비디오네."

직원이 들고 온 분홍빛 칵테일을 보며 선미는 토할 것 같은 표정을 지었다. '핑크 레이디'라니, 입도 대기 싫어하는 표정이다.

"선미야, 마시고 가. 나 일하러 갈게."

"야, 잠깐만."

"어?"

"고등학교 동창 애들 모임 잡혔는데 이번에 너 안 나오면 안 될 거 같더라."

동창이란 소리에 지혜의 눈썹이 슬쩍 구겨졌다. 고등학교 시절은 그리 멀지 않은 추억이지만 회상할 때면 마냥 좋은 것은 아니었다.

"……내가 시간이 어디 있어."

"안 그래도 너 뭐가 그리 바쁘냐고 씹히고 있다니까?"

"잘됐네, 앞으로도 안 보면 되고."

"너 계속 빠졌잖아. 예전에는 싫어서, 지금은 잠 때문에. 너 이러다가 인간관계 다 없어질 텐데 이마저도 포기할 거야?"

"……."

"네가 지금 이렇게 산다지만 그래도 노력해서 사람답게…… 살아야지. 친구들도 같이 만나고. 우리 예전에 다섯이서 친했잖아."

"선미야, 나중에 얘기하자. 나 정말 눈치 보여서 그래."

바쁘지도 않은 가게 탓을 하며 지혜가 일어서자 때마침 단체로 남녀 섞인 무리가 들어왔다. 지혜는 분주한 척 메뉴판을 들고 테이블로 향했다. 안 그래도 쏟아지는 잠으로 무뎌진 뇌가 주문을 받아 적으면서 더욱 어지럽게 번졌다. 볼

펜 심을 꾹 눌러 적은 글자를 보니 두통이 일었다. 이미 지나간 일이지만 복잡한 건 가슴에 자국을 남겼기 때문이다.

"하아…….''

집으로 돌아오면 지혜의 몸에 둘러싸인 긴장도 함께 풀린다. 신발을 제대로 벗어야 한다는 생각보단 어서 침대로 가 눕고 싶은 마음만 간절했다. 간단하게 샤워를 마치고 침대에 눕자 몽롱하던 시야가 더욱 어그러졌다.

"…….''

선미가 과연 그 남자를 떼어 낼 수 있을까, 불안해하며 눈을 감았다.

지오 그룹에서 나이 가리지 않고 전 세대의 사랑을 편식 없이 받는 기기는 바로 핸드폰이었다. 'IN' 시리즈는 매번 새로운 버전을 출시할 때마다 유출을 피할 수 없을 정도로 주변 그룹과 대중의 관심도가 높았다. 모든 부서가 곧 출시를 앞둔 IN5 프레젠테이션에 참석한 가운데, 회의실 한가운데를 차지한 건 전략기획팀 우진원이었다.

"인간의 생활을 편리하게 할 혁신innovation이란 모토motto에 걸맞게 IN4와는 달리 고객의 목소리만으로 스케줄과 다이어리, 연락처 등을 추가하고 조정하는 기능을 추가했습니다."

발표를 맡은 남자의 진행은 능숙하고 힘찬 목소리로 이뤄졌다. 이미 수십 번의 회의와 의견을 거치고 완성 단계에 이르렀기에 그 완벽함도 남달랐다. 하지만 목 뒤로 긴장이 서리는 건 모두가 고개를 끄덕이는 가운데 진원 혼자만이 목석처럼 화면을 응시했기 때문이다. 그가 무표정을 하고 있으면 주변 공기부터가 달라졌다.

"혁신이라는 모토는 너무 지겹지 않습니까?"

"네?"

새하얀 종이 위로 펜을 쥐고 있는 진원의 몸이 삐뚜름했다.

"휴대폰은 하루에도 몇 번이고 바라보고, 손에 쥐고 연락하는 중요 수단이지만 그렇기에 현대인들에게는 또 다른 족쇄이기도 합니다. 그 이미지를 탈피할 수 있는 주제로 보기에 혁신은 너무 숨 막히죠."

"처음 'IN'시리즈를 기획할 때부터 정해진 사안이라……."

"제가 없을 때 정해진 거 아닙니까."

남자는 꼴깍 마른침을 삼켰다.

"저번 IN4 때 실적이 바닥이었어요. 시리즈가 늘어 갈수록 기능은 계속 추가되는데 외관은 모양만 살짝 바꾸는 식이라 디자인 부분에서 평이 안 좋았습니다."

그 말에 목이 바싹 탄 디자인 부서와 기획팀장이 앞에 놓인 아이스 아메리카노를 마셨다. 회의가 시작하기 전 진원이 인원에 맞게 선물한 것이다.

"그건 곧 소비자들이 기능도 기능이지만 보이는 외관에도 집중한다는 건데, 디자인이 저래선 이번에도 고객들의 니즈를 충족시킬 수 없을 겁니다. 방향을 조금 바꿔 보았으면 하는데."

"어떤……."

"따분한 일상에 흥미를 주는interesting 제품으로."

장내가 술렁거렸다. 혁신은 IN 시리즈의 주체성인데 그 뿌리부터 흔드니 말이다.

"매일 출근하고 퇴근하고, 지겨운 일상을 깨기 위해 고객들이 하는 것이 바로 소비입니다. 산뜻하고 다양한 25가지의 색상으로 자신이 직접 외관을 하우징할 수 있도록 다양한 제품을 갈아 끼워 넣을 수 있는 방식을 도입한다면 나쁘지 않을 것 같은데요."

톡톡, 진원의 손가락에 감긴 펜 뚜껑이 종이 위를 두드렸다.

"그날의 기분에 따라 옷을 바꿔 입는 것처럼 핸드폰은 '나의 친구'이자 '또 다른 나'라는 이미지를 세우는 겁니다."

인간의 표출하고 싶은 욕망을 겨냥한 진원의 사고방식을 꼬투리 잡는 자는 이곳에 없었다. 오히려 편하게 모른 척 넘어갈 수 있을 일을 집요하게 물어뜯는 그의 야성미와 문제점을 단번에 해결하는 모습은 모두를 수긍하게 만들었다. 다들 속으로 생각했다. 우 회장님 셋째 아들은 정말 흠 잡을 곳 없이 유능하다고.

"하우징 같은 경우엔 수출했을 시 중국과 일본에서 반응이……."

잠시 바지 안쪽으로 넣어 두었던 핸드폰이 진동했다.

"좋을 것 같은데요."

진원은 웃음으로 갈무리하며 시선을 아래로 떨구었다.

[뭐하세요?]

업무 중에 연락이 오는 건 질색이나 그건 대상이 누구냐 에 따라 다른 법이었다. 진원에게 언제 들어도 좋은 건 계 약이 무사히 체결됐다는 소식이지만 최근에 하나 더 추가 된 것이 있었다.

[회의 중.]

눈에 뭐가 쓰인 것도 아닌데 무뚝뚝한 글자는 언제 봐도 반가웠다. 먼저 문자를 해 주다니, 어제 가게로 데려다준 보람이 있었다.

[밥은 먹었나?]

그녀의 문자는 오후 2시의 무료함을 환기시켜 주었다. 요즘 그녀는 진원의 지루한 일상에 활력이 되었고 흥미를 안겨 주었다. 평소 접해 보지 않았던 색다른 반응들이 제 법 잘 맞은 탓이었다. 그래서 평소 안 하던 일도 서슴없이 했다. 회의 도중에 지속적으로 자판을 두드리는 진원에게 로 몇몇의 시선이 닿았다.

[네, 볼일 보고 나왔어요.]

[볼일?]

[그거 있잖아요. 다 아시면서.]

[뭘?]

[과식을 했더니 구렁이 한 마리가…….]

진원의 표정이 살짝 구겨졌다. 글자를 잘못 보았나, 수신인이 잘못되었나 다시 살필 정도였다. 하지만 아주 잠시일 뿐이었다. 진원은 다시 진행되는 프레젠테이션을 한 귀로 들으며 차분하게 손가락을 움직였다.

[그런 얘기를 할 줄은 몰랐는데.]

[실망이에요?]

[생리적인 행위지. 오히려 잘 먹었다니 다행인데. 입이 짧아 보여서 걱정했거든.]

[화장실 가는 건 건강하단 증거예요.]

짧게 웃음이 터졌다. 몹시 예의 없고 실망하기에 충분한 내용이었으나 진원에게는 화장실 얘기하는 지혜가 색달랐다.

[그래. 기특해.]

누군가의 입에 들어가는 음식을 가지고 칭찬을 하게 될 줄은 몰랐지만 지금보다 살이 더 찌면 좋을 것 같다 생각했다. 복스럽게 먹는 여자를 이상형으로 떠올려 본 적 없는데 이상하게 지혜의 입만 보면 무언가를 넣어 주고 싶은 욕구가 차올랐다. 그래서 요즘 진원은 식사할 때마다 맛이 좋으면 무의식적으로 그녀를 떠올렸다. 그리고 샤워를 할 때에도.

[아, 근데 제가 변비라 좀 오래 앉아 있는 편인데 보니까 이상한 게…….]

[뭐가?]

회의에 동참하지 않고 다른 일을 하는 손이 몹시 부드러 웠다. 모두가 그런 진원을 이상하게 보긴커녕 그에게 중요 한 문자가 왔나 보다 생각했다. 어떤 상황에서든 진원을 우위에 서게 하는 건 바로 사람들의 시선이었다. 모나지 않고 매끄러운 눈빛들은 진원이 하는 모든 일에 불가능이 없도록 했고 자연스레 진원을 당혹스럽게 하는 사건은 일 어나지 않았다.

[수술해야 할 거 같은데 너무 무서워서…….]

[무슨 일인데? 어디 안 좋나?]

[말하기 부끄러운 것이 튀어나왔거든요.]

진원의 눈가가 잠시 가늘어졌다.

[혹시 잘 아는 항문 외과 있으면 추천해 주시겠어요?]

적어도 이 여자를 만나기 전까진.

회의가 끝날 때까지 진원은 멍한 상태였다. 모두가 한쪽 팔을 세우고선 머리를 기대고 있는 그의 눈치를 보다 하나 둘씩 자리에서 일어났다. 뒤늦게 회의실을 정리하러 들어온 사람으로 인해 정신이 돌아온 진원은 제 사무실에 가서도 똑같은 모습이었다.

"상무님, 실례하겠습니다."

한 번도 등 뒤로 펼쳐진 도심 풍경을 골똘하게 본 적 없던 진원이 의자에 앉아 아예 창가 쪽으로 몸을 틀었다. 우유팩처럼 빼곡하게 서 있는 높은 건물들을 보면 답답할 뿐이라며 우스갯소리를 하던 진원인데, 그걸 뚫어지게 응시하고 있으니 그가 검토해야 할 서류를 한 보따리 가져온 최 비서는 잠시 그것을 뒤로 물렸다.

"최 비서님."

"네."

"여자가 남자에게……."

"네?"

"항문 외과를 추천해 달라는 건 무슨 심리일까요?"

제가 들어와도 한참이나 대답 없던 진원이 물은 질문에 최 비서는 적지 않게 당황했다. 다른 곳도 아니고 항문이라니. 큼큼, 짧게 헛기침을 하자 진원이 반쯤 의자를 돌렸다.

"아시겠어요?"

"제가 보기엔……."

"네."

"……남자로 안 보는 것 같은데요."

심사숙고한 대답이었지만 오히려 그 말에 진원이 책상

쪽으로 몸을 확 틀었다.

"남자로 안 봐?"

날카로운 목소리에 저도 모르게 척추를 꼿꼿하게 세운 최 비서는 의아함을 감추지 못했다. 왜 저렇게 화가 나셨지? 설명을 곁들여 주지 않아서 그런 것이라 확신한 최 비서가 말했다.

"네, 어떤 여자가 관심 있는 남자에게 그런 수치스런 말을 합니까?"

"수치스러운 얘긴가요?"

"그렇죠. 모두가 숨기고 싶어 하고…… 왜, 통계를 보면 항문 외과를 찾는 사람 비율이 남자보다 여자가 더 적지 않습니까? 알면서도 부끄러워 방문하지 않는 곳인데 그걸 남자에게 말했다는 건 몹시 편하게 생각하는 상대라는 거겠죠."

"……."

"아마 동성 친구에게도 그런 얘긴 안 할 겁니다."

그 말이 비수가 되어 꽂혔다. 진원은 다시 한 번 지끈거리는 이마를 짚었다. 관심이 있다뿐이지, 좋아하는 수준은 아니었음에도 진원은 그녀가 자신을 보며 긴장감 없이 구는 게 맘에 들지 않았다. 남자로서 매력이 부족한가? 그러기엔 회사 내 여자 사원들은 멀리서 진원이 쓰는 향수 냄새만 맡았다 하면 제 옷부터 점검했다. 자신의 앞에서 요조숙녀처럼 웃고 늘 최고의 모습만 보여 주려고 했지, 그녀처럼 치부를 말하지 않았다.

"근데 무슨 일이신지."

그것이 저리 표정을 구길 일일까. 아마 꽤 친한 친구의
얘기일 거라고 생각한 최 비서는 도움을 주기 위해 나섰다.

"제가 병원을 알아봐 드릴까요?"

"하."

"여자라면, 아마 여의사가 편할 겁니다. 그 부분은 제가
직접……."

"……."

"계속 안 가면 병이 커지게 되는……."

진원은 자신이 이해가 가질 않았다. 자신을 남자로 보지
않는단 건 모욕적인 사실인데 그 와중에도 지혜가 걱정됐
다. 꽤 신경 쓰이는 부위일 텐데, 오죽하면 자신에게 병원
을 추천해 달라고 말할까 싶었다.

"그래요, 한번 알아봐 주세요."

"네."

"실력 괜찮고 유능한 분으로."

"알겠습니다."

"남자로 안 봐……."

넋이 나간 목소리가 허탈한 웃음과 섞여 번져 나갔다. 왜
자신이 이토록 기분 나쁜지 이유를 알 수 없었다. 그냥 도
움을 원하니 알아 봐주고, 수술 잘 받으란 위로도 곁들어

줄 수 있는 것인데 자존심이 상했다. 진원은 평소 다양성을 인정하는 사람으로서 '왜?'라는 물음보다 '그럴 수 있다'는 넓은 시각을 가지고 있었다. 하지만 저를 보며 그럴 수 있다는 건 조금 달랐다.

핸드폰을 꺼내 든 진원의 손가락이 아까보다 날렵했다.

[그래. 병원 알아봐 줄게.]

[감사해요. 이왕이면 좋은 곳에서 수술받고 싶어서요.]

[수술할 정도인가?]

[네, 크기 보시면 아마 TV에 제보하고 싶으실 거예요.]

진원의 입가로 날카로운 웃음이 그려졌다.

[그렇게 말하니까 걱정된다.]

지금 이 문자가 진원의 안에 숨겨진 본성을 건드린 걸 아마 그녀는 까마득하게 모를 것이다.

[같이 가 줄까?]

문자를 보내고 난 뒤 액정 위를 엄지로 톡톡 두들겼다. 놀란 듯 보이는 문자가 곧바로 도착했다.

[생각해 보니 너무 무서워서 안 갈래요. 그냥 이러고 살래요.]

[더 심해지면 아플 텐데.]

[수술한 친구한테 들었는데 정말 창피하대요. 병원에서 엉덩이만 뿅 뚫린 바지를 입히는데 천을 들추면 바로 그곳이 보인다고…….]

아. 진원의 입술이 나지막이 벌어졌다.

[꼭 나랑 같이 가자.]

미끈하게 액정 위를 훑는 긴 손가락이 끈적했다. 못 볼 것이라도 발견한 것처럼 그녀가 호들갑을 떨었다.

[변태! 내 엉덩이 보려고 그러죠!]

[아니. 안 볼게.]

[거짓말. 완전 저 지금 충격 먹었어요. 연락하지 마세요.]

핸드폰을 뚫어지게 내려다보던 진원의 입술 사이로 낮은 숨이 흘렀다.

"아…… 들켰나."

모기 날갯짓만큼이나 희미한 혼잣말이었던 터라 최 비서는 듣지 못했다. 진원은 고개를 들어 흔들림 없이 제 앞에 충실히 서 있는 최 비서를 바라보았다.

"근데 최 비서님."

"네?"

"수술 앞둔 여자 어떻게 달래 줘요?"

이틀이 지나 깨어난 지혜가 출근함과 동시에 핸드폰이

배달되었다.

"어때?"

두근두근 설레는 맘으로 지혜가 두 손을 내밀었고 선미는 뚱한 표정으로 핸드폰을 올려놔 주었다.

"보통이 아니야."

"어?"

"이 남자 보통이 아니라고."

머릿속에 가득 차 있던 기대감이 빠르게 휘발되었다.

"그냥 만나. 이 정도로 멘탈 강한 남자도 없어."

당혹스러운 표정으로 문자 메시지 함에 들어갔다. 시간의 흐름을 거슬러 올라가는 손길이 재빨랐다. 대화의 시작은 친구의 부탁을 들어줘야 하는 임무를 맡은 선미가 먼저였다. 문자를 읽어 내려가는 지혜의 표정이 딱딱하게 굳었다.

"야, 너."

"계속 봐 봐."

그건 시작에 불과하다는 식으로 선미가 말했다. 글자를 보는 지혜의 눈동자가 뒤흔들렸다.

"야!"

"아, 깜짝이야."

"정떨어지게 해 준다더니, 그게 이런 거였어?"

그를 떼어 달라고 했더니, 저 자신을 엉망으로 만들어 놨다. 폭격을 맞은 듯 지혜가 부들부들 떨자 선미가 '그럼 어떡해?' 한다. 더러움을 이기는 남잔 없다면서.

"네가 약간 이슬만 먹고 사는 이미지잖아. 청순하고 청초한 느낌의 여자가 이런 얘기 하면 완전 깨지."

"다른 방법 많잖아."

"엮이기 싫은 남자라고 해서 과격하게 나갔지."

"하……."

"끝까지 봐 봐, 이 남자가 얼마나 넓은 포용력을 가졌는지 너도 알아야 한다니까?"

무슨. 창백해진 지혜의 얼굴이 아래로 기울자 핸드폰 위로 묵직한 그늘이 생겼다.

[병원 예약했어. 내일 6시까지 집 앞으로 데리러 가지.]

"……병원 예약까지 잡았어?!"

지혜의 눈동자가 이토록 불타오르는 건 처음 본 터라, 놀란 선미가 재빨리 대답했다.

"아니, 그거 내가 잘 수습했어."

[어? 지금 보니까 갑자기 사라졌어요! 신기하다.]

지혜는 머리 위를 5톤 트럭이 밟고 지나간 것만 같았다. 무슨 마술도 아니고 하루아침에 사라지다니. 지혜를 더욱 어처구니가 없게 만드는 건 스트레스를 받으면 잠시 부풀 수 있다고 조언을 아끼지 않는 그였다. 지혜는 한숨을 푹 내쉬었다. 그래도 전화는 안 온 모양이네.

[전화는 왜 안 받지?]

아닌가, 왔는데 선미가 안 받은 듯 보였다.

[제가 통화하면 귓가에 속삭이는 거 같아서 쉽게 흥분하는 성격으로…….]

그것도 아주 괴이한 방법으로.

"이런 말을 하면 어떡해?!"

"아니, 뭐…… 아무튼 계속 실수인 척 욕도 해 보고, 백치미도 막 드러내고 예의 밥 말아 먹은 짓도 했는데 다 받아 준다니까?"

"이건 받아 주는 게 아니라…….""

"완전 성인군자. 그냥 만나."

"너…… 됐다. 말을 말자."

아직 일을 시작한 것도 아닌데 지혜는 온몸이 혹사당한 듯 욱신거렸다. 문자 내용을 보니 질색해 떨어졌다기보단 오히려 어디로 튈지 모르는 여자 앞에서 어떻게 대처해야 하는지 내성만 키워 준 셈이다. 덕분에 무슨 짓을 하더라도 그가 실망할 일은 극히 적어 보였다.

"난 정떨어지게 하려고 최선을 다했어…….""

"알았어, 고마워."

그래도 이틀 동안 왜 연락이 없는지에 대한 의심은 풀렸겠지. 비장하게 던진 커다란 그물에 비해 실속 없는 결과물을 보며 지혜는 속으로 한숨을 삼켰다.

"나 때문에 와 줘서 고마워. 이제 가 봐."

"어? 어, 나 오늘은 술 좀 마시다가 가려고."

선미가 엉덩이를 딱 붙이고선 메뉴판을 들춰 댔다. 그래 봤자 이곳에서 선미가 마실 수 있는 건 무알코올이 전부였다. 며칠 전 저를 애 취급한다고 지배인을 욕했던 선미가 슬그머니 지혜의 눈치를 봤다.

"나 신경 쓰지 말고 가서 일 보라니까."

"그래……."

정작 자신은 모를 테지만 선미는 뭔가 숨기는 게 있을 때 행동이 부산스러워진다. 가방에서 파우치를 꺼냈다가 테이블 위에 놓인 촛불을 '호, 호' 불어 댄다. 지혜는 애써 모른 척하며 움직였다.

금요일 밤은 평소보다 손님이 많았다. 내일은 출근하지 않아도 된다는 점이 많은 이들의 가슴속을 들뜨게 했고 알코올은 거기에 불을 지피기에 제격이었다. 식사를 마치고 가볍게 와인과 칵테일을 마시러 들른 손님들도 있지만, 각 잡고 코가 삐뚤어질 정도로 마실 각오로 오는 사람들도 있었다.

"안녕하십니까?"

입구에서 손님을 배웅하던 지배인이 누군가를 발견하고선 들뜬 목소리를 냈다. 복도에서 나오던 지혜는 눈이 휘둥그레졌다.

"사람이 많네요."

"오늘은 혼자 오셨습니까?"

"네."

동행도 없이 혼자 방문한 진원의 의중을 전혀 알아차릴 수 없었다. 게다가 룸도 아닌 테이블 쪽으로 옮기는 발길에 지배인이 가만히 서 있는 지혜를 보고선 손짓했다. 어서 자리로 안내하라는 지시였다. 지혜는 하는 수 없이 사람들로 복작거리는 풍경을 향해 서 있는 진원에게로 다가갔다.

"오늘은 금요일이라 복잡한데, 안으로 들어가시는 게⋯⋯."

"뭐가 어때서요. 정겹고 좋지."

그가 시끄러운 걸 좋아하는 편이었나? 저를 따라붙는 파파라치가 지겨울 법도 한데 진원은 개의치 않고 대중들이 범람하는 곳으로 향했다. 지나칠 때마다 진원의 얼굴을 보고 놀라 속닥거리는 사람들의 목소리가 이곳저곳에서 터져 나왔다. 핸드폰이 몰래 꺼내지는 것 또한 당연한 일이었다. 지혜는 제일 안쪽에 딱 하나 남은 테이블로 진원을 안내하고선 고개를 숙였다.

"천천히 메뉴판 보시고 불러 주세요."

"블랙 러시안 줘요."

"⋯⋯."

"지혜 씨가 직접 탄 거 마시고 싶은데 해 줄 수 있죠?"

다른 이들의 시선 때문인지 진원은 부드러운 말투를 냈

다. 지혜는 작게 안도했다. 적어도 이곳에 앉는다면 그가 자신을 당혹스럽게 만들진 않을 터였다. 사람들 앞에서의 그는 반듯한 명함이나 다름없는 터라 행동을 조심할 게 뻔했다.

"네. 준비해 드리겠습니다."

"엉덩이는 괜찮아?"

지혜는 잠시 굳었다.

"작아졌다며."

정확히 말하자면 '사라졌다'였다.

"저 그런 거 없어요."

"요즘 현대인들 중에 그쪽 질병 가진 사람들 많다더라고."

"정말 없다니까요?"

"알았어요. 흥분하지 마요. 사람들 쳐다본다."

"나 참……."

"그러기에 나한테 왜 말했어요?"

지혜는 잽싸게 몸을 돌렸다. 친구라고 하나 있는 게 사고를 쳐도 단단히 쳤다.

"이젠 하다못해 사람 엉덩이까지 걱정하게 만드네."

나지막한 목소리에 지혜는 제 엉덩이를 바라보고 있을 진원의 얼굴이 떠올랐다.

"야!"

순간 지혜를 낚아채는 손은 덫처럼 강렬했다. 고개를 든 지혜는 들떠 있는 선미를 보며 사색이 되었다.

"웬일이야, 우진원이잖아!"

선미를 잊고 있었다.

"뭐 시키셨어? 어?"

"블랙 러시안……."

"나도, 나도 그거 마실래."

적어도 맛과 서비스는 보장된 셈이라 진원이 자주 출몰하는 곳은 핫플레이스가 되곤 했다.

"뭐야, 진짜 이 가게 단골 맞네? 오빠는 치사하게 이런 것도 말 안 해 주고."

지혜는 머리가 아팠다. 한 명은 자신의 엉덩이를 걱정하고, 다른 한 명은 그런 오해를 만든 장본인이었다. 선미가 신랄하게 두드렸던 문자가 진원에게 도착했다는 사실을 알면 어떻게 될까. 눈치 봐야 할 일이 이만저만이 아닌 터라 지혜는 평소보다 신경을 곤두세울 수밖에 없었다.

"자, 마셔."

"고마워, 오빠랑 똑같이 탔지?"

"오빠가 누구야?"

"우진원 씨."

지혜가 내려놓은 잔을 소중하게 감싼 선미가 발그레한 뺨으로 진원을 보았다. 그러고 보니 무슨 운명의 장난인지 테이블도 얼마 떨어지지 않은 위치였다.

"똑같이 탔어."

"아…… 너무 멋있다. 무슨 일 하고 계시나 봐."

태블릿을 든 진원의 모습을 곁눈질로 훔쳐보는 건 선미뿐만이 아니었다. 사람들의 시선은 누구와 동석했는지조차 잊은 채 진원에게로 흘러갔다. 어두운 조명 아래 태블릿에서 뿜어져 나오는 밝은 빛은 그의 얼굴을 비추는 하이라이트 조명이나 다름없었다. 지혜는 재빨리 테이블 위로 코스터를 깔고 잔을 내려놓았다.

"얼른 마시고 가."

고개를 든 진원의 얼굴이 묘해졌다.

"……일을 다 끝내야 가지."

지혜는 당혹스러웠다.

"죄, 죄송합니다. 잠시 정신을 놓고 있어서."

선미에게 한 말이었는데 저를 올려다보는 얼굴은 진원이었다. 뒤늦게 자신이 걸어와 진원의 앞에 서 있다는 걸 안 지혜의 얼굴이 벌게졌다. 누구에게 서빙하는지조차 모르다니, 두 사람이 같은 걸 시킨 탓도 컸다. 귓불까지 열이 올랐지만 정작 진원은 태블릿에서 시선을 떼지 않았다.

"저게 정상적인 반응이거든."

"네?"

"친구? 예쁘네."

지혜의 고개가 아직도 이곳을 빤히 쳐다보고 있는 선미

에게로 향했다.

"네가 더 예뻐."

진원의 손이 머들러를 집어 액체를 휘적였다. 잘못 들었나 싶을 정도로 스치듯 지나간 목소리였다. 잔을 입가에 가져다 댄 진원의 목울대가 매끄럽게 들썩였다.

"맛은 괜찮으세요?"

이번에도 품평회를 한다면 모든 신경을 집중해서라도 절대로 잔을 떨어뜨리지 않을 거라 지혜는 다짐했다. 고개를 끄덕인 진원이 살며시 눈가를 찌푸리며 들고 있던 태블릿을 살짝 아래로 기울였다.

"숫자 지겹다."

지혜의 시선이 떨어진 곳엔 '2016년 상반기 판매 추이'란 글자가 선명했다. 간략하게 내용을 압축하기 위해 동원된 그래프와 숫자는 지혜마저도 속이 울렁거릴 정도였다. 그런 머리 아픈 내용을 매일 보고 다뤄야 하는 진원이 꼭 아이처럼 투정을 부린 것만 같았다. 근데 그 투정을 왜 나한테 부려? 지혜의 눈매가 진해졌다.

"문제없으시다면 그만 가 보겠습니다."

진원의 손에 들린 태블릿이 아래로 추락했다. 지혜를 붙잡으려고 손을 뻗다가 그랬을까, 연유는 모른다. 꽤 커다란 소리를 내며 추락한 태블릿은 환하게 주변을 밝히던 색도 죽인 채 바닥에 처박혔다. 반사적으로 무릎을 접은 지혜가 뒤집힌 태블릿을 들어 이곳저곳을 살폈다. 다행히 액정이 깨지진 않았다.

스르륵, 한쪽 뺨에 닿아 있던 고급스러운 테이블보가 파도처럼 잘게 흔들렸다. 고개를 들자 의자를 가운데 두고 지혜를 바라보는 진원이 보였다. 주변이 온통 검은색 커튼으로 둘린 듯 어두웠다.

"……."

똑같이 줍기 위해 무릎을 접은 걸까. 오히려 지혜에겐 그것이 수풀 사이로 숨어든 맹수처럼 보였다. 진원이 먼저 손을 내밀었고 지혜는 들고 있던 태블릿을 그 위로 올려놔주었다. 놓으려는 찰나에 진원이 먼저 잡아당겼다. 지혜의 몸이 의자로 넘어지듯 쏠렸다.

"후."

순간 지혜의 귀를 촉촉이 적시는 건 뜨거운 숨이었다. 때 아닌 숨결에 놀라 손으로 귀를 덮었다. 지금 이게 뭐하는 행동인가 싶어 당혹스러운 지혜와 달리 진원은 진중했다.

"무슨……."

"전화를 안 받잖아."

이틀 동안 선미의 손에 넘겨졌던 핸드폰을 얘기하는 것일까. 못 받는 게 당연했다.

"궁금해서 잠까지 설쳤는데……."

"뭐가 그렇게 궁금하신데요."

"물어봐도 돼?"

"뭔데요?"

나지막이 진원의 입술이 움직였다. 가까운 거리였기에 귓가로 목소리가 스며들었다.

"이러면 정말 흥분돼?"

미친, 김선미. 가만두지 않을 것이다.

발딱 일어선 지혜를 따라 진원의 몸도 함께 일으켜졌다. 마주친 검은 눈동자가 순수했다.

"귀로 속삭이는 거에 약하다며."

"그냥 농담으로 한 거였어요."

"그래?"

자리에 도로 착석한 진원이 테이블 위로 태블릿을 던지듯 놓았다. 지금 이걸 확인하려고 저 비싼 걸 떨어뜨린 걸까, 지혜는 입술을 꾹 깨물었다.

"괜히 기대했네."

어린아이 같은 투정이었다. 하지만 거기에 신경을 쓰기엔 금요일 밤은 몸이 열 개라도 부족하다. 귀에서 울리는 호출음에 이동하던 지혜의 눈에 낯익은 얼굴들이 들어왔다.

"잠시만. 지혜야."

선미 혼자 드넓은 테이블을 차지하고 있던 게 안 그래도 수상했는데. 마주친 이상 모른 척하기 힘들었다. 천천히 테이블로 다가서자 하나둘씩 가방을 내려놓던 아이들이 인사를 건넸다.

"지혜 너 오랜만에 본다. 잘 지내지?"

"얜 갈수록 예뻐진다."

"……내가 뭘. 주애 너 얼마 전에 디자인 회사 취직했다며. 축하해."

"응, 고마워. 유니폼 깔끔하니 잘 어울린다."

"와. 여기 분위기 정말 좋다."

"너 시간도 없고 해서 내가 애들 가게로 불렀어. 오빠 눈치 안 봐도 돼. 내가 다 커버 칠게."

동창 모임에 참석하고 싶지 않단 얘길 분명히 전했는데 꼭 이런 식으로 자리를 만들었어야 했을까. 지혜는 애써 표면적인 웃음을 지으며 아이들을 보았다. 모두 값비싼 명품 가방에 신경 쓴 옷차림이 오늘 이곳에 온다고 꽤 기대한 듯 보였다. 유명인들이 자주 이용하는 곳은 어디가 어떻게 다른지 둘러보는 얼굴들엔 신기함이 만연했다. 진원을 목격한 아이들이 화들짝 놀라며 내적인 환호를 질렀다.

"와, 저기 우진원 씨 아니야? 혼자 왔나 봐."

"애들아, 조금만 작게 얘기해 줘."

"응응."

"발레 그만두더니 돈이 급하긴 한가 보다. 너 여기 선미 도움받아서 일한다며?"

지혜의 눈동자가 빳빳하게 움직여 영선에게 닿았다. 매

끄럽게 발린 립스틱이 은은한 조명 아래에서 유독 진해 보였다.

"선미 얘도 참 천사다. 직원 아무나 안 뽑는다고 소문 자자한 곳인데 부탁한다고 그걸 곧이곧대로 들어주고."

"뭐가. 친구잖아."

"어? 지혜는 나랑 친구 아닌가 봐, 예전에 내가 한 부탁 거절했잖아. 그치?"

아이들의 동조를 구하는 눈초리를 선미가 냉큼 잘라 냈다.

"얘가 또 왜 이래. 일하다가 잠깐씩 들러. 얼굴이라도 보라고 애들 여기로 부른 거니까. 응?"

선미가 무슨 생각으로 이곳을 모임 장소로 정했는지 지혜는 잘 알았다. 고등학교 1학년 때 우연히 같은 반이 된 다섯은 하나의 세트처럼 늘 붙어 다니곤 했다. 날이 갈수록 예체능인 지혜가 함께한 시간은 현저히 줄어들었지만 함께 밥도 먹고 그룹 과외도 같이했다. 지혜의 머릿속에 단정한 셔츠 깃과 펜을 쥔 듬직한 손이 잔상처럼 그려졌다. 별로 떠올리고 싶지 않은 기억이었다.

"얘들아, 마시고 있어. 또 들를게."

지혜가 테이블 사이를 지나가자 머리 위에서 차가운 바람이 스쳤다. 사람들의 열을 식히려 열심히 돌아가는 에어컨이 그날의 기억을 불러일으켰다.

무더운 여름에 시작한 과외는 다섯의 집에서 돌아가면서

이뤄졌다. 유독 학구열에 열정적인 선미의 어머니가 수소문한 끝에 붙잡은 과외 선생님은 모두가 선망하는 대학에 재학 중이었다. 학교와 발레 학원에 다니느라 바쁜 지혜가 그룹 과외를 택한 데엔 아이들과의 교집합이 필요해서도 있었지만 영어가 유독 약했기 때문이다.

선생님은 24살로 당시 지혜가 보기엔 너무나도 멀게만 느껴졌다. 그가 군대를 제대하고 까슬한 머리카락이 뒷목을 덮을 정도로 자란 동안 지혜는 문제집과 씨름하는 학생이었다. 그가 동그라미 치는 단어를 암기장에 적어 외웠고 그가 중요하다고 말하는 목소리를 따라 까먹지 않으려 집중했다. 그러다 문득 깨달았다. 그가 늘 셔츠 차림이라는 걸.

단추를 꼼꼼하게 잠근 모습은 반듯한 그의 이미지와 몹시 잘 어울렸다. 그 흔한 구김도 없는 것이 신기했으나 실수하지 않는 철두철미한 성격을 떠올리면 금세 수긍이 갔다. 자기 관리를 잘하는 그는 언뜻 비치는 속살마저 깨끗했다. 그의 왼쪽 손목에 채워진 시계는 시간관념을 철저히 지키는 데 사용됐다. 1분이라도 늦거나 1분이라도 더 과외를 하는 법이 없었다. 모두가 그걸 보며 깔끔하다고 했다.

—선생님, 컴퓨터가 인식할 수 있는 신호는 이진법인 0과 1이 전부라면서요?

그런 남자에게 관심이 안 간다면 거짓말일 것이다. 학업 스트레스와 불투명한 미래로 향하는 길에 그는 불시착하기 딱 좋은 상대였다. 영선은 특히나 과외를 하던 2년 사이 그에게 흠뻑 매료돼 있었다. 공부보다는 늘 그의 얼굴을 보며 시간을 보냈고 당연히 쪽지 시험을 보면 늘 꼴찌였다.

—수업에 관계된 질문만 하자.

—잠시 쉬어 가는 타임으로요.

—그래, 날도 더운데 딱 5분만.

그가 펜을 놓자 신이 난 듯 손뼉을 부딪치는 영선과 달리 지혜는 머리 위로 돌아가는 에어컨을 물끄러미 올려다보았다. 오히려 방 안은 한기가 돌 정도로 추웠다. 바깥에서 열심히 울어 대는 매미 소리가 이질적으로 느껴질 정도로.

—뭐가 궁금한데?

—선생님 애인 있어요?!

—없어.

—왜 안 사귀는데요?

—네가 말한 것처럼 컴퓨터가 인식할 수 있는 숫자는 0과 1이라서?

—예?

—공부와 취업 말고는 관심 없거든.

정보보안학과인 그를 조사하다가 함께 나눌 수 있는 대화의 주제를 잡았다고 좋아했을 영선에겐 반가운 소식이 아니었다.

—시시해……. 정말 여자 친구 안 사귀실 생각이세요?

그가 뚫어지게 지혜를 보았다.

—그러게. 그 공식을 깨는 사람이 아직 없네.

왜 자신을 바라보는지 지혜는 알지 못했다. 단지 살결을 스치고 지나가는 에어컨 바람이 견디기 벅차 옆에 두었던 카디건을 입었다.

점점 두꺼운 옷을 입는 계절이 시간에 맞춰 다가왔고 정해진 날에 수능시험을 보았다. 예체능인 지혜는 수능이 끝난 뒤 본격적으로 과외를 그만두고 실기에 매진해야만 했다. 가채점을 마친 날이 지혜에겐 마지막 과외였다.

—수고했다. 네가 제일 고생 많았어.

—뭘요, 선생님 덕분에 모의고사 때보다 점수가 더 잘 나온걸요.

—기특해.

지혜의 머리를 커다란 손이 헤집고 지나갔다. 살짝 당황해 고개를 빳빳하게 돌렸다.

—왜?

—아니, 제 머리 쓰다듬은 거 처음이라…….

그가 어렴풋이 웃었다.

—다른 애들한테도 안 했던 거야.

그러고 보니 마지막 날이라며 집까지 데려다주겠다고 했었다. 운전하는 그의 옆에 앉은 건 어떻게 보면 특별 대우였다.

―내가 그동안 했던 말이 네게 도움이 되었는지 모르겠다.

―덕분에 점수 잘 나왔잖아요.

―아니, 그런 거 말고. 내가 한 얘기들 있잖아.

―어떤…… 아, 컴퓨터가 인식할 수 있는 숫자는 0과 1 인 거요?

―그건 영선이가 한 말인데.

―기억에 남던걸요.

―그게 왜?

―공대생다운 발언이라서요. 뭐든 그런 식으로 생각하세요?

―편해. 단순하고 명확하거든.

모 아니면 도라는 걸까, 지혜는 아직 잘 이해할 수 없었다.

―근데 요즘은 그 사이에 숫자가 아닌 게 돌아다니더라.

―뭐가요?

―너.

끼익, 하고 부드럽게 잡힌 브레이크 때문에 지혜는 자신의 집 앞에 도착했는지조차 몰랐다. 핸들을 부드럽게 감싼 그가 고개를 돌렸다.

―너는 뭐가 좋아?

―무슨…….

―사실 0과 1은 컴퓨터의 전원이 들어오고 나가는 것의 차이야.

그가 지혜를 가만히 응시했다.

―봐, 지금 이건 0이고.

순간 거대한 몸집이 지혜에게 밀려와 뺨 위로 입술을 부딪쳤다. 촉 하고 간지러운 소리가 번지며 열을 남겼다.

―이젠 1이야.

딱 정해진 시간, 규칙, 결이 반듯한 셔츠와 깔끔한 손목, 거기에 늘 차고 다녔던 시계. 그런 것들이 소리 없이 하나둘씩 모여 어느새 지혜의 심장을 두드렸다.

―어디로 들어올래?

들어가도 되냐고 물었지만 이미 맘속에 자리가 생긴 뒤였다. 대학에 합격한 지혜는 스무 살이 되어 그와 다시 만났다. 자신을 좋아해 주는 것보다 자신이 좋아하는 것이 더 중요했다. 어려서부터 뭐든 원하는 것이 생기면 얻기 위해 노력했다. 그도 마찬가지였다. 잠들기 위해 누운 베갯잇이 그의 생각으로 물들 정도로 열렬히 사랑했고 그래서 고백도 먼저 했다.

"지혜 씨, 이거 3번 테이블로 서빙이요."

"네."

시간이 지나도 가게는 한산해지긴커녕 열기를 더했지만 차라리 지혜는 눈코 뜰 새 없이 바쁜 게 더 나았다. 잡념을 날려 버리기엔 이보다 좋은 것도 없었다.

"지혜야, 바쁜데 미안. 물 좀 더 가져다줘."

"응."

지혜가 바쁘게 이곳저곳을 움직이는 동안 750㎖ 병이 어느새 바닥을 드러내고 있었다. 어느새 아이들의 **뺨** 위로 연하게 취기가 올라왔다. 그중에서 속도를 맞추지 않고 마신 것인지 영선의 얼굴이 가장 도드라졌다. 게슴츠레 눈을 뜬 영선이 빈 잔을 매만졌다.

"지혜……."

"얼음물로 가져다줄게."

"야, 오지혜. 내가 좋아하는 거 다 알면서…… 재민 선생님이랑 사귈 때 좋았냐?"

사무친 그 이름이 알코올로 촉촉해진 입술을 빌려 나왔다. 크게 숨을 들이 삼키는 건 인내였다.

"……조금만 기다려, 곧 가져다줄게."

평상시에도 늘 그것을 원망하는 영선인데, 술만 들어갔다 하면 과해졌다. 뻔한 레퍼토리였기 때문에 다섯이서 만나는 자리가 불편했던 것이다.

"그렇게 내가 헤어져 달라고 부탁을 했는데도 사귀더니……."

돌아서던 몸이 다시금 영선 쪽으로 향했다.

"말했잖아. 연애는 나 혼자 해서 되는 게 아니라고. 서로 좋아해서 만난 거고, 그전부터 네가 좋아했다 하더라도 그쪽에서 거절한 걸 나보고 어떡하라는 거야?"

"그래서 결국 선생님이랑 헤어진 주제에."

큰 목소리에 사람들의 시선이 이곳으로 쏠렸다. 매니저가 단번에 다가와 주의를 주었다. 선미는 연신 제 실수인 양 고개를 숙였지만 정작 영선의 눈엔 핏대가 곤두서 있었다.

"따지고 보면 연애는 너한테 부가적인 거였잖아."

"……."

"근데 난 아니야. 전부였다고. 선생님이 외국으로 가자고 내게 말했으면 내 인생도 달라졌을 텐데 네가 모두 빼앗아 갔어. 너 때문에 선생님이 한국을 미련 없이 떠난 거고, 너 때문에……."

"유영선. 말은 바로 하자. 빼앗은 게 아니라 애초에 너한테 기회가 없던 거였지."

"그때 너만 아니었더라도 선생님은 나랑 사귀었을 거야."

"있는 나를 왜 빼, 그렇게 빼고 싶으면 두 번 다시 보지 말든가."

"말 다 했어?"

"야, 그만해. 한 번만 더 큰소리 내면 나라도 여기 더 못 있어."

선미가 중재했지만 한번 터진 감정은 쉽사리 정리되지 못했다.

"너만 억울하고 피해자 같지? 그렇게 나 못 잡아먹어서 안달이면 지금이라도 가서 오빠 찾아가서 만나. 난 이미 그 사람에게 지난 여자니까."

"......."

"제발 부탁이니까."

억울하지만 지혜마저도 그 공식을 깨지 못한 것이다.

"다 지난 일이니 내 탓 좀 그만해."

공부와 미래, 그 사이 속할 수 없던 지혜는 외국으로 떠나야 하는 그와 이별했다. 그의 발목을 붙잡고 싶은 생각도 없을뿐더러 따라가고 싶은 마음도 없었다. 그냥 거기까지였다. 지혜는 자신의 일을 선택했고 그도 기다려 달란 말을 하지 않았다.

"맨날 너 원망만 하는 거 얼마나 듣기 싫었는데, 말 잘했어."

선미가 지혜를 화장실로 데려가 위로했다.

"따지고 보면 선생님이 쟤 몇 번을 거절했냐. 정신을 못차린 거니까 네가 이해해."

"......나 고백하기 전에도 영선이 먼저 생각했어."

"알아. 다 안다고. 쟨 너만 없었더라면 선생님이랑 사귀었을 거라고 착각하잖아. 선생님이 너 오랫동안 좋아했던 거 영선이 생각해서 말 안 한 것도 모르고."

"......."

"불편할 텐데 멋대로 불러서 미안해. 너랑 영선이랑 한 번쯤은 속 시원하게 풀어야 한다고 생각했어. 너 선생님이랑 헤어진 지가 언젠데, 아직도 꽁해서는."

"나 자리 오래 못 비우니까 나중에 얘기하자."

"응, 어서 가 봐."

불운한 운명에 갇힌 것도 서러운데, 과거에 얽매여 반복되는 상황은 지혜의 어깨를 축 처지게 했다.

"지혜 씨, 이거 12번 테이블로 서빙 부탁해요."

"네."

보이지 않게 한숨을 내쉰 지혜는 문득 12번 테이블에 앉아 있는 남자를 떠올렸다.

"저 12번 테이블, 몇 잔째예요?"

"6잔이요."

지혜가 타 준 첫 잔을 선두로 진원은 계속해 같은 칵테일을 마셨다. 다가가는 소리조차 듣지 못한 채 여전히 태블릿을 보고 있는 진원의 얼굴은 시간이 지났음에도 멀끔했다.

"주문하신 블랙 러시안 나왔습니다."

칵테일을 내려놓자 진원의 입꼬리가 슬쩍 올라갔다.

"이제 왔네."

목소리만 듣고서도 상대를 알아맞히는 건 지혜가 봐도 신기했다. 놓고 가라는 것인지 진원은 입을 굳게 다물었다. 이토록 집중하는 얼굴은 처음 보는 거라 지혜는 홀린 듯이 진원을 관찰했다. 동공 위로 복잡한 내용들이 여울졌고 가느다란 눈매는 그것이 흐르지 못하도록 꼭 움켜잡았다. 서늘한 편이라고 생각했는데 이제 보니 목표물을 놓치지 않는 매처럼 날렵했다.

"……숫자 지겹다면서 계속 보고 계시네요."

"좋아하는 숫자가 있거든. 그거 보는 맛으로 해."

"뭔데요?"

"0."

지혜는 꺼림칙했다. 태블릿 액정 위를 매끄럽게 스치는 손가락과 단정하게 잠긴 소매 단추가 누군가와 겹쳐 보였다.

"많으면 많을수록 매출로 증명되거든."

진원다운 발상이었다. 그룹의 수익을 가장 최우선으로 생각하는 부서에 있으니 어쩌면 당연한 거였다.

"무슨 일 있어?"

"네?"

"표정이 별로야."

거울이라도 보고 와야 할까. 표정 관리는 자신 있는 지혜였지만 오늘따라 여러 번 문을 두드린 사건 때문에 평소보다 더 지친 상태였다. 머리로는 웃고 있다고 생각했는데 그것이 피에로처럼 보였을지도 모른다. 진원이 낮게 한숨을 내쉬었다.

"안 좋으면 곤란한데……."

"뭐가요?"

"친구들하고 친한 편이 아닌가 봐."

"다 보셨어요?"

"귀로 듣잖아."

"……."

"남자 싸움?"

지혜가 입술을 꾹 눌러 담았다.

"전에 사귀었던 남자?"

"……."

"지금은 아니고."

진원이 작게 웃음을 터트렸다.

"그렇다고 말 안 해 주네."

들었다면 다 알 텐데 왜 묻는 걸까. 지혜는 냉담히 몸을
돌렸다.

"일하시러 왔다면서요. 이상한 거 묻지 마시고 마저 보
세요."

"이건 부가적인 거고."

진원이 태블릿을 옆으로 치웠다.

"지혜야."

그의 입천장을 스치며 나온 이름이 발목을 잡았다.

"오늘 너 달래 주려고 온 거야."

나지막한 목소리가 어떤 위로처럼 들려왔다. 지혜의 고
개가 줄에 당겨지는 것처럼 천천히 진원에게로 향했다.

"수술 앞둔 여자를 어떻게 달래 주냐고 물으니 비서가
그러더라고. 누구나 다 하는 위로는 됐고 기분을 최우선으
로 맞춰 주라고."

"그놈의 수술은, 저 정말 안 해도 된다니까요."

"그래도 네 기분 때문에 여기 온 건 변함없어."

지혜는 어안이 벙벙했다. 자신 때문에 이곳에 앉아 있다는 말이라는 건데, 지나가는 누구를 붙잡고 말해도 아무도 믿지 않을 것이다. 시간에 쫓기고 인기를 한 몸에 받는 진원이 단지 여자 한 명 때문에 여기 앉아 있다는 걸 말이다.

"증명해 줄까?"

"뭐를요?"

"0이 얼마나 큰 힘을 가졌는지."

진원이 태블릿을 가볍게 움켜쥐며 일어섰다.

"갈게."

계산대가 조금 소란스러웠다. 진원을 보는 직원이 몇 번이고 무언가를 재확인했고 그는 고개만 몇 번 끄덕일 뿐이었다. 지혜가 빈 잔을 들고 몸을 돌렸을 때 진원은 이미 사라졌고 직원 혼자 남아 무언가를 만지작거렸다. 가게를 감싸던 음악 소리가 멎고 얼떨떨해하는 직원의 목소리가 울려 퍼졌다.

"지금 나가신 고객님께서 골든벨을 울리셨습니다."

"뭐?"

"누구야? 누가?"

품격 있던 자리들이 금세 소란스러워졌다. 잔을 움켜쥔 지혜의 손이 파르르 떨렸다.

"지금까지 테이블에 앉아 계신 고객님들이 마신 걸 전부 결제하셨습니다."

소식을 알린 뒤 음악이 다시 원래의 음량대로 돌아왔지만 시끄러운 목소리들은 멎지 않았다. 그중 누군가가 선두로 손뼉을 쳤고 이곳저곳에서 박수 세례가 쏟아졌다. 선미네 테이블도 마찬가지였다.

"술값 굳었다! 예!"

신이 난 목소리가 지혜의 귓가를 파고들자 두 다리가 반응했다.

"이것 좀 부탁해요."

"어? 네."

"잠시만 나갔다 올게요."

잔을 계산대에 있는 직원에게 맡긴 지혜는 재빨리 입구로 뛰었다. 주차된 차들을 쭈욱 둘러보다 헤드라이트가 켜진 차를 발견하고선 다가가 창문을 두드렸다. 스르륵, 조용히 내려온 창문 너머로 모습을 드러낸 진원이 한쪽 눈을 찡그렸다.

"걱정돼서 뛰어나왔어?"

"아니……."

"음주운전 안 해. 기사 불렀어."

"왜 전부 계산하신 거예요?"

놀라고 당황해서 질문이 아무렇게나 튀어나왔다. 진원이

옅게 웃었다.

"이게 더 낫다."

"네?"

"놀란 표정이 아까보다 더 나은데."

침울해하던 모습 같은 건 남아 있지 않을 정도로 충격적인 일이었다. 금요일 밤은 활기차고 사람이 많다. 테이블만 해도 20개가 넘었고, 룸까지 포함하면 35개나 다름없는데 그 비용을 전부 진원 혼자서 지불했다는 것이다.

"그만 들어가 봐. 오해한다."

애당초 저를 거부하는 지혜에게 뭘 하든 기쁨이 될 수 없다는 걸 안 진원은 다른 방향으로 접근했다. 우울한 기분을 잠시나마 덮어 버릴 놀라움을 선사한 것이다. 상황에 따라 하루에도 변덕스럽게 수십 번은 바뀌는 게 기분인데 진원이 왜 그 찰나를 위해 이렇게까지 한 건지 지혜는 이해하기 어려웠다.

"제가 뭐라고 그렇게까지 하세요?"

그래 봤자 지혜가 느끼는 건 거부감뿐이었다. 자신에게 목적이 있어서, 어떻게 해 보려고, 관심이란 빌미로. 온갖 불순한 생각들이 머리를 지배했다. 진원은 그런 지혜를 가만히 쳐다보다 입을 열었다.

"명품의 가치가 소비자로 인해 결정된다는 걸 아는지 모르겠는데."

"네?"

"그룹에서 고가 제품으로 최상위 소비자를 공략하는 것을 VIP 마케팅이라고 해. 부를 가진 20%가 전체 매출의 80%를 차지하거든."

"……."

"아무리 많은 이들이 소비를 한다 해도 상위 20%로 인해 그 그룹의 매출이 결정된다는 소리야."

"그래서요?"

"나는 지금 네게 소비를 하고 있고."

뚫어지게 진원이 지혜를 응시했다.

"내가 그 20%야."

진원이 창문을 천천히 올렸다. 반쯤 고개를 돌린 진원의 얼굴이 점차 검게 코팅된 창문으로 가려졌다.

"기죽지 마. 내가 관심 가진 여자니까."

불순하지만 솔직한 진심으로.

"내일부터 있을 해외 일정과 묶게 될 호텔 리스트입니다."

진원은 옅게 인상을 찡그렸다. 최 비서의 얼굴 위로 의아함이 드리우자 곧 태연하게 손을 뻗었다.

"그래. 중국 스케줄이 있었지……."

종이를 건네받은 진원의 미간에 주름이 생겼다. 자잘한 텍스트로 집약된 종이에 집중하는 게 아니었다. 뒷장으로 넘기며 '또 있어?' 하는 듯이 주름이 더 깊이 잡혔고 그건 곧 탐탁지 않단 의미였다.

"저번에 상무님께서 허베이성 소재 공장의 생산 라인 문제로 직접 방문하고 싶다 말씀하시지 않았습니까?"

"네, 압니다."

"정말요?"

진원의 눈썹이 약간 들썩였다.

"무슨 문제 있습니까?"

"별로 가고 싶지 않아 보이십니다."

최 비서는 눈썰미 하나로 진원의 보좌관 역할을 맡은 사람이었다. 업무력은 하면서 느는 거고, 눈치는 타고나는 거라 '아' 하기도 전에 '어' 하는 인물이 필요하다고 말했던 진원에게 최 비서는 맞춤형 인간이었다. 일을 순탄하게 처리하는 능력 말고도 진원의 자잘한 표정 변화나 미세한 목소리 높낮이만으로도 기분을 알아맞혔다.

"요즘 중국 미세 먼지 수치가 높아 공기가 안 좋다던데."

"안 그래도 제가 마스크 준비했습니다."

"그럼 아무 문제없겠네요."

기관지 때문에 그러신 거구나. 최 비서는 뿌듯한 얼굴을 했다. 맘속으로 상사의 건강까지 체크하는 꼼꼼함에 스스로 박수를 보냈다.

"누구누구 가기로 했었죠?"

종이가 가뿐히 책상 위로 던져졌다. 나열하는 이름들을 듣고 난 뒤 진원은 고개를 한번 끄덕였다.

"좋습니다. 내일 공항까진 제가 직접 가도록 하죠."

"네, 아. 한 가지 궁금한 게 있는데."

"뭔데요?"

"그 항문 쪽이 편찮으신 분은 어떻게 되었나 해서요."

아. 진원은 고급스런 가죽 의자에 묻히듯 앉은 채 깍지를 꼈다.

"작아졌대요."

"네?"

"아니다, 사라졌다고 했나."

"병원을 가지 않으신 겁니까?"

"그러게 말이에요. 기껏 예약도 잡아 줬는데."

진짜 같이 가 줄 맘도 있었는데……. 소리가 나지 않도록 입으로만 그 말을 중얼거린 진원이 웃었다.

"아무래도 부끄러웠나 봐요."

"그게 막 생겼다가 사라지는 게 아닌데…… 아, 좌욕을 꾸준히 하셨나 봐요?"

"어떻게 그렇게 잘 아세요?"

최 비서의 얼굴이 금세 벌게졌다. 진원의 시선이 내려가 최 비서의 골반에 닿았다가 이내 껄끄럽게 올라왔다.

"그래도 친구가 잘 달래 줬대요."

"큼, 그러십니까? 그쪽 질병이 원래 수치스럽고 부끄럽다고 느끼는 부위라 심신 안정이 무엇보다 중요하거든요."

"안정…… 안정까진 아닌데."

"예? 그럼 뭐로 달래 주셨대요?"

"그 생각 아예 안 나게."

진원은 저번 주 금요일을 떠올리며 매끄러이 웃었다.

"다른 충격적인 걸 선물했거든요."

"……네?"

"사건을 덮는 건 그보다 더 큰 사건이라고 생각하는 친구라서요."

반쯤 의자에서 몸을 뗀 진원이 모니터 구석의 시계를 확인했다. 그 일이 있고 난 뒤 벌써 나흘이나 지났는데 연락이 없는 건 의외였다. 온수처럼 뜨겁게 반응했는데 하루아침에 냉수도 아니고……. 진원은 굳게 다문 입술 끝을 설핏 올렸다.

"투자할 땐 뭐든 아끼지 말아야 해요."

골든벨을 울리면서 지출된 금액 따위야 진원에게 중요하지 않았다. 저를 만나기 위해 달려 나와 준 것만으로도 이미 그 대가는 충분했다.

"N사와 미팅 스케줄, 조금 일찍 움직이죠."

자리에서 일어서자 진원의 핸드폰이 책상 위에서 진동했다. 지혜일까, 기대감에 움켜잡았지만 저장된 이름을 보고 조금 피곤한 얼굴을 했다. 벌써부터 지루함이 밀려와 진원은 조금 느리게 전화를 받았다.

"여보세요."

「저번에 나 빼고 모임 가졌다며.」

"나 지금 일하는 중이야."

「알아, 회사지?」

주변으로 빠른 바람 소리와 거친 배기음이 들려오는 거로 보아 뚜껑 열고 망나니처럼 달리고 있을 모습이 뻔히 그려졌다.

"할 말만 해."

「내가 물어봐야지, 물어야지 하다가 여행 가면서 깜빡했는데.」

"뭔데."

「너 저번에 여자랑 호텔 갔었냐?」

진원의 눈썹이 작게 꿈틀댔다. 머리카락에 가려져 보이지 않았기에 다행이지, 안 그랬으면 최 비서가 누구와 통화 중이냐고 물어보았을 것이다. 진원은 부드럽게 웃으며 핸드폰을 살짝 떼어 냈다.

"최 비서님."

"네?"

"먼저 차로 가 계세요."

"네, 알겠습니다."

문이 '쾅' 하고 닫히자 순식간에 진원의 얼굴이 차가워졌다.

"무슨 호텔."

「너희 계열사, 술 마시러 나가려다가 복도에서 봤는데 얼굴이 너인 거 같더라고.」

로비가 한가로웠기에 목격자가 없는 줄 알았더니 하필 걸려도.

「간 거 맞지?」

같은 동네랍시고 부모님의 권유로 어려서부터 유지된 친목 자리가 이래서 짜증 나는 거였다. 돈은 쓸데없이 많아서 이걸 어떻게 유쾌하게 써야 하나 흥미만 쫓다 보니 웬만한 자극은 교복을 입는 동안 이미 졸업한 놈들이다. 매일 술과 도박, 여자로 방탕한 생활을 지속하다 보니 어지간한 호텔 스위트룸은 아예 제 이름 걸고 전세 놓아 사는 수준이었다.

복도라 하면 문을 사이에 두고 지혜와 서 있던 그 잠깐인 걸까. 진원은 주머니 안으로 손을 밀어 넣었다.

"그거 나 아닌데."

「어, 그래? 키랑 생김새가 딱 너였는데. 너 100미터 밖에서 봐도 딱 우진원. 크으, 예술이지.」

진원의 입가로 차가운 웃음이 걸렸다.

"나 아니라니까. 내가 여자랑 호텔 가는 거 본 적 있어?"

「아니?」

"근데 왜 전화하고 난리야, 바빠 뒈지겠는데."

순식간에 낮아진 음색을 들은 상대방이 쥐죽은 듯 고요해졌다.

"내가 너랑 이렇게 쓸데없는 통화로 노닥거려야겠어?"

「어…… 미안하다.」

"윤호야."

진원은 한결 차분한 숨을 뱉었다.

"낮이잖아. 조용히 놀아야지."

어린아이를 달래는 것처럼 나긋한 말투였다. 미안하다며 사과를 몇 번이나 건네는 윤호와 진원의 우위는 벌써 나뉘어 있었다. 진원은 여유롭게 주머니에 꽂힌 손을 빼 시계를 보았다.

"나 미팅 가 봐야 해서 통화 길게 못하는데."

「어, 야. 알았어. 조만간 만나자. 나 오늘 입국해서 당분간 있을 거야.」

"근데 궁금한 게 있는데."

「뭐?」

"여잔 어때?"

「몰라. 뒷모습만 봤어.」

"다행이네."

진원은 깔끔하게 통화를 끝내고선 걸어나갔다. 처음으로 여자에게 관심을 두고 살피는 중인데 어쭙잖은 인물이 나타나 훼방 놓을 뻔했다. 대외적으로 진원은 여자에게 무관심했으며 기껏 해 봐야 부모님의 부탁으로 식사 자리를 가질 뿐이었다. 그런 진원이 유독 한 여자에게 다른 농도의 관심을 가진 걸 안다면 주변의 흥미를 끌어당길 게 분명했다. 다른 이들의 손을 타게 하고 싶진 않았다. 이쪽 쓰레기 같은 부류는 더더욱.

다행인가? 그런 여자가 다른 이의 입에서 언급된 이상 걱정되기 마련이다. 조금 전 통화와 가게에서 엿들었던 사안이 머릿속에서 겹쳐졌다. 만나던 남자가 있었다지. 제게는 남들과 다른 행동을 보이는 지혜가 색다른 것이지만 지혜는 본래 타인의 관심을 끌 만한 외형을 가지고 있었다. 굳이 자신이 아니더라도 지혜는 한 번쯤은 시선이 가는 여자란 것이다.

"오늘따라 물을 많이 드십니다."

"그랬나요?"

미팅이 이뤄지는 사이, 화장실에 잠시 들린 진원이 손을 닦는 동안 최 비서는 긍정적인 말을 내뱉었다.

"계약서도 최대한 맞춰 준 데다가 그걸 아는지 반응도

괜찮은 편이고요. 긴장하실 필요 없을 거 같습니다."

"잘됐네요."

레버를 잠근 진원이 허리를 꼿꼿이 세워 거울을 보았다. 긴장은 무슨…… 고지식한 얼굴들로 눈에 불을 켜고 이익을 향해 달려드는 능구렁이들은 허구한 날 마주하는 것이기에 진작 내성이 생겼다. 다시 돌아간 자리에서 진원은 버릇처럼 휴대폰을 만지작거렸다. 액정 위를 훑는 엄지로 꾸욱 힘이 실렸다.

답장이 없다.

미팅이 끝나자마자 곧바로 주차장으로 내려간 진원은 회사로 돌아갈 마음이 없어 보였다. 최 비서가 이미 시동이 걸려 금방이라도 사라질 것만 같은 진원의 차로 다가가 의아한 듯 물었다.

"회사에 안 들르고 곧바로 퇴근하실 생각이십니까?"

"네."

"아……."

평소 미팅이 끝나면 최 비서와 단둘이 회사로 가 보고서를 작성하던 진원이었는데 이상했다.

"수고하셨어요."

쏜살같이 사라지는 진원의 차 뒤꽁무니를 보던 최 비서가 머리를 긁었다.

"전화도 안 받네."

소리샘으로 넘어간다는 친절한 여자의 음성이 진원의 고막을 스친다. 내숭도 적당히 부리지, 아주 속을 벅벅 긁는다. 액정 위로 드리워진 시간이 6시를 향해 갔다. 출근 준비를 하려면 벌써 일어나야 할 시간이다.

―너 저번에 여자랑 호텔 갔었냐?

액셀을 조금 더 깊이 밟았다.

―난 이미 그 사람에게 지난 여자니까.

조금이라도 눈을 떼면 도망칠 것처럼 구는 지혜가 진원의 기분을 초조하게 돋우는 데 크게 한몫 차지했다.

지혜의 집 앞으로 찾아온 진원은 206호 앞에 서서 주변을 훑어보았다. 긴 복도로 이뤄진 다세대 아파트엔 문만해도 꽤 많았다. 누가 보기라도 할까 초인종을 누르는 손길이 재빨랐다. 띵동, 띵동. 집에 없나 싶어서 또 한 번 누르려는 찰나 문이 열렸다.

"누구세요?"

"연락을 하면 받기라도 하……."

땀을 한 바가지나 흘린 것인지 지혜는 물먹은 솜처럼 축처진 모습이었다. 진원은 당혹스러워 말꼬리를 내렸다.

"……어디 아파?"

누군지 제대로 확인하지 않고 문을 연 걸 보면 정신도 없어 보였다. 지혜가 진원의 얼굴을 확인하고선 재빨리 문고리를 잡아당겼지만 그 사이로 무언가가 쑥 들어왔다. 아래로 떨어진 지혜의 속눈썹엔 피곤함이 빼곡히 걸렸다.

"발 빼요. 다쳐요."

"다치는 건 구두지."

"……."

"아프냐니까?"

"네, 아파요. 그러니까 당신이랑 실랑이하고 싶지 않아요."

"그래서 연락 못했어?"

"뭐가요?"

아니, 중요한 건 그게 아니었다.

"전화 받지. 아프다고."

연락을 안 한 게 아니라 못하는 수준이었다. 지혜는 애써 시선을 피했다. 목소리를 들려주자니 아픈 티가 나서 싫었다.

"거 봐. 감기지?"

그가 말한 대로 감기에 걸렸으니까.

"집으로 왜 찾아오신……."

그때였다. 지혜의 바로 옆집 문이 덜그덕 하는 소리를 내며 열렸다. 몸이 파도처럼 뒤로 밀렸고 쾅 하는 소리가 귓전을 세게 때렸다. 지혜는 어안이 벙벙했다. 눈앞에서 새하얀 셔츠가 풍선처럼 크게 부풀었다 꺼졌다.

"들킬 뻔했네."

머리 위에서 낮은 숨이 떨어졌다.

"숨겨 줘. 조용히 할게."

묵직한 그림자가 온몸을 잠식하듯 덮었다. 지혜가 다급하게 몸을 떼어 내자 진원이 천천히 웃었다.

"또 떨어."

"뭐, 뭐하는 거예요? 당장 나가요. 내 집이라고요."

"내가 너네 집 들락날락하는 거 여기 주민들이 봐도 돼?"

그보다 최악인 상황은 없었다. 지혜는 헛숨을 들이켰다.

"대체 왜 왔어요?"

"전화를 안 받으니까 궁금하잖아."

"쓸데없이 그런 관심을 왜 제게 쏟아요?"

"그러기에 받지."

"비켜요."

혹시라도 몸이 닿을까 싶어 최대한 조심하며 문고리를 잡은 지혜가 앞으로 밀었다. 고개만 쭉 빼고 둘러보자 복도가 조용했다.

"사람 없으니까 빨리 나가요."

"지금 퇴근 시간 아니야?"

"……."

"내려가다 마주치면 어떡해?"

"하……."

"조용해지면 갈게."

진원은 몇 마디 말로 사태를 정리하고선 현관 앞에 버티

고 서 있었다. 누추한 현관 조명등 아래에서도 그의 검은
슈트는 윤기가 흘렀다. 또 몸이 닿을까 싶어 최대한 피해
뒤로 물러선 지혜가 한숨을 내쉬었다.

"안 들어갈게."

"들어오란 소리도 안 할 거였어요."

"볼일 봐."

그래도 사람을 세워 두자니 지혜는 맘이 불편했다. 당장
현관문 앞에 어지럽게 늘어선 신발들이 눈에 밟혔다. 정리
라도 해야 하는 거 아닌가 싶어 허리를 숙이자 진원이 따
라 주저앉았다.

"가서 쉬어."

"뭐하는 거예요?"

"내가 할게. 짝지어서 넣으면 되나?"

"아니, 손님이 이런 걸 왜 해요."

"고맙게. 손님 대접해 주는 거야?"

대화할수록 말려드는 기분이다. 지혜는 욱신거리는 이마
를 짚었다.

"집도 엉망인데, 왜 이렇게 불쑥 찾아와서 사람을 피곤
하게 만들어요?"

"너는 왜 불쑥 아파?"

긴 손이 소리 없이 다가와 지혜의 머리카락을 쓸어 넘겼다.

"걱정되게."

반사적으로 피하려던 지혜의 엉덩이가 차가운 타일에 쿵 하고 닿았다. 아래로 내려갔던 진원의 시선이 웃음과 함께 올라왔다.

"바지 짧다."

지혜는 주춤주춤 물러서며 쏜살같이 방으로 들어갔다. 긴바지, 긴바지. 무릎 나온 추리닝 바지라도 지금 이 순간 절실했다. 반팔 티까지 벗어 긴 티로 갈아입은 지혜는 대충 방을 정리했다. 가방을 한쪽으로 치우다가 문득 반쯤 튀어나온 녹음기를 발견했다. 위기가 기회로 바뀌는 건 순간이었다. 지혜는 펜을 움켜잡으며 버튼을 꾹 눌렀다.

방문을 여니 신발장 정리를 마친 듯 진원이 선 주변이 깨끗했다. 문에 등을 기댄 자세는 그와 반대로 삐뚜름했다. 자연스럽게 식탁 위를 치우는 척하면서 펜을 올려 두었다.

"……들어와요."

"정말?"

"네, 누추하겠지만요."

"뭐가 중요해. 신경 안 써."

기다렸단 듯이 문에서 등을 뗀 진원이 뒤꿈치를 살짝 들며 가지런히 구두를 벗어 두었다. 마치 격식을 차려야 할 상대의 집에 방문할 때 볼 법한 예의였다. 그는 누구에게나 이렇게 예의를 갖출까? 방과 작은 거실, 화장실이 전부인 코딱지만 한 집이 신기할 법도 한데 어수선하게 둘러보지도 않는다.

"죄송하지만 소파는 없어요."

"바닥에 앉으면 돼."

거리낌 없이 주저앉는 진원과 달리 우그러지는 주름과 짧아지는 바짓단이 이런 상황을 겪어 보지 못한 듯 어색했다. 지혜는 뭐라도 가져와야 할 것 같아서 주방을 서성였다. 그래 봤자 거실 겸 주방이라 진원은 고개만 돌렸다 하면 지혜가 뭘 하는지 볼 수 있었다.

"약은 먹었어?"

"네."

"식사한 흔적이 없는데."

지혜는 서랍장을 뒤적이던 걸 멈추고선 물기 한 점 없는 개수대를 보았다. 설거짓거리도 없고 나와 있는 냄비 또한 없었다. 괜스레 꼴깍 마른침이 넘어갔다. 안 그래도 아픈 목이 따가웠다.

"……원래 그렇게 눈썰미가 좋아요?"

"내 특기지. 일은?"

"아파서 쉰다고 했어요."

"내일부터 또 쉴 거 아니야."

"……."

이틀의 법칙은 여전히 진원이 눈여겨보는 것이다.

"병원은 안 갔을 테고. 잠은 좀 잤어?"

지혜는 입술을 꾹 다문 채 주전자에 물을 담았다. 지금도 몸이 천근만근 무거운데 감기약을 먹으면 졸음이 몰려올까 먹지 못했다.

"안 잤나 봐."

"이따가요. 녹차 괜찮아요?"

"걱정되는데…… 나 때문에 괜히 움직이지 말고 가서 누워."

"남자가 집에 있는데 어떻게 편히 누워…….."

"남자로 보긴 해?"

"그럼 여자로 봐요?"

"듣기 좋다."

"대체 뭐가요?"

"남자 얼마나 만나 봤어?"

무슨 질문이 저리도 밑도 끝도 없이 나올까. 대답할 가치가 없는 말이라 지혜는 무시하며 찬장에서 컵을 하나 꺼내 들었다.

"대답 안 해 줄 거야?"

"……."

"발라당 까졌네."

"뭐라고요?"

"남자 말이야."

"……."

"선생님이라며. 그럼 넌 학생이었단 거잖아."

내가 언제 말한 적 있었나? 지혜의 눈이 빠르게 구르다 정신없던 금요일을 떠올렸다.

"다 큰 어른이 어린애나 만나고 별론데."

진원의 청각은 몹시 놀라웠다. 안 그래도 다음 날 영선이 전화해 주섬주섬 꺼내던 얘기들이 재생됐다. 내가 어제 좀 취해서 그런가 무슨 말을 했는지 기억 안 나. 술을 탓하면 이미 타인의 가슴을 뒤집어 놓은 행위도 무죄가 될까. 그동안 잊고 잘 지냈는데 헤집어진 속이 문제였는지 토요일 새벽부터 기침이 멎질 않았다.

"여자 탓인가, 아무것도 모르는 어린 학생 건드린 남자 잘못이지."

"……."

"근데 나이 많은 남자 어디에 넘어갔는데?"

"왜 그게 궁금한데요?"

"글쎄. 네가 어떤 남자를 좋아하는지 알고 싶어."

"왜요."

"작업 걸려고."

지혜의 시선이 천천히 흘러 진원에게 향했다. 그가 탕아처럼 웃었다.

"농담 아닌데."

이 순간에도 녹음은 착실하게 되고 있었다. 지혜가 살며시 입을 벌렸다. 안으로 친 거미줄이 길게 늘어진다.

"······저 좋아해요?"

"관심 있다고 했지, 좋아한다고는 안 했는데."

"근데 왜 그런 말을 해요?"

"알아가는 단계야."

"네?"

"흥미는 있다고."

'삐이이익' 열이 오른 주전자가 뚜껑을 들썩거리며 한계점을 알렸다. 불을 끈 지혜는 찻잔에 뜨거운 물을 부었다. 싸구려 티백에서 연하게 녹색 물이 우러나왔다. 생각해 보니 배려 없는 행위다. 그가 이런 티백에 든 차를 마시기나 할까? 지혜는 이 식품 회사에서 나오는 차 종류나 식재료를 신뢰하는 편이었지만 진원은 장차 이보다 더 큰 회사를 운영하게 될 사람이었다.

"드세요."

"대답 안 해 줄 거야?"

"무슨 대답이요?"

"어떤 남자가 좋은지."

"말해서 뭐해요?"

진원이 가지는 관심은 찻잔에 담긴 일회용 티백과도 같았다. 한 번 우려내고 나면 두 번, 세 번 물을 부어 보충해도 점점 맛이 희미해지는. 결국 명을 다해 티백은 쓰레기통에 버려질 것이고 그건 지혜의 미래였다.

"제 모자라도 빌려 드릴 테니까 그거 다 드시면 가세요."

"여자에게 처음 물어보는 건데……."

뜨거운 김이 올라오는 잔을 든 진원이 입가로 가져다 댔다.

"데였어."

지혜는 애써 등을 돌렸다. 처음이라는 것에 감동할 여자가 널렸을 텐데 왜 제게 이러나 싶었다. 만약 호접몽에 얽매여 있지 않다면 지혜도 여느 여자처럼 처음이란 말에 설레어 덤벼들었을지도 모른다. 하지만 연애하고 헤어지면 그만일 가벼운 문제가 아니질 않은가. 지혜는 거미를 만나야지만 정상처럼 살 수 있었고 그 상대로 기업인 우진원은 적합하지 않았다. 그의 옆자리엔 혈통 좋은 여자가 앉을 것이다.

"진짠데……."

이 사람에게 난 그저 다른 여자들과 달리 순응하지 않아 신기한 먹잇감일 뿐이다. 장난감. 놀다가 싫증나면 버려질, 불쌍한 내 운명.

"피곤해요."

지혜는 솔직하게 말했다. 그러자 한 모금 마신 잔이 개수대로 버려졌다.

"침대가 어디야?"

진원은 싱크대를 등지며 돌았다.

"재워 줄게."

이 남자는 도무지 갈 생각이 없어 보였다. 애초에 흑심 가득한 남자를 집으로 들인 것부터가 잘못이지만 지혜는 나가라는 둥 입 아픈 씨름을 할 상태가 아니었다. 이 집 안에는 그가 훔쳐 갈 것도 없었으며 허튼짓을 한다면 소리를 지르면 그만이었다. 얇은 방음벽 때문에 옆집 부부가 싸우는 소리와 윗집 아이가 뛰어다니는 소리에 시달리는데, 그런 건 문제가 아니었다.

"등 돌려서 누울 거야?"

"자라면서요."

진원을 보면서 흠칫흠칫 반응하는 제 몸이 가장 큰 문제였다. 돌아서 누운 지혜는 아예 이불을 머리끝까지 뒤집어쓰고 잠드는 척했다. 진원이 물으면 새근새근 일정한 숨소리로 대답을 할 것이고, 그럼 알아서 눈치껏 나갈 사람이었다. 실상은 규칙이 무너지는 걸 방지하기 위해 새벽 세 시가 될 때까지 잠들면 안 되는 운명이지만 말이다.

"말 언제 놔?"

"놓을 때쯤요."

"비싸다."

"사람 앞에 두고 물건처럼 그런 식으로 말하지 마요."

"알았어."

"……."

"감기 심한가?"

"그런 거 같아요."

"왜 아프고 그래."

"……."

"더 가기 싫게."

제발 좀 가라. 열 때문에 한기가 도는 건지, 진원 때문에 생기는 거부감인지 분간할 수 없다. 긴 티에 긴바지를 입고 누운 터라 땀이 송골송골 맺혔다. 숨 막혀. 이불만 거둬내면 뙤약볕 같은 무더운 공기도 가실 것 같은데.

"중국으로 출장을 가게 됐어."

아, 조금 숨통이 트였다. 지혜는 슬그머니 이불을 아래로 내렸다.

"언제요?"

"내일부터 나흘간 다녀올 거야."

"다행이네요."

"뭐가?"

저도 모르게 속마음이 나오고 말았다. 지혜가 눈동자를 도르륵 굴리자 진원이 바람 빠지듯 웃었다.

"로밍해 갈 건데."

눈치하고는. 살짝 눈가에서 힘을 뺀 지혜는 기분이 이상했다.

"소원 있는데 하나만 들어주면 안 돼?"

"네. 안 돼요."

"아쉽다. 외국에서 듣는 네 목소리가 끝내줄 거 같았는데."

이럴 작정으로 제 마음을 밝힌 건가. 무턱대고 작업이라 며 선전포고하더니 대화도 그에 걸맞게 확 좁혀졌다. 지혜 가 기껏 할 수 있는 거라곤 대화 사이를 빠져나가는 일뿐 이었다.

"진원 씨에게 전화해 줄 여자들 지천으로 널렸잖아요."

"응. 근데 넌 아니잖아."

"제게 왜 이러시는 건데요?"

"가짜 전화번호 준 게 귀여워서."

"그건 손님께 연락처 주면 안 되는 가게 방침 때문이었 어요."

"다른 여자들은 일 그만두는 한이 있더라도 내 연락처 가지려고 난리야."

"……사람마다 다른 거죠. 전 일이 더 중요한 사람이에요."

"그런 거에 밀려 본 적 없어."

"제가 본의 아니게 꽤 여러 번 진원 씨를 자극했나 보네 요. 그럴 의도가 전혀 아니었는데……."

"봐서 알아. 네 행동엔 흑심이 없어."

지혜는 작게 헛웃음이 터졌다. 호텔에선 작업을 거니 마 니 하더니 이제야 맥락을 제대로 이해했나 보다.

"그래서 좋아."

순간 지혜의 입안이 거미줄에 엉킨 것처럼 끈적해졌다.

더 말했다간 옭매여질 것만 같아 묵묵히 벽을 응시했다. 열로 머리가 몽롱해 더 이상 생각하는 것이 무리인 탓도 컸다. 딱딱한 방바닥이 불편하지도 않은지 진원은 묵묵히 앉아 침대에 한쪽 어깨를 기대었다.

"열세 살 때 내가 미국으로 유학을 갔거든. 거기 애들 대부분은 부모님이 집을 비웠다 하면 몰래 파티를 하는데 고등학생 때 몇 번 간 적 있어."

"……."

"제이크였나, 그런 이름이었던 거로 기억하는데……."

동화책을 읽는 것처럼 진원의 목소리가 느릿했다.

"아버지가 은행 국장이었고 어머니는 디자이너라 연말엔 늘 바쁘신 분들이었거든. 걔 생일이 하필이면 그때 껴 있어서 아들 챙겨 주지 못한 게 미안했는지 돈깨나 주고 가셨더라고. 집 안에 별게 다 있었어."

"뭐가요?"

"그 나이 때 하면 안 되는 것들?"

지혜가 진원 쪽으로 몸을 돌렸다.

"그런 애들하고 놀았어요?"

"그냥 집안 수준 맞는 애들끼리 어울린 거지. 걔들이 그러고 논 거고."

마치 저와는 별개의 대상인 것처럼 말한다. 그리 멀지 않은 곳에 있는 녹음기를 떠올리며 지혜가 물었다.

"그럼 여자들한테는요. 인기 많았어요?"

"그게 신경 쓰여?"

진원의 입에서 실소가 터졌다. 숨겨진 비밀을 벗겨내려 추궁한 것뿐인데 이상한 방향으로 빠졌다. 지혜는 침착하게 나침판을 바로잡았다.

"여자도 많이 만나 봤을 거 같아서요."

"확실히 그땐 오는 여자 안 막긴 했지."

과연 얼마나 만나 봤을까?

"지금은 막아. 걱정하지 마."

일반 동양인 남자들과는 다르게 듬직한 체구가 외국에서 먹혔을 거란 생각은 지혜의 머릿속에서 사실이 되었다. 여자들은 진원의 어느 면을 보고 반했을까? 준수한 외모? 넓은 어깨? 커다란 손? 순간 새하얀 이불 위로 진원의 손가락이 부드럽게 쓸렸다. 여자의 살결을 쓰다듬는 것처럼 노련한 손길이었다.

"무슨 생각을 하고 있을까."

진원이 소리 죽이며 웃었다. 지혜는 뒤늦게 그의 손가락을 빤히 쳐다보고 있었다는 걸 눈치챘다. 시선이 황급히 달아나자 진원이 맘껏 헤집던 이불에서 손을 떼었다.

"머릿속에 들어가 보고 싶네."

어쩜 그의 손이 제 팔 위에서 움직이는 묘한 상상을 했을까. 지혜는 오싹한 기분을 느끼며 이불로 제 몸을 더 감쌌다.

"어디까지 얘기했더라…… 아, 집에 갔는데 고삐 풀린 애들끼리 취하고 엉키고 난리가 났더라고. 나 하나 뭘 하든 신경도 안 쓰기에 집 구경이나 했지."

지혜라면 그런 난잡한 풍경을 본다면야 문부터 열고 벗어났을 테지만 진원은 아니었다. 마치 영화를 관람하는 것처럼 자신과 공간을 격리한 채 그 모든 걸 지켜보았다.

"3층짜리 저택이었는데 방도 많았고 욕실도 많았어. 고상한 클래식이 어울리는 그런 곳이었지. 가구도 대부분 오래된 것들이었는데……."

목소리에 집중하니 원목으로 이뤄진 계단과 드높은 천장 한가운데 화려한 샹들리에가 반짝이는 모습이 자연스럽게 그려졌다. 액자 같은 창문 너머로 한 폭의 그림과 같은 정원이 있었고 그곳에서 갈색 털을 가진 커다란 개를 키웠다고 한다.

"시끄러워서 조용한 곳을 찾다가 주방으로 갔는데 거기에 웬 케이크가 있는 거야."

그런 곳에서 발견한 케이크는 못해도 3단 높이에 달콤한 초콜릿과 슈가로 치장되어 있을 것만 같았다.

"'Happy Birthday'라고 적혀 있는 글자가 몹시 엉성했어. 크림이 발라진 것도 덕지덕지했고 집안 수준하고는 어울리지 않을 정도라 제이크를 좋아하는 여자가 만들어 줬나 싶었지. 근데 옆에 카드가 하나 있더라. 필체가 무척 고급스러웠어."

예상했던 것과 다른 전개였다.

"보니까 어머니가 직접 만드신 거더라고."

어느덧 얘기에 푹 빠진 지혜가 물었다.

"먹어 봤어요?"

"응."

"맛이 어땠는데요?"

"별로였어. 엄청 달고 빵은 퍽퍽하고."

"……."

"충격이었어."

"왜요? 맛이요?"

"아니, 바쁜 어머니가 그런 걸 직접 했다는 게."

"……."

"정작 제이크는 그걸 거들떠보지도 않고 술에 절어 있었지. 그래서 내가 그런 애들을 별로 안 좋아해. 애정에 배불러서 그게 값진지도 모르는 것들."

지혜는 희미하게나마 진원이 무엇에 놀랐는지 알 수 있었다.

"내가 못 받아 봐서 질투하는 걸 수도 있고."

숨겨진 이면에 놀랄 수밖에 없었다.

"난 부모가 바쁘면 자식에게 사랑을 못 줄 수 있다고 생각하며 자라왔거든. 근데 아니더라고."

늘 화려한 것에 둘러싸여 부족한 것 하나 없어 보였던 진원이 사실 부모님의 애정에 목말라 있다니 어느 누가 믿을까. 어린 나이에 부모의 품이 아닌 먼 이국땅에서 지냈을 진원의 청소년기가 어땠을지 지혜는 잠시 생각해 보았다. 멀리 떨어진 거리에서 시작된 향수를 금전으로 빼곡히 채웠을 그들이다. 같이하는 식사 자리도 없었을 테고 생일 땐 축하한단 전화 한 통화가 전부였을지도 모른다.

"어머니가 제이크에게 뭔가 바라는 게 있어서 케이크를 만든 걸까? 아니, 단지 표현하고 싶었던 거겠지. 사랑하니까 대가를 바라지 않고 해 준 거야."

그마저도 나이를 먹으면서 사라졌을지도. 지혜는 이해하기 어려웠다. 아침 7시만 되었다 하면 엉덩이를 두들기며 어서 일어나라고 깨우던 어머니와 퇴근하면서 늘 먹을 걸 사 오던 아버지 밑에서 자랐다. 생일만 되었다 하면 솜씨 좋은 어머니가 상다리가 부러질 정도로 지혜가 좋아하는 음식을 손수 만들어 주었다. 체중 조절도 좋지만 먹는 모습이 그렇게 예쁘다며 기뻐하던 부모님이었다.

"……진원 씨 부모님께서도 뭐든 해 주셨을 거 아니에요."

"해 준 건 많지."

순간 아무렇지도 않아 보이던 진원의 표정이 쓸쓸해 보였다. 지혜의 안에서 측은한 감정이 아지랑이처럼 피어올랐다.

"그만큼 내게 바라는 것도 많아서 문제지만."

완벽해 보였던 조각상의 내부가 텅 비었던 사실을 알았으니 말이다.

금 탯줄을 잡고 태어났으니 그룹 이익을 부풀리기 위해 이바지하라는 걸까? 진원이 어린 나이에 외국으로 나가 부모님과 떨어져 공부했을 많은 것들이 지금 그가 앉은 자리에서 열심히 소모되고 있을 터였다.

"다른 여자들도 마찬가지고."

그런 진원은 모든 여자들에게 선망의 대상이었다. 훤칠한 외형과 집안 배경은 여자들의 가슴을 뜨겁게 했고, 환심을 사기 위한 행동과 선물은 그의 주변을 늘 배회했다.

"이제 내가 왜 너에게 관심 가는지 알겠어?"

하지만 지혜는 진원에게 원하는 게 없다. 매 순간 빠져나갈 궁리만 하고 어떻게 하면 멀어질 수 있을까 생각한다.

"……."

그게 얼마나 진원에게 자극적일지 떠올릴 필요는 없다. 우습게도 지금 이 순간만큼은 진원을 다독여 주고 싶었다. 그러지 않으면 가슴에서 아른거리는 열로 타 버릴 것만 같았다.

무슨 말을 어떻게 꺼내야 할까 지혜는 잠시 고민하다 답을 찾지 못하고서 무작정 팔을 뻗었다. 칠흑처럼 어두운 밤을 닮은 머리카락에 손끝이 스쳤다. 가시에 찔린 듯했지만 어미 고슴도치인 양 최대한 부드럽게 쓰다듬어 주었다.

"위로해 주는 거야?"

그 순간 진원의 눈동자가 크게 흔들린 건 착각이 아니었다.

"홀딱 반하겠네."

진원이 설핏 웃으며 지혜의 손목을 움켜잡았다. 엄지가
피부를 꾹 짓누르자 움푹 파인 부위가 미끌거렸다.

"땀 좀 봐."

후욱, 제게로 불어오는 숨결에 지혜의 속눈썹이 가녀리
게 떨렸다.

"자꾸 떨어……."

진원이 낮은 숨을 뱉으며 밀려왔다. 잔잔히 다가오는 물
결에 몸을 맡긴 지혜는 순식간에 젖은 분위기에 휩싸였다.
매트리스 위로 지혜의 손목이 지그시 눌렸다. 자연스럽게
올라탄 진원이 제 그림자로 지혜를 덮었다. 몽롱했다. 올
려다본 진원의 눈동자가 호수처럼 깊었다.

"사실 며칠 전부터 감기 걸리라고 기도했는데."

"……왜요?"

"지금 이걸 원해서."

진원이 침대 위로 퍼진 긴 머리카락을 만지며 숨을 몰아
뱉었다.

"나한테 옮길래?"

경직된 붉은 입술이 달싹였다.

"너 두고 가려니 발이 안 떨어져……."

애틋한 목소리가 지혜의 뺨을 촉촉이 달구었다. 손가락에 부드럽게 감기는 머리카락 느낌이 절묘했다.

"아프면 출국 미룰 수 있을 거 같은데."

응? 어깨가 애원하듯 부드럽게 움직였다. 대답이 없자 진원의 눈동자가 반쯤 잠겼다. 코끝을 비스듬히 꺾은 진원이 빗물처럼 내려왔다. 서로의 입술과 입술이 일직선을 이루었다.

"지혜야."

매끄럽게 올라가는 입술 끝처럼.

"거절하지 마."

거미는 줄에서 이동할 때 세로 선을 탄다. 그 순간 열이 잠식한 머리에서 뾰족한 거부 반응이 일었다. 지혜가 고개를 옆으로 돌리자 귓가로 뜨거운 입술이 스쳤다.

"……아프다고 해서 사람 누군지 구분 못할 정도 아니거든요."

목이 화끈거렸다. 진원이 고개 숙이며 터트린 숨 때문이다. 원하는 상대를 공략할 땐 이성부터 무너뜨리는 진원이지만 아쉽게도 지혜에겐 통하질 않았다.

"그만 가세요. 속셈 안 이상 더는 같이 못 있겠어요."

속셈? 진원은 웃음이 났다.

"들켰나……?"

"방금 한 얘기도 거짓말이죠."

"어떤 거?"

"부모님 얘기요."

동정심을 일으키려 한 말이라고 생각했는지 지혜의 표정이 얼음장처럼 차가웠다. 진원이 고개를 슬쩍 뒤로 뺐다.

"글쎄."

긴 다리로 바닥을 지지한 진원이 침대에서 내려왔다. 언제 그랬냐는 듯이 슈트 재킷을 정돈한다. 조금 전 여자의 몸 위로 올라와 점령하려고 들었던 사람이라고는 믿을 수 없을 정도로 모든 것이 단정했다.

"찜해 놓고 가려고 했는데……."

하지만 저 입은 도통 적당한 선을 몰랐다.

"나 없는 동안 못된 사람 쫓아가면 안 된다?"

지혜는 대답 대신 등을 돌렸다. 듣기 싫으니 어서 나가란 소리였다.

「이제야 받네.」

지혜는 욱신거리는 머리를 짚으며 핸드폰을 고쳐 들었다.

「이틀 동안 왜 핸드폰 꺼 놨어?」

"아파서 계속 잤어요."

「지금은 괜찮나 봐. 목소리가 나아졌어.」

"네. 다 나았어요."

캐비닛에 달린 거울을 보며 유니폼 셔츠의 깃을 똑바로 접는 손이 다급했다.

「밖이야?」

"가게요."

「오늘 일하는 날 아니잖아.」

너 때문이잖아, 말하고 싶은 걸 꾹 억눌렀다.

"몸도 괜찮아졌기에 그냥 왔어요."

새벽 4시에 잠들어야 이틀 뒤 똑같은 시간에 일어날 텐데, 진원이 돌아간 뒤 곧바로 지쳐 잠든 바람에 깨어나 보니 저녁 6시였다. 덕분에 깨진 생활 규칙이 속상했지만 쉬어 봤자 나만 손해였다. 매니저에게 내일 출근할 걸 오늘 당겨 해도 되냐고 물으니 흔쾌히 오라 했다.

"이제 나가 봐야 하니까 그만 끊어요."

「……맘에 안 들어.」

퉁명스럽게 먼저 끊어진 전화를 보며 지혜는 당황했다. 왜 이래? 헛숨을 들이켜고선 핸드폰을 캐비닛 안으로 밀어 넣었다.

목요일 밤이었지만 내일이 공휴일이라선지 손님이 많았

다. 일손이 부족해서 지혜를 오라 한 만큼 그에 걸맞게 눈코 뜰 새 없이 움직였다. 이리저리 분주하게 움직이던 다리가 복도로 들어섰을 때 돌연 차분해졌다. 룸 손님은 조심해야 한다. 지혜는 '똑똑' 정중하게 문을 두드린 후 안으로 들어갔다.

"실례하겠습니다."

다섯 명의 남자들이 소파에 편히 기대어 떠들고 있었다. 지혜는 그 소음에 자연스럽게 파묻히며 다가섰다.

"그래서 내가 술 한잔 사겠다고 했는데……."

"주문 도와드리겠습니다."

"어, 잠시만요. 뭐 먹는댔지?"

테이블 위에 펼쳐진 메뉴판으로 여러 시선들이 옮겨졌다. 지혜는 대수롭지 않게 메뉴를 훑는 그들을 보았다. 재벌 3세들인가. 워낙 급이 높은 손님들이 주로 찾는 곳이라 놀라는 것도 우습지만 저렇게 어린 얼굴들이 한곳에 모여 있으니 위화감이 절로 느껴졌다.

"어차피 오늘 죽어라 마실 텐데 가볍게 시작해."

"근데 진원이 못 와서 어떡하나?"

순간 낯익은 이름에 지혜의 눈동자가 번득였다.

"그러게. 윤호 너 들어오니까 진원이가 나가네. 출장 간댔나?"

가만 보니 나이 대가 비슷해 보였다.

"어차피 오라고 해도 안 왔을지도 모르잖아. 저희 주문할게요."

"아, 네."

들고 있던 주문서 위로 펜촉을 세운 지혜가 꾹꾹 눌러 가며 주문을 받아 적었다. 다시 한 번 확인한 지혜는 모두의 고개가 끄덕이는 걸 보고선 문을 닫고 나섰다. 기다렸다는 듯이 명진의 입술에서 웃음이 터져 나왔다.

"방금 봤냐? 펜 꼬옥 쥔 거."

"어, 일한 지 얼마 안 됐나 봐."

"진원이가 자주 오는 곳이라며. 걔 룸방이나 가라오케도 아니고 이런 곳이 뭐가 재밌다고 오냐."

"분위기는 좋네."

"아까 어디까지 얘기했더라, 아. 그래서 같이 앉아서 마셨는데 계속 호구조사를 하더라고?"

외부인이 사라지자 넓은 공간은 다시 저급한 얘기들로 가득 찼다. 거기에 동참하지 않은 윤호가 뭐에 홀린 듯 문을 뚫어져라 바라보았다. 매력이라곤 하나도 없는 하얀 셔츠와 검은색 치마가 어딘가 모르게 눈에 밟혔다.

"어디서 본 거 같은데…… 어디서 봤더라."

평소 여자를 볼 때 얼굴보다 몸매부터 훑는 윤호는 이 무리에서도 능구렁이로 통했다. 그리 볼륨감은 없지만 부드럽게 들어간 허리선과 검은 치마 아래로 톡 튀어나온 새하얀 무릎. 그리고 길게 뻗은 종아리가 찹쌀떡같이 토실했고 팥 알갱이처럼 붙은 점 하나는 먹음직스러웠다. 기억하기론 머리카락도 허리 중반쯤이었던 거로…… 아. 무언가를 떠올린 듯 윤호가 재빨리 물었다.

"여기 진원이가 자주 온다고?"

"어? 어."

"건너편 호텔이 진원이네 계열사지?"

"그래, 임마. 왜 자꾸 물어봐."

윤호의 입꼬리가 묘하게 올라섰다.

"이거 재미있네."

"지혜 씨, 7번 룸이요."

"네."

또다. 바에서 실수를 저지르고 정신없이 서빙을 하는 게 대부분인 지혜가 20개의 룸 넘버 중에서 그 숫자를 기억할 정도면 횟수가 그만큼 잦단 걸 의미한다. 빨리 오지 않으면 벨을 몇 번이고 누르며 재촉하는 터라 이어폰을 꽂은 귀가 아플 정도였다. 복도를 뛰어가듯 걸어간 지혜가 손에 들린 캔들러를 쟁반 위로 세우고선 노크했다.

"아, 왜 이렇게 늦어요?"

"벨 누르다가 팔 빠질 뻔했네."

고객들 전부 조용히 술을 즐기거나 업무를 위해 오는 곳이었던 터라 이런 분위기는 낯설기만 했다.

"죄송합니다."

사실 그렇게 늦은 것도 아니었다. 가게가 워낙 컸기에 오고 가는 시간을 생각해 보면 말이다. 하지만 그건 어디까지나 직원의 입장이지, 고객은 신경 쓸 바가 아니었다.

"새끼들아, 늦을 수도 있지."

테이블 위로 캔들러를 살짝 내려놓은 지혜가 소리 난 쪽으로 반응했다. 남자가 만지작거리는 핸드폰에선 연달아 알람이 울리고 있었다. 액정에서 뿜어져 나오는 환한 빛이 남자의 눈동자를 관통했고 거기엔 빠르게 여러 대화창을 옮겨 다니며 문자를 써 내려가는 장면이 거울처럼 비쳤다.

"진원이 여기 자주 오죠?"

남자는 고개를 들지도 않은 채 입만 움직였다.

"네?"

"단골이라던데 몰라요?"

"아…… 네."

지혜는 어렴풋이 진원과 아는 사이일 거라고 예측했던 것이 맞아 떨어지자 당혹스러웠다. 역시나 그들의 입에서 거론된 진원은 동명이인이 아니었다.

"몇 살이에요?"

"죄송하지만 손님께 신상은 알려 드리지 못합니다."

"와, 비싸다."

원래 저 부류들은 뭐든 돈으로 살 수 있다고 생각하는 걸까? 사람에게 하는 말이라기엔 무례했다. 진원과 똑같은 말이 흘러나온 건 두 사람이 친구라는 걸 또다시 증명했지만 지혜가 느낀 무게는 전혀 달랐다.

"얼마나 비싼 얼굴인지 좀 볼까?"

진원은 지혜의 가치를 높게 샀고, 이 남자는 얼마면 되냐는 식이었다. 지혜는 얼굴에서부터 다리 아래까지 타고 내려가는 껄끄러운 시선을 한 몸에 받았다. 애견 숍에서 파는 강아지가 된 듯한 기분이었다. 충분히 살 능력이 있으니 저울질을 하겠다는 듯이 지혜를 훑는 윤호의 시선은 오만했다. 픽 하고 웃음을 터트리는 모습에서 지혜는 기분이 구겨졌다. 저 정도쯤이야, 뭐.

"윤호 저 새끼 또 저러네."

"미안해요, 사람 보는 게 취미라서요."

"……."

"기분 나빴으면 미안."

지혜는 표면적인 웃음으로 답했다. 사람의 어깨를 치고 지나간 뒤에 미안하다고 해서 아프지 않은 건 아니다.

"사과의 의미로 뭘 사야 하나."

거만하게 손을 뻗은 윤호가 메뉴판을 뒤적였다. 뒤로 넘길수록 적혀 있는 가격대는 높아지지만 손은 끝없이 뒤로 향했다. 주문한 술은 지혜가 일하면서 처음 들어 보는 이름이었다. 그만큼 가격대가 높아 주문하는 사람도 많지 않았다.

"어서 가져다주세요."

"네."

"그쪽이 가져다줘야 돼요?"

참자 참자 했는데 도무지 견딜 수가 없었다. 지혜는 미소 지으며 말했다.

"죄송하지만 손님, 취하셨습니까?"

"아닌데 왜요?"

"지금 어디 와 계신지 오락가락하시는 것 같아서요. 여긴 퇴폐 업소가 아닙니다."

"뭐?"

"지명을 원하시면 그게 가능하신 곳으로 가세요."

"……와."

윤호의 입에서 감탄이 흘러나왔다. 어이없어서 뱉은 숨인지 뭔지 지혜가 알 바는 아니었다.

"취소해 드릴까요, 가져다 드릴까요."

주문서를 들고 빤히 쳐다보는 지혜의 시선에 힘이 실렸다.

"아니면 성향에 맞는 곳 가실 수 있도록 계산 도와 드릴까요?"

멍하니 있던 윤호가 입가에 웃음을 매달은 채 고개를 끄덕였다.

"가져다줘요."

지혜는 쥐고 있던 펜을 포켓 주머니에 꽂은 뒤 돌아섰다. 울리는 구두 소리가 떨지도 않고 올곧았다. 문 앞에서 고개 숙여 인사한 뒤 닫는 것마저 차분해 여기 있는 남자들의 정신을 쏙 빼 갔다. 지혜가 사라지자 안은 금세 떠들썩해졌다.

"엄청 센데?"

"야, 진상 좀 떨지 마. 여기 지배인 진원이랑 친하다니까?"

"내 알 바 아냐."

어깨를 한번 으쓱인 윤호가 핸드폰을 내려다보았다. 그와 연락을 주고받던 여자들이 그새를 참지 못하고 떠들어 댔지만 관심이 끊긴 지 오래였다. 문을 빤히 보던 윤호가 술잔을 집어 들었다.

"얼마 전에 여자 문제로 아버지 골 썩혔으면 자숙 좀 해라."

"내가 사고 한두 번 치나."

쓰레기 중에서도 서열은 있었다. 이곳에서 누가 가장 저급하게 노느냐 묻는다면 윤호는 단연 1등을 차지했다. 집안이 가진 힘을 이용해 여자를 쉽게 만났고 쉽게 버렸다. 간단하게 배를 채울 수 있는 인스턴트 음식처럼 말이다. 그 짭조름한 자극적인 맛에 익숙한 윤호에게 지혜는 달디단 사탕 같았다. 입안에 넣고 오래도록 굴려야지만 녹는 막대 사탕.

"진원이가 왜 여기 자주 오는지 알 거 같아."

공을 들여야 하는 여자란 생각은 윤호의 머릿속에 공식처럼 펼쳐졌고 쉽게 답을 내었다.

"확실히 보는 재미는 있겠네."

친구들이 늘 연애에 대해 말하면 진원은 따분해했다. 그럼 윤호를 포함한 다른 녀석들의 표정이 의아해졌다. 그들에게 여자란 지루한 일상에 색을 입히는 존재였고 그로 인해 풍경은 더욱 윤택해졌다. 한데 그 좋은 걸 진원은 거부했다. 무리 중 가장 많은 여자들과 식사를 하면서도 지저분한 소문이 난 적이 없다. 친구들은 하나같이 뒤에서 입모아 진원의 성욕을 걱정했다. 괜찮다는 여자를 붙여 주려고 몰래 자리를 만들기도 했지만 여자만 있다 하면 왔다가도 나가는 진원 때문에 실패하기 일쑤였다.

"뭐가?"

"있어, 그런 게."

근데 뒤에서 남몰래 여자를 만나 왔을 줄이야. 진원을 어려서부터 봐 온 입장에서 그날 호텔에서 본 것이 틀리지 않았을 거라 윤호는 확신했다. 짙은 색의 알코올을 한 모금 삼켰다. 원래 뭐든 조용히 저만 가지고 즐기던 성격 아니던가.

"저 여자한테 발동 걸렸냐?"

"뭐 그 비슷해."

"꼬드겨 보게?"

"글쎄?"

짓궂게 웃은 윤호의 입술이 알코올로 젖어 촉촉했다.

"내기할래?"

"무슨 내기?"

"내가 저 여자랑 호텔 갈 수 있나, 없나."

그 말에 명진은 쯧쯧 혀를 찼다.

"여기 진원이네 계열사 호텔에 있을 때부터 손님 관리하던 곳인데 그게 되겠냐? 직원도 얼마나 까다롭게 뽑는데. 그 이미지 하나로 먹고사는 데야, 여기."

"알지, 건전하고 따분한 곳인 거. 술만 마시는 데인 줄 다 안다."

'근데 왜 저래?' 하는 눈빛이 이곳저곳에서 튀었다. 윤호는 잠시 고민했다. 이 재미있는 걸 혼자만 즐길까 생각하다 이내 씩 웃었다. 자고로 좋은 건 함께 나눠야 한다.

"나 저번에 호텔에서 진원이 봤는데 웬 여자랑 같이 있더라."

"여자? 잘못 본 건 아니고?"

"아냐, 쟤 맞아."

잠시 주변이 고요해졌다.

"무슨 말이냐? 누구?"

"방금 나간 여자 직원."

"직원이랑 진원이가 둘이 호텔엘 갔다고?"

"어."

"잘못 본 거겠지."

"아니야, 저 여자 무릎 뒤에 꽤 큰 점 있어."

"……."

"오른쪽에."

태연하게 술을 홀짝이는 윤호와 달리 모두가 마른침을 삼켰다. 진원이가 여자와 호텔이라니 믿기지 않는 게 당연했다.

"야, 진원이가 뭐가 부족해서……."

"아까 나한테 대드는 거 봤지? 거기에 혹했을지도 모르지."

"저 여자 확실해? 진원이도 맞고?"

"몇 시였는데?"

"새벽 1시 넘어서였나……."

저들끼리 목젖을 들썩였다. 그 단정해 빠진 셔츠를 거칠게 풀어 젖히며 침대로 누웠을 진원의 모습과 아까 보았던 지혜가 상상 속에서 어우러졌다.

"니들도 궁금하지?"

약간의 의구심도 함께였다. 진원의 사생활은 몹시 깨끗했고 여자관계 역시 청결했다. 하지만 그렇다고 해서 진원에 대해 전부 아는 건 아니었다. 여자든 돈이든 언제 뭘 했는지 친절히 공유하는 다른 녀석들과 달리 진원은 말을 아끼는 편이었다. 궁금증이 삽시간에 갈증처럼 번져 나갔다.
윤호는 자신만만하게 소파에 기대었다.

"돈 걸어. 내가 갈 수 있나, 없나."

가만히 이 사태를 지켜보던 재훈이 조심스럽게 말했다.

"야, 근데 만약에 진짜 진원이가 만나는 여자라면 괜히
우리 엿 되는 거 아니냐?"

"뭐가?"

"그렇잖아. 진원이 안 그래도 여자한테 관심 없는데 호
텔까지 간 거면 뭔가 있다는 건데……."

"있긴 뭐가 있어, 진원이 그때 내가 본 거 자기 아니랬는데."

다시금 내부가 술렁거렸다. 윤호는 손가락을 부딪쳐 딱
딱거리는 소리를 만들어 냈다. 모두의 이목이 그 손으로
집중됐다.

"그럼 내기 주제를 바꿀까?"

"어떤 거로?"

윤호가 과일이 진열된 접시에서 탐스러운 청포도를 하나
따 입안에 넣었다. 시큼한 과즙이 터지며 번졌다.

"내 눈을 믿을래, 아니면 진원이 입을 믿을래?"

누가 거짓말을 했는지. 이들에겐 몹시 흥미로운 소재였다.

"저, 매니저님. 잠시만요."

와인을 꺼내고 있는 매니저가 라벨을 확인한 후 직원에

게 건네주며 지혜에게 다가왔다.

"무슨 일이세요?"

"죄송하지만 7번 룸은 제가 직접 서빙을 안 했으면 해서요."

"문제 있나요?"

"다들 높으신 분들 자제 같은데, 제가 혹시라도 실수할 까 걱정돼요."

매니저가 걸음을 옮겨 바 한편에 놓인 포스기에서 주문 기록을 훑었다.

"술이 많이 빠졌네요. 취했을 수도 있으니 알았어요. 남 자 직원 보내도록 할 테니까 지혜 씬 테이블 서빙만 맡아 줘요."

"네, 감사합니다."

일한 지가 언제인데 아직도 손님을 가리냐며 매몰차게 답할 수도 있었지만 매니저는 지혜의 사정을 봐주었다. 안 도하며 돌아선 지혜가 7번 룸을 피한 이유는 단순했다. 조 금만 더 긁었다간 사고 치기 딱 좋았다. 무례함은 지혜가 참을 수 없는 것 중의 하나였다.

바쁜 시간대도 점점 지나가자 테이블이 하나둘씩 비었 다. 뒷정리를 도맡아 하던 지혜는 이어폰 너머로 7번 룸이 빠졌단 얘길 듣게 되었다. 드디어 갔구나, 한숨을 내쉰 지 혜가 트레이와 행주를 들고 걸어갔다. 룸 안에 들어와 바 닥을 청소하려 소파를 뒤로 빼는데, 핸드폰 하나가 처량하게 버려져 있었다.

"두고 갔나?"

움켜쥐니 액정 위를 열심히 두드리던 손 하나가 문득 떠올랐다.

"어, 그거 제 핸드폰인데."

때마침 주머니를 뒤적거리며 문을 열고 들어온 윤호가 지혜를 보고선 웃었다.

"챙겨 놔 주셨네."

"여기요."

지혜가 핸드폰을 내밀자 윤호가 반대로 손목을 잡았다. 주인에게 버림받은 핸드폰이 아래로 팍 내리꽂혔다.

"벨을 얼마나 눌렀는데, 너 일부러 안 들어왔지?"

"너야말로 일부러 흘렸겠지."

팔에 힘을 주며 뒤로 뺀 지혜가 노려보았다. 윤호는 하, 짧게 웃음을 터트렸다.

"반말?"

"취한 손님이 하는 반말은 제정신이 아니니 이해하고 넘어가지만 너 맨정신이잖아."

지혜가 구두 앞코로 제 앞에 떨어진 핸드폰을 밀었다.

"주워서 가지고 가세요, 손님."

그렇게 소중하게 두드리던 핸드폰을 놓고 간 것 자체가 말이 안 되었다. 무시가 답이란 결론을 얻은 지혜는 소파를 마저 뒤로 뺐다. 뒤에서 비식비식 웃는 소리가 들려왔다. 핸드폰을 주워 든 윤호가 바쁘게 흔들리는 긴 머리를 보며 입맛을 다셨다.

"우리가 진원이 친구라서 불편해요?"

"제가 왜 그런 거에 불편해해야 하죠?"

"나 다 봤는데."

"뭘요?"

"진원이랑 호텔 간 거."

지혜는 손을 털며 뒤돌아섰다.

"그건 우진원 씨도 알고 있는 일이에요. 필요하시면 지배인님 불러 드릴 테니 그분께 직접 얘기 들으세요."

"어, 이상하다. 진원인 호텔 간 거 자기 아니랬는데."

잠시나마 지혜의 동공이 뒤흔들렸다. 지혜가 호텔에서 나간 시간까지 지배인에게 거짓으로 전한 진원인데, 그가 뒤에서 어떤 식으로 또 다른 걸 조작했을지 지혜는 알지 못했다.

"안 그래도 방금 계산하면서 지배인한테 여기 유니폼 입은 직원이랑 진원이랑 호텔 간 거 봤다고 말했거든요. 근데 그분도 그런 적 없다던데."

진원에게 이상한 소문이 날 걸 대비했는지 모두가 그날에 있었던 일을 모른 척 방관했다. 단순히 세탁 문제 때문에 간 것뿐인데 호텔이란 장소가 사람들의 인식 속에서 바람직하게 펼쳐지지 못할 걸 알기 때문이다.

"그래서 잘못 봤나 싶었는데…… 그쪽은 같이 갔다고 하네."

마치 엄청난 비밀을 제 입으로 말한 것만 같은 기분이 밀려왔다. 혼란스러움이 지혜의 눈동자로 번지자 윤호가 나긋하게 말했다.

"괜찮아, 억울해하지 마. 내가 방에 같이 들어가는 거 두 눈으로 똑똑히 봤으니까 진원이가 모른 척 발 빼면 도와줄게요."

"무슨 말씀이세요?"

"진원이와 그런 사이면 그쪽도 원하는 게 있을 거 아니에요?"

"뭐가요?"

"에이, 순진한 척한다. 진원이가 자기랑 만나는 거 비밀로 해 달라고 말해서 지금 그쪽도 입 다물고 있나 본데."

만나는 걸 비밀로 해 달라고? 아니, 진원은 지혜에게 그런 말을 한 적 없었다.

"나중에 버려지면 그걸로 요구하고 협박할 생각 아니에요?"

오히려 버려지길 원하는 건 지혜였다. 진원에게서 도망치고 싶으면 싫었지, 옆에 달라붙어 기생충처럼 뭔가를 빨아먹을 생각은 추호도 없었다.

"지금 뭔가 단단히 착각하고 있나 본데요……."

"착각은 네가 하고 있지. 진원이가 널 구제해 줄 거 같아?"

세탁 때문에 호텔에 간 거라고 지혜 혼자 주장해 봤자 진원과 지배인이 모른 체하면 그만이다.

"나도 비밀 하나 알고 있는데 말해 줄까?"

"……."

"진원이가 왜 누구나 다 아는 있는 집 여자들하고 식사하는 거 제외하고 안 만나는지 알아? 관심이고 뭐고 그냥 복잡해지기 싫은 거야. 걘 그런 거에 되게 민감한 위치거든."

진원이 제 위상을 해칠 일을 감수하고 솔직하게 말해 줄거란 생각도 들지 않았다.

"근데 몰래 만나는 걸 내가 봤네."

오히려 입이 가벼운 직원으로 낙인 찍혀 선미가 소개해 준 일자리에서 쫓겨날 터였다. 자신 하나만 퇴출되면 그만이 아니라 선미의 얼굴까지 먹칠하는 셈이었다.

"원하는 게 뭔데요?"

욱신거리는 눈을 감았다.

"진원이가 맘에 든 여자, 침대에서 어떨지 나도 궁금한데."

이런 식의 대화는 뻔했다.

"나랑은 어때?"

귀에 담기조차 싫은 저급한 얘기가 흘러나왔다. 호텔에 가서 아무런 일도 없었단 고백은 어린애 같은 생각이다. 그 안에서 무엇을 하든, 어떤 용무로 찾았든지 간에 같이 방에 들어간 이상 그들은 알지도 못하고 그저 좋을 대로 생각한다.

"대답은 내일 들을게요."

거미 주변으로 온갖 벌레들이 서성이고 있을지 누가 알았겠는가. 지혜는 한참 동안 그 자리에 멈춰 서 있었다.

어디서부터 잘못되었는가 묻는다면 진원을 만났던 순간이다. 그때부터 시작됐다. 마주치지 않았으면 좋았을 뻔했다고 후회해 봤자 돌이킬 수 없는 운명이다. 머리가 아파 터질 듯했다. 진원 하나를 밀어내는 것도 버거운데 이젠 그 주변까지 난리였다.

이판사판, 모르겠단 심정으로 터트리고 지방으로 내려갈까. 집 안으로 들어선 지혜는 단출한 방 안을 둘러보았다. 짐이 몇 개나 되는지 견적을 내는 눈빛이 몹시 지쳐 있었다.

[나 아직 깨어 있어.]

예의 없이 이 새벽에 핸드폰을 울리게 하는 사람이 누군가 했는데, 진원이었다.

[안 자는 거 다 알아. 이제 일 끝났지?]

당장 내일 출근해야 하는데 어떻게 해야 할지 확신이 서지 않았다. 지배인에게 사실대로 말할까? 그 남자에게 맘대로 하라고 할까? 그러다 내 신상까지 공개되면 어쩔 건데?

지이이이이잉. 눈치 없이 울려 대는 핸드폰을 무작정 받았다.

"왜요."

「와. 차가워.」

차갑긴. 지금 열 받아서 이마가 지끈지끈했다. 떨쳐 냈던 감기가 다시 친구 하자며 달라붙을지도 모른다. 지혜는 퍼석하게 마른 손으로 머리카락을 쓸어 넘겼다.

"왜 전화하셨어요."

「전화해 달라고 티를 계속 내는데 눈치를 못 채서.」

"뭐가요?"

「안 자고 있다고 말했잖아.」

"그쪽 안 자는 걸 저보고 어쩌라고요."

「그쪽이라고 하지 말고 진원 씨.」

"네, 진원 씨. 그만하고 주무세요."

「너 때문에 못 잤어.」

지혜의 눈이 흠칫 떨렸다.

「네 목소리 듣고 싶어서 기다렸다고.」

"……."

「……왜 말이 없어?」

"아니, 어디 아프신가 해서요……."

「뭐가?」

"왜 제게 그런 말을 하세요?"

「작업 건다고 했잖아.」

"그렇다면 백만 년은 배워서 오셔야겠네요. 기별도 안

와서요.”

「그래, 그럼 다시.」

“…….”

「여기 새벽 2시 24분이야. 오늘 일정 엄청 빡빡하고 힘
들었어. 사람도 많고 덥기도 덥고, 차는 왜 이렇게 막히는
지 대한민국 강남은 명함도 못 내밀 정도야.」

“…….”

「거긴 어때?」

“여긴 진원 씨랑 통화하는 것도 눈치 봐야 할 정도로 무
척 조용한 새벽이에요. 그만 끊어요.”

「몇 신데.」

지혜는 핸드폰을 살짝 떼어 내 시간을 확인했다.

“새벽 3시 24분이요.”

「시차가 얼마나 되지?」

“한 시간이네요.”

「그래. 한 시간밖에 차이 안 나는 곳에 있어.」

한 시간씩이나 차이 나는 곳에 있다고 말하는 게 정상 아
닌가?

「부르면 지금이라도 갈게.」

아…… 지혜는 작게 입을 벌렸다. 주변을 덮은 새벽 그림
자가 차분했다. 밤하늘 위로 동그랗게 떠 있는 달을 짓누
르는 목소리가 들려왔다.

「작업은 이렇게 거는 거야, 지혜야.」

고요한 가운데 나지막한 목소리는 또렷했다. 지혜는 서둘러 입을 꾹 다물었다.

"기별도 안 오네요."

「그랬어?」

"네, 피곤해요. 그만 끊을게요."

재빨리 통화를 종료한 지혜는 핸드폰을 꼭 움켜쥐었다. 필사적으로 누르던 입술을 살짝 떼자 숨이 터져 나왔다. 주저앉아 무릎 사이로 얼굴을 묻었다.

"오지혜, 대체 어쩌자는 거야……."

지금 힘들다고 솔직하게 말하고 싶었다.

진원은 통화가 끊긴 액정을 가만히 내려다보았다. 테라스 난간 밑으로 화려한 불빛이 쏟아졌지만, 오히려 진원은 점점 빛을 잃어 가는 핸드폰에 시선을 빼앗긴 채였다.

"오늘 일이 힘들었나."

목소리가 많이 가라앉아 있었다. 감기가 나은 지 얼마 안 되었으니 피곤할 수도 있겠구나 생각하며 돌아섰지만 석연치 않은 기분이 진원의 발목을 붙잡았다. 테라스 문고리를 잡았던 진원은 그대로 난간에 팔꿈치를 기댔다. 핸드폰 연락처를 뒤적이는 손길이 몹시 빨랐다.

"늦은 시간에 죄송합니다."

「아닙니다. 안녕하세요.」

"네, 궁금한 게 있어서요. 오늘 오지혜 씨 무슨 특별한
일 있었습니까?"

전화를 건 상대는 바 매니저였다. 그녀는 잠시 고민하더
니 충실하게 제 맡은 바를 다했다.

「별다른 건 없었는데…… 아, 7번 룸에는 들어가지 않고
싶다고 하더라고요.」

"손님이 누구였습니까?"

「여럿이서 오셨는데, 잠시만요.」

기다리는 동안 진원은 허공에 놓인 손가락을 까딱였다.
습한 바람이 그 사이로 질척하게 감겼다.

「명단 확인해 보니 최병우 회장님 둘째 아드님께서 오셨
네요.」

"아, 명진이요."

「네. 룸 청소를 지혜 씨가 맡았는데 같이 온 일행분께서
핸드폰을 두고 왔다면서 들어가시던데요.」

"얼마 뒤에 나왔습니까?"

「그건 잘 보지 못해서…….」

"알겠습니다. 알려 주셔서 감사합니다."

통화를 마친 진원은 핸드폰을 만지작거렸다. 손등 위로
도드라진 핏대가 선연했다. 오랜 시간 침묵에 잠겨 있던
진원의 손가락이 생각을 마친 듯 움직였다.

"주무시는데 죄송해요."

「큼, 아닙니다. 무슨 일 있으십니까?」

상대는 바로 옆방에 누워 있을 최 비서였다.

"토요일 오전까지 있는 일정 그냥 내일로 전부 다 몰아 붙이죠."

「네…… 네?!」

잠에 익어 있던 최 비서가 소스라치는 소리를 냈다. 꿈인 지 생시인지 분간이 가질 않는지 침대에서 헐레벌떡 일어 나는 소리가 들려왔다.

「아니, 피곤하실 텐데. 그리고 이동 시간도 있고요.」

"말 여러 번 하게 하시는 분 아니잖아요. 부탁드리겠습 니다."

「우선…… 알겠습니다. 조율해 보도록 하겠습니다만 무 슨 일이신지…….」

"급하게 한국으로 돌아갈 일이 생겨서요."

「어떤 일인지 말씀해 주시기 어렵습니까?」

최 비서가 긴장한 채 조심스럽게 물어 왔다. 일정이 잡 히면 칼같이 지키는 진원인데, 한국에서 생긴 일이 보통이 아닐 거라 짐작한 것이다.

"아. 별건 아니고."

진원이 서늘한 미소를 그렸다.

"조금 열 받는 일이 생겨서요."

어쩌다가 내 인생이 이렇게 피곤하게 됐을까. 지혜는 출근 준비를 하면서 한숨을 푸욱 내쉬었다. 잠도 마음대로 자지 못하는 운명도 슬픈데 이젠 주변으로 날아든 벌레를 어떻게 치워야 하나 고민이었다.

하지만 딱히 성과는 없었다. 구세주가 없는 상황에서 믿을 건 저 자신뿐이었다. 당당하게 행동하자. 그쪽에서 무슨 생각을 하던 호텔에서 아무 일이 없었단 건 확실하기에 약자처럼 빌빌댈 필요 없었다.

"이야, 또 보네요?"

금요일 밤 클럽에나 어울리는 껄렁한 음성이었다. 지혜는 멋모르고 주문받으러 들어온 룸에서 어제와 같은 데자뷔를 느꼈다. 아닌가, 다섯 명의 인물은 그대로 변함없었다. 달라진 거라곤 의상과 저를 쳐다보는 시선들이었다.

"어제 얘기 들었어요, 진원이랑 그렇고 그런 사이……."

낄낄대는 음성들이 이곳저곳에서 터졌다. 하루 사이 이미 저들끼리 지혜를 입에서 입으로 나눠 먹은 뒤였다. 힘주어 펜을 꼭 움켜쥐었다.

"주문받겠습니다."

"생각해 봤어요?"

"뭘……."

"내가 한 제안 있잖아요. 오늘 답 듣기로 했는데."

"아. 제게 호텔 가자고 한 거요."

"응."

지혜가 실소를 터트렸다.

"그 말도 안 되는 얘길 듣고 싶어서 온 걸 보면 어지간히 한가하신가 봐요?"

"어?"

"틀린 말 한 것도 아니니까 그 사실 가지고 놀고 싶으면 구워 먹든 삶아 먹든 맘대로 하세요."

"쟤 뭘 믿고 저러지?"

"아직 메뉴를 정하지 못하셨나 봐요. 천천히 고르세요. 조금 뒤에 다시 오겠습니다."

문 쪽으로 걸어가는 모습이 기가 찼다. 윤호가 만나 왔던 여자들은 대체로 순종적이고 얌전했다. 제가 한 말이 절대적인 힘을 갖게 된 건 부모님의 재력이 뒷받침되었기 때문이라는 걸 지혜도 봐서 알 터였다. 동네 호프집 찾듯이 이곳에 와서 주문을 거침없이 하는 모습은 돈이 차고 넘치지 않는 이상 불가능했다. 지갑에 꽂힌 카드 한 장이 소화 못 하는 건 없었고 대한민국에서 그런 특권을 누리는 자는 극히 적었다.

"저래서 진원이가 넘어갔나?"

한데도 주눅 들긴커녕 고개를 빳빳이 세우니 감탄이 나왔다. 이들에게도 색다른데 여자라면 지루해 죽는 진원이 빠질 만하다 생각될 정도로. 지혜는 자신을 향한 평가가 재조명되고 있는지도 모른 채 차가운 얼굴로 돌아섰다.

"우진원 씨와는 아무런 사이 아닙니다."

"아무런 사이도 아닌데 호텔을 가요?"

"업무와 관련된 일 때문이라고 말씀드렸어요."

"그 업무가 몸으로 하는……."

"야 이 미친 새끼야."

순간 내부가 찬물을 끼얹은 듯 고요해졌다.

"내가 그렇게 우스워 보여?"

꾹 억누르고 있던 지혜의 입술이 톡 하고 터졌다.

"도대체 어떤 식으로 여자를 만나 왔으면 머리가 그딴 식으로밖에 안 돌아가냐?"

하나하나 꼬집는 시선을 받게 된 이들은 저마다 넋이 나갔다.

"니들끼리 술 처마시면서 나 어떻게 돌려먹고 저급하게 말하든 상관 안 하겠는데 내 앞에서는 자제해라. 이거 다 녹음되고 있거든?"

주문을 받기 위해 쥐고 있던 펜이 꼿꼿하게 섰다. 필기용으로도 사용되고 녹음도 가능하다던 친절한 직원의 설명대로 펜은 톡톡히 기량을 발휘하고 있었다.

"뭐? 녹음?"

명진은 돌연 협박당하는 위치가 되자 실소가 터져 나왔다.

"매니저를 불러야겠네. 여긴 고객의 프라이버시를 위협하려고 직원을 쓰나?"

"니들이야말로 직원 가지고 놀려고 오니?"

"나 참⋯⋯."

설핏 웃음을 터트린 윤호는 소파에 뒷머리를 지그시 대었다. 그건 다른 이들도 마찬가지였다. 경직된 분위기가 곧 여유롭고 나태한 몸짓으로 변했다.

"다 같이 죽자, 그냥. 어?"

그동안 겪어 보지 못한 발언에 잠시 당황한 것일 뿐, 지혜의 협박은 흥미로운 요소로 금세 전락했다. 아무리 뒤에서 쓰레기 짓을 하고 다녀도 든든한 배경 덕분에 아침만 되었다 하면 깔끔하게 처리된 상황만 겪어 본 이들에게 지금 지혜의 행동은 귀엽기만 했다.

"내가 있는데 왜 죽어?"

귀신이라도 본 것처럼 모두의 표정이 서늘해졌다. 지혜도 딱딱하게 굳고 말았다. 보지 않아도 곤두서는 소름으로 먼저 깨달았다.

"⋯⋯."

환시인가? 뒤돌아서 진원을 본 지혜는 멍하니 눈만 깜빡였다. 토요일에 돌아올 예정이었던 진원이 어떻게 지금 이곳에 와 있는 건지 믿기지 않았다. 그것도 슈트에 쇼핑백 하나 든, 마치 놀러 온 사람처럼 말이다.

"합석 되지?"

진원이 하나 남은 소파로 걸어가며 자리를 채우고 앉아 있는 이들을 훑어보았다. 머리카락 사이로 언뜻 비친 눈동자가 날카로웠다.

"안 돼?"

"……어, 아니. 앉아라."

그 말이 떨어지기도 전에 진원은 소파로 착석했다. 애초에 허락은 필요 없는 것이다. 진원이 편히 다리를 꼬자 맞춤으로 재단된 슈트 바지가 긴 다리를 따라 착 감겼다. 그러자 조금 전 지혜를 좁다란 공간 안에 몰아넣고선 쥐처럼 가지고 놀던 이들의 입도 달라붙었다. 진원은 여유롭게 왼쪽 손목을 들어 시계를 내려다보았다.

"술 시켰어?"

"아직……."

"주문들 해."

"어, 그래야지."

진원이 들어오자 난잡하던 서열은 빠르게 정리되었다. 재깍 메뉴판을 든 명진이 페이지를 헤집는 동안 남은 녀석들은 진원을 살피느라 정신없었다. 느리게 까딱이는 발목에서 도드라진 복사뼈가 말끔했다. 정석대로가 아닌 편안한 스타일의 슈트와 옥스퍼드화는 진원이 집에서 나왔다는 걸 간접적으로 알려 주었다.

"아, 맞다. 이거."

"네?"

"들고 가요."

진원이 내민 쇼핑백을 얼떨결에 받은 지혜는 아직도 상황 파악이 제대로 되지 않은 채였다. 안을 살짝 벌려 보니 새하얀 박스가 담겨 있었다. 그 위로 선명하게 박힌 글자는 지혜가 손쉽게 살 수 없는 여성화 브랜드였다.

"부탁하셨잖아요."

부탁이라니? 지혜는 난생처음 듣는 얘기와 이 구두를 어떻게 매치시켜야 하나 혼란스러워했다.

"출장에서 올 때 사다 달라고."

진원이 친절하게 덧붙여 주었다. 그곳에 담긴 은밀한 암호는 너에게 줄 선물을 사 왔단 것이고 또 하나는 들고 나가란 의미였다. 지혜는 수신호를 입력받은 기계처럼 재깍 말했다.

"아…… 바쁘셨을 텐데 부탁 들어주셔서 감사합니다."

"별것도 아닌데요. 주문 안 해?"

"해야지. 진원이 넌 뭘 마시고 싶은……."

"코냑."

"그럼……."

"코냑 종류로 아무거나 가져다줘요. 다들 안 가리고 잘 마시니까."

무차별하게 명진의 말을 자른 진원이 지혜를 올려다보며 웃었다. 그 미소로 인해 주변에 너저분하던 잡음이 청소되었다. 지혜가 고개를 끄덕이고선 진원이 건네준 메뉴판을 들고 나섰다. 문이 닫히자 가볍지만 무시할 수 없는 먼지 같은 침묵이 공간을 부유했다. 숨이 막힌 재훈이 먼저 입을 떼었다.

"너 어떻게 된 거야? 토요일에 온다며."

"일이 일찍 끝났어. 도착해서 샤워하고 나왔는데 마침 술 한잔하고 싶더라고. 지배인이 너희들 여기 있다고 말해 주더라."

"우리야 금요일 밤에 늘 뭉치잖냐."

"잘됐네. 같이 마시자."

연석이 은근슬쩍 운을 떼었다.

"와…… 근데 방금 뭐냐? 진원이 너 여자한테 선물하는 거 처음 본다."

"무슨 사이야?"

"사이는, 얼마 전에 신세진 게 있어서 출장 다녀오면서 뭐 하나 사다 주기로 했어."

"정말 그게 다야?"

믿을 수 없단 듯이 술렁였고 진원은 묵묵히 까딱이는 제 발끝만 내려다보고 있었다. 아무런 사이가 아니라고 말했지만 눈치 빠른 녀석들이라면 모를 리 없었다. 모두가 보는 앞에서 직접 선물을 준 건 함부로 건드리지 말란 영역 표시였다. 다행히 더 물어보는 사람은 없었다.

"뭘 이렇게 질질 끌어. 진원아, 너 정말 저 여자랑 호텔 간 거 아니야?"

매끄럽게 흔들리던 진원의 구두가 뚝 하고 멈추었다.

"몇 번을 얘기해. 나 아니라고."

고개를 든 진원의 얼굴은 감정이라곤 하나도 없는 맹수 같았다.

"그럼 내가 쟤 건드려도 되지?"

한데 눈치껏 움츠러드는 초식 동물들과 달리 윤호는 하이에나처럼 끝까지 옆을 알짱거렸다.

"친구끼리 상도덕이 있지, 같은 여자 공유하는 건 좀 찝찝해서 말이야."

윤호와 진원에게만 마이크가 켜진 것처럼 두 사람을 제외한 모두가 소리를 죽였다. 똑똑. 두 번의 노크 소리와 함께 들어온 직원이 들고 온 잔과 술을 세팅했다. 잠시 숨통이 트이는 순간이었다.

"저희가 할 테니까 그만 나가세요."

"네."

직원이 나간 뒤엔 다시 살벌한 분위기가 자욱하게 깔렸다. 누가 먼저 이 부유물을 거둬 낼 수 있을지 지켜보는 자들의 눈빛이 흥미진진했다.

"그때 호텔에서 본 거 쟤 맞거든. 오픈 누가 할래?"

"나 줘."

진원이 까딱이자 병이 커다란 손에 감겼다. 입구를 열자 안에 잠겨 있던 독한 향이 주변으로 번졌다. 냉큼 잔을 든 윤호에게로 입구를 기울이며 진원이 웃었다.

"저 여자 그럴 사람이 아닌데…… 뭘 잘못 본 거겠지."

"아니."

"얼굴 제대로 못 봤다며."

"말은 지어낼 수 있는 거지만 몸은 맘대로 못 바꾸잖냐."

병을 곧게 세운 진원이 아이스 버킷 안에 담긴 얼음을 집게 없이 맨손으로 집었다.

"누가 지어내?"

풍덩, 풍덩. 짙은 알코올 안으로 얼음이 거침없이 들어갔다. 제 손에 튄 액체를 가만히 응시하던 윤호가 시선을 들었다.

"저 여자 아니면 너, 둘 중에 하나겠지?"

"웃기는 소릴 하네."

"사실 내기했거든. 애들끼리."

"무슨 내기?"

"네가 저 여자를 몰래 만나는지 아닌지……."

"쓸데없는 일에 달려드는 재주가 있나 봐."

얼음을 옮겨쥐며 축축이 젖은 손을 펼친 진원이 윤호의 셔츠 위로 문질렀다.

"마음대로 해."

진원이 부드러이 웃었다.

"나와 아무런 사이도 아니야."

손을 뗀 진원이 나머지 친구들에게도 술을 권했다. 윤호는 무의식적으로 서늘한 기운이 머물러 있는 제 가슴이 더듬어 멀쩡한지 확인했다. 웃는 미소에도 괜히 기가 죽는다. 진원이 폭력을 행사하거나 거친 욕설을 내뱉는 걸 본적 없는데도 말이다. 남자들 사이에서 소위 말하는 기 싸움은 누가 얼마나 잘났느냐에 따라 분류된다. 그리고 진원은 항상 어딜 가든 먹이사슬 꼭대기를 차지했다.

"……다행이네. 안 그래도 아까 그 여자 협박하는 거 귀여웠는데."

"어, 맞아. 녹음했다고 했나?"

"그러니까."

진원이 제 입으로 아무런 사이가 아니라고 말하자 분위기는 다시금 떠들썩해졌다. 늘 이 모임에서 화젯거리는 여자였고 어제와 오늘 도마 위로 오른 건 지혜였다. 진원은 가만히 제 잔 안으로 술을 따른 후 입가에 가져다 댔다. 달

1.피식자와 포식자 | 225

그락, 액체 위를 둥둥 떠다니던 얼음이 그새 가뭄으로 마른 잔 안에서 퍼석거렸다. 진원은 남김없이 제 입안으로 증발된 액체의 잔해를 내려다보다 물었다.

"방금 거절당한 거 아닌가?"

"뭐가?"

"들어올 때 다 같이 죽잔 소릴 해서."

"그냥 튕기는 거야. 요즘 고분고분한 애들도 질리던 참이었는데 잘됐지, 뭐."

진원이 다시금 술을 따랐다.

"내기는 얼마씩 걸었는데?"

"조금 했어."

"얼마."

"오천만 원씩."

"내가 거짓말했다는 데에 몇 명이나 걸었어?"

고백을 하는 것도 아니고 슬쩍슬쩍 손을 든 녀석들이 셋이었다. 진원은 피식 웃음을 터트렸다.

"정말 재미있게 논다."

"야, 난 윤호가 거짓말한 거에 걸었다?"

칭찬이라도 받고 싶었는지 유일하게 진원의 편에 선 명진이 웃으며 꼬리를 살랑댔다. 진원은 묵묵히 잔을 또 한 번 말끔히 비워 냈다.

"그 여자가 호텔 간 건 어떻게 알았는데?"

"유니폼도 여기 거랑 똑같고 맞은편이기도 하고 머리 길이나 키도 딱 맞고. 내가 그런 쪽으로 또 탁월하지 않냐."

"……."

"그리고 특이한데 점이 있더라고."

"어디."

"무릎 뒤에."

아. 진원의 눈썹이 험악하게 일그러졌다. 아마 싸구려 잔이었으면 진원의 오른손은 깨진 조각으로 인해 피투성이가 됐을 것이다. 꽈악, 힘주어 잔을 움켜쥐던 진원은 곧바로 병을 잡고 또 가득 따랐다.

"그럼 난 슬슬 작업이나 하러 가 볼까."

자리에서 일어선 윤호가 한쪽 어깨를 잡고 원을 그리며 돌렸다. 목을 이리저리 움직이며 근육을 푸는 모양새가 어디 전쟁터라도 나가는 것처럼 비장했다. 그런 윤호에게 친구들은 저마다 격려를 아끼지 않았다. 윤호가 사라진 뒤에야 연달아 술을 마시고 채우는 진원을 목격한 재훈이 걱정스레 말했다.

"벌써 몇 잔째야. 왜 혼자 그렇게 빨리 달려?"

이젠 얼음조차 다 녹아 액체를 넘긴 잔에는 그 어떤 것도 남아 있지 않았다. 진원이 술맛이 떨어진 것처럼 테이블에 잔을 올려 두었다. 눈을 감은 채 길게 호흡했다.

"나도 화장실."

그리고 걸어가는 모습은 마치 사냥감을 쫓는 짐승 같았다. 느긋했지만 구두 아래론 들끓는 본성을 억누르려 안간힘이었다.

『지혜 씨, 2번 룸 정리 부탁해요.』

"네, 알겠습니…… 아, 먹통이지."

셔츠깃에 달린 마이크를 두어 번 불만스럽게 두들긴 지혜는 복도로 향했다. 마음이 심란한데 쓸데없이 물건까지 고장 난다. 아직 일한 지 얼마 되지 않은 신입이라 위에서 내리는 명령대로 움직이는 게 대부분이라 다행이었다.

방으로 들어서니 문득 쇼핑백을 들고 나왔던 순간이 떠올랐다. 궁금함에 탈의실로 가 박스를 열어 보니 그곳엔 굽이 없는 낮은 플랫슈즈가 담겨 있었다. 하나 꺼내어 신어 본 지혜는 발에 꼭 들어맞는 걸 보고선 이 선물의 주인이 저라는 것을 다시 한 번 실감했다.

어떻게 사이즈를 안 건지 의아했지만 얼마 전 집 현관에서 그가 신발을 대신 정리해 준 것이 생각났다. 그때 본 걸까. 발목 부상으로 발레를 그만두게 된 것도 아는 그가 사온 신발은 지혜에게 낯선 친절이었다. 지혜는 문고리를 잡고 돌리며 한숨을 내쉬었다. 어떻게 돌려주지. 또 다른 골칫거리였다.

"어라."

지혜는 등 뒤로 들려오는 목소리에 역시나 하는 표정을 지었다. 간혹 취한 손님들이 방을 구분하지 못하고 들어오는 경우가 종종 있었다.

"손님, 여긴 지금……."

"청소하는 중이라고요."

윤호를 본 지혜가 곧바로 무시했다.

"알면 나가세요. 방해됩니다."

"오해해서 미안해요."

"뭘요?"

"아무런 사이 아니라면서요."

"그러니까 뭐……."

"진원이가 그러더라고요."

일순간 욱신거리는 심장은 지혜가 생각해도 이상했다. 안개가 낀 것처럼 눈앞이 뿌예졌다. 거무룩한 눈동자로 가만히 아래를 내려다보던 지혜가 말했다.

"알면 됐어요."

"일 언제 끝나요?"

"영업시간은 세 시까지입니다, 손님."

"끝나고 주차장으로 나와요. 집에 데려다줄게요."

"괜찮습니다."

"왜 또 지금은 존댓말 해?"

"네가 스위치를 누르니까 반말 나오네. 제발 좀 꺼질래?

방해되거든."

"왜, 나도 나쁘지 않잖아?"

"무슨 헛소리야?"

"미안. 내가 착각을 했나 보더라고. 진원이랑 어떻게든 엮이고 싶어 안달 난 거 같던데, 맞지?"

지혜의 눈가가 살짝 일그러졌다.

"가게에서 몇 번 만나서 친분은 있고, 뭔가 작업은 걸고 있는데 안 넘어오고……."

"뭐라고……."

"근데 내가 진원이랑 호텔 간 거 아니냐는 식으로 먼저 얘기 꺼내니까 옳다구나, 이때다 싶어서 문 거지?"

"어떻게 미친 거야, 대체……?"

윤호의 상상력을 귀로 경험한 지혜는 어처구니가 없었다. 그러니까, 내가 지금 그 남자랑 호텔에 간 걸 지어내기라도 했다는 거야?

"너 같은 애들 많이 봐서 다 안다니까. 걔랑 구실 만들고 싶어서 거짓말한 거잖아."

더 어이없는 부분은 먼저 작업을 건 것이 제가 되었단 점이다.

"진원이 말고 난 어때? 네가 그때 같이 나간 손님이 누군지 모르겠지만 나도 돈 잘 써. 만나면서 부족하단 생각 안 들게 해 줄게."

"안 꺼져?"

"소리라도 지르게?"

"내가 일하는 가게와 손님들 수준 우습게 보지 마. 여긴 고성방가 금지야."

지혜가 마이크로 손을 대었다. 가드를 부르려 했는데, 아까 불현듯 고장 나더니 줄곧 먹통인 것이 떠올랐다. 잘근 입술을 한번 깨문 지혜가 윤호를 지나쳐 문을 열었다.

"어딜 가."

"이거 놔. 안 놔?"

뒤따라온 윤호가 지혜의 손목을 낚아챘다. 낮게 으르렁대는 지혜의 모습이 꼭 마치 갸릉거리는 아기 고양이처럼 느껴졌다.

"난 튕기는 여자 좋더라."

"미친⋯⋯."

그 순간 복도를 걸어오던 진원과 눈이 마주쳤다. 지혜의 입술이 하릴없이 벌어졌다. 시선은 자연스럽게 지혜가 먼저 피했다. 세탁 문제든 뭐든 지혜와 호텔에 간 적 없다고 말했던 진원이다. 당연히 이런 곳에서 일하는 여자와 얽매이기 싫겠지. 그의 위치를 알기에 자신과 엮이면 얼마나 난잡한 소문이 날지 잘 알았다.

"어, 진원아. 어디 가냐?"

두 사람의 이어진 손목을 가만히 쳐다보던 진원이 낮게

말했다.

"화장실."

지혜를 스쳐 지나갔다. 그래, 이게 맞는 거다. 진원의 구두 소리가 멀어지고 나서야 지혜가 천천히 고개를 들었다. 화장실 안으로 들어간 건지 진원의 모습은 온데간데없었다. 복도에는 또다시 둘만 남겨졌다. 지혜가 풀린 눈으로 그의 질척한 애원을 응시했다.

"손 좀 놓고 얘기해요."

"끝나고 나올 거지?"

"……."

"어?"

"……알았으니까 이거 좀 놓……."

"생각할수록 열 받네."

지혜의 목소리가 뚝 끊겼다. 누가 한 말인지 출처를 찾기 위해 방황하던 두 사람의 시선이 화장실 쪽으로 향했다. 진원이 손목에 채워진 시계를 느긋하게 풀며 이쪽으로 걸어왔다. 왜 오는 거지, 뭘 두고 갔나? 손목을 떠난 시계가 재킷 주머니 안으로 말끔하게 사라지는 걸 본 지혜가 고개를 든 순간 윤호의 얼굴로 주먹이 날아들었다.

"악!"

'쿵' 운석이 땅에 처박힌 것처럼 주변 일대가 경련했다. 진원이 매끄러이 손목을 한번 돌렸다.

"나랑 간 거 맞아, 이제 됐지."

지혜의 동공도 함께 흔들렸다. 지금 무슨 일이 벌어진 건지 파악하기 어려웠다. 나가떨어진 윤호를 보며 무언가가 잘못되었다는 것만 인지했다. 아직도 화가 가라앉지 않았는지 짙은 숨을 내몰아쉰 진원이 뒤돌아 지혜를 내려다보았다.

"오지혜."

그 눈동자에 담겨 절망했다.

"일 그만둬."

애인에겐 일을 안 시킬 거라고 말했던 그였으니까.

The Bad Relationship

2.미친 생각

2.미친 생각

"아오 씨, 너……."

얻어터진 적이라곤 한 번도 없던 윤호는 충격에서 벗어나지 못했는지 바닥에서 신음했다. 지혜는 제가 맞은 것도 아니면서 덜컥 겁에 질렸다. 우진원이 저급한 불량배처럼 주먹을 쓰다니, 카메라 플래시가 난동을 부릴 만한 장면이었다.

"어떡……."

어떡하지? 본 사람이 있나? 지혜는 조용한 복도를 살폈다. 셋을 제외하면 아무도 없었다.

정신없이 상념에 빠진 지혜와 달리 한숨을 내쉬며 다가온 진원은 태연했다. 한가롭게 주머니 안으로 밀어 넣었던 시계를 꺼내 손목에 채우는 여유까지 부렸다.

"거 봐."

작게 말하며 진원이 손수건을 꺼내 펼쳤다. 그제야 지혜
는 윤호의 입술 옆으로 피가 터진 걸 알았다.

"너도 쟤가 무섭지?"

하지만 손수건의 용도는 친구의 상처를 보듬어 주기 위
함이 아니었다. 윤호가 조금 전까지만 해도 고집스럽게 잡
고 있던 지혜의 손목으로 손수건이 감겼다. 그 위로 족쇄
처럼 진원의 손가락이 덧대어졌다.

"뭐하는…….."

"집에 가자."

"우진원 씨……!"

지혜는 멍해졌다. 언론에서 예찬하는 남자가 사고를 쳤
으니 자리를 떠나는 건 맞긴 하나 거기에 왜 자신까지 함
께여야 하는지 이해되지 않았다. 손수건은 보기보다 꽤 단
단했다. 그 위를 잡은 진원의 악력이 강한 탓이었다. 지혜
는 정신없는 와중에 진원을 붙잡아 세웠다.

"왜?"

"이, 이쪽으로 가요."

진원을 어서 숨겨야 한다는 본능이 곤두서는 건 지혜가
생각해도 이상했다. 바쁘게 향한 곳은 VIP 전용 출구였다.
엘리베이터 앞에 선 지혜가 버튼을 필사적으로 여러 번 누
르자 감사하게도 문이 곧바로 열렸다.

"아, 맞다. 여기로 가야지."

사람이 없는 곳을 이용하던 평소 습관도 잊었는지 지혜를 따라 엘리베이터에 오른 진원이 피식 웃었다. 누가 이 남자를 나사 빠진 사람처럼 만들었을까? 웃음을 흘린 입술 사이로 독한 알코올 냄새가 풍겼다.

"취했어요?"

"아니."

"친구를 왜 때렸……."

"넌 왜 손목 잡혔는데 가만히 있지?"

제게 도로 되돌아온 물음에 지혜는 눈을 깜빡였다. 가만히 있었다고?

"내가 잡으면 더러운 거 묻은 것처럼 바로 거부하잖아."

지혜의 시선이 아래로 떨어져 제 손목에 감긴 손수건을 보았다. 그래서 직접 잡지 않고 이런 짓을 벌인 걸까. 하지만 이런다고 사라질 감각이 아니었다. 진원을 밀어내고 싶다는 본능은 지금도 여전했다. 머리카락 사이로 언뜻 비친 진원의 눈썹이 일그러졌다.

"지금 사람 가려?"

무엇이 진원을 화나게 한 건지 지혜는 제대로 판단할 수 없었다.

"못된 사람 따라가지 말랬더니 끝나고 뭘 해?"

아무렇지도 않게 지나쳤으면서 사실 윤호와 지혜 사이에

이뤄진 대화를 다 듣고 있었다. 그래서 때린 걸까? 나 하나 때문에? 인정하기 싫은 사실이 지혜의 머리를 나사처럼 조여 왔다. 이미 답은 제 손길을 피하는 지혜를 잡기 위해 이런 어처구니없는 배려를 한 순간부터 나와 있었다.

"우진원 씨 차 부탁드려요."

"엇……."

주차장 직원이 지혜와 진원을 보고선 휘둥그레진 눈을 했다. 버젓이 유니폼을 입은 채 손님에게 손목이 잡혀 있으니 충분히 의심할 만했다. 지혜가 쓸데없는 오해를 사기 전에 나섰다.

"이 사람 취했으니까 얼른요."

"네, 알겠습니다."

직원이 사라지는 걸 본 지혜는 주변을 살핀 뒤 누가 볼세라 진원을 빛이 닿지 않는 곳으로 데려갔다. 구석진 벽으로 몰아세운 뒤 진원의 앞에 담처럼 우뚝 섰다.

"귀여운 짓 하네……."

그를 가리기 위해 몸을 딱 붙이는 바람에 접촉은 피할 수가 없었다. 저에게 살짝 기댄 지혜를 본 진원이 피식 웃음을 터트렸다.

"애교 부리지 마. 화 안 풀렸어."

"당신이 대체 왜 화를 내는 건데요?"

"네가 나한테 말도 없이 뒤에서 내 친구랑 노닥거렸잖아."

"그 반대예요, 협박당했다고요."

"어, 가중처벌."

"네?"

"그런데 나한테 말도 안 했어."

지혜는 머리가 아팠다. 왜 빨리 안 나오는 거야. 초조하게 입구만 노려보고 있자 얼마 있지 않아 밤하늘처럼 어두운 스포츠카가 헤드라이트를 번쩍이며 모습을 드러냈다. 발렛 직원이 운전석 문을 열고 나오자 지혜가 진원을 데리고 총알처럼 튀어 나갔다.

"열쇠는요?"

"안에 있습니다."

"들었죠? 제가 수습해 볼 테니까 얼른 가 보세요."

진원이 건조한 얼굴로 물었다.

"뭘 수습해?"

사람 팼잖아! 동네방네 소리라도 지르고 싶은 걸 지혜는 꾹 참았다. 이후 상황은 충분히 예측 가능했다. 윤호가 매니저로도 모자라 지배인까지 호출해 직원의 인성에 대해 컴플레인을 걸었을 테고 그럼 그들은 눈에 불을 켜고 지혜를 찾을 것이다. CCTV는 어떡하고. 복도만 해도 카메라가 여러 대라 진원의 모습이 고스란히 찍혔을 텐데, 우진원의 폭행 사건으로 떠들썩할 대한민국이 지혜의 눈앞에 생생했다.

"알아서 할 테니까 빨리 가라고요."

누가 신사적인 우진원을 주먹 쥐게 만들었을까? 꼬리를 물고 이어진 궁금증 끝엔 지혜가 있었다. 그러니 곤두서는 거부감도 참으며 사고 친 도련님을 수습하려 최선을 다하는 것이다. 타의에 의해 진원과 엮이면 안 되었다.

"뭘 할 건데?"

"내려가서, 가서 그 남자랑 얘기해 봐야죠."

그건 최후의 보루였다. 녹음기가 빛을 발하는 순간을 위해서라도 지혜는 이 사태를 조용히 넘겨야 했다.

"그 꼴 보기 싫어서 데리고 나온 건데 거길 왜 가."

하지만 도련님은 비서 노릇을 해 주려고 해도 자꾸 샛길로 빠진다. 지혜는 서늘한 목소리로 말했다.

"상황 파악 좀 하세요."

"왜 날 감싸?"

"일이 시끄러워지는 걸 피하려고 하는 것뿐이에요."

"이미 벌어진 일을 어떻게 피해. 아까 못 들었어? 이미 너랑 호텔 갔다고 말했어."

옆에 서 있던 발렛 직원이 이를 듣고 경악했다.

"오해할 만한 소리 하지 말아요, 세탁 때문이었잖아요!"

"겪어 봐서 알겠지. 다들 사실과 다르게 보고 싶은 것만 보면서 오해해."

"……."

진원이 열린 차 문으로 팔을 올린 채 허리 숙였다.

"네가 여기서 다시 들어가면 일 더 꼬이는 거야."

신기하게도 위기 속에서 진원의 목소리는 늘 열쇠와 같은 형태를 띤다.

"해결은 내가 하는 거고. 생각 없이 일 저지른 거 아니니까 말 들어."

첫 만남 때에도 그랬고 지금도 마찬가지다. 지혜는 저에게만 허락된 진원의 음성을 듣고선 한숨을 내쉬었다.

"……저보고 뭘 어떡하라는 건데요."

"면허 있지."

"네."

"부탁해. 안 취했지만 불면 나와서."

진원이 열린 운전석으로 지혜를 밀었다.

"제가 왜 이걸……!"

"음주운전 할까?"

세상에. 지금 폭행으로도 모자라 음주운전까지 시키려고 했던 건가? 지혜는 왜 진원이 운전석에 오르지 않았는지 늦게나마 이해했다. 지혜가 얼떨결에 운전석에 앉아 휘황찬란한 내부에 정신이 팔렸을 무렵, 문이 열리더니 진원이 올라탔다.

"의자랑 백미러 조율하고."

"아니, 잠시만요."

"벨트 매."

"저 면허만 있지 제대로 운전해 본 적 별로 없어요. 장롱 면허가 아니라 폐업 수준이라고요. 게다가 이런 자동차는 더더욱……!"

"뭐로 땄는데. 오토만 해 봤어?"

"네."

보통 스포츠카를 모는 사람들은 자동차와 호흡하는 맛으로 운전한다고 들었는데, 지혜가 아는 거라고는 드라이브와 파킹이 전부였다. 하지만 좋은 차엔 쓸데없는 배려가 넘쳤다. 진원은 지혜의 커다란 고민을 전환 모드로 해결했다.

"사고 나면 내가 알아서 할 테니까 사람하고 버스만 피해."

"저기요."

"어디 부딪치거나 긁어도 상관없어. 핸들 틀 때는 왼쪽 말고 내 쪽으로 틀고."

"당신 쪽으로요?"

"너 다치는 것보다야 낫지."

"아니, 사고 날 생각하면서 운전 맡기는 게 어디 있어요! 차라리 대리 기사를……."

"빨리 가자. 누가 본다."

이틀 동안 자지 못한 터라 술 마신 사람과 다를 바 없단 얘기가 지혜의 목구멍 안을 맴돌았다.

"어. 사람 나온다."

누가 온다고? 빠르게 눈동자를 굴리는 와중에도 손은 백미러와 의자 조율까지 마쳤다. 운전을 언제 마지막으로 했는지 까마득한 기억을 뒤로한 채 침착하게 액셀을 밟았다.

"아……!"

부웅, 하며 앞으로 급발진하는 차에 놀란 지혜가 브레이크를 콱 밟았다. 오뚝이처럼 머리가 앞뒤로 빠르게 오갔다. 쿠션이 좋지 않았더라면 진작 뒷목을 잡았을 것이다.

"살짝 밟아. 힘주면 배는 더 나가니까."

하지만 진원의 목소리는 친절했다.

"긴장하지 말고 해. 아무 때나 브레이크 밟아도 되고 무서우면 천천히 가도 돼."

그의 목소리는 마치 정교하게 피아노 음정을 조율하는 사람처럼 굳은 지혜의 척추를 매만져 주었다. 끈기 있기로 유명한 아빠마저도 주행 연습을 할 때 언성을 높이다 결국 지혜를 포기했는데 말이다.

지혜는 숨을 크게 몰아쉬며 핸들을 똑바로 고쳐 잡았다. 조금 전보다 매끄럽게 바퀴가 굴러 갔다. 지혜의 눈이 휘둥그레졌다.

"어, 가요. 나 간다."

"잘했어."

"앞으로 간다."

"미치겠네."

진원이 설핏 웃음을 터트렸다. 그마저도 듣지 못한 채 집중한 지혜가 앞만 뚫어지게 응시하며 로봇처럼 말했다.

"어디, 어디로 가요?"

"너희 집."

"웃기는 소리 하지 말고 우진원 씨 집 주소나 말해 줘요."

"아무 집이나 가면 되지……."

지혜가 멍하니 입을 벌렸다. 미친 걸까? 왜 우리 집에 맘대로 입주하려고 들어?

"우선 직진하고 있어 봐."

진원이 내비게이션을 조작했고 얼마 가지 않아 친절한 여자 음성이 들려왔다.

『도착 예정 시간은 13분입니다. 안전 운행하세요.』

"네, 그럴게요. 언니."

무의식적으로 대답한 지혜를 빤히 쳐다보던 진원이 이내 크게 웃음을 터트렸다. 커다란 웃음소리가 조용한 차 내부를 가득 채우자 지혜의 얼굴이 열 오른 뚝배기처럼 새빨개졌다.

"아니, 긴장한 데다가 집중하느라 그런 거예요. 운전…… 안전 운행해야죠."

"아…… 웃겨."

"사고 나면 어떡해요……."

"그래. 같이 살아야지."

"……."

"나랑 살래?"

"그만, 놀려요."

지혜가 힘주어 말했다. 진원은 미소를 띤 채 그 모습을 가만히 바라보았다. 민망한 것도 잠시, 지표가 잡히니 방황하던 마음이 한결 안정됐다. 새벽이라 그런지 평소 주차장 같던 압구정 도로도 한산했다. 덕분에 지혜는 조금씩 사망에 이르렀던 운전 감각을 CPR 하듯이 되찾아 갔다. 앞차의 빨간 뒤꽁무니를 졸졸 따라가던 지혜는 문득 윤호의 입가 옆에 묻어났던 피를 떠올렸다.

"······그렇게 친구 때려도 돼요?"

"안 될 건 또 뭐야. 맞을 짓을 했으니까 맞지."

시트에 푹 잠긴 진원이 의연하게 대답하며 창문을 응시했다. 저런 대사는 진원과 어울리지 않았다. 지나가는 사람들을 붙잡고 열 명에게 물어도 모두가 백이면 백, 주먹질하는 우진원을 떠올리지 못할 것이다.

"안 어울려요."

"그런 거 잘 어울리는 사람도 있나."

적어도 얼굴에 칼자국 하나 정도 나 있고 팔뚝에 무시무시한 문신이 있다면 의아하진 않았을 것이다. 어느 면에서나 진원은 폭력적인 것과 친화적이지 못했다.

"다리를 봤다잖아."

지혜는 잠시 제 두 귀를 의심했다.

"네?"

"네 점이 거기 있는지 알았대."

"무슨……."

"나만 알던 거였는데."

아니, 잠시만.

"무릎 뒤에 점 있는 걸 걔도 매력적으로 봤다는 소리야. 안 열 받겠어?"

사건의 발단은 지혜의 예상과 정반대였다. 호텔에 같이 간 사실마저 숨기면서 윤호에게 지혜와 아무런 사이가 아니라고 말했던 진원이 지금 고삐 풀린 망아지처럼 군 이유가 다름 아닌 지혜의 무릎 뒤에 박힌 점 때문이라니.

언제부터 제 몸에 있는 점 하나가 진원의 은밀한 비밀이 되었지? 엄마도 알고 아빠도 아는 흔한 점인데 말이다. 아니 그전에 우리가 그런 것에 질투하고 화낼 특별한 사이인가?

"여보세요."

지혜가 정신이 반쯤 나간 사이 진원은 어디론가 전화를 걸어 귓가에 대었다.

"매니저님, 오지혜 씨 오늘 근무 여기까지 하는 거로 해주세요."

"제가 왜요!"

멋대로 사람을 해고하고 통보하는 건 위에 있는 자의 습성 그대로였다.

"왜요?"

"네. 우진원 씨가 왜요?"

통화를 마친 진원이 빛이 연해진 액정 위를 느리게 문질 렀다. 아랑곳하지 않고서 지혜가 말했다.

"제 일자리예요. 어떤 이유로든 우진원 씨 멋대로 쉬라 마라 할 자격 없다고요. 차로만 데려다주고 전 가게로 갈 거예요."

"너 하나 때문에 일정이 앞당겨졌어. 전부 소화하느라 무리하기도 했고 한국에 무슨 일이 생겼느냐고 걱정하는 사람들에게 핑계 대느라 진도 뺐지."

"왜 제 탓처럼 말해요? 누가 와 달라고 했어요?"

"그러니까. 부탁한 것도 아닌데 사람 오게 만드는 대단 한 여자면서 왜 본인만 그걸 몰라."

지혜는 잘근 입술을 베어 물었다. 여간 억울한 일이 아닐 수 없다.

"네 목소리가 다른 누군가의 일상을 바꿔 놓을 수 있다 고 생각 안 하는 걸 보니 넌 보기보다 책임감이 부족한 거 같아."

지혜가 한 일이라곤 새벽 어귀에 걸려온 전화를 힘없이 받았을 뿐이다.

"비행기 타고 오는 내내 네 표정이 어떨지만 생각했는 데, 내 머릿속을 차지한 대가는 치러야지."

그게 전부인데 이런 결과를 불러 올지 꿈에도 몰랐다.

"대가라니, 아무런 사이도 아닌 제가 우진원 씨 행동에도 책임을 져야 할 줄은 미처 몰랐네요."

"그러게. 나도 이럴 줄은 몰랐어."

진원도 자신이 이렇게까지 막무가내로 굴 수 있는 인간인지 오늘 처음 알았다. 어릴 때부터 폭력으로 상대를 제압하기보단 돈으로 매수하는 것에 더 익숙했던 진원이다. 그런 환경에서 자라 왔기에 흥분해 달려드는 건 이성적이지 못한 데다가 모양 빠지는 일이라고 생각했는데.

"네 덕분에 작업 거는 상대에겐 평소보다 예민한 편인 거 나도 처음 알았으니까 충고하지. 앞으로 내 전화는 최대한 밝고 명랑한 목소리로 받아. 내가 또 너의 뭘 참견하게 될지 모르겠으니까."

시간이 갈수록 점점 이 여자에게 자신도 몰랐던 이면을 보여 주는 기분이다.

"서로 조심하자고."

지혜는 그런 진원이 벗어날 수 없는 늪처럼 느껴졌다. 순간 지혜의 눈꺼풀이 무거워졌다. 졸음이 몰려와 다급하게 눈에 힘을 주었다.

"창문 좀 열게요."

"왜?"

"졸려요."

"나랑 이런 얘기하는데 졸리단다……."

진원이 앞에 놓인 버튼 중 하나를 눌렀다. 순간 암흑이 내려앉아 있던 지혜의 머리 위로 숨통이 트였다.

"뭐예요?"

"창문 열면 얼굴 보여."

천장이 열리는 건 지혜가 쉽게 겪어 보지 못한 상황임에도 한숨만 내쉴 뿐이었다. 진원은 그 모습을 물끄러미 지켜보았다. 매일 앉아 무르게 느껴지던 시트가 솜털처럼 부드러웠다. 머리카락을 헤집는 바람이 성가시지 않고 간지럽게 느껴지는 걸 보니 누군가가 장난을 친 듯했다.

"하기야 저 같은 여자랑 있는 거 남들에게 보이면 곤란하시겠죠."

주황빛 가로등이 별처럼 쏟아지고 바이올린 선율처럼 가느다란 목소리가 진원의 고막을 휘감는다.

"응. 나만 보고 싶어. 네가 이해해."

신기한 일투성이다. 이런 낯간지러운 말도 무리 없이 나오는 걸 보면 이 묘한 주술은 지혜가 부린 듯했다. 그렇지 않고서야 진원이 지금 이 시간에 상해가 아닌 압구정 도로를 달릴 이유는 없었다.

"이상한 소리 할 거면 더 이상 말 시키지 마요."

"알았어."

지금 생각해 봐도 우발적인 결정이었다. 앞뒤 가릴 거 없이 변경한 일정이었고 소화하는 내내 지혜만 떠올랐다. 모든 일을 완수하고 비행기에 올랐을 땐 돌처럼 박혀 있던 그 얼굴이 한층 더 진원을 딱딱하고 초조하게 했다.

상처받았으면 어쩌나 걱정도 됐고 왜 저를 찾지 않았나 화도 났다. 녀석들이 여자를 어떻게 데리고 노는지 알기에 직접 해결하러 온 거였다.

"빤히 보지도 마요."

"그래."

때릴 생각까진 없었는데, 지혜의 손목을 잡은 걸 보니 뜻대로 되지 않았다. 진원을 주먹 쥐게 만든 그녀가 지금 꼭 움켜쥔 건 고작 자동차 핸들이었다.

"그렇게 꽉 잡고 있으면 손 안 아파?"

"안 아파요."

거기에 또 질투가 나 진원은 하릴없이 웃었다. 원래 진원은 제 물건에 손대는 것을 극히 꺼린다. 남을 신뢰하고 맡기는 편이 아닌 데도 지혜가 운전대를 잡고 20㎞의 속도를 유지하는 모습에서 시선을 뗄 수가 없었다. 속도를 즐기는 진원의 취향과 부합하지 않는데도 살금살금 액셀을 밟는 게 왜 이렇게 기분 좋은지 모르겠다.

『경로를 이탈하였습니다.』

"아, 쳐다보지 말라고 했잖아요!"

지혜가 바락 소리를 지르며 어찌할 줄 몰라 했다.

『200미터 앞에서 좌회전입니다. 왼쪽 한 개의 차선을 이용하세요.』

"왼쪽, 왼쪽으로…… 깜빡이, 깜빡이……."

"이게 뭐라고 목 아프게 소리까지 질러. 그냥 들어가."

"안 돼요. 차선을 옮길 땐 깜빡이 켜야 한다고요."

"다들 알아서 피할 테니까 걱정 말고 머리부터 들이대."

『경로를 이탈하셨습니다. 경로를 재탐색합니다.』

"말 시키지 말라니까요!"

"내 목소리를 들어. 그냥 이대로 직진해서……."

"조용히 해요, 안 들리잖아요."

『400미터 앞에서 유턴입니다.』

"곧 유턴하래요, 있어 봐요. 나 이번에 못하면 진짜 큰일 나."

진원이 설핏 웃음을 터트렸다. 고작 기계의 목소리에 영혼까지 내다 팔 정도로 집중한 지혜가 몹시 귀여워 보였기 때문이다. 길 몇 번 잘못 들었다고 부산까지 내려가는 것도 아닌데 말이다. 기계가 지시한 타이밍에 유턴을 한 지혜가 뿌듯하게 웃었다. 아. 진원은 나지막이 감탄했다.

"……뭔데 예뻐."

운전하는 거로도 사람 넋을 이렇게 빼놓을 수 있다니 신기한 일이다.

"네? 뭐라고요?"

"아니. 드라이브하는 기분이라고."

머리끝까지 차올랐던 화를 이렇게 쓰레기 치우듯 한순간에 비우다니 확실히 이상한 밤이다.

"태평하시네요. 저는 운전기사 노릇 하는 기분인데요."

진원의 입가로 부드러운 웃음이 번졌다.

"말 바꾸기 없다."

오는 내내 진원의 목소리가 제대로 귀에 들어오지 않을 정도로 졸음에 시달린 지혜는 진원이 사는 고급 맨션 지하에 들어오고 나서야 운전석을 탈출할 수 있었다. 주차까지 용케 해낸 것이 신기할 정도로 눈꺼풀이 천근만근이었다.

"이제 됐죠."

지혜는 진원에게 냉큼 키를 넘겨주었다.

"안녕히 계세요."

"어디 가?"

"알 거 없어요."

진원이 빤히 제 손에 들린 키를 내려다보다 매끄럽게 훑었다.

"일 그만뒀던 거 기억하지."

"제 사생활에 관여하지 말라고 했죠."

"이제 상사가 된 입장에서 할 수도 있지."

"상사라니요?"

"아까 네 입으로 말했잖아. 운전기사 한다고."

"무슨, 그런 기분이라고 했죠."

"취직시켜 줄게."

"안 해요."

"덤으로 잘해 줄게."

"저한테 왜요."

"너니까 해 주는 거지."

불현듯 첫 만남 때 애인이었더라면 일을 안 시켰을 거라고 말했던 것이 자꾸만 지혜의 머릿속에서 되새김질되었다.

"나 때문에 일자리 잃었으니까 책임져 준다고."

그런다고 제가 진짜 진원의 애인이 되는 것도 아닌데 말이다. 그의 친절은 독인지라 지혜는 한사코 거부했다.

"못 들은 거로 할게요."

"다 듣고서는 또 그런다."

"그만 가 보겠습니다."

"매력도 그만하면 충분한데⋯⋯."

멀어진 거리를 금세 따라붙은 진원이 지혜의 앞을 가로막았다.

"가끔 과해서 헷갈려."

거친 엔진 소리를 너무 들어 부담스러워진 차 키를 손쉽게 도로 내민다.

"차 가져가. 지갑도 아무것도 없잖아."

"아⋯⋯."

지혜가 텅 빈 제 손을 내려다보다 이마를 짚었다. 확실히 이틀째 못 잔 날은 사리분별이 어려웠다. 일순간 지혜의 눈앞이 비 오는 유리창처럼 흐릿해졌다.

이렇게나 정신이 없는데 무슨 배짱으로 운전하고 온 거지. 평소보다 빠른 속도로 졸음이 쏟아져 미칠 정도라 택시 타고 가는 도중에 수면의 굴레에 빠질까 무서워졌다. 마음이 조급해진 지혜가 무작정 진원에게 손을 내밀었다.

"아니, 저 이제 운전 못해요. 차비 빌려 주세요."

"……맞다, 혼자 보내면 안 되지."

"뭐가요……?"

"이 시간에 여자 혼자 어떻게 보내."

지혜는 무뎌진 눈꺼풀을 위아래로 움직였다. 진원의 손에 들린 키가 주머니 안으로 빠르게 들어가는 모습이 신기루처럼 어른거렸다.

"돌려서 말 안 할게."

목소리가 가느다란 실선이 되어 멀어지는 건 최후의 경고였고 팔다리가 붕 뜨는 기분은 곧 잠에 빠질 거란 암시였다.

"들어와."

지혜의 턱이 외마디 숨과 함께 벌어졌다. 흐려지는 시야 사이로 자신의 미래가 그려졌다.

"오늘 자고 가."

정신이 아득해진다.

"못 들었어?"

"……."

지혜는 돌상처럼 제자리에 굳어 버렸다.

"자고 가라고."

"……."

지혜가 멍하니 서 있자 진원이 주머니 안으로 손을 밀어 넣으며 비스듬히 섰다.

"지혜야, 재워 줄까?"

"집에……."

세차게 고개를 턴 지혜가 발버둥 쳤다.

"집에 갈 거예요."

택시비나 내놓으라는 듯 손을 내밀었는데 몸이 배신했다. 아래로 실을 잡아당기듯 다리에서 힘이 쭉 빠졌다. 넘어지지 않기 위해 반사적으로 팔을 뻗은 지혜의 손아귀로 매끄러운 재질이 걸려 들었다. 꽉 움켜잡으며 재빨리 자석처럼 달라붙자 안정감이 몰려왔다.

"……?"

안정감? 지혜는 천천히 고개를 들어 제게로 기울은 진원의 눈동자와 마주했다. 찰거머리처럼 붙은 곳이 진원의 몸이라는 걸 안 순간 머리가 텅 비었다. 바늘처럼 곤두서야 할 거부감이 송두리째 가출이라도 한 건지 얌전했다. 그 빈자리를 채운 건 다름 아닌 안도였다. 진원에게 기대고 있는 지금이 침대에 누운 것처럼 포근했다. 진원은 그런 지혜가 익숙한 듯 내려다보았다.

"오지혜 전매특허 나왔네."

커다란 손이 지혜의 허리로 매끄럽게 감겼다.

"호텔에서도 이러더니 버릇이야?"

호텔? 소파에 앉은 지혜의 무릎 뒤로 손을 밀어 넣었던 진원의 모습이 뭉게구름처럼 피어올랐다. 마치 솜사탕에 푹 빠진 듯한 달콤한 기분은 놀랍게도 지금 느끼는 것과 똑같았다.

"말도⋯⋯."

안 돼. 어떻게 이 남자에게 그럴 수 있지? 지혜는 경악했다. 호접몽에 시달린 1년의 시간 동안 전부 파악했다고 생각했는데 진원을 만난 이후 새로운 난제에 빠진 것이다. 옆집 이웃처럼 딱 달라붙어 친한 척도 할 수 있는 몸이라니. 그것도 자신이 못 견디게 졸릴 때.

"저⋯⋯ 기."

삽시간에 머리가 복잡해졌지만 그리 오래가지 못했다. 이미 진원의 손길을 자장가처럼 느끼며 단잠에 빠진 경험이 있던 몸이 지혜의 속눈썹을 아래로 잡아당기고 있었다.

"나 꼭⋯⋯."

주변 공기에 젖어드는 이 눅눅한 느낌을 잘 안다. 곧 의지와 상관없이 잠들게 될 것이란 걸.

"꼭?"

진원의 커다란 손이 지혜의 옷 위를 부드럽게 스치고 지나갔다. 괜찮으니 천천히 말해 보라며 어우르는 행위가 지혜에겐 독하디독한 수면제였다.

"꼭 깨워……."

진원이 옅게 미간를 좁혔다.

"줘……."

"꼭 깨워 달라고?"

"응……."

"몇 시에?"

"아침……."

뚝뚝 끊어지는 지혜의 목소리가 이상했는지 진원이 고개 숙여 귀를 기울였다.

"내 옆에…… 서……."

자야지 나 일어날 수 있다고. 차마 그 말이 뱉어지지 못한 채 지혜의 눈꺼풀이 스르륵 감겼다.

"오지혜!"

진원은 단단히 손에 힘을 불어넣었다. 처음부터 허리를 감고 있지 않았더라면 바닥에 부딪쳤을 거다. 제 어깨로 얼굴을 기댈 수 있도록 자세를 낮춘 진원이 지혜를 꼭 끌어안았다.

"또 이래."

인상을 힘껏 구긴 진원은 잠시 정지했다.

"⋯⋯."

그때와 장소가 다르단 점이 빠른 판단력을 요구했다. 주변에 사람은 없었지만 올라가는 길에 마주칠지도 모를 일이었다. 이곳을 24시간 지키는 경비원들과도 안면이 있는 사이인데, 주차장에서 계속 이러고 있다간 CCTV에게 볼거리만 제공하게 될 것이다.

"젠장⋯⋯."

낮게 읊조린 진원이 모르겠단 심정으로 지혜의 무릎 밑으로 팔을 밀어 넣었다. 방법이 없었다. 진원은 최대한 고개를 낮게 숙인 채 비상계단으로 걸어갔다.

나란히 걸어서 들어가는 것과 안고서 들어가는 것의 차이는 분명했다. 술은 진원이 마셨는데 이 세상 알코올을 전부 다 들이마신 것처럼 잠든 건 지혜였고, 그런 여자를 안고 집으로 들어가는 남자는 못해도 흑심 덩어리로 보일 만했다.

"사람 참 저렴하게 보이게 하는 재주가 있네."

그 대상이 우진원이라니, 누군가 목격하면 골치 아픈 일이 될 것이라 판단한 진원은 사람과 마주칠지도 모를 불확실한 확률보다야 자신이 제어할 수 있는 쪽을 택했다.

"아무 데서나 잠드는 버릇은 대체 어디서 배워 온 거야."

진원은 한 번도 한강이 훤히 내다보이는 장관에 불만을

가진 적 없었다. 샤워 후 냉장고에서 차가운 맥주를 하나 꺼내 유리창 너머를 건조하게 내다보며 하루를 마감하곤 했다. 높은 곳에서 내려다보는 풍경은 진원에게 자신이 선 위치와 앞으로 거머쥐게 될 재력을 상기시켜 주곤 했다. 하지만 지금은 30층에 있는 자신의 집을 비우고 전망 따윈 없는 1층으로 이사하고 싶은 생각이 충만했다.

"거기서."

두 칸씩 계단을 오르기 위해 사용된 허벅지가 팽팽해졌다.

"왜 잠드냐고."

지혜를 한번 고쳐 안은 진원이 이를 악물었다.

"집도 아닌데."

이제 겨우 10층이었다.

"들어가서 자면."

땀이 찬 셔츠를 다 풀어헤치고 싶다.

"어디가 덧나."

갈증이 일었다. 평소 피트니스 클럽에서 많은 시간을 보내는 진원이지만 야밤에까지 몸을 혹사시키는 성격은 아니었다. 진원은 어느덧 촉촉해진 이마로 바람을 훅 하고 불며 지혜를 내려다보았다.

"지금 속 편하게 잠이 와?"

새근새근 규칙적인 숨결이 진원의 가슴 근처에서 한가로이 냇물처럼 흐르고 있었다.

"내가 그렇게 편한가."

입까지 반쯤 헤 벌리고 잠든 지혜를 보니 속세를 떠난 신선도 울고 갈 만큼 태평해 보였다. 한순간에 전락한 제 이미지가 씁쓸한 가운데 의아함이 들었다. 술을 마신 것도 아니고, 밤에 일하는 사람이 이렇게 정신 잃듯이 잠드는 게 맞는 일인가. 혹시 기면증을 앓고 있는 건 아닐까 싶었지만 그것도 잠시일 뿐, 생각은 꽤 이상한 방향으로 흘러갔다.

아까 가게에서 윤호와 함께 나갔더라면 어떻게 됐을까. 그 앞에서 지금과 똑같이 쓰러졌을 거라 생각하니 지혜를 안은 진원의 팔에 핏대가 곤두섰다. 이게 웬 떡이냐 하며 식탁 위로 올려져 윤호의 입맛대로 요리되었을 거다. 그 생각을 하니 더할 나위 없이 짜증이 솟구쳤다.

"후으……."

드디어 30층. 평소보다 배로 반가운 현관문 앞에서 비밀번호를 차곡차곡 누른 진원은 안으로 들어가고 나서야 숨을 터트렸다. 곧장 침실로 가 지혜를 내려놓은 뒤 거실로 나와 주머니 안에서 날카롭게 핸드폰을 꺼내 들었다.

가게에 버려 두고 온 녀석들에게서 진원을 찾는 메시지가 여럿 도착해 있었다. 진원은 눈길조차 주지 않은 채 곧바로 통화 버튼을 눌러 귓가에 가져다 댔다. 긴 연결음을 들으며 인내심을 찾으려 애썼다.

「여보세요.」

"어디야."

「……아까 거기지.」

"지금 술이 들어가?"

가시 돋친 목소리에 놀랐는지 윤호가 말이 없었다. 어찌된 영문인지 파악하려 애꿎은 눈동자만 굴려 대고 있을 것이다. 당혹스러울 만도 했다.

「……내가 보낸 문자 확인해 봤냐?」

"아직."

「…….」

"뭐라고 했는데."

「아니, 뭐…… 내 입으로 말하긴 그렇고.」

얻어터지는 거로 서열이 다시 정비되었다고는 하나 어찌되었든 함께 무리 지어 다니는 친구였다. 글자로는 미안하다며 사과했지만 차마 입으론 전달되지 못했다.

「넌 어디냐?」

"집."

「집? 뛰어갔어? 왜 이렇게 숨이 거칠어.」

그 쓸데없는 자존심이 직접적인 말을 아끼며 대신 친한척 몸을 비볐다.

「달밤에 체조라도 했어?」

"윤호야."

「어?」

진원은 가슴을 크게 들썩이며 숨을 내쉬었다.

"질문 하나만 하자. 네가 맘에 드는 여자가 있는데 앞에서 갑자기 잠들면서 쓰러지네."

「뭐?」

"끝까지 들어. 너라면 정신 잃은 여자 안고서 어딜 가겠어?"

「뭐…….」

윤호가 꼴깍 침을 삼켰다.

「호텔?」

"그치."

진원이 조소를 띠었다.

"가서 뭐해?"

「야, 진원아. 아깐…….」

"뭐했을 거야?"

「우선 여자 상태를 보겠지.」

"봐서."

「뻔한 거 아니냐? 일부러 잠든 척하는 걸 텐데…….」

"그래."

그제야 진원이 답을 찾은 듯 개운하게 웃었다.

"넌 그런 새끼지."

「뭐?」

"아니. 내가 아까 잘 때린 거 같아서."

진원은 느긋하게 셔츠 단추를 풀었다.

"피곤하네……."

꼭 맞물려 있던 단추가 능숙한 손길에 의해 깔끔하게 구멍을 빠져나온다. 침묵에 잠긴 수화기 너머로 고인 침이 넘어가는 소리만 울려 퍼졌다. 계속 놔뒀다간 입안이 퍼석하게 마를 것이다. 단추를 끝까지 푸는 동안 진원의 숨이 한결 고르게 진정되었다. 끈적하게 겹친 천 조각이 열리고 나서야 입을 열었다.

"보니까 입술 터졌던데, 괜찮아?"

「어?」

"미안하다. 아팠지."

「아니, 이런 거 가지고 뭘. 친구 놈들끼리 그럴 수도 있지.」

"다른 애들한테는 뭐라고 했어."

「그냥 지나가는 손님이랑 시비 붙었다고 했지.」

다른 곳으로 자리를 옮긴 것인지 윤호의 목소리가 동굴에 들어온 것처럼 웅웅 울렸다.

"잘했네. 별일은 없고?"

「어? 뭐가.」

"아버지 말이야. 요즘 소식 들어 보니까 뭐 하나 시작하시던데. 패션 쪽이었던가?"

윤호의 목울대가 긴장으로 굳어지는 게 느껴졌다. 무리 중에서도 진원이 단연 우위를 선점할 수 있는 건 개중 가장 특출한 배경을 지니고 있기 때문이다. 그래서 진원의 말 한마디, 사소한 비밀이나 버릇 하나까지도 눈치 보며 입을 다무는 현상이 자연스럽게 형성되었다.

"나도 잘못한 일이긴 한데, 알지? 우리 부모님 귀에 들어가면 너도 좋은 꼴 못 보는 거."

「응. 알지.」

"우리 아버지 귀에 들어가면 너네 부모님도 골치 아프실 거 아니야."

「안다니까…….」

"아는 새끼가 적당히 해야지, 판단이 안 돼?"

순식간에 낮아진 목소리는 진원이 거느리는 무리에겐 익숙한 중압감이었다.

"내가 어떤 이유로든 직접 선물 사 와서 갖다 바칠 정도면 대충 눈치채야 하는 거 아닌가?"

「그게…….」

"아니라면 아닌 줄도 알아야지, 계속 그렇게 파고들면 좋은 꼴 못 보잖아. 어린애들도 아니고 이게 뭐야. 괜히 서로 감정만 상하고. 어?"

「…….」

"내일 기사에 내 얼굴 도배됐으면 어쩔 뻔했어."

「미안하다.」

"여러 사람 피곤하게 만들 뻔했잖아, 윤호야. 장난도 일절만 해야지 아깐 네가 너무했어."

「그러게. 요즘 계속 술을 마셔서 그런가. 내가 깜빡한다, 야.」

"……."

「재미있게 놀려고 그랬던 건데, 나도 적당한 선을 몰랐던 거 같다.」

"그렇게 말해 주니까 고맙긴 한데……."

진원이 핸드폰을 다른 손으로 옮기며 걸음을 떼었다.

"다음 여행은 어디로 갈 거야."

「글쎄, 아직 계획된 건 없는데. 요즘은 어딜 가도 물려서.」

닫혀 있던 침실 문을 조심스레 열자 내려놓은 모습 그대로 누워 있는 지혜가 보였다.

"피렌체는 어때?"

천천히 다가가 침대에 앉았다.

"너 묵을 호텔 직접 잡아 줄 테니까 한번 가 봐."

「네가 왜.」

"해 주고 싶어서 그래. 거기 피렌체 대성당이 있는데 연인과 함께 쿠폴라로 향하는 계단에 오르면 사랑이 이뤄진다더라."

「사랑?」

윤호가 어이없단 듯이 웃음을 터뜨렸다. 확실히 그에게 사랑을 논하기엔 우스운 면이 없지 않아 있다.

"왜. 운 좋으면 좋은 사람 만날 수도 있잖아."

「야, 간지럽게 그런 말 하지 마라. 사람들이 떠드는 미신

가지고.」

"나쁠 거 없지."

지혜를 포근하게 감싸고 있던 주름들이 고요히 구겨지며 진원에게로 몰렸다. 그 위로 손을 대며 진원이 속삭였다.

"그런 거에 혹하는 여자 많으니까 거기서 재미있게 놀아. 괜히 내 옆에 있는 여자 건드리지 말고."

일방적으로 전화를 끊은 진원이 다리를 꼰 채 지혜를 내려다보았다. 핸드폰 위를 문지르는 손길이 꽤 여러 번 반복됐다.

"후련하지가 않네."

답을 찾을 수 없자 진원의 손이 입가를 쓸었다.

"넌 뭐에 혹해?"

대답 대신 지혜의 가슴만 깃털처럼 오르고 내렸다. 새하얀 시트 위로 긴 머리카락이 퍼져 있으니 묘한 기분이 든다. 자신이 사용하는 침대와 베개, 자주 쓰는 향수가 깊게 밴 공간 안에 누워 있는 지혜를 진원은 꽤 오랜 시간 묵묵히 지켜보았다. 한숨과 함께 자리에서 일어선 진원이 셔츠를 벗으며 등 돌렸다.

쿠폴라 계단이 아니더라도 상관없다. 어차피 잠든 여자와 지켜보는 남자가 오른 계단에선 낭만이 시작될 수 없다. 정확히 말하자면 진원은 백마 탄 왕자가 아닌 한평생 높은 성에 살아야 할 남자다. 샤워를 하러 욕실에 들어온 진원은 핸드폰 메시지를 확인하던 중 유독 한 인물이 보낸 문자에 오래도록 머물렀다.

[사랑하는 우리 막내아들, 내일 저녁 식사 잊진 않았지?]

사랑하는 아들이란 부분에서 감동하기엔 머리가 너무 커 버렸다. 진원의 뇌로는 내일 저녁 식탁에서 이뤄질 형제들 간의 기싸움과 아버지의 눈에 재정렬될 서열만 인식됐다. 거기엔 어머니가 달콤한 목소리로 속삭일 성가신 부탁도 함께일 것이다. 진원은 던지다시피 핸드폰을 선반에 놓아두고선 샤워를 했다. 뜨거운 수증기에 몸을 맡기고 나니 질척했던 찜찜함도 함께 씻겨 내려갔다. 머리를 대충 수건으로 털자 물방울이 사방으로 튀었다.

"자?"

미워도 다시 한 번이라고, 잠든 얼굴이 뭐 그리 볼 게 있다고 자꾸만 시선이 가는지 모르겠다. 쿡쿡 찔러 보듯이 말을 걸어 보지만 지혜는 여전히 미동조차 없었다.

"아무 데서나 픽픽 쓰러져서 잠들고……."

"……."

인상을 찌푸린 진원은 지혜를 차근차근 훑어보았다. 단정한 유니폼 차림에 무릎 아래로 보이는 살색 스타킹이 긴 다리를 매끈하게 감쌌다. 만지면 어떤 느낌일지 곤두서는 호기심은 어느 남자나 할 법한 앙큼한 생각이었다.

"이젠 어디 가서 이럴까 걱정되네."

제 눈에만 이렇게 보이는 건 아닐 거란 생각이 드니 뜨거웠던 가슴마저도 서늘하게 식는다. 진원은 지혜의 발목을 손으로 가지런히 모아 들며 아래에 깔린 이불을 빼냈다. 자신의 시각을 괴롭히는 저 옷차림부터 이불로 꽁꽁 보이지 않게 감추었다. 덩그러니 놓인 목을 들어 베개까지 놓아주니 한결 맘이 편했다. 중간에 화장실을 가려 일어났을 때 놀라지 않도록 탁자 옆 보조 등을 켜 두려는데 스르륵 시트가 움직였다.

"깼어?"

하지만 지혜는 입을 꿰맨 듯 대답이 없었다. 갑갑했는지 이불 안으로 감춰 놓았던 지혜의 팔이 바깥으로 나왔다. 불편한 듯 뒤척뒤척 움직이는 몸짓은 멈출 기미가 보이질 않았다.

"베개가 너무 높나……."

도로 다가가던 진원의 동공이 뒤흔들렸다. 베개 밑을 잡았던 손에서 힘이 빠졌다. 무슨 영문인지 지혜의 가느다란 팔이 올라와 진원의 목을 줄기처럼 감은 것이다. 갑작스런 상황에 놀란 것도 잠시 한차례 겪어 본 장면이기에 대처도 능숙했다.

"누군지도 모르면서 또 이러지."

옆에 있는 사람을 꼭 끌어안는 지혜의 못된 잠버릇은 이미 호텔에서 경험한 후였다. 가느다란 지혜의 팔을 잡은

진원이 떼어 내려 하자 고집스럽게 매달린 팔에 힘이 들어
갔다. 하, 진원은 웃음이 터졌다.

"안 되겠다. 잔소리 지금 하자. 오지혜, 일어나 봐."

"……."

"잠꼬대 그만하고 일어나랬다."

장난이 아니라는 듯 목소리를 깔고 속삭였음에도 불구하
고 물러서긴커녕 당돌한 팔이 확 하고 진원을 끌어당겼다.

"야, 너."

순식간에 몸이 낮아진 진원은 기둥처럼 팔을 세웠지만
얼굴만큼은 거리가 좁혀지질 않았다.

"무슨 여자가 힘이……."

그때 호텔에서 껴안은 건 애교처럼 느껴질 정도로 무자
비한 힘이었다. 무언가를 원하는 듯 지혜는 작정하고 진원
의 목을 끌어당기고 있었고 이대로 내려가다간 종착지는
입술이었다.

"오늘 여러 번 화나게 하네."

진원은 기분이 언짢았다. 이유는 모른다. 그저 종일 그
의 심기를 움켜잡고 멋대로 잡아당기는 일투성이었고 지금
도 지혜에게 당겨지고 있다.

"……억지로 뗀다."

다른 남자에게도 이러겠지. 그 사실이 한없이 진원을 냉
철해지게 했으나 살짝 벌어진 지혜의 입술 사이로 희끗 보

이는 치열은 가지런했다.

"……."

진원이 좋아하는 단정함이다. 그 틈으로 흐르는 숨은 목
뒤를 감은 체온만큼이나 따스했다. 취한 듯 오르고 내리는
가슴의 율동에도 이성이 뒤흔들렸다. 시선을 빼앗긴 건 찰
나였다. 긴장을 푸는 그 잠깐에 지혜의 힘이 비로소 진원
을 이겼다. 버티던 진원의 팔꿈치가 꺾이며 기울었다. 날
카로운 코끝이 새하얀 뺨에 뭉그러졌다.

"……."

생각보다 지혜의 입술은 촉촉하고 감미로웠다. 혼이라도
빼앗긴 것처럼 진원은 딱딱하게 굳었다. 여자와 처음 입술
을 부딪친 동정도 아니면서 그런 행세를 지혜 앞에서 하고
있었다.

지혜가 입술을 작게 오물거렸다. 쭉 하고 빨아 당겨진 진
원의 아랫입술이 가지런한 치열 위로 여러 번 쓸리고 뭉개
졌다. 쪽, 쪽 어미가 물어다 준 먹이를 열심히 소화하는 아
기 새처럼 작지만 강한 흡력이 지속됐다.

"제대로……."

진원이 자세를 편히 잡으며 눈꺼풀을 반쯤 내리깔았다.

"제대로 해 봐."

그에 응답하듯 지혜의 입술이 바르작거렸다. 원래 의식
없는 상태에서 이뤄지는 행위를 혐오하는 진원이었지만 지

금은 뭐에 홀린 듯하다.

"다시 한 번."

"……."

"한 번만 더 해 봐……."

그리 말하니 작게 벌어진 입술에서 숨이 날아들었다. 재촉을 한다. 어서 달라고.

"나도 이젠 모르겠다."

강하게 밀고 들어온 진원의 움직임에 놀란 듯 여린 몸이 움찔거렸다. 그동안 섭취해 온 자그마한 음식 따위완 비교조차 되지 않을 크기가 좁은 입안에 꽉 들어찼다. 헐떡거리는 숨소리가 진원의 귓바퀴 안에서 맴돌았지만 팔은 더해 달라 조인다. 진원은 알았다는 듯이 살살 친절하게 굴었다.

잠든 게 아니라고 생각될 만큼 지혜의 의사는 또렷했다. 처음에는 놀라는가 싶더니 오히려 미끈한 감각 사이로 흠뻑 빠져든 진원을 붙잡고 유린했다. 달콤한 혀끝으로 내리치는 채찍질에 진원의 눈썹이 살짝 구겨졌다.

친구 녀석들이 걱정했던 것처럼 진원은 풋내기가 아니었다. 오히려 자극적인 것에 무뎌져 권태를 겪고 있던 진원이다. 지혜는 그런 그의 기억 속에서 숱하게 만나 왔던 지난 만남을 지워 버렸다. 몰캉한 젤리를 반으로 가르면 뒤쪽으로 성큼 물러섰고 부드럽게 옭아매면 미꾸라지처럼 쏙

빠졌다. 진원은 턱이 뻐근해졌다. 입으로 꼬리 치는 게 아
주 예술이라 속이 바싹 탔다. 평소의 지혜를 떠올려 보면
생각할 수 없는 대범함이었다. 몇 번이고 계속 더 해 달라
는 듯 혀가 질척하게 붙어 왔다. 진원은 잠자코 그 움직임
에 응수해 주며 지켜보았다. 못 견디겠는지 목에 감긴 가
느다란 두 팔이 내려와 진원의 얼굴을 감싼다. 더듬거리며
방황하던 손가락이 귀 뒤로 스쳤다. 진원의 탄성은 그곳에
서 터졌다. 귓바퀴를 타고 내리며 뭉개는 연약한 힘에 굴
복한 것이다. 진원은 순식간에 저를 끌어당기는 손을 낚
아채 깍지 꼈다. 꽉 힘을 주자 제게 굴복한 떨림이 느껴졌
다. 진원은 입을 떼고서 똑같이 귀를 공략했다. 좁고 작은
구멍 안으로 더운 숨과 끈적한 혀가 함께 노닐었다. 급속
도로 지혜의 가슴이 들썩거렸다. 진동할 때마다 땀에 젖은
달콤한 살 내음이 진동하며 날아다닌다. 진원은 이불로 제
가 덮어 준 몸을 다시금 벗기며 내려갔다. 단정하게 잠긴
유니폼 셔츠의 단추를 풀며 집에 상비해 둔 콘돔이 어디
있는지 떠올렸다. 스타킹을 신은 다리를 만질 땐 손톱을
세우고 싶어 미칠 지경이었다. 일자로 선을 남기고 그 틈
을 비집고 나온 속살을 한 움큼 움켜쥐고 싶다. 허벅지로
올라가 탄력 있는 스타킹을 잡아 내리는 데까지 많은 인내
가 필요했다. 첫 관계에선 매너가 있어야 하는 법이다. 가
까스로 밴드를 찾아 쭉 잡아 내리는 순간 진원은 개운함에

숨을 터트렸다. 맞붙여 오는 하얀 속살의 진가는 가히 대단했다. 가운 사이로 숨어 있던 제 성기가 심을 세우고 꺼떡이는 게 느껴졌다. 견디기 힘들 정도로 당겨 오는 건 처음이었다. 몸집이 커지다 못해 빳빳하게 섰다. 고작 스타킹 안에 있는 허벅지와 닿았다는 이유로. 진원은 수월하게 벌어진 다리 사이로 손을 밀어 넣었다. 촉촉이 이슬 맺힌 속옷이 지혜 역시 흥분했음을 알려 주었다. 그래도 전희는 중요했다. 애무도 없이 이렇게 빨리 삽입하면 저 혼자 즐기는 꼴이 될 것이다. 순식간에 진원의 성기를 세운 지혜지만 여자와 남자의 쾌락 지점은 달랐다. 진원은 이 순간을 소중하게 공들이고 싶었다. 제발 해 달라고 애걸복걸 비는 얼굴도 보고 싶고. 부드럽게 젖가슴을 손으로 문지르며 진원은 웃었다. 말랑한 젖살을 뭉근하게 누르며 원을 그리는 순간에도 다른 한 손으로는 허벅지 아래를 자극시켰다. 눈초리에 물기를 달고서 내려다보는 얼굴이겠지. 헐떡거리는 숨소리가 조금 더 빨라졌다. 그래. 서둘러 배꼽 아래로 내려온 진원은 숨죽여 달콤한 향내를 들이켰다. 내가 이긴 거야. 천천히 입을 벌린 진원이 샘이 터져 나오는 곳을 살짝 물었다.

"⋯⋯."

반응이 없다. 진원은 시선을 들었다. 그리고 마주한 얼굴은 잠이 든 지혜의 얼굴이었다. 저를 있는 힘껏 잡아당기던 두 팔은 힘을 잃고 처연하게 늘어져 있었다. 아무런 미동도 없는, 곤히 오르고 내리는 가슴이 전부다. 머리가 서늘해진 진원은 뒤늦게 격해진 숨이라 생각한 것이 자신의 것임을 깨달았다.

진원은 이를 씹으며 이불로 지혜를 덮어 주고서 일어났다. 사납게 가운을 벗으며 찾은 곳은 욕실이었다. 샤워 호스 아래로 쏟아지는 물줄기가 투박했다. 그 아래에서 빠르게 움직이는 건 두툼한 손이었다. 성기를 손에 쥔 진원은 입술을 짓이겼다. 수월하게 벌어진 다리 밑으로 파고 들어 핥아 주는 상상을 한다. 자지러지는 신음과 침대에서 붕 뜬 허리가 유연하게 휜다. 제발 그만하라고 못 견디겠다고 울며 비는 지혜의 얼굴은 일품이었다. 눈초리가 붉어진 걸 노려보면서도 진원은 혀로 애무하는 행위를 멈추지 않았다. 부드러운 살점을 혀로 거둬 내고 작고 앙증맞은 구슬을 핥고 빨아 당긴다. 지혜는 그때마다 마리오네트처럼 몸을 들썩거렸다. 이불을 꽉 움켜쥐었던 손이 허공을 헤매다 진원의 머리카락을 꽉 움켜쥔다. 그만하라고 속삭이듯 손가락으로 힘이 실린다. 진원은 달싹거리는 입술에서 어서 제가 원하는 대답이 나오길 바라며 주름을 핥는다. 헉헉거리며 숨이 곧 넘어갈 것처럼 바들바들 떨던 지혜가 이윽고 간절하게 속삭였다. 넣어 주세요.

"윽……."

타일 벽을 짚은 손이 확 하고 구겨졌다. 쏴아아아아, 시원하게 쏟아지는 물줄기가 바닥에 총알처럼 박혔다. 진원은 천천히 눈꺼풀을 들었다. 희멀건한 액체가 물살을 타고 빠르게 하수구로 빨려 들어갔다. 꽉 힘주었던 제 손의 힘을 풀었다. 사정을 했음에도 불구하고 오른팔 위 도드라진 힘줄은 사그라들 줄 몰랐다. 지금 자신이 누굴 떠올리며 자위를 했는지 증명해 줄 요소는 전부 물에 씻겨 내려갔다.

"왜."

사정을 맞이하자 언제 그랬냐는 듯이 몰려오는 건 자괴감이다. 하지만 이번에는 조금 달랐다.

"넣지도 않았는데 싸냐."

그건 웃기게도 아쉬움이었다.

진원은 다시금 샤워를 하는 내내 저 자신이 웃겨 미칠 지경이었다. 침실에 상대를 두고 혼자서 자위라니. 게다가 침대 위 육체전이라면 지칠 줄 모르는 진원에게 빠른 사정은 말도 안 됐다. 한 번도 이런 상황을 겪어 본 적 없던 진원은 실없는 웃음을 연발하며 샤워를 마쳤다. 하지만 새 가운을 입을 땐 더는 웃는 얼굴이 아니었다. 단순히 쾌락만 원한다면 그걸 충족해 줄 여자들은 많다. 능숙하고 현란한 기술을 가진 사람도 찾는다면 한 트럭이다. 그런 사람들이 지천에 널렸는데 왜 이 여자만이 식상해진 제 성욕을 일으켜 세웠으며 간만에 불붙은 몸을 이따위로 소비해 버리게 만드는지 알 수가 없었다.

"너 때문에."

진원의 목소리가 현저히 낮았다.

"강간할 뻔했어. 알아?"

의식도 없는 여자와. 혼자 착각하고서. 이대로 지혜와 섹스를 해 버리는 건 도의적이지도 않을뿐더러 진원에겐 명예롭지 못한 일이다. 진원은 지끈거리는 이미를 짚고서 침대에 걸터앉았다. 느리게 고개를 돌려 지혜를 본 진원은 다른 방향의 걱정에 사로잡혔다. 한층 더 심란해진 눈빛으로 지혜를 내려다보았다.

"……다른 남자에게도 이럴 거지."

역시나 대답은 없었다. 입술만 오물거릴 뿐, 여전히 평온하게 잠든 모습이었다.

지혜의 눈꺼풀이 날렵하게 올라갔다. 잠에서 깨어남과 동시에 날갯짓을 멈추고 곤두서는 육체의 감각들은 지혜가 어디에 있는지 파악하는 데 혈안이었다. 일단 난생처음 보는 풍경인 건 당연하다. 어젯밤 진원의 앞에서 쓰러졌으니까.

침대가 몹시 크다. 옷은 무사하다. 몇 시…….

"깨우기 전에 일어났네."

뒤척거리는 몸집이 이불 위로 거대한 파도를 만들어 냈다.

"……."

꺼림칙하게 눈동자를 굴린 지혜는 제 옆에 누워 있는 진원을 마주했다. 그가 옆에서 잠들었으니까 깨어날 수 있던 거겠지. 애써 태연하게 생각하려 했지만 배에 감긴 진원의 팔을 떼어 내는 건 몹시 부자연스러웠다.

"일어나게?"

지혜는 두툼한 팔을 치워 낸 뒤 제 손을 내려다보았다. 아침이 되자마자 깨어나는 거부감을 보니 이제야 현실처럼 느껴진다.

"아직 이른 시간인데 더 자지……."

"몇 신데요."

꼴깍 마른침이 넘어갔다. 진원이 몸을 돌려 탁자에 놓인 시계를 집어 들고선 빤히 보았다.

"아침 8시."

"……오늘 토요일 맞죠?"

"그럼 일요일이게."

시큰하게 웃은 진원이 시계를 도로 제자리로 가져다 놓았다. 그러면서 보게 된 장면은 지혜의 안에서 거부감을 싹틔웠다.

"옷은 좀 갖춰 입고 눕지그래요."

아침부터 남자의 근육을 보게 된 여자의 심정은 몹시 착잡했다. 진원이 있어야지만 깨어날 수 있는 몸이라는 걸 되새김질하는 기분도 좋지 않은데 아무런 관계도 아닌 남녀가 한 침대에서 일어나 아침을 맞이하는 모습은 지혜의 머릿속에 잠재된 윤리와 어긋났다.

"왜 같이 잤냐는 얘기 안 해?"

"해서 뭐해요. 진원 씨 침대니까 잔 거겠지."

지혜가 냉큼 일어서자 진원이 피식 웃으며 팔꿈치를 세워 머리를 기대었다.

"아무렇지도 않아?"

"네."

"벗고 있는데도?"

"왜요. 제가 또 벗겼다고 하시게요."

"아니. 어제는 안 벗겼어."

지혜는 침대에서 내려가기 위해 무릎으로 기었다.

"내가 했어."

심장이 철렁했다. 지혜의 고개가 뒤로 향했다.

"뭐라…… 고요?"

"갑자기 네가 입술을 부딪치는 바람에 자연스럽게 흘러가다 보니……."

"대체 무슨 소릴 하는 거예요."

아무것도 모른단 얼굴, 소름 돋아하는 창백한 표정을 보며 진원은 치가 떨리거나 혐오스럽지 않았다. 오히려 부드럽게 웃었다.

"내 옆에서만 잠들게 하고 싶게."

잠든 여자와 지켜보는 남자 사이에서도 낭만은 생겨난다.

"그랬다고, 너."

지혜의 동공이 경직됐다. 잠든 순간에 저 사람과 키스했다고? 딱딱하게 굳은 지혜의 입술이 픽 하고 바람 빠진 풍선처럼 움직였다.

"거짓말하지 말아요…… 아직 잠이 덜 깨신 거 같은데…… 어쨌든 재워 주셔서 감사합니다. 그만 가 볼게요."

지혜의 마른 발바닥이 빠르게 표면으로 닿았다. 매끈하고 먼지 한 점 없는 바닥이 순식간에 이질적으로 느껴졌다. 내가 여기서 대체 뭘 한 거지? 겁을 상실한 동물인 양 굴었던 어제를 뒤로하고 어서 이 소굴에서 도망치고 싶었다.

"네가 먼저 시작했다니까."

진원은 여유롭게 누워 지혜의 발목을 붙잡았다.

"……저기요."

뒤돌아선 지혜의 표정에 기분 나쁜 감정이 얽혔다. 그에 비해 새하얀 시트에 엉켜 있는 몸은 나태했다.

"키스 잘하던데? 다른 남자한테 배웠단 생각하면 조금

열 받긴 하지만……."

"저……."

"숙맥처럼 가만히 있는 것보단 낫더라. 좋았어."

"사람 그만 가지고 놀아요."

"오른쪽 위아래로 사랑니가 있던데."

지혜가 눈을 한번 깜빡였다.

"그동안 안 뽑고 뭐했어?"

치과에서 이 정도면 딱히 뽑지 않아도 된다고 말했던 터라 굳이 피를 보고 싶지 않아 방치했던 걸 어떻게 진원이 아는 걸까. 입안 깊숙이 들어오지 않는 이상 알 수 없는 건데, 답은 뻔했다.

"진짜…… 나랑 했어요?"

"속고만 살았어?"

"내 입에 손 넣어 본 거 아니죠?"

"더럽게 손을 왜 넣어."

진원이 살짝 몸을 일으켰다.

"다정하게 했어."

지혜의 사고가 정지했다. 하품한 진원의 치열 너머로 언뜻 비친 선홍빛 혀가 유난히 도드라져 보였다. 지혜의 눈동자가 바들바들 떨렸다. 저 흉물…… 저 흉물이 내 입안을.

"우욱."

지독한 거부반응이 헛구역질로 튀어나온 건 어쩔 수 없

는 일이었다. 얼마나 꼼꼼하게 제 입안을 훑고 다녔는지 지혜는 상상할수록 속이 울렁거렸다.

"잠든 사람을 건드리다니, 제정신이에요……?!"

저를 타박하는 소리는 진원이 아버지에게도 들어 보지 못한 것이다. 진원은 원래 문제가 되는 일을 하지 않는 남자였다. 원망 가득한 시선을 보내는 지혜를 앞에 두고 진원은 하품을 갈무리했다.

"그래. 미안해."

침대에서 내려온 진원이 여유로운 걸음을 떼었다.

"양치할 거지?"

잠들 때와 일어났을 때 반응이 다른 여자란 건 이미 알고 있다. 진원이 침대에서 내려와 손짓하자 달려오는 발은 뭐가 그리도 급한지 진원이 소파에 걸어 놓은 가운을 입는 시간에도 동동거렸다.

"칫솔요!"

"따라오면 줄게."

말이 떨어지기가 무섭게 옆으로 바짝 다가와 붙는다. 양치하고 싶은 욕구 때문에 정신없는 가운데 어쨌든 지혜는 진원의 말대로 움직였다. 비록 따라오는 내내 성질난 듯 발을 쿵쿵거렸지만 말이다. 진원의 눈초리가 웃음으로 길어졌다.

"살살 걸어. 아플라."

쾅! 미닫이문을 열자 화사한 조명이 켜지며 빛이 쏟아졌다. 양옆으로 놓인 선반과 거대한 거울, 그 앞에는 철저한 자기관리를 보여 주는 수많은 화장품과 향수가 줄지어 장관을 이뤘다. 모든 사람들이 세세하게 알고 싶어 하는 것이 한 여자에게만 친절히 공개되었지만 정작 지혜는 관심조차 없었다. 얼른 복도를 통과해 욕실로 먼저 들어간 지혜는 세면대에 고개를 박았다.

"하아……."

입안을 헹궈도 가시질 않는다. 어쩜 이렇게 거부감이 들수 있지? 키스했단 사실을 전혀 기억 못하지만 감각은 무지無知 위에서 맘껏 그려졌다. 부드럽게 이완됐을 진원의 턱이나 속눈썹이 제 피부를 간지럽혔을 거란 못된 상상.

"물에 다 젖는다."

아무렇게나 흘러내린 머리카락이 진원의 손에 잡혔다. 그물에 걸려 든 나비는 몸을 퍼덕거린다.

"머리끈도 없는데…… 잡고 있기엔 그렇고 기다려 봐."

거울에 비친 진원이 이윽고 액자 너머로 사라졌다. 텅 빈 거울 속 홀로 남게 된 지혜는 제 모습이 너무나도 낯설었다.

"……."

어떤 게 진짜일까. 양면성을 지닌 존재처럼 그동안 알던 자신의 모습이 두 갈래로 나뉘어 보였다. 나비는 오로지 꿈속에서만 날아다닐 수 있고 잠에서 깨어난 뒤 시간은 지혜의 것이었다. 현실에서 나비가 제 존재감을 드러낼 수 있는 건 고작 거미를 만났을 때 지혜가 느끼는 거부감이 전부다. 순간 지혜의 귓가로 '달칵' 하며 채워지는 소리가 엉켰다.

"……?"

허리를 편 지혜는 만족스럽게 미소 짓는 진원을 보고선 의아해했다.

"예쁘다."

무엇이 진원을 웃게 한 건지 알 수 없다. 손을 뒤로 해 더듬으니 긴 머리카락이 동그랗게 말린 주변으로 쇳덩이가 만져졌다. 머리카락을 단단히 고정시킨 건 다름 아닌 시계였다. 시계, 시간? 그러고 보니 철저히 분리된 채 나비와 생활하고 있는데 그 경계가 허물어질 때가 딱 하나 있었다. 호텔에서 잠들었던 그날과 감기에 앓아누웠던 침대, 지하 주차장에서의 공통점은 존재했다.

"아……."

잠들 것만 같은 순간에 진원과 단둘이.

"자, 칫솔."

진원이 내민 걸 얼떨결에 받아 든 지혜는 친절히 치약도 함께 올라와 있는 칫솔을 입에 물었다. 뽀얀 거품이 느린 움직임 속에서 보글보글 일었다.

피곤함이 극에 달한 상태에선 어디든 잘 부딪치곤 했다. 실수로라도 사람과 껴안는 그림이 연출되면 곧바로 물러나 어색한 사과를 건넸다. 타인과도 멋쩍은데 거미인 남자와 부둥켜안으면 발작을 해야 맞는 상황이다. 한데 진원에게 안겨 의지했다. 그동안 날아다니느라 축적된 피로를 지혜 본인이 해소하길 원하는 것처럼.

"오늘 스케줄이 어떻게 돼?"

왜냐하면 그는 거미이고, 나비의 날개를 가둬 줄 수 있으니까.

"별일 없으면 같이 커피 마시자."

"예……?"

퍼뜩 정신이 든 지혜가 입술 양 끝에 뽀얀 거품을 묻힌 채 고개 돌렸다.

"커피 마시자고."

지혜가 거품을 퉤 뱉었다.

"바로 집에 갈 거예요."

욕실 벽에서 등을 뗀 진원이 여유롭게 웃었다.

"모닝커피도 싫어? 머리도 깨고 좋은데."

"아침부터 커피 마시면 속 쓰려서요."

"하는 수 없지."

진원이 아쉽지만 별 상관없단 듯 걸어갔다.

"샤워도 하고 나와. 키스로 안 끝냈을지도 모르잖아."

남극의 빙산처럼 창백했던 얼굴 위로 균열이 생겼다. 지혜는 문이 닫히자마자 제 옷부터 내려다보았다. 스타킹이 없다. 재빨리 내려다본 속옷엔 자신이 어젯밤에 흥분했다는 걸 알려 주는 흔적이 얼룩져 있었다. 멈추었던 칫솔질이 분노로 이글거렸다.

"하아⋯⋯."

수증기에 갇힌 시선이 처량했다. 어딜 어떻게 건드렸을진 알지 못하나 다행히 섹스는 아니었는지 몸 안쪽의 통증은 없었다. 따지고 싶지만 그럴 수가 없었다. 진원에게 거부감뿐만이 아니라 같이 잠들면 6시간 만에 일어날 수 있다는 사실도 함께 알고 있는데 잠들었을 때 어떤 식으로 달라붙었을지 누가 알겠는가. 지혜가 현실에서 거미로 인한 나비의 거부 반응을 몸소 체험하듯이 잠들었을 때 지혜의 의지도 희미하게 남아 있는 모양이다. 꼭 끌어안고서 놓아주질 않았단 증언이나 키스했다는 믿기 싫은 상황 또한 진원이 근처에 있다는 걸 알고서 반응한 지혜의 욕구였을지도 모른다.

"요망한⋯⋯."

욕실 벽을 짚은 지혜의 손이 부들부들 떨렸다.

"이 요망한 몸! 대체 잠들었을 때 뭘 하는 거야⋯⋯!"

낯 뜨겁고 화난 지혜와 달리 욕을 한 사발 들이켠 몸의 컨디션은 매우 좋았다. 진원과 함께 잠들어 지겨운 꿈을 꾸지 않은 데다가 일어났을 때 평소 피곤하던 기분이나 뼈근함 또한 없었다. 잠든 후에도 이틀 동안 꿈속을 날아다니느라 지친 몸에게 진원은 정말 좋은 탈출구였다. 지혜는 지끈거리는 이마를 짚었다. 거미의 전생을 가진 남자를 만나 봤어야 알지. 진원과 만나고 나서부터 일어나는 일 전부 지혜가 경험하지 못한 것들뿐이다.

"그래도 이건 너무하잖아."

호접몽에 빠지게 된 것도 제 의지가 아니었는데 이젠 빨리 일어나고 싶은 마음까지 반영돼 달라붙다니. 평소 거부감을 가졌다가도 필요할 땐 동전 뒤집듯이 감정을 바꾸는 성질은 생각할수록 발칙했다. 그건 지혜가 누구보다 진원을 간절히 원하고 있다는 증거였다. 한 남자에 의지하지 않으면 살아갈 수 없다는 걸 억지로 받아들이라는 것처럼 말이다. 끔찍해. 지혜는 손톱으로 벅벅 머리를 긁었다.

"아니야. 괜찮아. 앞으로 조심하면 되지."

정답은 하나였다. 피곤이 극에 달한 상태에선 진원과 마주치지 말 것. 그와 엮이는 일을 눈곱만치도 하지 않으면…… 그 순간 '쾅' 하고 무언가가 밑으로 떨어졌다.

"뭐야?"

뒤를 돌자 어떤 물체가 바닥에 놓여 있었다. 지혜의 미간이 좁아졌다. 자세히 보니까 항상 진원의 왼쪽 손목에서 보던 물체였다.

"……시계?"

쏴아아아. 시원하게 쏟아지는 물줄기가 지혜의 풀린 머리카락을 타고 매끈하게 흘렀다.

"……못 살아."

"넌 얼마니?"

쓸쓸한 목소리로 물어도 대답이 없다. 하물며 시계가 정녕 말을 할 줄 알아 '제 몸값은 얼맙니다.' 친절히 소개한다고 해도 지혜의 기분이 나아질 순 없을 터였다.

"됐다, 됐어."

지혜는 고개를 내저었다. 제아무리 시계에 문외한인 지혜라도 진원이 차고 다니는 것들이 모두 고가를 자랑하는 건 안다. 선미가 매일 보며 예찬하던 잡지에선 그가 착용한 아이템은 전부 가격조차 적어 놓지 않았다.

"보상하면 되잖아."

시간을 끈다고 해서 멈춘 시곗바늘이 움직일 리도 없으니 한시라도 빨리 주인에게 이 불운한 소식을 전해야만 했다.

"할 말 있어요."

"뭔데?"

지혜는 주방에 서 있는 진원을 보며 심호흡했다.

"아까 양치할 때 제 머리에 채웠던 거요."

부디 고백했을 때 진원이 큰 충격을 받지 않았으면 하는 마음으로 숨겨 두었던 시계를 조심스럽게 내밀었다.

"……젖었어요."

여유롭게 김이 올라오는 머그잔을 입에 대고 있던 진원이 뚝 멈추었다.

"……."

가늘게 뜬 진원의 눈이 그리 매서워 보일 수 없었다. 제발 애장품은 아니어라. 한정판도 아니어라. 지혜가 속으로 주문을 외우자 진원이 설핏 웃음을 터트렸다.

"아. 난 또 뭐라고."

호옥, 입김을 한번 분 진원의 목울대가 유연하게 들썩였다.

"괜찮아."

"……네?"

"방수 안 되는 시계를 찬 내 잘못이지."

지혜는 제 두 귀를 의심했다. 뭘 잘못 들었나. 자신이 저지른 일이 왜 진원의 잘못으로 자연스럽게 넘어가는지 알 수가 없었다.

"그거 때문에 머리도 안 말리고 나왔어?"

"네? 아……."

"감기 걸리면 어쩌려고."

오히려 진원은 지혜를 걱정했다. 왜 그까짓 물건 하나 때문에 머리도 말리지 않고 나왔느냐고 혼내는 부드러운 목소리였다.

"거기 앉아."

사고 친 사람에게 자리를 권하는 친절까지 베푸는 주인의 성격을 닮아 모난 곳 없는 주방에선 향긋한 원두 향이 흐르고 있었다.

"스크램블은 어때?"

"됐습니다."

지혜는 혼자 쓰기엔 넓은 식탁 위로 떨떠름하게 시계를 내려놓았다. 진원의 친절은 모든 사람들이 찬양하는 요소 중 하나였다. 선량한 그 손길 덕분에 침침했던 삶이 조금이나마 윤택해진 사람들도 꽤 여럿이었다.

"한 입만이라도 먹어."

"시계는 정말 죄송합니다."

"알았다니까."

"보상해 드릴게요."

하지만 지혜는 진원의 동정을 필요로 하는 불우이웃이 아니었다. 지혜의 앞으로 커피와 스크램블을 내려놓은 진원이 의자에 앉았다.

"기분 좋게 일어났는데 돈 얘긴 좀 그렇다."

"그래도 저 때문에 망가졌으니 책임지는 게 당연하죠."

"그냥 넘어가."

"이런 식으로 얼렁뚱땅 도움받고 넘어가는 거 싫어요."

"키스까지 한 사이인데 좀 넘어가면 안 돼?"

"키스도…… 기억은 안 나지만 제가 잠버릇이 심해서요. 어쨌든 제 책임도 있는 거니 죄송합니다."

"죄송한 것투성이네."

"……."

"그런 말 별로 듣고 싶지 않은데……."

진원이 차분히 커피를 입가에 대며 웃었다.

"아, 넌 나에게 폐 끼치기 싫어하지."

정답이라는 듯 지혜는 묵묵히 고개를 숙였다. 지금도 진원이 권한 자리에 앉지 않는 것만 봐도 답은 나왔다. 지혜의 몫으로 놓인 커피와 잘게 으깨진 스크램블은 지금도 식어 가는 중이었다.

"기면증이야?"

"……네?"

진원이 대고 있던 머그잔에서 입술을 떼어 냈다.

"복용하는 약은?"

"무슨 말씀이신지……."

"있어?"

"……주차장에서 잠든 것 때문이라면 신경 쓰실 필요 없어요. 가끔 너무 피곤하면 그런 식으로 잠드는 거라서요."

"의사 제대로 된 거 맞아?"

"……저기요, 우진원 씨."

"내가 아는 병원 소개해 줄 테니까 거기로 옮겨."

"저 아픈 것도 아니고 정상이에요. 환자 취급하지 마세요."

"그게 아니라 걱정하는 거야."

지혜는 자신의 비밀을 감추기 위해 서늘하게 말했다.

"하룻밤 재워 주신 건 감사한데 이 이상으로 참견하시는 거 불쾌해요."

"그랬어?"

"네."

"또 그런 거 있으면 말해 봐."

"시계 보상이요. 당장에 다 갚진 못하겠지만 제가 잘못한 일이니 허락만 해 주신다면 천천히라도 갚으면서 책임지고 싶어요."

"그냥은 싫다?"

"네."

"정 그러고 싶다면 좋아. 그 시계 리미티드 에디션이야. 지금 사려고 해도 정가의 세 배 이상은 줘야 구할 수 있는데 그건 됐으니 구매했을 때 지불한 가격만 받을게."

"얼만데요?"

진원이 말한 가격 하나에 목울대가 빳빳하게 굳었다. 지혜의 예상을 가뿐히 뛰어넘다 못해 상상조차 하지 못할 가격이었다. 진원이 빤히 지혜를 응시하다 시선을 느릿하게 내렸다.

"내가 시계를 수집하는 게 취미라서."

지혜에겐 살 떨리는 물건이 진원은 지나가다 맘에 들어 하나 산 것 중 하나일 뿐이었다. 아파트 한 채 값을 손목에 차는 게 취미인 남자와 자신의 거리감이 또 한 번 실감 났다.

"거 봐, 들으니까 거북하지?"

하지만 진원도 지혜와 다른 부분에서 격차를 느꼈다.

"난 오히려 네가 잠꼬대하는 게 불편한데. 넌 우리 둘이 키스했다는 것에 책임 안 지잖아."

"그것까진…….

"뭐 남녀 간에 충분히 일어날 수 있는 일로 넘겨짚는 건가?"

"하."

"상처다. 먹고 버려진 기분이네."

지혜는 이마를 손으로 덮었다.

"그런 식으로 어제 일 깎아내리지 말아요. 잠버릇 때문인데 즐기고 말 게 뭐가 있었겠어요? 다만 기억이 안 나서 그런 것뿐인데, 기분 나쁘셨다면 죄송합니다."

"또 죄송하대. 말로만 그러면 다지."

"그럼 뭘 어떻게 해 드리길 원하세요?"

"이렇게 하자."

손가락 사이로 깍지를 끼는 것은 진원이 계약을 할 때나 나오는 특유한 버릇이었다.

"잠결에 벌어진 일은 네가 먼저 날 끌어당기고 입술 부딪쳤지만 거기에 넘어간 나도 문제니까 서로의 잘못으로 해. 잠든 네게 그런 건 어른답지 못한 행동이었어."

"⋯⋯알겠어요."

"그럼 다음 문제로. 넌 시계를 보상하고 싶어 하는 데다가 나 역시 가게에서 한 일이 있으니 그 부분은 책임지고 싶어."

"저 아직 가게에서 안 잘렸어요."

"그만두면 좋겠어."

"제게 그런 것까지 요구하지 말아요."

"알았으니까 고려해 봐."

"뭘요?"

"한 달."

진원이 부드럽게 웃었다.

"한 달 동안만 나랑 저녁 먹자."

뜻밖의 제안에 지혜의 눈가가 살며시 구겨졌다.

"밖에서 매일 사 먹는 음식 물려. 그렇다고 해서 혼자 집에 들어와서 먹는 것도 그렇고."

진원의 등 뒤로 펼쳐진 주방은 새것처럼 깨끗한 상태를 유지했지만 사용한 흔적이 전혀 없는 건 아니었다. 냄비며 숟가락이며 누군가의 손길을 탄 흔적이 역력했다. 새집 같아 보이는 집 안도 알고 보면 고된 노동을 요구할 터인데 직접 하기엔 그는 평소에도 바쁜 남자였다.

"일하시는 분 계시잖아요."

"응. 음식은 있으니까 넌 와서 같이 먹기만 해. 그것도 별로면 사 와서 먹자."

"같이만…… 먹으면 된단 거예요?"

"응."

그가 원래 이렇게 순박한 이미지였나? 웃는 얼굴이 지혜의 눈에 때 묻지 않은 아이처럼 보였다. 진원이 웃으며 일어섰다.

"내일까지 생각해 봐."

"……그만 집에 가 볼게요."

"택시비 필요하댔나?"

"네. 만 원이면 돼요. 곧바로 집에 가서 계좌로 송금해 드릴게요."

"미안한데 현금이 없네. 카드 준다고 해도 싫지?"

"네."

"부담이라고."

"잘 아시네요."

"그럼 데려다줄게."

"아니, 그건."

"아니면 차 키 줄까?"

"……"

진원과 대화를 하다 보면 출구가 맨홀 구멍으로 빨려 들어가는 기분이다. 왜 하필 선미의 번호도 생각나지 않는지. 지혜는 하는 수 없이 고개를 끄덕였다.

과연 진원이 한 제안이 저의 잘못을 합당하게 탕감해 줄 고마운 배려일까, 아닐까. 물먹은 시계의 몸값을 생각했을 때 한 달은 터무니없이 짧은 기간이다. 그 뒤 깔끔하게 끝내면 그만이다. 하지만 문제는 지혜가 이틀간 잠드는 몸이란 것이다. 거부감은 참을지언정 잠은 견딜 수 없는데 또 피곤해 진원에게 붙어 잠들게 된다면 또 여지를 주게 되는……

"또 정신을 놓고 있네."

'딱' 하고 순간 제 눈앞에서 튕겨진 긴 손가락을 보며 지혜는 뒷걸음질 쳤다.

"아……."

"무슨 생각해?"

"시계 값이요. 계산해 보니 한 달에 오십만 원씩 50년 드리면 되겠더라고요."

"무슨 노예 계약이야?"

진원이 허탈하게 웃음을 터트렸다.

"편하게 가지그래."

암묵적으로 지혜가 제안을 받아들일 거라 생각한 건지 진원은 느긋했다. 하기야 백발이 되어서도 돈을 송금하는 모습은 어떻게 봐도 우스웠다. 지혜는 한숨을 푹 내쉬었다. 그러기에 그걸 왜 제 머리에 채워선. 시계의 용도는 머리를 묶으라는 게 아닌데 말이다.

"왜 엄마들이 여자애들 머리 직접 묶어 주는지 알겠어."

진원이 현관 거울 앞에 곧게 선 채 옷매무새를 다듬었다.

"뿌듯해."

반질반질한 바닥에 놓인 제 구두로 발을 밀어 넣던 지혜가 고개를 들었다.

"뭐가요?"

"지혜야."

지혜에게로 몸을 돌린 진원이 손을 뻗었다. 반쯤 젖은 머리카락을 쓸어넘기는 손가락이 매끄럽다.

"일부러 방수 안 되는 시계로 한 거야."

지혜의 표정이 그 순간 서늘하게 식었다. 세면대 앞에 선 지혜는 제 몸에서 발견된 이상 현상에 정신이 팔린 상태라 진원이 뭘 하는지 관심조차 없었다. 그 멍한 표정을 기회 삼아 머리에 미끼를 채운 진원은 건든 적도 없으면서 일부러 샤워하며 확인해 보라는 말까지 흘렸다. 머리카락을 귓바퀴로 넘긴 손가락이 지혜의 머리를 아프지 않게 톡 두들겼다.

"그러기에 커피 마시자고 할 때 따라 나오지."

진원의 말대로 모닝커피를 마시자며 나섰더라면 벌어지지 않았을 일이다. 하지만 지혜를 경악하게 한 건 평소 진원의 관찰력에서 비롯된 행동이 아니었다.

"……시계가 아깝지도 않아요?"

"응."

거기에 만만치 않은 물건을 희생했단 점이다.

"너와 꼭 저녁 먹고 싶어서."

어떤 식으로든 거미가 친 그물에 걸리고 말았을 것이다.

그 사실은 지혜의 정신을 쏙 빼놓기에 충분했다. 도망쳐야 한다. 현관을 나서는 진원의 뒤를 쫓으며 지혜가 무작정 말했다.

"저 그 제안 안……!"

지혜의 입이 '합' 하고 다물어졌다. 엘리베이터 앞에 어떤 한 중년 여성이 선 채 둘을 빤히 보고 있었다. 진원과 단둘이 집 안에서 나온 걸 오해하면 어쩌나 하는 걱정은 이미 겪어 본 최악의 상황이었다. 잠시 멈추었던 진원이 먼저 걸으며 입을 열었다.

"일은 할 만해요?"

"네?"

"집이 커서 청소할 곳이 많죠."

"아니……."

유니폼 차림인 게 다행인 걸까, 재빨리 상황을 판단한 지혜가 진원의 말에 맞장구쳤다.

"괜찮습니다. 제 일인걸요."

"겸손한 분과 일하게 돼서 기쁘네요."

진원은 이토록 능숙하고 교묘했다. 모든 상황은 진원이

마음만 먹었다 하면 뜻대로 변했고 그녀의 의심 가득한 눈초리 역시 한풀 꺾였다. 역시 그럼 그렇지, 하는 표정은 평소 반듯한 진원의 이미지도 크게 한몫했다.

"안녕하세요."

그에 부응이라도 하듯 엘리베이터 앞에 선 진원이 그녀에게 인사했다. 그녀의 주름진 눈가가 휘어졌다.

"운동 가시나 봐요?"

"네. 조깅하러요."

곧바로 진원의 시선은 지혜에게로 옮겨졌다.

"오늘 아침 먹어 보니 음식 솜씨가 괜찮던데, 젊은 나이에 어디에서 요리를 배웠는지 여쭤 봐도 될까요?"

"저희 어머니가 종갓집 맏며느리라서 제사 음식을……."

뒤늦게 정신을 차린 지혜는 말끝을 흐렸다. 지금 진원은 옆집 주민인 그녀의 앞에서 그럴싸하게 말을 지어 내고 있다.

"……."

앞으로 지혜가 이곳을 의심 없이 드나들 수 있도록 말이다. 생각해 보라고 말했으면서 이미 지혜가 제안을 수락한 것처럼 행동하는 수법에 또 걸려들 뻔했다. 지혜가 결연함이 엿보이는 표정으로 고개 들자 진원이 곁눈질로 내려다보았다.

"죄송해요."

"……뭐가요?"

"사실 일은 핑계고, 흑심 있어서 접근한 거예요."

"흑심이요?"

지금 무슨 소릴 하냐는 듯 진원의 표정이 고요히 일그러졌다. 지혜가 진원의 팔을 잡고선 힘껏 까치발을 들었다.

'쪽' 입술이 만들어 낸 마찰음이 고요한 복도에서 선명하게 울려 퍼졌다. 진원의 눈동자가 커졌다. 지혜의 뒤꿈치가 바닥으로 사뿐히 내려왔을 때 엘리베이터 문이 열렸다.

"당연히 잘리겠죠? 그만 가 보겠습니다."

혼자 엘리베이터에 오른 지혜는 서둘러 닫힘 버튼을 눌렀다. '쾅' 문이 닫히고 진원이 뒤늦게 손으로 제 입술을 덮었다. 사람이 보는 앞에서 그런 짓을 저지르다니. 뒤늦게 도착한 엘리베이터에 올라 지하로 내려가니 기둥 뒤로 숨어 있던 지혜가 슬그머니 나왔다. 지혜를 스쳐 지나가며 진원이 낮게 말했다.

"넌 진짜 선수야."

진원이 키를 꾹 누르자 거친 소리를 내며 차의 시동이 걸렸다.

"두 달로 늘려."

차에 오른 지혜는 입술이 불에 덴 듯 화끈거렸지만 뿌듯함을 감출 수 없었다. 운전하는 내내 넋 나간 듯한 진원의 표정이나 복잡한 얼굴은 너덜너덜해진 지혜의 가슴을 풍요롭게 했다.

충격이었겠지? 매일 봐야 하는 옆집 주민이 제 입술이 강탈당한 장면을 목격했으니 당황스러울 만도 했다. 지혜가 본 진원은 자신이 의도하지 않은 상황대로 흘러가는 것에 약했다.

"죄송해요. 주민분이 오해하시게 두고 싶진 않았어요."

지혜에게 치근덕대던 윤호가 한 말이 틀린 것 하나 없는 게, 진원은 보여지는 것에 예민한 남자였다.

"제가 진원 씨 집에서 일하는 사람은 아니잖아요……."

그러니 저리 심각한 얼굴로 정면만 응시하고 있는 거라고 지혜는 결론지었다. 진원은 대답 대신 운전대를 한 손으로 잡았다.

"……."

나머지 한 손은 꽉 막힌 도로가 펼쳐진 창문턱에 기댄 채 입술을 문지르는 데 사용됐다. 지혜는 괜스레 콧노래가 절로 나왔다. 대책 없는 도로 사정이 진원의 속마음을 대변하는 듯해 바라보는 시선에도 여유가 생겼다.

"창문 좀 열어도 되죠?"

"……."

"열게요."

두 사람이 탄 차는 정체된 구간을 힘겹게 지났다. 가게 외관을 본 지혜는 안전벨트를 풀었다.

"데려다주셔서 감사합니다. 운동 잘하세요."

운동복을 입은 진원의 행선지는 이미 정해져 있었다. 한강에서 조깅하는 진원의 습관 때문에 그 부근은 젊은 여자들 사이에선 핫플레이스였다. 아침마다 '오 분만 더'를 외치며 괴로워하는 직장인들의 눈을 주말인 토요일에 부릅뜨게 하는 거로도 모자라 운동량이 현저히 부족한 몸을 이끌고 나오게 하는 걸 보면 진원은 참 대단한 사람이었다. 지금도 그를 기다리며 스트레칭하고 있을 여자들이 눈에 선한데, 정작 진원은 지혜를 보며 나지막이 물었다.

"간다고?"

데려다준 걸 잊었나? 지혜가 옅게 인상을 찌푸리자 꿈에서 허덕이던 얼굴이 깨어난 듯 단호하게 변했다.

"생각해 봐. 두 달."

지혜는 대답 대신 창문 너머로 인사하고선 돌아섰다. 자신이 벌인 발칙한 행동에 부과된 벌이라지만 지혜에게 한 달이고 두 달이고 기간은 중요치 않았다. 진원과 있는 매 순간이 불편하다고 아우성치는 본성을 가진 나비에겐 말이다.

"하아……."

진원과 헤어지자마자 숨이 트였다. 이제야 물 밖으로 나와 상쾌한 아침을 맞이한다.

"안녕하세요."

"어, 지혜 씨 왔네. 왜 오늘도 유니폼 차림이야?"

"그게, 일이 있어서요…….."

오픈 준비를 하는 카페 매니저가 친한 척했다.

"커피 한잔할래?"

웃으며 거절했다. 아래로 내려가는 계단을 밟던 지혜는 늘 이 구간에서 묘한 기분을 느끼곤 했다. 테이크아웃만 가능한 카페 때문인지 회원권을 가진 특별한 자들에게만 허락되는 공간으로 내려가는 초입엔 희미하게 원두 향이 풍기곤 했다. 그런다고 손님들이 커피를 들고 오진 않았다. 출근하는 직원들이나 한 잔씩 들고 내려왔다.

"그래서 그날 커피도 다른 곳에서 사 왔나…….."

매일 마시던 커피 맛이 지겨워진 걸 알았을까. 진원의 배려를 어디까지 상상해야 할지 지혜는 감이 잡히질 않았다.

탈의실에서 옷을 갈아입은 지혜는 핸드폰을 살폈다. 저를 방치한 것에 화난 건 붉게 표시된 배터리 아이콘이 전부였다. 매니저에게 전화 한 통, 지배인에게 한 통. 남겨진 부재중 전화는 그게 다였다.

마지막으로 은행 앱에서 알린 입금 내역은 지혜의 눈앞을 캄캄하게 했다. 시간과 상관없이 곧바로 통화 버튼을 누른 건 불가피한 일이었다.

「여보세요.」

"안녕하세요, 지배인님. 주무시는 데 죄송합니다."

「지혜구나…… 괜찮으니까 말해.」

"저, 새벽에 통장으로 입금된 금액 때문에 전화 드렸는데요."

「아, 그거…….」

지혜는 초조하게 꼭 움켜잡았다.

「그동안 수고했어.」

"…….'

「어제까지 일한 거에 퇴직금까지 더했는데, 금액은 확인해 봤고?」

지혜의 입술이 꼬깃 구겨졌다.

"네. 확인은 했는데……."

그 남자 때문이냐는 말이 목까지 차올랐지만 냉정히 보자면 진원만의 문제가 아니었다. 일해야 할 시간에 근무지를 이탈했으니 지배인에게 골치 아픈 직원으로 낙인찍힌 것이다.

"어제 CCTV는 보셨어요?"

지배인은 정산하는 마감 시간에 고객들에게 더 나은 편의를 제공하기 위해 CCTV를 돌려보는 사람이었다. 진원과 윤호의 폭행 장면이 찍혔을 것이고, 거기서 바들바들 떠는 지혜를 진원이 끌고 사라지는 것 역시 보았을 것이다.

「난 지혜 네가 무슨 말을 하는지 모르겠다.」

지혜는 오래전 엇나갔던 발목이 욱신거렸다.

「어디 가서도 잘할 사람인 거 내가 봐서 알고, 다시 인연이 닿으면 그때 또 보자. 응?」

안타깝지만 지혜를 대신해 줄 사람은 많다.

「선미한테는 네가 알아서 그만둔 거로 해 주고. 애 성격 알잖아.」

"네. 잘 알아요. 아, 그리고…….

지혜는 힘없이 웃었다.

"어제 저 우진원 씨랑 같이 나갔던 거 비밀로 해 주실 수 있죠?"

허를 찔린 듯 지배인은 잠시 말이 없었다.

"그런 줄 알겠습니다. 그동안 감사했어요."

역시나 지금 벗은 유니폼과 이별하게 되었다. 통화를 마치니 자신에게 일을 그만뒀으면 좋겠다고 말했던 진원의 목소리가 선명해졌다. 그건 지혜의 생활을 책임지겠다는 확실한 의사 표현이었다. 돈이나 쥐여 주면 다 되는 줄 아는 사고방식에 지혜는 화가 났다. 내가 나서면 일이 더 꼬이게 될 것이란 말을 믿은 내가 바보지. 지혜가 이마를 짚었지만 아이러니하게도 지금보다 더 엉망이 되었을 상황만 머릿속에 그려졌다.

윤호란 남자가 돌연 억울하단 듯이 저를 꽃뱀 취급하거나 고객이 최우선인 매니저와 지배인에게 온갖 잔소리를 다 듣고 잘렸을 것이다. 영화 속 엑스트라가 초반에 죽든지, 온갖 개고생을 다 겪고 죽든지 하는 것처럼 말이다.

"……그 남자를 만난 게 잘못이지."

그렇게 생각하니 진원을 처음 만나게 된 이 가게에도 미련이 없어졌다.

"다시 구하면 돼."

비장하게 캐비닛 문을 쾅 닫은 지혜는 바깥으로 나섰다. 부디 진원의 삶에도 자신이 엑스트라처럼 비중 없는 역할이 되었으면 하는 마음으로.

하지만 감독은 그럴 마음이 전혀 없다.

"……."

평소 6㎞ 뛰고서 휴식을 취하던 진원은 오늘따라 자주 멈춰 섰다. 귓가에 꽂은 이어폰을 불만스럽게 잡아 빼거나 재생 목록을 한참이나 뒤적였다. 노래가 별로다. 하나도 귀에 안 들어온다. 결국 목표한 지점까진 가지도 못한 채 한숨을 내쉬고서는 벤치에 앉아 삐딱하게 다리를 꼬았다.

"……."

잡념이 많을 땐 운동으로 날리는 편인데, 다른 건 다 날아가도 아까 제 입술에 부딪친 그 폭신한 감각만은 좀처럼 사라지질 않았다. 잠들었을 때 입술을 대면서 푸딩 같다고 느꼈는데 이제 보니 막 꺼낸 카스텔라처럼 따뜻하고 보드라웠다.

"아. 어제 해 볼걸."

안타까워하는 진원은 사실 관중이 있었단 것에 그리 신경 쓰지 않았다. 지혜가 얌체처럼 발자국만 꾹 찍어 놓고 사라진 것에만 입이 바싹 탔다.

"아앗."

"……?"

진원은 제가 꼰 다리에 무언가가 턱 하고 걸리자 고개를 들었다. 긴 머리를 하나로 질끈 묶은 여자아이가 자전거로 진원의 긴 다리를 들이박은 것이다. 진원은 느리게 꼰 다리를 풀며 허리 숙였다.

"괜찮니?"

"네에."

낮춰진 시야로 아이의 커다란 눈이 담겼다.

"좋은 자전거네. 운동 나왔어?"

"응. 엄마랑요."

자랑스럽게 운전대를 잡았지만 주행에는 많이 서툰 듯 보였다. 진원은 피식 웃으며 물었다.

"몇 살이에요?"

"여섯 살이요."

평소 아이를 보면서 별다른 감흥이 없던 진원이 지금처럼 먼저 말을 건네는 건 처음 있는 일이다. 분홍색 운동복을 세트로 차려입은 거로도 모자라 머리끈마저 분홍색이었다.

"공주님이네."

이 정도면 아이의 고집이었다. 아이가 뿌듯하게 웃는 걸 본 진원은 고심하다 나지막이 물었다.

"옆에 앉을래?"

"네!"

진원은 지렁이처럼 늘어져 있는 이어폰을 한쪽으로 치우고선 아이에게 손을 뻗었다. 만세를 한 겨드랑이 사이로 손을 끼워 넣고 들어 올리자 까르륵거리는 웃음이 터졌다.

"저 물 마셔두 돼요?"

"응. 마셔."

"열어 줘요."

"너 정말 공주님이구나."

작게 웃음을 터트린 진원이 제가 마실 물을 직접 아이의 입가에 대고 기울여 주었다. 꼴깍꼴깍 넘어가는 목울대도 작다.

"이름이 뭐야?"

"김지혜요."

아. 진원의 미간이 옅게 구겨졌다. 제아무리 흔한 이름이라지만 하필.

"아저씬요?"

아이가 왕방울만 한 눈을 끔뻑였다. 진원이 눈웃음 지으며 아이의 머리를 부드럽게 쓰다듬어 주었다.

"아저씬 우진원이야."

"운동하러 왔어요?"

"응. 뛰다가 잠시 쉬는 중."

"왜요, 힘들어서요?"

"아니. 어떤 여자가 머리에서 안 떠나서."

이해할 수 없다는 듯 아이가 고개를 갸웃거렸다.

"어떡하면 떠나요?"

"글쎄……."

아이를 바라보는 진원의 눈초리가 가늘어졌다.

"너 보니까 더 심해진 거 같다."

"어머, 애가 어딜 갔나 했더니!"

챙 모자를 쓴 여자가 부리나케 다가왔다. 아이를 찾았다
는 안도감도 잠시, 진원을 본 그녀의 입이 벌어졌다.

"안녕하세요. 엄마 오셨네. 이제 가야지."

"아저씨 안녕."

제 엄마가 알아볼 정도로 유명한 사람이라는 걸 모르는
듯 아이가 작은 손을 펼쳐 흔들었다. 그걸 꼭 잡았다가 놓
은 진원이 자리에서 일어났지만 그녀는 여전히 귀신이라도
본 듯 멍했다.

"자전거 탈 때 보호 장비라도 해야 할 거 같아요. 아직
서투네요."

진원이 빤히 그녀를 보자 뒤늦게 화들짝 놀란다.

"아, 내 정신 좀 봐. 같이 놀아 주셔서 감사해요."

"아닙니다. 덕분에 제가 더 즐거웠는데요. 지혜 잘 가."

진원의 외모는 미혼인 젊은 여성에게만 통용되는 것이 아니었다. 뒤늦게 인사를 하고 주변을 둘러보니 조금 전까지만 해도 진원을 관망하던 여자들이 죄다 딴청을 부렸다. 겉으론 아무렇지도 않은 척했지만 아이와 다정하게 대화하는 장면은 여자들의 가슴에 불을 지피기 충분했다.

여섯 살의 지혜라. 진원은 조금 심각해진 얼굴로 한강을 벗어났다.

샤워 후 약속 시각에 맞춰 예약해 둔 일식집을 찾았을 때도 생각은 전보다 더 가지를 뻗은 채였다.

"야, 얼굴 보기 힘들다?"

"……와서 앉아."

멍하니 앉아 있던 진원은 픽 하고 웃으며 호원에게 자리를 권했다. 다다미로 이뤄진 내부에선 잔잔한 음악이 흐르고 있었다. 대화에 방해되지 않도록 코스 요리마저 틈을 두고 천천히 나왔다.

"축하한다."

"고맙다. 아직 하지도 않았는데 왜 이렇게 피곤한 일이 많냐……."

"기분은 어때?"

"어떻긴, 그냥 하라니까 하는 거지."

"어디라고 했지?"

"상진 그룹 둘째 딸."

진원은 고개를 끄덕이고선 '좋은 여자네.' 했다.

"준비하는 것도 만만치 않더라."

"네가 하는 것도 아니잖아."

"그렇지만 맨날 상의하는 것도 죽을 맛이야. 내가 보기엔 다 거기서 거긴데 뭘 그렇게 고르라는 건지."

"다르니까 보라고 하는 거지. 이참에 보는 눈 좀 키워."

"넌 누구 편이냐?"

"아무 편도 아닌데……."

손을 닦던 수건을 치우며 진원이 넌지시 물었다.

"아이 계획은?"

"아들 낳아야지."

"딸은?"

"어?"

"딸은 별론가?"

호원이 어리둥절한 표정으로 떠먹던 흑임자죽을 밀어 두었다.

"아니, 뭐…… 성별 상관없이 일단 낳아야 하지 않을까? 아버지가 벼르고 있거든."

결혼식이 한 달 남짓 남은 호원은 어색하게 웃었다. 이들에게 결혼은 부모님이 정해 준 상대와 정해 놓은 때에 하

게 되는 순리일 뿐인데, 괜히 친구에게 낯뜨거운 관심을
받아서가 아니었다.

"오늘 뭐 잘못 먹은 것도 아니고. 네가 이런 얘기하니까
적응 안 된다."

"뭐가?"

"아니, 원래 결혼 같은 거 신경에도 안 썼잖아. 게다가
아이라니……."

평소 진원은 부모님의 권유로 여러 여자를 거쳐 갈 뿐 한
곳에 정착된 연애라고는 해 본 적 없는 인물이었다. 잘난
아들, 누구에게 주기 아깝단 마음으로 재고 따지는 부모님
의 간섭 탓도 있지만 진원 자체가 여자에게 무관심했다.
그럴 만도 한 게 진원의 주변으론 그의 옆자리를 차지하고
싶어 혈안인 여자들이 늘 넘쳐 났다. 모두가 집안이며 학
벌, 외모까지 빠짐없이 갖춘 여자들이었다.

"들어 봐."

한 명에게만 관심을 주기보단 차라리 비워 놓는 게 속 편
했고, 개중에 곁에 두고 싶은 여자도 없었다. 그러니 아이
역시 고려 대상이 될 수 없는데 진원의 표정은 진지했다.

"만약 태어난 아이가 분홍색이 좋다고 하면 패션과 상관없
이 머리부터 발끝까지 그 색으로 도배시켜 줄 마음 있어?"

"그건 좀……."

"그치."

진원이 물을 한 모금 마시며 옅게 인상을 찌푸렸다.

"난 왜 해 줄 거 같지."

호원은 반지르르한 오도로를 꿀꺽 삼키며 오늘 이 집 횟감에 문제가 있나 생각했다. 평소 예민하기로 소문난 진원의 패션 감각이 제 아이에겐 예외일 수 있다고 하니 말이다.

식 당일에 보자는 인사를 마무리로 집에 온 진원은 멍하니 소파에 앉아 상념에 잠겼다.

"결혼이라……."

친구 녀석들이 하나둘씩 짝지어 식을 올릴 때에도 딴 세상일처럼 바라보던 진원인데 왜 오늘따라 그 단어가 가깝게 느껴지는지 알 수 없었다.

저녁 식사 시간 딱 맞춰 올 거냐는 어머니의 볼멘소리에 일찍 자리를 털고 일어선 진원은 본가로 향했다. 늘 그러하듯 집 안은 음식을 준비하는 아주머니들로 붐볐다. 원래 우 회장은 한 끼 식사라도 거하게 차려놓고 이것저것 먹는 걸 즐겼다. 그걸 보고 자라 온 터라 진원이 구색 갖춘 여자들을 지루해하는 걸 수도 있다.

"진원이 왔냐."

"네. 형들은 아직 안 왔나 봐요?"

"서울 바닥이 다 거기서 거긴데 뭐 얼마나 멀다고 늦장들인지. 앉거라."

진원이 거실 소파에 착석하자 주방에서 조리 과정을 점검하던 희연이 다가왔다.

"아들."

"어머니 말대로 일찍 왔어요."

"당연히 그래야지."

말끔한 매니큐어가 엿보이는 두 손이 진원의 얼굴을 감쌌다. 나이 서른넷에 얻은 막둥이라서 그런지 희연은 진원을 우 회장과의 사랑을 확인한 증표로 삼았다. 진원이 태어나기 전, 이렇게 살 수 없다며 불같이 싸워 이혼의 문턱까지 갔던 적이 있었는데 그날 밤 회포를 풀었던 관계에서 진원이 들어섰기 때문이다. 확실히 진원이 태어나고 둘의 관계가 가까워진 건 부정할 수 없는 사실이었다.

"밥은 잘 먹고 다니는 거니? 얼굴이 반쪽이 됐네."

"기분 탓이겠죠. 제 얼굴이 어디 가겠어요."

"우리 진원이가 유독 날 닮았지."

진원의 까다로운 자기 관리는 모두 어머니인 희연을 보고 배웠다. 중용이 희연의 민얼굴을 본 건 결혼하고 2년이 지난 후였다. 중용이 먼저 잠든 걸 확인하고 나서야 화장을 지웠고 아침엔 지저귀는 새보다 일찍 일어나 풀 셋팅을 마치던 여자였다.

"내일 저녁 7시, 너 자주 가는 그 한정식집으로 약속 잡았단다. 성호 식품 셋째 딸인데 이소영이라고 들어 봤니?"

"지금 들었네요."

"넌 어쩜 사교회를 그렇게 나가면서 여자들에게 관심도 없니."

"완벽한 어머니 덕분에요. 또 뭐 들을 거 있어요?"

"피아노 전공했다더라. 콩쿠르 하는 거 가서 보니 실력도 그만하면 구색 갖추려고 배운 건 아닌 듯해."

"어머니가 좋아하는 거네. 고상한 거."

"얘는, 피아노 그게 뭐라고 날 감동시키겠니."

자신의 건조하던 삶에 불을 지펴 준 아들이라서 그런지 희연은 유독 진원을 각별하게 취급하는 면이 있었다. 진원에게 닿으면 비싼 물건도 그냥 휴지 조각처럼 느껴질 만큼 마냥 주어도 부족했다.

"엄마 알잖아, 우리 진원이 아니면 다 그저 그런 거."

진원이 다른 형제와 달리 어린 나이에 유학길에 오른 것도 희연의 성화 때문이다. 보통은 열을 시키면 못하는 것이 두세 개 발견되기 마련인데 어려서부터 진원은 열하나, 열둘을 해냈다. 첫째와 둘째에게선 보지 못한 완벽함이었다. 뭐 하나 맘에 들지 않는 구석이 없게끔 행동했고 거기에 희연의 욕심도 자꾸만 더해졌다. 뭐든 최고로 해 줘야 풀리는 성미를 잘 아는 진원은 시간이 지날수록 높아지는 문턱도 무탈하게 소화했다.

"한번 만나 봐, 가볍게."

"알았어요."

요즘 희연의 최대 관심사는 결혼이었고 당연히 진원은 그 문턱도 무사히 넘어야 좋은 아들이었다. 모자간의 대화를 듣던 중용은 '쯧' 하고 혀를 찼다.

"백날 만나 봤자지, 맘에 드는 여자는 없어?"

"아직 생각 없어요."

"당신은 왜 잘하는 애를 재촉해요? 그래. 맘에 들 때까지 만나 보는 거지."

희연과 달리 중용은 진원이 첫째와 둘째처럼 어서 빨리 정착하길 바랐다.

"네 엄마 말 귀담아듣지 말고 편하게 생각해."

"당신은, 우리 진원일 어떻게 아무 여자랑 결혼시켜요?"

"결혼이 뭐 별거야? 그냥 맨날 혼자 눕던 침대 둘이 같이 쓰는 거지."

결혼하면 어떤 기분일까, 한 침대를 공유하며 눈을 떴을 때 제일 먼저 배우자의 얼굴을 볼 수 있는 기회를 얻는 것이다.

"아······."

이미 진원은 그 얼굴을 본 적 있다.

"나쁘진 않겠네."

잠시 희연이 사라진 사이 진원은 무심결에 핸드폰을 꺼내 들었다. 시선을 내린 진원이 느릿하게 문자를 써 내려갔다. 지혜란 이름을 가진 아이부터 시작해 종일 제 머릿속을 떠돌아다니던 난제의 정답을 쥔 여자에게로.

[넌 결혼에 대해서 어떻게 생각해?]

널 닮은 아이가 있다면 어떨까 생각했던 건 부정할 수 없으므로. 평소 같았더라면 답장도 오지 않았을 텐데, 오늘따라 대답이 빠르다.

[미친 짓이라고 생각해요.]

진원은 글자를 소중하게 쓰다듬으며 웃었다.

[나도 그렇게 생각해.]

너와 한다면 말이지.

3. 꿈과 현실

3.꿈과 현실

지혜는 건조해진 눈가를 문질렀다. 밤새도록 살피던 아르바이트 구인 광고 페이지만 해도 수백에 달했지만 정작 그중에서 새하얀 종이에 옮겨 적은 연락처는 다섯 개 남짓이었다. 그것도 시간 조정, 추후 상의란 글자만 보고 골라낸 곳이다.

"머리 아파……."

작게 한숨을 내쉰 지혜는 속이 답답했다. 창문 커튼 사이로 슬그머니 발을 들인 햇살이 벽에 걸린 토슈즈를 감쌌다. 지혜는 그걸 빤히 보다가 밖으로 나갈 채비를 했다.

일요일에 걸맞게 지하철 내부는 붐볐다. 다들 어딜 그리 가는 걸까. 어린아이를 동반한 가족이나 착 달라붙어 앉아 있는 연인들은 즐거운지 대화 없이 눈빛만으로도 화기애애

한 기운을 뿜어냈다. 빠르게 스쳐 지나가는 풍경엔 울긋불긋한 색이 무성했다. 지혜는 무릎에 올려 둔 가방을 꼭 움켜쥐며 가만히 눈을 감았다. 떨어지는 낙엽의 마지막을 구경하기 좋은 날씨다.

"실력 어디 안 가네?"

지하철로 열 정거장 떨어진 곳에는 학부 때 친했던 선영이 운영하는 발레 교습소가 있었다.

지혜는 금세 차오른 숨을 가다듬으며 웃었다.

"풀업^{pull up}할 때마다 배가 당겨."

"잘하면서 괜히 그래."

"에티튜드^{attitude} 할 때 각도 봤어?"

"다리 안 빠지는 것만 보이더라. 제대로던데?"

"수업은?"

"끝났어, 다들 너 구경하는 거 보이지?"

거울에서 시선을 조금 틀자 좁은 문에 다닥다닥 붙어 있는 사람들이 보였다. 지혜는 돌아서 그들에게 고개 숙여 인사했다. 짝짝짝, 돌연 박수갈채가 쏟아졌다.

"오지혜 씨 평소 팬이었어요."

"……감사합니다."

"몸 선이 어떻게 저렇게 예쁠까."

장관을 본 듯한 경이로운 시선들은 지금껏 자신들이 배운 건 발레가 아니라 생각했다. 어찌나 가벼운 나비처럼 폴폴 날아다니던지 감탄밖에 나오지 않았다.

"복귀 안 하세요?"

그 질문에 지혜는 어색하게 웃었다. 입가에선 고요히 바스러지는 낙엽 소리가 퍼졌다.

"마셔."

선영이 건네준 종이컵을 건네받은 지혜는 따스한 표면을 감싸 쥐었다. 차가운 냉커피를 타 오던 것이 이제는 녹차로 바뀌었다.

"왜 한동안 안 왔어?"

"사는 게 바빠서. 주말엔 성인반?"

"응, 요즘은 배우들이 취미로 발레도 배운다더라. 덕분에 학생들도 꽤 많아졌어."

"자세 교정하기엔 좋지."

"그러니까."

녹차로 목을 축인 선영이 싱긋 웃었다.

"너 발레 할 땐 표정 정말 좋아."

"그럼 죽상으로 하겠어, 발레는 항상……."

"죽는 한이 있더라도 우아해야 한다."

"교수님이 그러셨지.

또래보다 두 살 늦게 학교에 입학한 선영은 나이가 많다고 거드름 피우는 성격이 아니었다. 자격지심보단 원하는 대학에 이제라도 들어와서 다행이라며 늘 열정적인 학생이었다. 그래서 지혜와 자연스럽게 친해졌다. 남아서 연습하는 학생이 손에 꼽힐 정도다 보니 벌어진 결과였다.

"단장님한텐 연락 안 하고?"

"해서 뭐해."

찻잎이 우러난 종이컵을 꼭 움켜쥐었다. 연습실을 구할 형편이 되지 못하니 가끔 선영의 교습소에 들러 몸을 푸는 게 다였다. 발목 형편은 나아졌지만 단장에게 연락할 만큼은 아니었다. 그녀는 언제라도 찾아오라고 했지만 말이다. 선영은 미약하게 인상을 찌푸렸다.

"발레 할 생각 없어?"

"하고 있잖아."

"제대로 말이야."

지혜는 한참 뒤에 작게 말했다.

"못해."

"왜? 너만큼 무대 체질인 애가 어디 있다고. 다시 서 보고 싶지 않아?"

"그립긴 하지."

내리쬐는 조명 아래로 펼쳐진 무대는 지혜의 날개를 맘껏 펼칠 수 있는 최적의 공간이었다.

"근데 나이도 있고……."

요즘 이른바 조기교육으로 인해 어린 영재들이 예술 판을 뒤집어 놓는단 기사를 접한 적 있다. 물론 경험은 무시 못한 다고. 지혜가 필사적으로 발버둥 치며 연습 벌레로 살아간다 면야 젊은 혈기들과 비등하게 설 수 있을지도 모르지만 그러 려면 잠부터 줄여야……. 지혜는 작게 도리질 치며 웃었다.

"그냥 나중에 언니처럼 발레 하고 싶어 하는 사람들 가르 치면서 살까 봐. 나도 사람들에게 도움 주는 일 하고 싶어."

"왜? 지금이라도 하지."

"지금은 누굴 돌봐 줄 형편이 못 돼. 날 믿고 배우는 사 람들 제대로 봐주지도 않고 돈 받는 거 싫어."

"대체 뭘 하기에 그렇게 마음의 여유가 없어?"

요즘 뭘 먹고 사냐는 등 간혹 오고 가던 대화 속에서도 지혜는 일절 제가 무슨 일을 하는지 말한 적 없었다. 선영 은 꽁한 표정으로 말했다.

"딱 보니까 너도 그 시기가 온 거 같다. 시집이나 가. 발 레 한다면 좋다는 사람 많잖아."

"내가 남자 마음에 들려고 발레 한 건 아니잖아."

"하는 소리야. 네가 어디 빠지는 데가 있다고. 연애 안 한 지 한참 됐지?"

지혜는 픽 하고 웃음을 터트렸다. 한때는 제 가슴을 간지 럽게 하던 연애라는 글자가 이젠 너무나도 멀게만 느껴졌 기 때문이다. 반면 선영은 작년에 결혼하면서 연애와 멀어 진 케이스였다.

"남편분이랑은 잘 지내지?"

"뭐, 아직까진 신혼 분위기."

지혜는 기억을 헤집었다. 식장에서 본 남자의 얼굴은 희미했지만 덩치가 커 듬직한 이미지였다.

"언니는 지금 남편분 어디에 반해 결혼했어?"

"말 한마디에 홀라당 넘어갔지. 내가 발레 하는 거 보고 한 마리의 백조 같다고 하더라."

"그놈의 백조는."

발레 전공자들이 귀에 딱지가 내려앉을 만큼 많이 들어 본 비유였다. 발레에 조예가 깊은 사람도, 문외한인 사람도 그 이미지를 가장 먼저 떠올리곤 했다.

"그러게."

선영도 공감한다는 듯이 고개를 끄덕이다가 이내 서글서글하게 웃었다.

"근데 그 남자가 하니까 다르게 들리더라고."

지혜는 한 사람에게 한정된 반응이 신기하기만 했다. 어떻게 매번 듣던 그 식상함이 색다르게 느껴질 수 있을까. 세워진 무릎 위로 턱을 대었다.

혹시 사랑에 꽂히는 절정의 순간이 바로 그런 건 아닐까? 평소 익숙해 따분하던 단어도 그 사람이 말하니 세포가 살아나듯 반응하는 순간 말이다.

「백조야.」

지혜는 화들짝 놀랐다. 너무 놀라서 귓가에서 핸드폰을 멀찌감치 떼어 내기까지 했다.

"뭐라…… 고요?"

「일 그만뒀으니까 백조 아니야?」

씨, 어찌 된 게. 지혜는 인상을 확 찌푸리며 핸드폰을 다시 가져다 댔다.

"네. 대파 썰듯이 단칼에 잘렸는데, 속 시원하시겠어요."

「아니야. 슬퍼.」

"슬프다는 사람 목소리가 그래요?"

「조금 기뻐.」

"그러시겠죠."

「내가 한 제안은 생각해 보고 있어?」

"안 할 건데요."

「벌써 결정했어? 그러지 말고 더 해 봐. 사람 생각 원래 자주 바뀌어. 계약서에 도장 찍어도 돌아서서 후회하는 거 여럿 봤어.」

"저는 원래 후회를 모르는 사람이에요. 그리고 우진원 씨랑 쓸 계약서도 없고요."

「아…… 답답하네.」

"뭐가요?"

「내 탓 하는 게 그렇게 어렵나?」

지혜는 인상을 찡그렸다.

"그게 왜 우진원 씨 탓이에요. 따지고 보면 나 때문이지."

「무슨 말이 그래.」

"맞잖아요. 우진원 씨 친구분이 제게 치근덕대니까 못 참고서 그런 일 저지른 거니까."

「…….」

"다 제 업보죠."

수화기 너머로 어이없어 하는 음성이 터졌다.

「……할 말 없게 만드네.」

지혜는 물끄러미 발밑으로 놓인 철도를 내려다보았다. 열차의 소음을 분산시키기 위해 깔아 둔 자갈이 소복이 쌓여 있었다.

「어쩜 저렇게 맞는 소리만 하지.」

하지만 제 마음을 파고드는 진원의 목소리까진 차마 잠재울 수 없었다. 지혜는 미약하게 떨리는 손가락으로 핸드폰을 고쳐 잡았다.

"끊어요. 곧 지하철 와서 통화 길게 못해요."

「어딘데?」

"그것까지 알려 드려야 해요?"

「전화 끊지 마. 데리러 갈 테니까 기다리면서 나랑 통화해.」

"어딘 줄 알고 온대."

「멀어도 갈게.」

"저는 지하철이 더 편해요. 끊을게요."

「아…….」

나지막이 흐른 탄식에는 약간의 짜증이 서려 있었다.

「나를 좀 편해해 봐.」

멀어지는 음량에선 희미하게 그런 말이 들렸던 것 같기도 하다.

"……."

지혜는 종료 버튼을 누르려던 걸 멈추었다. 한 가지 궁금한 점이 생겼기 때문이다. 그런 의미에서 한 말은 아니었겠지만 백조라 했으니 물었다.

"우진원 씨, 평소 발레 하는 여자 보면 어떤 생각 들어요?"

'평소'는 그 사람의 사상을 탐색할 수 있는 마법 같은 단어다. 그리고 진원도 어제 지혜에게 한차례 물어봤던 것이기도 했다.

「……우아하지.」

진원은 갑작스런 지혜의 물음에 당황한 듯하다가 이윽고 천천히 답했다. 오직 동작으로만 얘기하고 표현하는 발레리나를 본 사람들은 하나같이 저런 말을 했다.

「화려하고.」

맨몸으로만 관중을 사로잡기 위해선 필사적이어야 한다.

「아름다워.」

그를 보여 주기 위해 발레리나의 뼈가 어떻게 구겨지고

어긋나는지도 모른 채 말이다.

「그래서 나와 잘 어울릴 거 같단 생각.」

지혜의 눈가가 흠칫 경련했다.

「……을 하지. 요즘.」

'찌릉찌릉' 열차가 들어오고 있단 알림이 주변으로 퍼졌다.

"지하철 곧 온다네요……. 그만 끊을게요."

진원이 어렴풋이 웃었다.

「잘 빠져나가네.」

꼭 그게 너라고 말하는 듯 핸드폰이 멀어지는 순간에도 진원의 나긋한 숨소리는 지혜의 귓가를 간지럽혔다.

이번엔 곧바로 종료 버튼을 눌렀다. 바람이 선선하게 불어와 머리카락을 헤집어 놓고 떠나갔다. 몽롱한 지혜의 머리 위 전광판에선 곧 지하철이 당역에 도착할 거라 알렸다.

『열차가 곧 들어옵니다.』

가슴께가 지끈했다. 지혜는 낯선 통증을 뒤로한 채 밟고 있던 경계선에서 멀어졌다.

『타는 곳 안쪽으로 한 걸음 물러나 주시길 바랍니다.』

다치지 않으려면 물러나야지.

[오늘 가게 나가는 날이야? 나 이따가 갈 건데 보자.]

집에 도착한 지혜는 선미에게 온 문자를 보고선 '아차' 하는 소리가 절로 새어 나왔다. 까마득하게 잊고 있던 상대였다. 지배인에게 들었던 말도 있으니 지혜는 애써 태연하게 문자를 했다.

[나 그만뒀어.]

문자를 보낸 지 얼마 되지 않아 핸드폰이 지진이 난 것처럼 부르르 진동했다. 지혜는 낭떠러지에 선 마음으로 전화를 받았다.

"응, 선미⋯⋯."

「거짓말하지 마! 오빠가 잘랐지!」

이 성격을 알기에 지배인이 앞서 당부한 것이다.

"아니야, 내가 그만둔 거야."

「왜, 뭔데. 무슨 일인데!」

"생각보다 일이 너무 피곤해. 체력적으로 너무 힘들더라."

「오빠가 일을 그렇게나 많이 시켰어?!」

"직원인데 당연하지. 그리고 가게에 늘 손님 많잖아."

「냄새, 냄새가⋯⋯.」

"어?"

「수상한 냄새가 난다고!」

자주 점집을 들락날락해서 그런가, 이젠 선미가 돗자리 펴고 앉아도 될 판이었다.

"뭐가 또. 괜히 그런다."

「솔직하게 말해라, 어?」

"사실⋯⋯."

「사실?」

"손님 한 명이 좀 난처하게 굴어서."

틀린 말도 아니었기에 지혜는 진원을 떠올리며 거짓말 조금 보태서 말했다. 선미가 분노했다.

「세상에 뭐 그런 진상이 다 있어? 확 오빠한테 말하지.」

"VIP인 손님이라서 지배인님께 말씀드리기도 그래. 괜히 내가 먼저 꼬리 친 것처럼 보일 수도 있고, 이게 다 너 생각해서 그런 거야."

「내가 뭘?」

"그럼 네 도움으로 가게 들어왔는데 내가 그냥 일만 하게? 우리 선미 참 착한 친구 뒀구나, 그런 생각 들게끔 열심히 하고 싶었는데 상황이 이렇게 되니…… 이상하게 보이기 전에 먼저 발 떼야지."

지혜는 요즘 진원을 만나면서 사람들이 정말 보고 싶은 건 진실 아닌 오해라는 것을 알게 되었다. 딱 떨어지는 사실보다야 오히려 저들이 물고 뜯고 씹을 수 있는 편이 더 즐거우니 말이다. 선미가 속 안에서 끓어오르는 지하 암반수 같은 한숨을 힘껏 뱉어 냈다.

「내가 요즘 썸 타는 심남이가 연하거든. 오늘 귀요미 하고 가게 들러서 나의 재력을 맛보게 해 줌과 동시에 능력 있는 누나와 사귀면 인생이 편해진다는 점을 어필하려고 했는데 안 되겠다.」

"뭐……?"

「아무래도 심남이는 제쳐 놓고 너와 함께해야겠어.」

"어?"

「또 우울하고 기분도 꿀꿀하니 방구석에 처박혀 있을 거 아니야? 일 때려치웠다니 잘됐네. 너 잠드는 그 빌어먹을 규칙도 며칠 동안은 생각하지 말고 될 대로 그냥 막 자고 싶을 때 자.」

"아니, 선미야."

「너는 오늘 나의 심남이가 되는 것이다.」

지혜는 피곤한 눈가를 꾹 눌렀다. 선미의 성화를 잠재우는 길은 얌전히 뜻을 따라 주는 것이란 걸 어려서부터 함께 지내 왔기에 잘 안다. 집에 들어온 지 얼마 되지 않아 또다시 외출하게 된 지혜는 선미가 심남이와 보려고 예매해 둔 최신 영화를 보고 카페에서 시간을 때우다가 저녁 예약을 해 둔 식당으로 향했다.

"기운 차려. 일은 또 구하면 되지."

"응…….."

힘이 안 들어가는 지혜의 어깨는 일을 잘렸단 우울감에서 오는 것이 절대 아니었다.

"오빠가 진짜…… 짜증 나게 굴었지?"

"내가 그만둔 거라니까."

선미는 원래 한 가지 망상에 빠지면 주변에서 뭐라 하든 안 듣는 경향이 있었다. 돌담을 '잇차잇차' 밟으면서도 고개는 뒤로 따라 걷는 지혜에게 가 있다.

"넘어질라."

그런 넘치는 관심을 받으니 지혜는 웃으며 차마 오늘이 잠 못 든 이틀째 날이란 말은 아꼈다.

선미가 요즘 그 연하에게 꽤 공을 들이고 있구나. 지혜는 기와집 안쪽으로 잘 가꿔진 정경과 한복을 입고 움직이는 사람들을 보며 이곳의 가격대를 판가름할 수 있었다. 좁고 긴 복도 사이사이 여러 방들이 길게 늘어서 있었고 정교한 창살 무늬 사이사이로 아른하게 비치는 불빛이 따뜻함을 더해 주었다.

"괜히 나랑 온 거 아니야?"

"친구가 더 중요하지. 그리고 마침 튕길 때도 됐어. 내가 오늘 약속 파투 내니까 아쉬워하더라."

안내받은 방에 풀썩 주저앉은 선미가 허기지다며 배를 문질렀다. 코스로 하나둘씩 음식이 나올 때마다 곱디고운 치맛자락이 바닥을 쓸었다. 음식을 하나 내려놓을 때도 소리가 나지 않도록 천천히 내려놓는 직원의 손목을 보며 지혜는 기품 있는 곳이구나 생각했다.

음식이 들어가니 졸음이 몰려오는 건 당연하다. 선미 앞에서 반쯤 감긴 눈으로 앉아 있을 수도 없는 노릇이라 세 번째 음식이 나온 타이밍에 맞춰 지혜가 자리에서 일어섰다.

"저, 화장실은 어디에 있죠?"

"나가셔서 입구로 가는 길목으로 가시다 보면 왼쪽에 있습니다."

"선미야, 먹고 있어."

"응."

결이 살아 있는 창호지에 닿는 손끝이 무뎠다. 이러다가 곯아떨어지겠네. 찬물로 세수할 생각으로 나선 지혜가 애써 정신을 차리며 긴 복도를 거닐었다. 직원이 말했던 입구로 가는 길목에 다다르자 지혜의 발이 뚝 하고 멈춰 섰다.

"서울에 이런 곳이 있다니 몰랐어요. 분위기는 좋은데 맛은 어떠려나."

"제 입에는 괜찮던데요."

직원을 선두로 이제 막 복도를 들어선 두 인영人影 중 지혜의 시선을 사로잡은 건 낮은 천장에 닿을 듯 큰 키를 가진 남자였다. 복도 중간에 우두커니 멈춰 서 있는 지혜로 인해 직원이 잠시 주춤하자 고개 숙이고 걷던 남자의 얼굴이 올라왔다.

"……."

지혜를 본 진원의 고개가 살짝 굳어졌다. 이런 곳에서 마주칠지 꿈에도 몰랐기 때문이다.

"진원 씨?"

하지만 곧 여유를 찾은 듯 진원이 저를 올려다보는 여자에게 말했다.

"복도가 좁네요. 먼저 가세요."

"네."

진원의 배려에 선뜻 반응한 그녀는 수줍게 웃었다. 짧은 제 치맛자락을 신경 쓰며 사뿐사뿐 걸었지만 진원은 오직 건너편에 선 한 사람만 뚫어져라 보고 있었다. 지혜를 스쳐 지나간 여자에게서 몹시 좋은 향이 풍겼다. 선 자리에 나온 듯 입은 옷에선 고심한 흔적이 읽혔다. 빛을 받으니 살아난 듯 화려하게 반짝이는 액세서리가 진원이 만나는 여자의 수준을 대변해 주었다.

"……."

그는 충분히 저런 여자와 함께 저녁 식사를 하는 사람이었다. 지혜에겐 그리 충격적인 장면도 아니었다. 다만 안도했을 뿐이다. 사람들이 자주 오고 가는 길목이니 아는 척하진 않겠지. 천천히 걸어오던 진원과 한쪽 어깨가 스쳤다.

"……!"

그 순간 지혜의 손을 덮치듯 움켜잡은 건 강한 악력이었다. 지금 누가 뭘 잡은 거지? 화들짝 놀라 판단이 어려운 지혜의 손등 위로 미끈하게 엄지가 지나갔다. 뻣뻣해진 목을 들자 진원의 구겨진 눈썹이 지혜의 시야로 가득 찼다.

"누구랑 왔어?"

다정히 잡은 손등을 문지른다. 지혜는 입이 얼어붙은 사람처럼 바르르 떨었다. 진원은 여자와 함께 이곳에 왔고 선미와 함께 온 지혜는 타인으로 취급되는 게 당연했다. 진원도 그냥 지나가면 되었다. 원래 진원은 사람들의 이목을 신경 쓰는 남자니까.

"누구랑 왔냐니까."

한데 사람이 오고 가는 복도 한복판에서 지혜를 붙잡고서 한단 소리가 제 일행에 관해서라니. 진원은 대답할 때까지 놓지 않을 거란 심산이었다. 담 넘어가듯 아예 지혜의 손가락 사이로 제 손가락을 밀어 넣는다. 표독스럽고 날카로운 덫이었다. 거기에 걸린 나비는 바르작거리며 주변부터 둘러보았다.

"뭐……."

"뭐?"

"뭐, 뭐하는 거예요?"

"넌 뭐해?"

태연한 목소리로 질문을 던지니 지혜는 더욱 혼란스러웠다.

"남자랑 왔어?"

"아니, 놓고 좀……."

먼저 지나간 여자가 왜 따라오지 않느냐며 뒤돌았을 때 딴 여자의 손을 잡은 우진원을 본다면 어떤 기분일까. 지혜는 불청객이 되고 싶지 않아 서둘러 말했다.

"여자분 기다려요."

"여기 앉아서 먹는 데인 거 다 알면서 치마 입고. 신경 썼나 봐?"

진원의 참견은 지혜가 해석하기 어려운 것이다. 진원이 함께 온 여자는 자신보다 짧은 치마를 입었다.

"무슨 소릴 하는 거예요?"

이 눈치 없는 남자를 어떻게 처리해야 하나. 지혜는 퍽퍽 진원의 배를 손으로 밀어냈다. 흡사 바위에 달걀이 부딪치는 것만 같은 아픔이었다. 물론 달걀은 지혜였다.

"끝까지 말 안 하지."

비 오듯이 흐른 땀 때문인지 진원이 힘을 풀자 손가락이 미끄덩하게 멀어졌다. 그와 동시에 바로 옆문에서 가족 단위의 손님이 우르르 나왔다. 인파 속으로 숨어든 지혜가 탈출을 시도했다. 화장실이고 뭐고 도망치는 가운데 자신이 나온 방 번호를 떠올린 뇌가 기특했다. 지혜는 다급하게 문을 옆으로 밀며 들어갔다.

"너 표정이 왜 그래?"

'쾅' 문을 닫으며 새파랗게 질린 지혜의 얼굴을 본 선미가 걱정스럽게 물었다.

"변비야?"

"어……? 어."

"에휴, 잠도 제대로 못 자, 일도 그만둬, 게다가 변비……."

선미가 속세를 통달한 노인처럼 한숨을 푹 내쉬며 가운

데에 놓인 음식을 지혜의 자리 쪽으로 밀었다.

"먹어, 먹어야 비우지."

"……."

"와서 안 앉아?"

"어, 응응."

지혜는 너무 놀란 나머지 나사라도 몇 개 빠진 사람처럼 경황없이 굴었다. 마치 방석에 처음 엉덩이를 붙여 보는 사람처럼 말이다. 기계적으로 자리에 앉은 지혜가 가장 먼저 한 일은 물수건으로 손을 닦는 거였다.

"얘는 결벽증이니? 적당히 하고 먹어."

꼼꼼히 손을 문대는 지혜에게 잔소리한 선미가 열린 문을 보고서 들고 있던 젓가락을 떨어뜨렸다. 지혜가 돌아보자 땅이 흔들렸다.

"……아."

아니, 흔들린 건 동공이었다. 문 너머로 선 형체는 곱디고운 치맛자락이 아닌 제 몸에 맞게 재단된 슈트를 입고 있었다. 맞춤형 슈트를 입는 사람은 많았지만 일자로 떨어지는 선까지 멋진 남자는 드물었다.

"죄송합니다. 방을 착각했네요."

진원은 실수라고는 믿기지 않을 만큼 차분한 얼굴로 창살을 움켜쥐고 있었다. 지혜가 아닌 선미를 보며 '탁탁' 나뭇결 위를 몇 번 두드린다.

"실례했습니다."

진원이 웃으며 물러섰다.

"어머……."

문이 닫힘과 동시에 지혜의 등줄기로 식은땀이 주륵 흘렀다.

"머머머!"

선미가 렉 걸린 스피커처럼 소리 질렀다. 그 소리에 반응한 지혜가 재깍 정신을 차렸다.

"우진워……!"

"쉿!"

팔을 길게 뻗어 재빨리 선미의 입부터 봉쇄했다. 벌어진 손가락 틈 사이로 선미가 웅얼댔다.

"우지너니 여기르 어뜨카와찌, 이거 우며 아니야?"

"뭐……?"

"운명 아니야?!"

지혜의 손목을 냉큼 잡고 내린 선미의 두 눈에 서울 밤하늘에선 보기 힘들다던 별이 콕콕 박혀 있었다. 운명이라는 이상한 단어에 동조할 수 없던 지혜는 심장이 뒤집히는 것만 같았다.

[진작 여자랑 왔다고 하지.]

문을 연 이유는 뻔했다. 너무너무 뻔해서 핸드폰을 움켜쥔 손이 부르르 떨렸다. 그렇지 않은가. 식당은 누구나 와서 음식을 먹을 수 있는 공간이고 지혜는 저녁 시간에 맞춰 들른 것뿐이다. 거기서 진원과 마주쳤다고 해서 이 핵심이 달라져야 하는가?

"뭐야, 맙소사. 진짜 미친 일이야, 이건."

"진정해."

"아까 그 순간에 카메라를 켜지 못한 내 반사 신경을 혼내 줄래?"

"선미야."

"진정이 안 된다고!"

하지만 지금 진원은 본질을 흐리고 있었다. 거기에 휘둘린 선미는 이미 식사를 해야 할 이유조차 상실했다. 매일 잡지로 만나고 멀리서 보던 선망의 대상이 직접 문을 열고 눈앞으로 나타나다니. 선미는 이것을 콘서트장에서 최애인 아이돌 가수가 제게 아이컨택 하며 골반을 튕기는 확률이라고 했다.

"오늘 가는 길에 로또 사야 돼."

"그래, 사."

"너도."

"알았어. 알았으니까 밥 먹자……."

지혜도 다른 이유에서 입맛을 상실했다. 진원이 여기 있다는 건 우연으로 치부할 수 있었지만 복도에서 제 손을 잡던 일은 도무지 무시가 안 되었다. 더 얽매이기 전에 어서 빨리 자리를 털고 일어서야 할 것만 같았다.

[뭐 먹고 있어?]

하지만 도망치기엔 늦었다. 진원이 이곳에 발을 들인 순간 이미 지혜는 거미줄 안이었다. 지혜는 정색하며 핸드폰을 테이블 아래로 깊숙이 처박았다. 무시하고 싶은 마음이 굴뚝같으나 그랬다가는 그가 다시 문을 열 것 같았다. 그가 한 번만 더 문을 열었다간 선미가 이성을 잃을 게 분명했다. 지금도 영락없이 청혼받은 듯한 여자의 표정이었다.

[밥이지, 한정식집에서 뭘 먹겠어요.]

[여긴 육회가 맛있더라.]

[제가 시킨 정식엔 그거 없어요.]

[시켜서 먹어.]

[알아서 해요.]

평풍처럼 문자가 빠르게 오고 갔다. 지혜는 편한 친구와 왔다지만 진원도 마찬가지일까? 머리부터 발끝까지 신경 쓴 티가 역력한 그녀를 떠올리면 절대 아니라 단언할 수 있었다. 오늘 무슨 업적이라도 이룰 것처럼 비장했던 메이크업이 그녀의 마음을 거울처럼 비추었다. 그런 여자를 앞에 두고 지금 문자를 한단 말이야? 지혜는 기가 찼다.

[같이 온 분이랑 식사나 하세요.]

[그걸 왜 신경 써.]

[예의에 대해서 말하는 거예요.]

우진원에게 예의에 대해 말하게 될 줄이야.

[너 나 조련해?]

지혜는 힘이 탁 풀렸다.

[알았어. 안 해야지.]

전의를 잃은 손가락은 더는 움직이지 못했다. 지혜는 기가 빨린 사람처럼 선미에게 말했다.

"……음식 얼마나 남았어?"

"응? 어…… 한 네 개?"

"어서 먹고 나가자."

"왜에, 천천히 먹지."

"나 오늘 발레 했더니 너무 피곤해."

"아, 맞다. 너 오늘 이틀째 안 잔 날이지."

어제 지혜가 일을 했단 걸 이제야 깨달은 듯 선미가 손으로 제 이마를 탁탁 쳤다. 눈치 없이 데려와서 미안하다며 선미가 밥 먹는 속도를 올렸다. 음식을 가져다준 직원에게도 한꺼번에 내오라 부탁하니 테이블이 금세 복작해졌다. 그래도 저를 위해 데려온 곳이라 지혜는 남김없이 음식을 먹으려 애썼다.

음식을 다 비울 때쯤, 또다시 문이 열렸다. 커다래진 지혜의 눈이 나풀거리는 치맛자락을 보고선 안도했다. 이젠 저 문만 열렸다 하면 흠칫흠칫 놀란다.

"어? 저희 음식 안 시켰는데요?"

빈 테이블 위로 새로운 접시가 놓이자 지혜의 미간이 살짝 좁아졌다. 먹음직스럽게 반지르르한 육질이 눈에 담겼다.

"다른 손님께서 이곳으로 주문하셨어요."

육…… 회?

"정말요? 어디서요?"

"그건 말씀드리지 말라고 부탁하셔서……."

"아니, 고마우니까 사이다라도 한 병……."

"아니야! 그럴 필요 없어!"

뒤늦게 멈춘 사고 회로가 작동하며 지혜에게 알렸다. 우진원이 또 사고를 치기 시작했다고. 놀란 선미의 눈이 왕방울만 해졌다.

"어?"

"나, 나 아는 사람. 아까 화장실 가려고 나가다가 마주쳤는데 오랜만에 봤다고……."

"응."

"그래서, 그래서 준 거야."

"아, 그래?"

고개를 끄덕인 선미를 본 지혜가 안도했지만 오래가지 못했다.

"너 아는 분이라면 직접 가서 인사해야지. 몇 번 방이에요?"

"아니야! 그러지 마!"

반쯤 일어선 선미가 떨떠름하게 멈추었다.

"야, 상도덕이 있지. 어떻게 맨입으로 먹어?"

"나한테 빚진 거 있는 사람이야. 그거 미안하다고 사 준 거야."

"……진짜 그냥 먹어도 돼?"

"응."

"…… ."

"제발."

애절한 눈빛을 보내니 선미가 콧김을 뿜어내며 앉았다.

"야, 그래도 그렇지. 빚진 거라면 이런 거로 퉁칠 생각하지 말라고 해."

"…… ."

조금 전까지만 해도 상도덕을 논하던 선미는 도도하게 젓가락을 들어 육회를 먹었다. 번득 눈이 뜨이더니 엄지를 척 앞세웠다.

"진짜 맛있어."

꿀처럼 사르륵 녹는 맛인지 선미의 목울대를 건드리며 넘어가는 모습조차 부드러웠다. 진원의 말대로 이 집 육회 맛이 일품인가 보다.

"빨리 먹어 봐."

"응……."

입맛 없지만 선미가 이거야말로 네가 먹어야 한다며 난동을 부리는 바람에 하는 수 없이 지혜는 젓가락을 세웠다. 겉으로 보기에 그리 가늘진 않았는데 입안에 넣자 실타래가 돼 순식간에 사라졌다. 왜 진원이 제게 이걸 먹으라고 했는지 알 것 같았다. 졸음으로 무뎌진 식욕도 모자라 미각마저 깨울 만큼 맛있었다. 문득 이런 음식을 제게 먹이고픈 진원의 심리가 궁금했다.

지혜는 열심히 육회를 흡입하고 있는 선미를 빤히 쳐다보았다. 만약 앞에 있는 선미가 진원이라면 어떨까?

……얘가 오지혜면.

"어떨까."

소영은 젓가락을 멈추며 고개 들었다.

"……네?"

진원은 설핏 웃음을 터트렸다. 놀란 표정 하난 외울 정도로 보았기에 알았다.

"맛있어요?"

제가 지금 다른 여자의 얼굴 위로 지혜를 상상하고 있는 걸. 앞자마자 시작된 침묵이 지루하던 소영은 이제야 숨이 트인 것처럼 입을 움직였다.

"네. 진원 씨 말대로 음식이 정갈하니 괜찮네요."

냅킨으로 입가를 닦는 손가락엔 반지가 꽤 여러 개였다. 그에 비해 지혜는 황량하리만큼 손이 깨끗했다. 그 점이 지혜에게 애인이 없다는 걸 인식시켜 주었지만 이제는 그 손가락에 뭐 하나 끼워 주고 싶은 욕구가 들었다. 저를 가만히 쳐다보는 시선에 맞대응하던 소영이 그만 웃음을 터트렸다.

"무척 잘생기셨어요."

"초면인데…… 솔직하시네요."

"우리 구면이에요. 그때 저희 아버지가 주최한 자선 파티에 오셨었거든요. 식사 한 끼 하겠다고 엄마를 얼마나 졸랐는데요."

딸의 성화에 못 이긴 어머니가 희연을 찾았을 것이고 그러니 이런 자리가 생겨난 것이다. 진원에게 익숙한 단계였다. 대부분의 여자들이 이런 식으로 진원과 식사할 기회를 얻었고 거기에 만반의 준비를 하고 나온다.

"피아노를 전공하신다고 들었습니다."

"네. 손이 제 보물이나 마찬가지예요."

젓가락을 내릴 때에도 소영은 혹여나 제 손이 다칠까 조심스러웠다. 피아노라……. 클래식 연주회를 정기적으로 관람하는 진원에게 피아노는 곡조를 완성시키는 악기 중 하나일 뿐이었다.

"예술하는 사람들에겐 몸이 자산이죠."

"진원 씨는 예술인 어떠세요?"

"감각에 몰두해 표현하는 건 아무나 할 수 없는 일이라 생각합니다. 덕분에 문화가 윤택해져 저처럼 보는 입장에

선 고마운 일이에요."

"아니, 예술하는 여자요."

머릿속에 들어왔다가 나갔다. 진원이 살짝 입을 벌렸다가 미소 지었다.

"좋아합니다."

요즘 진원은 발레에 무척 관심이 많다. 그 대답에 음식은 안중에도 없는 듯 소영의 뺨이 살아났다.

"특히 좋아하는 예술 분야가 있으신가요?"

"발레요."

"발레…… 요?"

"네."

"전 별로던데."

"왜요?"

"그냥 개인적으로요. 몇 번 본 적 있는데 따분하더라고요. 만약 저희 어머니가 시켰더라도 전 안 했을 거예요."

"기피하시는 이유라도?"

"제 친구 중 발레를 하는 애가 있는데 발이 엉망이더라고요."

진원은 픽 하고 웃음을 터트렸다.

"아…… 몸이 달라져서요."

"네, 울퉁불퉁하니 마디는 다 튀어나오고, 다리는 또 어떤데요. 오 자 모양으로 어쩔 수 없이 변형되기도 하고 걸으로 보기엔 예뻐 보이는데 속 근육이 만만치 않더라고요."

자신이 관심 있다 앞서 말했음에도 불구하고 매도하는 소영의 심리는 진원을 불편하게 했다.

"참 별로지 않아요?"

진원은 손가락을 까딱이다 말했다.

"글쎄요. 여자라면 아무래도 그런 부분을 무시할 순 없겠네요."

"체중 조절도요. 독하다고 해야 하나."

"그건 저도 불만입니다."

"네?"

"잘 안 먹으려고 하거든요."

"맞아요. 먹은 만큼 발레 해야 한다면서."

"걱정이에요."

"그러게요, 걱정…… 네?"

어리둥절해하는 소영을 진원이 빤히 쳐다보았다.

"지금은 잘 먹고 있으려나."

그래서 알려 주었다. 지금 제 머릿속을 채우고 있는 게 누군지.

"……누구를 말씀하시는 거예요?"

"발레 하는 모든 분들이요."

진원이 시선을 거두자 소영은 까마득히 잊고 있던 숨을 내쉬었다. 요동치는 심장은 조금 전 진원의 검은 눈동자

안으로 빨려 들어가는 걸 경험했기 때문이다.

"저같이 아직 결혼 안 한 애들 사이에서 우진원 씨가 뭐라고 불리는 줄 아세요?"

"뭐라고 해요?"

"상어요."

진원의 눈썹이 꿈틀거렸다. 그 위를 덮은 머리카락은 여전히 차분하게 내려와 있으나 혹시라도 소영의 눈에 보였나 싶었다. 조각 같다 못해 날렵하게 보이는 얼굴에 촘촘한 눈썹까지 더해지면 날카로운 이미지가 완성되었다. 그래서 답답함을 무릅쓰고 가리고 다닌 지 꽤 되었다. 한데 상어라니. 하지만 진원의 우려와 달리 소영은 이미지 때문이 아니라 했다.

"원래 여자는 뭐든 큰 걸 좋아하잖아요? 바다에서 상어는 무법자라 존재감이 뚜렷한데 잡을 순 없고, 어항에 넣고는 싶은데 그럴 수 없어서 속만 바싹바싹 타죠."

"상어는 위험한데 왜 속이 타지……."

"맞아요, 진원 씨 위험해요."

"……."

"여자들의 머릿속에서."

하. 진원은 허탈하게 웃었다.

"그럼 소영 씨는 뭔데요?"

"전 상어가 배고플 때 만난 물고기 하고 싶은데요?"

소영이 한 올 한 올 정성스럽게 올린 속눈썹을 가뿐히 들었다.

"금방이라도 잡아먹힐 수 있게."

양반다리를 한 진원의 무릎으로 무언가가 닿았다.

"진원 씨 지금 공복 상태 아니에요?"

진원의 시선이 아래로 내려갔다.

"만나는 여자 없잖아요."

당돌하네……. 진원은 부드럽게 미소 지으며 물 컵을 매만졌다.

"술은 안 드세요?"

"마실까요?"

"아니요. 전 차 가져왔고."

"저도 가져왔는데 같이 마시고 또 같이 대리 부르면 되죠."

"좌식이라 불편하시죠?"

"할머니가 다도 하시는 걸 어려서부터 보고 자라서 이런 바닥에 잘 앉아요."

"치마 입고도?"

소영은 쭉 뻗었던 다리를 거두었다. 제 속내가 들킨 듯해 잠시 얼굴을 붉혔다. 한정식집은 대부분 좌식이라는 걸 알았지만 그런데도 치마를 포기할 수 없던 이유는 모두 진원에게 있었다.

"왜 레스토랑 아닌 곳에 온 줄 알아요?"

"왜요?"

"여긴 와인 안 팔거든."

이번엔 덜컥 놀라고야 말았다. 처음 어머니에게 약속 장소를 들었을 때 잠시 투덜댔던 건 이곳 음식에 어울리는 술은 제게 맞지 않았기 때문이다. 반면 진원은 이미 소영의 생각 같은 건 모두 꿰뚫어 보고 있다는 듯이 느긋하게 말했다.

"소주, 맥주, 약주 그런 것만 취급해요. 이 중에서 소영 씨가 좋아하는 거 있어요?"

"과일 소주요. 그건 팔겠죠?"

"상큼하네요. 근데 다음 날 머리 아픈 거 감당할 수 있겠어요?"

소영이 꼭 주먹을 움켜쥐었다. 저녁 식사 자리에 반드시 필요한 건 술이다.

"출근하는 월요일인데."

알코올로 이성이라도 어떻게 흔들어 놔야…….

"걱정되니까 밥만 먹고 일어나요."

성공할 수 있는데. 진원은 애초에 그럴 맘도 없단 듯이 말했다. 한순간에 휩쓸린 소영이 잠시 할 말을 잃은 사이, 문지방 너머로 콩 하며 작게 두드리는 소리가 들렸다. 그 소리만을 기다렸단 듯이 진원이 자리에서 일어났다.

"잠시 전화 한 통화만 하고 오겠습니다."

문을 연 진원의 앞으로 직원이 서 있었다. 그녀가 가리킨 방향으로 지혜의 뒷모습이 보였다. 나오면 문을 한 번 두 드려 달라는 진원의 지시를 무사히 마친 직원이 인사한 뒤 사라졌다. 지혜가 걸어갈 때마다 허벅지 부근에서 천이 움 직였고 지나가던 남자가 뒤돌아보았다. 진원의 입에서 한 숨이 나왔다. 상어는 빠르게 헤엄치며 돌진한다.

"멈추지 말고 입구까지 걸어."

가리듯이 뒤로 선 진원이 낮게 말하자 지혜의 어깨가 화 들짝 떨렸다.

"받고."

허공에 흔들리던 지혜의 손에 딱딱한 무언가가 잡혔다.

"이게 뭐예요?"

"키."

"……."

"차 뒤편에 있으니까 들고 나가."

"저기요."

"거기에 내 차 한 대만 주차되어 있으니까 찾아갈 수 있지."

지혜는 눈가를 찌푸렸다. 그는 이미 사람들의 눈을 피할 수 있는 자리까지 마련해 놓았다.

"저 선미 차 타고 갈 건데요."

"아니. 넌 내 차 타고 갈 거야."

"왜요?"

"너 집에 데려다주려고 그 여자 바람 맞혔어."

앞으로 성큼성큼 걷던 지혜의 발끝이 무뎌졌다.

"그러니까 너도 해."

진원이 지나간 후에 남은 건 지혜의 손에 들린 차 키뿐이었다. 돌려주려고 했는데 차마 손이 나가질 않았다. 진원의 목소리에 이상한 마법이라도 걸린 것처럼 말이다.

"선미야, 미안한데 나 아는 사람이랑 커피 마셔야 할 거 같아."

"뭐? 너 졸린데 괜찮겠어?"

"응, 새벽까지도 일했는데 뭘. 아직은 괜찮아."

"정말?"

지혜는 자리에 앉으며 자연스럽게 가방 속으로 열쇠를 밀어 넣었다.

"걱정 말라니까."

"그래, 뭐. 오늘 호식했다. 그치?"

"네 덕분에 잘 먹은 거지."

선미가 복도로 나서며 조잘거렸지만 지혜에게는 하나도 들리지 않았다. 별 무게도 나가지 않는 가방 속 열쇠로 온 신경이 집중됐다. 계산대 앞에서 선미가 지갑을 꺼내 들자 직원이 웃으며 인사했다.

"계산은 이미 되었습니다."

"네에?!"

지혜의 눈동자가 흐릿했다. 아까 진원이 입구로 간 이유가 이것 때문이었을까. 어리둥절 입을 벌린 선미에게 지혜가 말했다.

"아는 사람이 냈나 봐."

선미는 이 정도면 신세진 건 퉁쳐 줘도 되겠다고 말했다.

진원의 말대로 차는 모두가 주차하는 공간이 아닌 외딴 곳에 홀로 놓여 있었다. 조수석에 오른 지혜가 밀려오는 졸음에 미리 핸드폰을 꺼두었다. 누군가 창문을 툭 하고 건드렸다. 익숙한 그림자를 본 지혜가 잠금 장치를 풀었다.

"왜 이렇게 빨리 나와요."

"기다릴까 봐."

지혜와 진원이 식당에 온 시간을 놓고 비교해 봤을 때 현저히 짧은 식사 시간이었다. 운전석에 기댄 진원이 잠시 눈을 감았다.

"조금만 있다가 가자."

"왜요?"

"여자 나갈 동안만."

왜 시차를 두고 나가야 하는지 지혜는 미약하게나마 감지했다.

"왜 바람맞혔어요?"

"밥은 잘 먹었고?"

"……."

진원이 감았던 눈꺼풀을 느릿하게 밀어 올렸다.

"또 안 먹었어?"

"……먹었어요."

진원은 웃으며 한쪽 어깨를 지혜 쪽으로 틀었다.

"어땠어."

"맛있더라고요."

"거 봐. 잘 먹으니까 좋잖아."

"입에서 녹던걸요."

"맨날 거절하더니 감상도 말할 줄 알고 많이 컸다."

"어린애 칭찬하는 것도 아니고, 저 지금 감사하단 얘길
하는 거예요."

"……."

진원은 조금 의아했다.

"고마워요. 난처하긴 했지만 덕분에 친구랑 잘 먹었어요."

평소 같았더라면 돌려주겠다며 계좌 번호를 알려 달라
나섰을 지혜가 고맙다 했다. 지혜는 민망함에 맞붙은 제 손
가락 끝을 꼼지락거렸다. 야들하니 입맛을 사로잡았던 육
회는 진원이 해 준 것들 중 처음으로 지혜에게 입성한 음식
이었다. 지혜를 바라보는 진원의 시선이 정겹게 변했다.

"계속 얘기해 봐."

"뭘요?"

"글쎄…… 뭐라고 핑계 댔는지?"

"아. 우연히 가게에서 빚진 사람을 만났는데 미안하다며 사 줬다고 했어요."

"빚은 네가 졌으면서……."

"그럼 거기서 우진원 씨가 사 줬다고 하게요."

"작업 거는 남자가 사 준 거라고 했었어야지."

지혜의 눈동자가 천천히 굴렀다.

"……진원 씨 여기 선 보러 나온 거 아니에요?"

시차를 두고 나가야 하는 입장에서 아직도 그 단어가 건재하다는 게 지혜는 신기했다.

"그냥 밥 한 끼 한 거야."

"여자분 보니까 아닌 거 같던데요."

"왜 그렇게 생각해?"

"옷차림에 무척 신경 썼잖아요."

"사업차 만난 걸 수도 있지."

"주말에도 일을 해요?"

"친구이거나."

"친구에게 복도에서 먼저 가라고 양보도 하고요."

진원이 피식 웃음을 터트렸다.

"그게 신경 쓰였어?"

"아니……."

"질투하는구나."

"그걸 제가 왜 해요?"

"아니면 말고."

"……진원 씨가 평소 어떤 여자 만나는지 궁금하긴 했어요. 직접 보니까 실감도 나고요."

"무슨 실감."

지혜의 입안이 물렁해졌다.

"이런 식으로 여자 많이 만나 봤을 거 아니에요."

아까 본 장면에서 지혜는 느낀 바가 컸다. 여성스러움을 온몸에 무기처럼 두른 자태와 위화감을 조성하던 액세서리, 아파트 한 채 값을 손목에 차고 다니는 진원처럼 두 사람은 서로가 찍어 낸 듯 똑 닮아 있었다.

"앞으로도 자주 만나실 거고요."

불과 어제 결혼 얘기를 했던 진원은 서른을 코앞에 두었다. 장차 그룹을 이끌어 나갈 입장에서 부모님의 요구가 지겹게 따라붙을 나이다. 이런 자리에까지 나온 것만 봐도 진원이 아들 노릇을 톡톡히 해내고 있단 걸 증명했다.

"자꾸 꼬치꼬치 캐묻네."

"말해 줘요."

진원이 여자와의 관계를 숨기려 할수록 지혜는 확신했다. 결국 진원은 한숨처럼 말했다.

"아마도."

"할게요."

무슨 얘기냐는 듯 진원의 한쪽 눈가가 구겨졌다. 지혜는 몽롱한 시선으로 진원을 바라보았다.

"저랑 같이 밥 먹자고요."

아무 여자 하고 결혼할 수 없는 진원의 위치와 수준에 걸맞은 여자들이 줄지어 서 있단 점이 경계선이었다.

지혜는 선 바깥에 서서 얌전히 기다리면 되었다. 거미에겐 배고픔보단 생존이 걸린 문제니까. 탐스러운 먹잇감을 앞에 두고 부리는 치기 역시 정략결혼 앞에 한때의 열대야로 기억되며 자연스럽게 물러날 것이다. 새롭게 생길 가정에 충실해지겠지.

무슨 소리를 하나 가만히 지켜보던 진원의 입술이 살며시 벌어졌다. 그 안에서 요동치는 혀가 끈적하게 인사했다.

"네가 하겠다고 한 거다."

속삭임에 끌려가는 듯한 기분이다.

"피곤하니까 이제 가요."

안전벨트를 맨 지혜는 등 돌리며 창문만 주시했다.

"대신 천천히 가는 건 되겠지."

바퀴가 느리게 굴렀다. 아직 그리 늦지 않은 주말 저녁 시간이기에 차가 많았고 거리엔 바쁘게 오고 가는 사람들이 무성했다. 타인의 일상을 바라보는 지혜의 얼굴이 창문으로 아련하게 비쳤다. 나만 느리고 뒤처져서 저들과 다르다. 그 사실이 무분별한 네온사인처럼 흠뻑 쏟아졌다.

언제까지 이렇게 살아야 하지? 혼자 동떨어진 기분을 위로하는 것처럼 지혜의 손등으로 온기가 닿았다.

"……."

"자는 줄 알았는데."

미동이 없으니 그렇게 느낄 만도 했다. 지혜가 움직이지 않은 건 푹신한 가죽 시트 덕분인데 말이다.

"안 자요."

차 내부는 무척이나 고요했다. 뒤늦게 지혜는 익숙한 단지 내에 차가 주차되어 있다는 걸 알았다. 벌써 도착했구나. 문을 열고 나가면 되는데 문제는 이 손이었다.

"손 놔야죠."

"잡은 거 아닌데."

"아……."

그냥 살포시 겹쳐 올려 둔 것뿐인데 아예 사로잡힌 것처럼 떨어지지 못한다. 몸은 이리도 간사했다. 피곤한 날개를 거미줄에 잠시 걸쳐 두고 멋대로 휴식을 취한다. 오늘 무리해서 발레를 한 게 화근이었다. 금방이라도 잠들 것만 같은 기분에 지혜가 서둘러 몸을 움직였다.

"데려다주셔서 감사합니다."

달콤한 유혹을 뿌리치듯 진원의 손바닥 아래에서 빠져나오기란 무척 힘들었다. 진원은 허공에 남겨진 제 손을 거두었다.

"많이 졸린가 보다."

그리고 안착한 곳은 지혜의 뺨이었다.

"들어가서 어서 자."

살살 보듬어 주는 손길이 자장가를 연주하는 피아니스트의 것과 비슷했다.

"걸어갈 때 넘어지지 않게 조심하고."

"……잠시만요."

홀린 듯 지혜의 입이 멋대로 움직였다.

"그 밥 먹는 거 말인데요……."

"응."

"일주일에 두 번만요. 저도 제 일자리 알아 봐야 하고 매일 저녁은 아무래도 힘들어요. 남들 보기에도 그렇고요."

"그럴까?"

"공평하게 하루는 진원 씨가 준비하고, 하루는 제가 하는 거로 해요."

"네가 준비도 하게?"

"그럼 얻어먹기만 하게요……."

"기대된다."

나직한 목소리가 지혜의 귓바퀴를 간지럽혔다. 좁은 차 내부가 진원을 위해 만들어진 오케스트라 극장 같았다. 매연과 먼지로 말썽인 외부 공기 따윈 감히 발도 들일 수 없는 공간에 진원이 쓰는 향수 냄새만 가득했다.

"일자리는 뭐로 알아볼 거야."

지혜의 손등 위로 또다시 온기가 내려앉았다.

"아무거나요…….."

"직장이 아니라 아르바이트를 구하는 건가?"

"사정 때문에 단기적으로 할 수 있는 일만 하고 있어요."

"어떤 거?"

"그냥 이것저것…….."

"보아하니 적성 살려서 하는 일도 아닌 것 같은데."

"먹고살려면 가리지 말고 해야죠."

"그러다 더 마를까 봐 걱정이다."

"체중 조절 더는 안 해도 돼서 빠질 일도 없어요."

"발레는 왜 다시 안 해?"

"……나중에요."

숨을 편히 들이마신 지혜는 정신이 혼미해 무슨 말을 하고 있는지조차 분간할 수 없었다.

"일이 급한 거면 내가 편하게 앉아서 할 수 있는 거로 알아봐 줄게."

"됐어요. 낙하산 취급받기도 싫고."

"능력 있는 남자 관심받는 게 다 그렇지."

"그 점이 제일 피곤해…….."

"피곤해? 병원은, 아직 안 가 봤지."

"네."

진원이 묵직하게 숨을 내쉬었다.

"잠은 제대로 자면서 일도 해야 할 거 아니야. 매번 아무 데서나 쓰러지면서."

"많이 자요."

"얼마나."

"걱정하실 필요 없어요."

"안 되게 해야지, 네가."

진원이 재킷 안쪽에서 지갑을 꺼내 들었다. 가지런히 배열된 것들을 손끝으로 훑다가 플라스틱으로 된 형체를 지혜에게 내밀었다.

"저녁 약속은 나중에 잡더라도 출입카드는 미리 받아. 집 현관 비밀번호는 나중에 따로 알려 줄 테니까 알아서 들어오고."

"네."

"그리고 이건⋯⋯."

지혜가 받아 들자 심사숙고해 나머지 다른 하나도 뽑아 든다.

"네가 싫어하는 건데."

지혜는 얌전히 아파트 키를 받았던 것과 달리 제 앞으로 나타난 다른 카드를 빤히 쳐다보기만 했다.

"보면 알지."

진원은 무서운 것이 아니라며 친절하게 설명했다.

"너 생각해서 새로 만든 거야. 한도도 정해져 있고 부담스러워할 필요 없으니까 일 구할 때까지만 써."

"……."

"마음 같아선 매일 먹이고 싶은데 네가 이틀만 먹자고 했으니까 주는 거야. 어떻게 보면 구두계약인 건데 네가 조항을 바꿨으니 나도 하나쯤은 주장해야지."

그러니 경계할 필요 없다고 열심히 어르고 달랜다.

"나 지금 굉장히 예의 있고 사무적으로 요구하는 건데."

이게 대체 뭐라고 우진원을 쩔쩔매게 만들까. 지혜가 카드를 움켜쥐자 진원의 입가가 부드럽게 풀렸다.

"왜 이렇게 착해."

"……뭘요."

"……."

"그만 가 보겠습니다."

그 말에 지갑을 도로 넣은 진원이 지혜를 바라보았다. 가늘어지는 눈매가 지혜의 가슴 위로 펜촉이 되어 움직인다. 무슨 말을 하는 걸까. 지혜는 연유 모를 긴장감에 사로잡혔다.

"미안."

진원은 옅게 미소 지으며 잠금장치를 풀었다.

"피곤한데 너무 오래 붙잡아 뒀지."

덜컥, 문이 열렸다.

"잘 가."

지혜는 움직여지지 않는 몸을 억지로 좌석에서 떼어 냈다.

문고리를 잡고 열자 끝이 난 연주회를 대신해 세찬 바람이 다가와 부딪쳤다. 걸어가는 내내 낙엽은 바닥에서 똬리를 틀며 기어 다녔다. 지혜의 어깨가 움츠러들었다. 야심한 시각도 아닌데 늦은 밤 어두운 산기슭을 걷는 기분이다. 언제라도 짐승이 튀어나와 달려들어도 이상하지 않았고 지혜는 그 위험한 곳에서 이제 막 첫 번째 계단을 밟았을 뿐이다. 인적에 반응한 센서등이 주황빛 조명을 쏘아 댔다. 머리 위로 떨어진 빛이 지혜에게 종말을 알리는 신호처럼 느껴져 차마 발이 떨어지질 않는다.

"……하."

손을 덮던 안락함이 그리워 다시 돌아섰다.

힘겹게 밟고 온 모든 풍경을 빠르게 뒤로하며 걸었다. 도망치듯 조수석 문으로 걸어가자 지혜를 지켜보고 있던 것인지 그보다 먼저 창문이 열렸다.

"왜 그래, 무슨 일이야?"

"손."

창문으로 얼굴을 밀어 넣은 지혜가 작게 물었다.

"손 한 번만 다시 잡아 주면 안 돼요……?"

운전대를 잡은 진원은 한참 동안 말이 없었다. 날카로운 바람만이 둘 사이를 배회했다.

"그런 건 들어와서 말해."

낮은 목소리 덕분에 지혜는 주변을 상기했다. 이런 곳에 사는 여자와 함께 차를 타고 온 장면이 곤란할 것이다. 조수석 문을 열고 들어가자 진원이 기다렸단 듯이 지혜의 팔을 끌어당겼다.

"아!"

단단한 어깨에 얼굴이 부딪쳐 정신이 혼미한 가운데 지혜의 척추를 따라 내려가던 손이 골반을 꾹 잡아당겼다.

"기껏 나가더니."

"아⋯⋯."

"다시 와서 손을 잡아 달라고⋯⋯."

지혜의 몸과 완전히 밀착될 때까지 악력은 계속됐다.

"어떻게 잡아 줄까, 손?"

허리를 꽉 끌어안은 진원이 지혜를 뒤로 밀었다. 순식간에 지혜의 머리가 검게 물든 창문에 닿았다.

"응?"

가느다란 손가락 사이사이로 제 손가락을 밀어 넣은 진원이 깍지 낀 손을 지혜의 얼굴 양옆으로 끌어다가 꾹 짓눌렀다.

"이렇게?"

거친 숨을 따라 셔츠 안쪽으로 숨겨진 근육들이 요동쳤다.

"잡아 줬는데."

꾹꾹 누르는 진원의 손이 매우 컸다. 거미줄 엉킨 듯 손바닥 사이가 금세 끈적해졌다.

"왜 말이 없어."

"아파요……."

"아파?"

"네. 목 뒤가……."

끼이익, 창문에 짓눌린 손등이 빗물처럼 미끄러지며 내려갔다.

"목이 어떻게 아파."

가까이 다가온 진원이 지혜의 목덜미로 숨을 뱉었다. 찌르르 감전된 듯 지혜의 살결이 전율했다. 촉, 부드러운 소리가 목 어딘가에서 울려 퍼졌다.

"이래도?"

"응, 그래도……."

지혜는 문턱으로 구겨지듯 닿은 목이 아프다며 계속 웅얼댔다.

"아. 이걸 누구 보여 주라고……."

진원의 목소리가 입안에서 씹히듯이 나왔다. 지혜는 가슴이 뛰었다. 날렵한 코끝이 귀 옆으로 파고들어 아무렇게나 문질러졌다. 차 안에서 남녀가 이러고 있는 모습은 확실히 남들 눈에 윤리적이지 못하다. 졸린 와중에도 상대가 진원이니 그 정도는 납득했다.

"그래서 들어왔잖아요."

"응."

오히려 이해하기 어려운 건 지혜가 이 품 안을 바깥보다 안전하게 느낀다는 점이다.

"잘했어……."

진원은 지혜의 머리카락 사이를 맘껏 헤집어 놓으며 입을 벌렸다.

"다른 사람들에겐 보여 주기 싫어."

하지만 그 이유가 지혜가 생각했던 것과는 달랐다.

"내가 정말 좋아하는 여자에겐……."

달아오른 목소리가 목울대를 긁으며 나왔다.

"어떻게 구는지."

지혜는 바르르 몸을 떨었다. 대중들이 아는 진원은 누구에게나 친절했고 부드러운 말투로 존댓말을 사용했다. 절대로 한 사람에게 국한되는 남자가 아니었다. 여자에게 넘치는 관심을 받으면서 꿈쩍도 하지 않아 많은 이들의 애간장을 태웠다. 방방곡곡 숨겨진 불우한 이웃에게 평등한 손길을 뻗을 때면 사람들은 그의 세심함과 바른 심성을 예찬했다.

"흥분돼 미치겠네."

하지만 그 모습이 지혜에게만큼은 전혀 다른 성질로 튀어나왔다. 지혜는 벌어진 제 다리 사이로 지그시 맞붙여

오는 딱딱한 혈기를 느꼈다. 곧 터질 것처럼 팽창해 지혜의 속옷 위를 비빈다.

"하⋯⋯."

고개를 비스듬히 튼 진원이 지혜의 입술 위로 포갠 뒤 주름 하나하나를 펴는 것처럼 핥았다. 끈적한 느낌이 간지러워 지혜는 몸을 바르작댔다. 하지만 감각은 편했다. 진원의 품에 구겨져 있는데도 제집 침대처럼 안락하게 느껴졌다. 진원과 닿은 입술이 불에 덴 듯 화끈거렸지만 입안은 촉촉한 물기로 흠뻑 젖었다.

끈질기게 지혜의 입술 위를 탐하던 진원이 야릇한 소리를 내며 멀어졌다.

"맘에 들면 계속하고."

대답을 종용하듯 발기한 성기가 문질러졌다. 내려다보는 검은 눈동자 안에 잠겨 혼절하고 싶다. 지혜는 두 손으로 진원의 머리를 끌어당겼다. 나른하다⋯⋯ 나긋⋯⋯.

"하고."

좋아, 잠들고⋯⋯.

"싫어⋯⋯."

지혜가 벌어진 입술 사이로 숨을 뱉었지만 곧바로 막혔다. 묵직한 형체는 지혜의 입안으로 들어와 매끈하게 짓눌렀다. 부딪친 내부에선 지진이 일어났지만 진원은 자비롭지 않았다. 기어코 움직임을 강행하는 진원에게 있어 이미 입안에 흥건하게 고여 있던 웅덩이는 더없이 좋은 윤활제였다.

이곳저곳 들쑤셔지는 거친 행태가 얼마나 난폭한지 지혜의 뺨으로 불쑥불쑥 윤곽이 드러났다. 진원은 그 위를 살살 문지르며 자신이 망가뜨리고 있는 여자의 변화를 탐닉했다. 평소 같았으면 적당히 하고 말았을 여자와의 키스도 지혜를 상대로 하니 평소보다 더 난동을 부렸다. 참을성 없이 여린 블라우스를 헤집고 들어가 젖가슴을 움켜쥐었다. 단발적인 신음이 터져 나왔다. 진원의 큰 손을 가득 채우기엔 턱없이 모자란 가슴이었지만 꼿꼿이 선 유두가 그를 미치게 했다. 엄지와 검지로 잡고 살짝 조이자 지혜가 신음했다. 이젠 아예 골반을 저 스스로 움직이며 진원을 애태우고 있었다. 어서 해 달라고 재촉하는 몸짓이다. 진원은 살며시 입을 벌렸다. 연분홍빛 유륜을 꼿꼿이 세운 혀로 쿡 찌르자 지혜의 허리가 잘게 진동한다. 사탕을 빠는 것처럼 천천히 원을 그리니 감질나는지 지혜가 끙끙거렸다. 보드랍게 입술을 모아 빨아당기며 조금 전보다 더 크게 입 벌려 베어 물었다. 뜨거운 입안에 들어온 살점이 타액으로 미끌거렸다. 혀를 빠르게 굴리자 팅팅거리며 유두가 이리저리 쓸려 다녔다. 지혜는 저도 모르게 진원의 머리카락을 쥐어 잡고선 학학거렸다. 진원은 바르작대는 허벅지를 한 손으로 잡았다. 감싸듯이 쓸며 안쪽으로 들

어간 손이 속옷을 벗기는 대신 옆으로 살짝 치우자 발갛게
달아오르던 입구가 공기에 노출돼 뻐끔거렸다. 이미 젖을
대로 젖은 상태였다. 진원은 그 주변을 살살 어루만졌다.
어서 넣어 줬으면 하는데 그 외부만 배회하는 애타는 손길
에 지혜의 안은 몇 번이고 울컥거렸다. 반지르르 투명한
꿀처럼 흐르며 끈쩍거리는 게 느껴질 정도였다. 지혜는 엉
덩이를 들썩거렸다. 간지러워 미칠 지경이다. 그러다 진원
의 손가락이 스치는 순간 머릿속에 짜릿한 감각이 관통했
다. 어서 이 안을 맘껏 헤집어 줬으면 좋겠다는 불순한 상
상이 넘쳐흘렀다. 지혜가 반쯤 감긴 애타는 눈빛으로 바라
보았다. 그를 본 진원의 눈동자가 혼탁했다.

"……들어가자."

진원이 잠긴 목소리로 말했다.

"가서 해 줄게. 가서 박아 줄 테니까 가자."

달래는 듯하면서도 성급한 욕정이 고스란히 읽혔다. 지
혜는 단내 나는 침을 느슨하게 삼켰다. 너무나도 안락해
정신이 나가 버릴 것만 같았다. 졸린 듯 반쯤 눈꺼풀을 내
린 지혜가 고개를 끄덕였다.

"그럼…… 우리집."

졸리기에 가능한 일이었다. 뭘 하든 지금 이 순간이 평온
하니 좋았다. 빠르게 옷매무새를 가다듬은 진원이 채비를
마친 뒤 먼저 문을 열고선 나갔다.

다행히 가는 도중에 사람들과 마주치지 않았다. 지혜는
제집 안으로 진원을 들였다. 문이 닫히자마자 지혜의 두
뺨은 커다란 손에 가둬졌다. 위에서 퍼붓는 키스에 지혜는
뒷덜미가 저릿했다. 서로의 입술을 거침없이 탐했다. 걸어
가는 동안 여기저기에 머리가 부딪쳤지만 고통은 느껴지지
않았다. 사납게 제 옷을 잡아 벗기는 손길에도 떨리는 흥
분감이 더 우세했다. 침대에 쓰러지듯이 도달한 지혜는 베
개에 얼굴을 파묻었다. 몸 위로 덮친 그림자가 봉긋 솟아
오른 엉덩이에 감긴 속옷을 잡아 내린다. 지혜의 달뜬 숨
이 베개 털 뭉치 안으로 촉촉이 스며들었다. 긴 머리를 한
쪽으로 모아 넘긴 뒤 드러난 척추뼈로 뜨거운 입술이 내려
앉았다. 하아, 나직한 숨소리가 감동에 젖어 있었다. 꼿꼿
이 세운 혀로 하나하나 숫자를 세듯 내려간다. 지혜는 배
가 간지러워 미칠 것만 같았다. 바지 내려가는 묵직한 소
리에 이어 무언가가 통겨 지혜의 엉덩이를 두들겼다.

　"아……!"

　그것은 무척이나 단단하고 뜨거웠다. 흉기처럼 성이 난
심이 지혜의 엉덩이 골을 살며시 벌려 가져다 댄다. 미끈
한 애액에 머리를 열심히 문지른다.

　"하악, 학……."

　지혜는 파묻혀 있던 얼굴을 들어 호흡했다. 아찔함에 엉
덩이를 들썩거릴수록 끼워 맞춰진 머리가 빙글빙글 돌며

움직였다. 꾹, 약간의 힘을 줘 밀어붙였을 뿐인데 젖은 입구를 가뿐히 벌리고 자리 잡는다. 그 크기가 범상치 않아 지혜는 고개를 뒤로 돌렸다.

"왜."

진원과 눈이 마주쳤다. 반쯤 풀린 동공은 처음 보는 표정이었다.

"손부터 넣어서 만져 줄까."

그러면서 웃는 입술은 전희를 즐기는 사람 같았다. 어서 들어가고 싶어 난동을 부리는 제 성기를 표면만 쿡쿡 찔러 대며 맛을 본다. 감질나게. 그건 천천히 음미하며 먹어 치우겠다는 의사였다. 지혜는 바르르 떨리는 눈꺼풀을 감았다. 아무래도 바로 넣기는 힘들다고 여긴 건지 성기보다 얇지만 두꺼운 느낌이 선명한 손가락이 비집고 들어왔다. 아, 지혜는 탄성을 질렀다. 안을 헤집는 손길은 다정하면서도 꼼꼼했다. 젖은 물기를 이용해 외벽을 부드럽게 자극시키다 손가락 개수를 늘려 안쪽 깊숙이 꽉 찔러 넣는다. 쳐올려지는 느낌에 지혜는 눈을 질끈 감았다.

"으읏!"

쩔꺽쩔꺽, 음탕한 소리가 방 안을 적셨다. 진원은 엄지로 클리토리스를 자극시키며 나머지 세 손가락으로는 있는 힘껏 안을 찔러 댔다. 그 힘에 동요한 몸이 격렬하게 흔들렸다.

"아, 그만, 으읏."

그만둬 달라는 애원은 반사적인 것이다. 강하게 자극시키는 바람에 아래가 철퍽철퍽 하며 샘 터지는 소리가 들려왔다. 어느덧 찐득하던 애액이 물기로 넘쳐 났고 애원은 신음으로 변했다.

"아앗!"

비명을 지르자 사방으로 액체가 분사되는 것이 느껴졌다. 꽉 감겨 있던 지혜의 눈꺼풀이 탁 하고 풀렸다. 손이 빠져나간 뒤에도 입구가 헐떡거리며 거친 숨을 몰아쉬었다. 사지가 덜덜 떨리다가 이따금씩 경련했다. 엉망이 된 아래로 또다시 귀두가 꺼떡이며 찔러 왔다. 이번에는 딱딱해진 심을 끝까지 밀어 넣을 작정이다. 신중하게 문을 두드리는 귀두가 흠뻑 젖어 있다.

"으응⋯⋯."

그 순간 감각들이 실타래처럼 지혜에게 평화롭고 아득하게 감겨 왔다. 지혜는 가느다랗게 실눈을 떴다. 이 모든 것이 꿈인 듯 삽시간에 몸이 축 늘어진다. 그곳에서 날갯짓하는 대신 평온하고 잔잔한 어둠만 고요히 펼쳐진다. 달콤하다. 잠들고 싶어. 나른해진 지혜의 귓가로 이를 가는 음성이 내리꽂혔다.

"나 말려 죽이려고 작정했지, 너."

눈을 감았다.

떴다.

“……!”

달려드는 낯익은 천장에 놀라 확 튀어 오른 지혜는 숨통을 느슨하게 조율했다. 이리저리 눈동자를 굴리다 핸드폰 전원부터 켜 날짜와 시간을 확인하고선 한숨을 내쉬었다.

“아…… 무슨 꿈이 이렇게 생생해.”

이틀이 지났다.

입안을 혀로 한번 굴린 지혜는 평소와 다름없이 피로를 끌어안은 채 일어났다. 주방으로 걸어가 물 한 컵을 전부 비운 지혜는 늘 그랬던 것처럼 간단한 스트레칭을 시작했다. 식탁 위로 한쪽 다리를 올리고 허리를 숙이는데 낯선 물체가 있었다.

“이게 뭐야?”

손으로 집어든 카드는 두 장이었다. 지혜의 동공이 허해졌다.

“……이틀 전에.”

지혜는 선명히 기억하려고 노력했다. 차 안에서 진원과 저녁을 먹기로 약속했고 그러면서 받은 카드다.

"아, 왜 다음이 기억 안 나."

너무 졸린 상태여서 그런지 기억이 전부 조각나 있었다. 무슨 대화를 했는지조차 뜨문뜨문했다.

"인사하고 밖으로 나간 건 확실한데 그때 집으로……."

지혜는 문득 욱신거리는 팔을 손으로 꾹꾹 누르다 멈추었다.

"아니, 안 갔어."

뭐에 홀린 듯 다시 차로 돌아갔다. 들어가자마자 진원이 팔을 잡아당겼다. 끌어안은 채 손을 마주 잡으며 저를 궁지로 몰아붙였다. 진원의 날카로운 코끝이 어딜 어떻게 타고 흘렀는지 지혜는 제 머리를 손으로 만지며 내려갔다.

─다른 사람들에겐 보여 주기 싫어.

어떤 목소리로.

─내가 정말 좋아하는 여자에겐 어떻게 구는지.

무슨 말을 했는지.

"그럼 그게…… 진짜였어?"

지혜는 인상을 찡그렸다가 푸는 것을 반복했다.

"아니, 그런 말을 할 인물이 아닌데……."

제아무리 지혜가 수면 욕구에 취해 진원에게 먼저 다가갔을지언정 진원이 그런 말을 할 리 없었다. 그것도 선 자리를 나간 남자의 입으로 말이다. 지혜는 답을 찾으려 침대로 다가갔다. 통화 버튼을 누른 핸드폰에선 연결음이 길게 늘어졌다. 탁상시계를 보니 저녁 8시 20분이었다.

「여보세요.」

"진원 씨."

「이제야 핸드폰 켰나 보네. 지금 일어났어?」

"급하게 물어보고 싶은 게 있는데요."

「뭘?」

"저 진원 씨랑 키스했어요?"

「언제?」

"이틀 전에요."

수화기 너머로 잠시 침묵이 이어졌다.

「……이틀 전이면 널 데려다준 날인데.」

"네, 맞아요. 카드 받은 건 기억나는데 그 이후로 잘 기억이…….."

사실 현실처럼 느껴지지 않는 장면들이었다.

「기억 안 나? 집에 들어갔잖아.」

"아…… 카드 받고요?"

설핏 진원이 웃음을 터트렸다.

「그래.」

지혜는 잠시 멍하다가 이내 안도의 한숨을 내쉬었다.

"그럼 그때 되돌아간 게 아니라 아파트로 간 게 맞구나…….."

지혜가 자신의 집에서 이틀 뒤 일어난 걸 보면 진원이 들어온 것도 꿈인 게 확실했다. 결코 저를 남겨 두고 나갈 위인이 아니었으니까.

"……."

근데 왜 그런 꿈을 꿨지, 원래는 풍경을 내려다보는 꿈
밖에 안 꾸는데……. 지혜는 이것이 혹시나 이상한 상황의
전조일까 불안했다.

「……괜찮아?」

"네? 아, 네."

「무슨 꿈을 꿨기에 다짜고짜 키스했냐고 물어.」

"그게…… 아니에요. 개꿈이요."

진원의 입가로 또 웃음이 터졌다.

「밥은.」

"네?"

「저녁은 먹었어?」

"아직이요."

「그럼 지금 같이 먹자.」

"네?"

「곤란한가?」

"아니…… 진원 씨 식사 여태 안 했어요?"

「아직이야.」

"그래요, 그럼…… 저 씻고 그러면 시간 걸리는데."

「천천히 와. 나도 준비하는 데 좀 걸려.」

"네, 알았어요."

「아파트 출입 카드는…….」

"있어요."

「그래. 그럼 와서 연락해.」

통화를 마친 지혜는 허탈하게 웃었다.

"꿈이라니 다행인데……."

몹시 기분 좋았던 꿈이라 이상했다. 진원이 저를 두 손으로 가두고선 강하게 옥죄었다. 무척이나 야한 얼굴로 혀를 휘감던 감각이 떠오르자 지혜는 귀가 달아올랐다.

"우진원이 그러다니, 말도 안 돼."

문제는 지혜가 그런 청렴한 진원을 거친 야수로 바꾸어 꿈으로 불러들였단 것이다. 졸음이 몰려오는 상태에서 진원을 원하는 몸이라는 건 알지만 잠든 후에도 갈구하는 걸 생생히 느낀 건 처음이었다. 지혜가 머리카락을 쓸어 넘기며 침대에서 일어났다.

"앞으로 조심해야겠다……."

이 발칙한 꿈이 현실이 되기 전에 말이다.

진원은 불 꺼진 액정을 내려다보다 다른 곳으로 전화를 걸었다.

「네, 도련님.」

"늦은 시간에 죄송하지만 지금 집으로 오셔서 식사 준비 좀 부탁드릴게요."

「오늘 밖에서 식사하고 오신다고 하지 않으셨어요?」

"또 먹게요."

「알겠습니다. 지금 갈게요.」

전화를 마친 진원은 핸드폰을 협탁에 올려 두었다. 거울에 비친 제 모습을 바라보다 목에 둘린 넥타이를 잡고 끌어내렸다.

"색이 마음에 안 드네."

이걸 종일 매고 다녔단 생각에 진원은 인상을 구겼다. 날렵하게 풀어낸 넥타이가 진원의 손을 타고 바닥으로 추락했다.

"……개꿈이라."

이틀을 정신 나간 것처럼 보냈다. 지하로 가려고 올라탄 엘리베이터에서 내리지 못해 다시 지상까지 올라가는 천치 같은 짓을 했다. 목이 마르면 물인지 커피인지도 모르고 마셨다. 중요한 핵심을 놓치지 않고 듣던 귀도 제구실을 못하는 건 마찬가지였다.

"섹스할 뻔한 건 아예 기억을 못하네……."

삽입 직전에 곯아떨어지는 바람에 이불만 덮어 주고 나온 그날을 일부러 모른 척하니 지혜는 또 거기에 넘어갔다. 그건 곧 진원이 한 말조차 기억 못한다는 것이다. 이후부터 진원은 정상적인 생활이 불가했다. 두 번이나 폭발한 성욕을 허탈하게 해소했으니 그럴 만도 했다.

"고백을 몇 번이나 해야 돼."

게다가 여자에게 처음 해 본 고백인데. 자존심이 말이 아니다. 침침한 눈을 감았다가 뜬 진원은 한숨 쉬며 옷장을 '쾅' 하고 닫았다.

"제대로 해야지 안 되겠네."

The Bad Relationship

4. 발버둥 칠수록

4.발버둥 칠수록

지혜가 씻고 나왔을 때 휴대폰에 도착한 숫자는 진원의 현관문 비밀번호였다. 지혜는 이런 것까지 받기로 했었나 싶어 당혹스러웠다.

"내가 도둑이면 어쩌려고 이렇게 턱턱 번호를 알려 줘…….."

몇십 년을 함께한 사업 파트너도 사기 치고 도망가거나 부부였던 사람들도 이혼하는 세상인데 말이다.

"잠시만요. 처음 보는 얼굴인데 몇 호에 가십니까?"

보통 이런 식으로 의심하는 게 맞는 법이다. 아파트 로비를 지키고 있던 경비가 지혜를 빤히 쳐다보았다.

"……3005호요."

그곳에 사는 인물이 범상치 않으니 지혜에게 머무는 시선이 점차 길어졌다. 뒷짐에서 무전기를 빼 든 경비가 누군가와 연락하더니 이내 친절한 미소로 엘리베이터 버튼을 눌렀다.

"실례했습니다. 들어가세요."

대체 뭐라고 말을 했을까, 지혜는 궁금증을 안은 채 열린 문으로 올라섰다. 경비가 알려 준 대로 카드키를 넣은 뒤에 허락된 층수의 버튼을 눌렀다. 진원에게 향하는 길목은 이처럼 쉬운 게 하나 없었다. 지혜는 손에 들린 카드를 빤히 내려다보다 30층에서 내렸다.

"……."

현관문 비밀번호를 누르고 들어온 지혜는 침을 꼴깍 삼켰다. 텅 빈 집처럼 내부는 몹시 조용했다. 기척이라도 내야 하나. 슬리퍼로 갈아 신은 지혜는 일부러 바닥을 끌며 걸었다.

어디서부터 진원을 찾아야 할까 난감하던 중 맛있는 냄새가 지혜의 후각을 사로잡았다. 직접 요리도 해? 앞치마를 두른 진원은 도무지 상상이 되지 않아 지혜의 발걸음이 조금 빨라졌다.

"……!"

지혜는 반사적으로 뒷걸음질 쳤다. 주방에 진원이 아닌 웬 여자가 서 있었다. 놀라 서둘러 피한다는 것이 그만 옆에 놓인 화병을 건드리고야 말았다.

"아!"

재빨리 잡았지만 입에서 튀어나온 단발적인 비명은 숨길 수 없었다. 요리에 집중하던 여자가 고개를 돌렸다.

"아, 저기 그게…….."

뭐라고 설명해야 돼? 오해하면 어떡하지? 지혜의 눈동자가 정신없이 굴렀지만 오히려 여자는 다정하게 웃었다.

"이제 와요?"

"네?"

"스테이크는 어떻게 먹어요?"

"아, 저 미디엄…….."

"금방 하니 식탁에 앉아서 조금만 기다려요."

곱게 접히는 눈웃음이 지혜의 방문을 미리 알고 있었다는 듯 여유로웠다. 지혜는 놀라 펄떡거리는 심장을 움켜잡고선 조금씩 다가섰다.

"도련님은 지금 샤워하는 중이에요."

도련님이란 호칭은 그녀가 왜 이곳에 있는지 단번에 설명했다. 능숙하게 불 조절을 하며 고깃덩이를 익히는 모습이 한두 번 해 본 솜씨가 아니었다. 그럼에도 귀신을 본 듯한 지혜의 한기 서린 표정은 가시길 않았다.

"많이 놀란 표정이네요."

"진원 씨만 있는 줄 알고 온 거라…….."

"어머, 제가 방해됐죠. 식사 준비 끝나면 곧바로 갈 거예요."

"아니, 그런 뜻으로 한 말이 아니라 이상하게 오해받을까 봐 걱정했어요."

"오해?"

"제가 늦은 시간에 남자 집에 들어온 거라 혹시나 이상한 방향으로 생각하실까…….."

"흑심 있다고?"

"네, 저 그런 거 전혀 없거든요."

"정말 없어요?"

잔잔히 미소 지은 그녀가 옆에 놓인 와인을 고깃덩이 위로 부었다. 뜨거운 열기 때문에 지혜의 뺨도 덩달아 붉어졌다.

"저 진원 씨랑 아무 사이 아니고 그냥 손님이에요."

"손님?"

그녀가 재미있다는 듯이 설핏 웃음을 터트렸다.

"귀여운 아가씨네. 보통은 초인종 버튼 누르지, 지혜 씨처럼 번호 누르고 안 들어와요. 근데 어떻게 손님이야?"

"네?"

"도련님이 그러라고 알려 준 거 같은데 편하게 있어요."

편하긴, 지혜는 불편해 죽을 것만 같은 몸을 어찌할 바 모른 채 복잡하게 눈동자를 굴려 댔다.

"제가 뭐 도와드릴 건 없어요?"

"아유, 도련님이 보면 제가 난처하니 앉아 있어요."

"그래도……."

"그럼 옆에서 말동무나 해 줄래요? 나는 김연서예요. 나이는 마흔하나고요."

"네. 전 오지혜입니다."

"스물여섯이고요."

"……그걸 어떻게."

"보기보다 기억력이 안 좋네. 나 어디서 보지 않았어요?"

지혜는 빤히 연서의 옆모습을 보았다. 이마부터 턱밑까지 곡선을 따라가던 지혜가 작게 입을 벌렸다.

"아…… 설마, 그때 엘리베이터 앞에서."

"이제야 알아보네요."

진원과 함께 이 집에서 나가던 날, 엘리베이터 앞에서 마주쳤던 여자였다. 근데 왜 여기서 요리를 하고 있지? 아직 상황 판단이 제대로 이뤄지지 않는 지혜를 위해 연서가 설명을 덧붙였다.

"도련님께서 여기 들어올 때 이 층에 있는 집 두 채를 전부 구입하셨어요. 내가 오가는 게 안쓰러웠는지 편하게 출퇴근하라고 배려해 주신 덕분에 옆집 살고 있고요."

"두 집을요?"

"아무래도 아파트이다 보니 옆집에 사생활이 들킬 염려가 있잖아요. 우리 도련님이 또 그런 데엔 예민해서. 지혜 씨도 알고 있지 않나요?"

진원의 철두철미함을 모를 리 없는 지혜가 미약하게 고

개를 끄덕였다.

"그렇다고 아예 펜트하우스에서 살자니 자기 나이엔 과하다며 싫어하시고."

지혜가 보기엔 한강을 앞에 둔 이 아파트도 진원의 나이에는 무척이나 과했다. 보통 대한민국의 29살이라 하면 취직해 초년생인 게 대부분이고. 사회의 톱니바퀴로서 그나마 기름칠 없이 돌아갈 시기였다. 그에 비해 진원은 매우 앞서 가는 경향이 있다.

"그럼 그때……."

"도련님이 무슨 얘기하나 가만히 보고만 있었죠."

"제가 먼저 뽀뽀……."

"한 것도 봤고요."

지혜는 얼굴이 홍당무처럼 새빨개졌다. 자신의 일인극을 관람했던 사람과 함께 있다니, 쥐구멍이라도 가서 숨고 싶었다.

"그땐 사람을 하나 더 구하나 생각했는데 오늘 보니까 아니네."

연서가 시끄럽게 돌아가던 팬을 끄더니 새하얀 접시로 노릇하게 익은 고기를 옮겨 담았다.

"우리 도련님은 씹는 식감을 즐기시는 편이라 퓌레나 죽 같은 음식은 안 좋아하세요."

"네?"

"근데 또 스테이크는 레어로만 드시고요."

"어, 잠시만요."

지혜는 팔목에 걸치고 있던 가방에서 메모지와 펜을 꺼내 들었다. 앞으로 식사 한 끼는 제가 준비하기로 했던 터라 알아 두면 좋은 얘기였다.

"술이 무척이나 세요. 건강에 나쁘다고 늘 잔소리하는데 아무래도 많이 마실 수밖에 없는 자리에서 일하다 보니 취하지 않는 걸 다행으로 여겨야 하나……."

잠을 견디면서 빈약해진 기억력을 대신해 주는 메모지로 진원에 대한 정보가 차곡차곡 입력됐다. 연서가 식탁 위로 접시를 내려놓고 보기 좋게 조율했다.

"5일 날 식사는 어떻게 하실지 모르겠네……."

"5일이요?"

"도련님 생일이거든요."

지혜가 펜 끝을 멈추며 꾹 하고 눌렀다. 이번 주였다.

"왔네."

지혜가 소리 난 쪽으로 고개를 돌리자 이제 막 샤워를 마친 것인지 진원이 젖은 머리로 걸어왔다. 연서가 웃으며 앞치마를 벗었다.

"타이밍은 정말 귀신같다니까. 식사 준비 다 됐어요."

"감사해요."

"즐거운 식사하세요. 지혜 씨도 맛있게 먹고요."

"아, 네."

"그리고 아파트 경비에겐 내가 두는 직원이라고 말해 놨으니까 걱정 말고요."

진원과 함께 일하는 사람들은 모두 눈치가 빠른지 지혜의 머릿속에 들어갔다 나온 듯한 말을 했다.

"……조심히 들어가세요."

연서는 정겹게 지혜의 어깨를 다독이며 퇴장했다. 진원이 그 뒤를 따르자 연서가 자그마한 목소리로 나무랐다.

"여자 혼자 두는 거 아니에요. 어서 들어가요."

"현관문 앞까진데 뭐 어때요."

"배웅할 필요 없다니까는……."

"따라갈 건데."

장난기 어린 목소리가 지혜의 귓가로 안착했다.

"어때?"

다시 돌아온 진원이 의자를 빼 주며 지혜에게 앉으라 눈짓했다. 식탁 옆에 우두커니 서 있던 지혜가 움직였다.

"인상도 좋으시고, 무척이나 친절하시던데요."

"내게 어머니 같은 분이야."

구부러진 지혜의 오금 뒤로 의자가 맞춰 들어갔다. 어머니라니? 지혜는 자신의 옆자리에 앉은 진원을 쳐다보았다.

"학업 다 포기하고 나 열세 살 때 함께 미국 가서 내 뒷바라지 하셨거든."

"아……."

"그래서 우리 어머니보다 날 더 잘 알아."

사생활을 염려한 진원이 제 옆집을 내줄 정도면 편한 상대라는 걸 의미했지만 그 정도로 생각할 줄은 몰랐다. 낳아 준 상대보다 키운 정을 더 가깝다 느끼는 걸까. 지혜는 연서를 떠올리며 말했다.

"진원 씨 열세 살 때면 젊은 나이에 가셨겠네요."

"응. 우리 집에서 일하던 아주머니 딸이었어. 가서 고생 많이 했지."

"……."

"그래서 잘해 드리려고."

지혜는 옅게 인상을 찌푸렸다.

"잘한다는 사람이 지금 시각에 와서 식사 준비해 달라고 해요?"

"뭐가?"

"그렇잖아요. 진원 씨가 밖에서 음식 사 오든가, 왜 피곤하게 늦은 시간에 와서 하라고."

"아, 그거."

진원이 지혜의 앞에 놓인 접시를 제 앞으로 가져왔다. 나이프와 포크를 나란히 집어 든 손이 식사 예절의 표본처럼 절제된 각도로 움직였다. 우선 반으로 가른 뒤 고기의 익힘 상태를 점검한다.

"너 보여 주려고 그런 건데."

지혜가 살짝 입을 벌렸다. 고기의 단면을 유심히 보던 진원이 마저 나이프를 움직였다. 적당하네, 그런 말을 하면서.

지혜는 어리둥절했다. 문득 연서가 다정하게 바라보며 자신의 어깨를 주물러 주었던 것이 떠올랐다. 그 손길은 지혜를 다독이는 것보단 기특함에서 오는 것이다. 누구를 기특해하냐면.

"자, 아."

우진원? 지혜는 자신의 입 앞으로 떡하니 나타난 고깃덩이를 보고선 기겁하며 물러섰다.

"뭐, 뭐하는 거예요?"

"먹으라고."

"저도 손 있어요."

"먹여 주려고 했는데."

"됐으니까 빨리 건너편으로 가서 앉아요."

언제 여기 와서 앉은 거야? 연서의 얘기 때문에 진원이 제 옆자리에 앉은 것도 까마득하게 모른 지혜가 눈을 부릅떴다. 지금 옆집 이웃인 연서를 떠올릴 때가 아니었다.

"여기 앉으면 안 되나?"

그보다 가까운 거리에 있는 진원을 경계해야 한다. 자고 난 뒤 피로를 모두 해소한 몸은 어김없이 거미를 거부하는 성질로 뒤바뀌어 있었다. 소름이 돋아 지혜는 곤혹스러웠다.

"안 돼요. 그리고 가서 옷도 갈아입고 와요."

"옷이 왜?"

"지금 가운 차림으로 식사를 하겠다고요?"

"뭐 어때, 편하게 있으려고 집에서 먹자고 한 건데."

진원은 나른하게 팔을 뻗어 지혜의 의자 뒤로 올려 두었다. 혹여나 닿을까 몸을 최대한 웅크린 지혜가 껄끄러운 시선으로 진원을 보았다.

샤워 후 보디로션을 챙겨 바르는 남자가 얼마나 될까? 긴 목을 윤기 나게 하는 제품은 시각적으로도 모자라 지혜의 후각까지 괴롭히고 있었다. 잘 다져진 근육이 숨을 쉴 때마다 발길질하듯 잠겼다 올라왔다. 느슨하고 성의 없이 묶은 끈이 그 율동에 맞춰 곧 풀릴 듯했다.

"……신경 쓰이면 네가 묶어 줄래?"

낮은 목소리에 시선을 든 지혜는 진원의 검은 눈과 마주쳤다. 아직 물기가 남아 있는 머리카락 사이로 보이는 젖은 시선까지 더해져 지혜는 마치 수증기 안에 갇힌 듯했다. '끼이이익' 갈고리에 걸린 의자가 진원에게로 끌려갔다.

"꿈에서……."

진원의 발이 멈추었다.

"내가 뭘 했는데?"

끈적한 목소리가 지혜의 솜털을 흠뻑 적셨다.

"뭐가요?"

"아까 전화로 꿈꿨다고 했잖아."

"개, 개꿈이에요."

"그러니까 거기서 내가 뭘 했기에……."

진원이 허리를 숙여 지혜의 얼굴 가까이 다가왔다.

"이틀이나 지나서 물어."

공교롭게도 꿈이 당혹스러워 일어나자마자 진원에게 전화를 걸었다. 지혜의 눈동자가 바쁘게 굴렀다.

"아, 그게…… 제가 똑같은 꿈을 이틀 연속 꿨어요."

"두 번이나?"

"네……."

"왜 반복해서 꿨지?"

팔뚝에서 소름이 찔끔찔끔 돋아났다.

"욕구불만인가?"

"아니에요."

"나는 요즘…… 밤에 자주 뒤척이는데."

고독한 목소리에선 뜨거운 열기가 느껴졌다.

"꿈에 네가 나와."

자신을 달아오르게 하는 상대에게 향하는 숨은 정제되지 않은 날것 그대로였다. 지혜는 피부 깊숙이 파고드는 혈기에 어깨를 바르르 떨었다. 진원이 검지를 세워 지혜가 기대고 있는 의자 등받이를 매끈하게 쓸었다.

"그래서 궁금해. 네 꿈에서 내가 어떻게 했을지."

"제발, 그만 좀……."

그 순간 세상에서 가장 촉촉하고 음습한 기후가 지혜의 입술로 젖어 들었다. '촉' 하고.

"이렇게?"

부드럽게 멀어지니 지혜의 배 안에서 지렁이가 꿈틀댔다.

"아니면 이렇겐가."

진원이 눈을 감으며 고개를 비틀었다. 아까보다 더 균형 있게 맞물린 입술이 끈끈이처럼 찰싹 달라붙었다. 떼어 내려고 하는데 두 손이 말을 듣지 않았다. 학습된 행동, 결박되듯 붙잡혀 창문으로 밀어붙여지던 그날 밤의 환상이 지혜의 온몸을 꽉 억압했다.

살짝 벌어진 입술 사이로 거친 숨을 뱉은 진원이 지혜의 아랫입술을 물고선 집요하게 빨아 당겼다. 연약한 살점이 진원의 치열에 비벼지고 쓸리면 혀가 그 위를 살살 문질렀다. 탄탄한 치아에 비해 혀는 연한 죽만 먹고 산 사람처럼 유들거렸다.

미식가가 열심히 음식을 고찰하는 것처럼 진원은 과정을 차근차근 밟아 갔다. 조금 길게 들어온 혀가 지혜의 안쪽을 콕 찔렀을 땐 찌르르 전기가 관통한 것처럼 몸이 빳빳해졌다. 지혜는 바늘처럼 뾰족 선 소름이 거부감 때문인지, 쾌락에 반응하는 신체적 흐름인지 분간되지 않았다.

"어떻게 했어?"

살짝 입술을 뗀 진원이 지혜의 입꼬리에 짧게 입맞춤했다.

"비슷해?"

아…… 뭐라고 말을. 지혜가 혼미해진 눈동자로 답을 찾을 무렵, 볼이 쭉 잡아당겨졌다.

"아!"

"꿈 아니야."

진원이 손을 떼며 웃었다. 손바닥으로 자신의 뺨을 꾹 누른 지혜가 자리에서 벌떡 일어났다.

"장난도 정도껏 쳐요. 자꾸 이런 식이면 두 달 동안 밥 먹기로 한 거 취소예요."

"왜. 거기에 입술 먹는단 조항은 없어서?"

"우진원 씨."

"포함해. 디저트로 딱인데."

"하…….."

"꿈에서 키스했다니까 궁금해서 그랬지. 미안해."

도무지 대화할 상대가 못 된다는 듯이 지혜가 등을 돌렸다.

"네 칫솔 그때 욕실에 그대로 있어."

어디로 향하는지 다 안다는 듯 진원은 말했다.

"샤워는 했고?"

"오면서요."

"그래."

"그건 왜요?"

"아니. 많이 흘렸어서."

무슨 소리야. 지혜는 곧장 욕실이 있는 복도로 걸어갔다. 지혜가 사라지자 진원이 손으로 입가를 가렸다.

"그때 닦아 주고 나왔는데도 모르네……."

진원은 구겨진 눈썹을 그냥 내버려 두었다. 마인드 컨트롤을 하지 않았더라면 지혜 앞에서 그날 밤에 있었던 일을 낱낱이 실토할 뻔했다. 진원은 몇 번 목울대를 가다듬은 뒤 입가에서 손을 떼었다.

"내가 존재감이 그렇게 없나."

메모지 위로 올려진 펜을 치웠다. 누가 쫓아오는 것도 아닌데 그 안에는 진원에 대한 것들이 꿈틀꿈틀 바쁜 글씨체로 적혀 있었다. 하나도 빠짐없이 기록해 두고 싶단 걸 의미하는 걸까. 진원이 마지막 '5일'이라고 적힌 글자를 보듬었다.

"대체 속셈이 뭐야."

알다가도 모를 여자다. 나이프와 포크를 집어 든 진원이 고깃덩이를 잘게 조각냈다. 식욕을 떨어뜨릴 정도로 난도질하는 행위는 식사 예절에 어긋났다. 고기를 짓이기는 손에는 분노로 보일 만한 힘이 실렸지만 지혜의 작은 입안을 생각해 보면 편히 먹으라는 배려였다.

지혜가 아래로 내려 둔 가방에서 핸드폰이 진동했다. 전화가 오는 건가? 진원은 신경 끈 채 칼질에 집중했다.

"……계속 오네."

급한 전화인가 싶어 진원은 나이프를 내려놓았다. 가방에서 꺼내 든 지혜의 핸드폰에는 저장되지 않은 번호만 떠 있었다.

"여보세요."

「……실례지만, 오지혜 씨 번호 아닙니까?」

"맞는데 지금 잠시 자리를 비워서요. 십 분 뒤에 다시 거시면 받을 겁니다."

「그쪽은 누구신데 지혜 대신 전화를 받습니까?」

"……글쎄."

진원의 입꼬리가 천천히 올라섰다.

"내가 누굴까?"

「지혜 지금 뭐하고 있습니까?」

"샤워."

수화기 너머가 서늘했다. 진원은 조금 전 칼질로 인해 접시에 튄 소스를 냅킨으로 닦았다.

"나오면 누구라고 전해 드릴까요."

「애인입니까?」

"그 질문은 아니길 바라는 마음에서 하신 걸 텐데……."

접시가 새것처럼 깨끗해지자 진원은 손가락에 감긴 냅킨을 치웠다.

"미안해서 어쩌지. 맞는데."

통화는 진원의 동의 없이 먼저 끊겼다.

진원은 상대방의 매너를 그다지 신경 쓰지 않은 채 통화 목록에 들어가 그 번호를 지웠다. 거기서 끝나지 않고 수신 차단함에 들어간 진원은 무수히 쌓인 스팸 번호 속에 그 번호를 포함시켰다.

아무 일 없었다는 듯이 지혜의 가방 속으로 핸드폰을 넣은 진원은 태연하게 디캔터에 담긴 와인을 따랐다. 다른 누군가의 물건에 이런 식으로 간섭한 건 처음이지만 그런 제 행동을 탓하자니…… 뭐랄까.

"이 시간에 전화하고 웃기는 놈이네."

그냥 감이었다.

「5일 날 뭐해?」

"네?"

지혜는 잠시 할 말을 잃었다. 그때 식사 자리도 불편했는데 진원은 벌써 다음 약속을 잡으려는 듯 전화로 잊히지 않은 숫자를 말했다.

「별다른 일 없으면 그날 같이 저녁 먹자.」

연서가 했던 말로는 진원의 생일이었다.

"진원 씨 그날 바쁘지 않아요?"

「하나도 안 바쁜데.」

"엄청 바쁘실 거 같은데……."

「너무 한가해서 전화했어. 혼자 저녁 먹기는 조금 그런 날이라…….」

부모님과 함께 식사를 하지 않는 걸까? 보통 생일이라 하면 친구나 가족과 함께 시간을 보내기 마련인데, 진원은 아무 스케줄이 없다고 말했다. 문득 지혜는 진원이 열세 살에 외국으로 간 사실을 떠올렸다.

「내일 너한테 할 말도 있고.」

어려서부터 가족과 함께하는 생일이 없었던 터라 그 관습이 매년 이어지는 걸지도 모른다. 사정을 헤아리니 진원이 커다란 양말을 움켜쥔 아이처럼 느껴졌다.

「같이 먹어 줄래?」

마치 지혜를 향해 '오늘 밤엔 산타가 찾아올까요?' 하는 것처럼.

"……알았어요."

지금은 크리스마스도 아니었고 지혜가 산타도 아닌데 말이다. 하지만 지혜는 털북숭이 가짜 산타를 자처해서라도 진원에게 선물을 안겨 줘야만 했다. 왠지 모를 그런 책임감이 지혜의 양쪽 어깨를 짓눌렀다.

"뭐 드시고 싶은 음식 있으세요?"

「너랑 있으면 뭘 먹어도 좋아.」

"그런 이상한 말 하지 말고요."

「어차피 넘어오지도 않을 거면서…….」

"제가 알아서 준비해요?"

「응, 네가 다 해 줘. 난 얌전히 먹을게.」

"집에서 만나요. 요리해 줄게요."

「좋다.」

오늘이 안 잔 지 이틀짼데…… 지혜가 졸린 눈꺼풀을 부릅떴다.

"내일 주말인데, 저녁 7시 어떠세요?"

「그것도 좋아.」

하루 더 견뎌 보자. 지혜는 귓가에서 핸드폰을 떼어 냈다.

5일이 코앞이었다. 미술 학원에서 모델 아르바이트를 하고 나온 터라 마침 밖이기도 하고, 지혜는 곧장 마트로 향해 식재료를 샀다. 진원의 집 주소로 배달 요청을 하고 진원에게 받아 두라고 문자 보낸 뒤에야 또 다른 걱정이 밀려왔다.

"선물도 해야 하나……."

진원에게 어울리는 걸 생각하니 지혜의 지갑으론 감히 넘볼 수 없는 것들이었다. 물질에 풍요로운 남자인데 굳이 뻔한 걸 사 줘야 하나 싶기도 하다. 지혜는 핸드폰으로 블로그를 뒤적여 찾은 맛 좋기로 유명한 제과점에 방문했다.

"저기, 내일 필요한 케이크인데 혹시 주문되나요?"

"됩니다만 대신 저녁에 오셔야 해요."

"6시 30분 전에는 받아야 하는데."

"네, 그때 오세요. 어떤 케이크로 해 드릴까요?"

진원이 뭘 좋아할까, 고민하던 지혜는 그나마 씹는 식감이 있는 밀푀유로 선택했다.

"칠만이천 원입니다."

조금 전 식자재도 진원이 준 카드로 계산했는데, 케이크만큼은 제 돈으로 하고 싶어 지혜는 자기 카드를 꺼내 내밀었다.

"멘트는 뭐라고 남겨 드릴까요?"

"스물아홉 번째 생일 축하드려요."

"네."

지혜는 고심하다 입을 열었다.

"그리고 하나 더요……."

제과점 문을 열고 나오자 어둑한 밤하늘 아래로 반짝이는 네온사인이 무성했다. 그 길을 따라 걷던 지혜는 다른 사람들과 달리 이 뒤편으로 자리 잡은 어두운 그림자와 소외당한 풍경을 떠올렸다.

"……자꾸 신경 쓰이게 하네."

마치 옷 안쪽에 삐져나온 실밥처럼 진원은 지혜를 계속 간지럽고 불편하게 했다. 화려한 삶을 사는 우진원이 생일을 혼자 보낸다고 말하면 사람들이 뭐라 할까? 모두가 농담하지 말라며 웃을 것이다.

"어제 예약한 케이크 찾으러 왔는데요."

원래 화려한 무대 뒤가 가장 적막한 법이다.

"여기 있습니다."

지혜는 케이크 상자를 들고 걸음을 재촉했다. 어제 진원과 약속을 잡는 바람에 잠들지 못한 몸이 굼뜬 건 당연했지만 도로까지 그럴 필욘 없었다.

"갈 땐 지하철을 타야 하나."

이러다간 일곱 시 약속을 지키지 못할 것 같아 초조해진 지혜가 문자로 진원에게 조금 늦는다 일렀다. 천천히 오라는 친절한 답장이 돌아왔다. 진원의 생일 때문에 잠을 사흘이나 견딘 상태에서 지하철을 타는 건 몹시 힘에 부치는 일이었다. 진원의 배려를 받기로 한 지혜는 도로로 다가섰다.

"택시!"

손을 뻗은 지혜는 자신을 쌩 지나치는 택시가 야속했다. 정류장까지 걸어가야 하나 고민하며 다시 한 번 팔을 뻗자 누군가 그걸 잡았다.

"지혜야."

놀라 고개를 돌린 지혜의 시야가 어그러졌다. 누군지 판별하기 위해 좁아진 눈매가 힘없이 풀렸다.

"왜 내 전화 안 받아."

그의 존재감을 앗아 가기 위해 자동차 헤드라이트가 번쩍이며 지나갔지만 곧 모양 빠지게 도망친다.

"재민…… 오빠."

누가 이 남자를 밀어 낼 수 있을까, 오히려 그 빛이 우습다는 듯이 밤기운을 흠뻑 적신 입술로 웃는 남자인데.

"여전히 듣기 좋다."

내 첫사랑.

진원은 제 앞에 놓인 샴페인을 물끄러미 바라보았다. 생일에 제 손으로 직접 이런 걸 사는 건 낯간지러웠으나 지혜를 생각하면 달콤하고 톡 쏘는 스파클링 샴페인이 딱이라 생각했다. 어제 배달 온 식재료도 전부 냉장고로 손수 집어넣었던 진원은 지혜가 와서 해 줄 음식이 몹시 궁금했다. 야무지게 잘할지 어색할지가 최대 관심사였다.

"여보세요."

물론 결과와 상관없이 전부 맛있게 먹어 줄 생각이다.

「아들, 너 오늘 엄마가 말한 모임에 안 갔니?」

"저 오늘 약속 있다고 말씀드렸잖아요."

진원은 핸드폰을 고쳐 잡으며 창문 쪽으로 걸어갔다. 수화기 너머로 서운함을 드러내는 목소리가 가감 없이 나왔다.

「그래서 잠깐 들러서 얼굴만 비치라고 말했잖니.」

희연은 제 말에 귀 기울이지 않은 아들이 야속했다. 진원의 생일은 본인보다 다른 이들에게 더 특별한 날이었다. 1년에 딱 한 번 주어진 날짜에 귀속되느냐 안 되느냐에 따라 사람들의 자부심이 나뉘었다. 모두가 진원과 함께하길 고대하는 가운데 눈코 뜰 새 없이 바빠지는 건 희연이었다.

「엄마가 명단까지 만들어서 고르고 골라 마련한 자리인데, 주인공이 빠지면 되겠어?」

"매년 그렇게 자리 채워 드렸잖아요. 이번엔 싫다고도 말씀드렸고요."

정작 당사자에겐 진물 나도록 성가신 날이다. 함께할 마음도 없는데 리본 달린 선물 꾸러미처럼 단장한 여자들이 자리에 수두룩할 게 뻔했다.

「얼굴 비치는 것도 힘들어? 대체 누구랑 한 약속인데 그래?」

"비밀이에요."

「너 정말, 생일에 남자들끼리 칙칙하게 그러고 싶니?」

희연은 사내놈들끼리 모여서 술잔이나 기울이며 놀 거라 예상한 모양이다. 그런 짓은 이미 미국에서 다 떼고 온 진원인데, 아직 그 시절에 머물러 있는 희연이 우스웠다.

"하나도 안 칙칙하고 좋은데 뭘 그래요. 애들 착한데."

한국에 오면 철저히 부모님이 원하는 대로 살겠다 마음

먹은 대로 동성과의 친분도 모두 희연의 주도하에 만들어진 것이다. 사실 진원은 시끄럽게 떠드는 입보다 클래식이 좋았고 흑심이 다 비치는 눈보다 미술 작품을 관람하는 걸 즐겼다.

"우리 어머니 화나신 거 같은데?"

「그럼 나지, 안 나겠어?」

"앞으로 제가 더 잘할 테니까 풀어요."

「너…….」

"식사는 하셨어요?"

「아직.」

"맛있게 드시고요."

「엄마 너무 속상해, 진원아.」

"그럼 두 배로 달래 줘야겠네. 모임에 있는 사람들 제가 나중에 만나서 감사 인사 전하고 따로 선물도 골라 직접 보내도록 할게요. 어때요, 괜찮지."

「…….」

"그러니 오늘은 봐주시고요."

「정말 못 이긴다니까…….」

웃으며 희연을 다독인 진원이 핸드폰을 내렸다. 끝끝내 태어나 줘서 고맙단 인사나 오늘을 축하하는 말은 듣지 못했지만 희연처럼 아쉬워 볼멘소리를 내지 않았다.

"좀 늦네."

단지 창문 너머로 빨갛게 물든 행렬을 불만스럽게 내려다보았다.

"차가 많이 막히나."

한 번도 혼자 계획한 생일을 보낸 적 없었다. 자신이 주도하고 원하는 그런 하루. 집 안에서는 유유히 라흐마니노프의 피아노 협주곡이 흘러나오고 있었고 청결도는 평소보다 더했다.

"……."

이제 그림 같은 여자만 오면 된다. 가만히 눈을 감은 진원은 며칠 전부터 준비했던 말을 한 번 더 연습했다. 자신의 혀로 이런 걸 발음하게 될 줄은 상상조차 못했었지만 막상 뱉어 보니 기분 참 묘하다. 진원은 천천히 눈꺼풀을 올리며 창밖을 응시했다.

"뭔데 떨려."

간지럽고 불편한 감각이다.

"이런 자리 불편해?"

지혜는 퍼뜩 정신을 차렸다. 주변을 둘러보니 사람이 복작복작한 카페였다. 언제 여기로 와서 앉은 걸까 생각해 보았지만 기억나질 않으니 귀신에게 홀린 듯했다.

"진짜…… 재민 오빠야?"

"그럼 가짜게."

재민은 픽 하고 웃으며 앞에 놓인 아메리카노를 잘게 흔들었다.

　"길에서 만나다니 세상 참 좁다. 뭐, 한국이라서 가능한 거겠지만······."

　안에 담긴 얼음 조각들이 지혜의 눈앞에서 소용돌이쳤다.

　"갑자기 여기가 좋아진다. 어딜 가도 널 만날 확률이 있단 거잖아."

　믿기지 않을 수밖에. 재민은 이곳에서 볼 인물이 전혀 아니었다.

　"며칠 전에 왔어."

　빨대를 보드랍게 베어 문 입술이 불과 3년 전, 지혜에게 이별을 고했다.

　독일로 가게 됐어.

　"며칠 언제."

　"언제였더라······."

　언제 돌아올진 몰라.

　중요한 사실만 속삭이던 입은 이별의 문턱 앞에서도 잔잔히 속삭였다. 그 음성엔 연인들 사이에서 휘몰아치는 거친 폭우나 파도도 없었다. 차분한 목소리에 따라 지혜도 단정히 대답했다.

　"잘 가."

　지혜가 자리에서 일어서자 재민이 작게 웃음을 터트렸다.

"아직 가지 마."

지혜의 손목을 잡은 손가락이 나긋했다. 꽉 조이는 것이 아닌 빈 공간을 남기는 특유의 버릇 때문에 지혜는 평소 그와 닿을 때 땀이 차오른 적이 없었다. 찝찝한 여름의 불볕더위에도 항상 서늘한 그늘을 만들어 주던 남자다.

"오자마자 제일 먼저 연락한 사람이 너야. 이게 다시 앉을 이유가 되겠어?"

바람처럼 속삭였고 지혜는 어지럽게 흐트러진다.

"……무슨 소릴 하는 거야, 전화 안 왔어."

"했는데."

"잘못 건 거겠지."

"아니지. 내가 네 번호를 어떻게 잊어."

남들처럼 뜨겁지도 않고 차갑지도 않은, 미지근한 온도로 연애하고 헤어졌다.

"못 잊지, 그건."

아마도 그게 문제인 듯싶다.

"너도 아니까 번호 안 바꾼 거잖아."

언제라도 다시 불붙을 수 있는 심지와 마르면 다시 피어오를 여지를 남겨 두었기 때문에 지혜는 매몰차게 굴지 못했다. 재민을 보는 시선이 아까와 달리 유순해진다.

3년이라면 계절이 몇 번이고 바뀌었을 시간인데 오히려 재민은 세월을 비껴 나간 듯 변한 것이 없었다. 몹시 정적인 데다가 흥분하지 않는 성격도 여전한 듯 보였다. 조금 긴 머리카락만이 시간의 흐름을 알렸다. 가느다란 눈매, 부드럽게 뻗은 콧날과 유들거리는 입술은 아직 건재했다. 그러고 보면 남자면서 선이 고운 재민을 보며 잘 빚어진 도자기 같다 생각하던 지혜였다.

"할 얘기 많은데 다 들려줄 테니까 앉아."

하지만 저 검은 눈동자만큼은 매의 것처럼 사람을 꿰뚫었다. 마치 지금 네가 무슨 생각을 하고 있는지 다 안다는 듯이. 가르침을 받던 학생 신분을 벗어난 지가 언젠데 지혜는 아직까지도 간혹 재민이 선생님처럼 느껴졌다. '이 부분이 어렵지?' 하는 것처럼 손목을 잡은 재민이 지혜를 다독였다.

"……얘기가 뭔데."

지혜가 자리에 도로 앉자 빨대를 가볍게 문 재민이 입만 움직였다.

"여전히 예쁘다."

툭, 치열을 비껴 나간 빨대가 튕겨져 나왔다. 지혜는 거기에 부딪친 것처럼 제 심장이 떨렸다.

"그런 얘기 말고."

"너 보자마자 느낀 소감 말한 거야. 보통 오랜만에 만나면 그런 것부터 하는 게 맞아, 근황은 그다음이지."

"……."

"발레 그만뒀다고."

"그 얘기 할 거면 일어날게."

"안 해."

"……."

"너 이럴까 봐 전화도 안 했어. 편지도 안 보냈고. 그 외에도 하고 싶은 말이 많았는데 너랑 연락하면 내가……."

재민이 테이블 위로 잔을 살며시 내려놓았다.

"마음 약해져 돌아오고 싶어질까 봐 못했어. 그건 너도 이해하지."

지혜의 입술 사이로 허탈한 웃음이 흘러나왔다.

"이해? 대체 내가 뭘 이해해야 하는데?"

"너 보고 싶어질까 봐 연락 못했던 거."

"헤어질 땐 그렇게 냉정하더니 이제 와서 답지 않게 왜 절절하게 굴어?"

"너도 나 안 잡았잖아."

다리를 꼰 재민이 허벅지 위로 팔꿈치를 대었다.

"잡았어?"

턱을 괴고 지혜를 지그시 보는 버릇은 여전하다.

"기억에 없는데."

"상의도 아니고 통보였잖아. 거기서 내가 뭘 어떻게 해야 돼?"

"너 연습한다고 늘 나는 뒷전인 데다가 매일 데이트하던 곳이 네 학교 아니면 연습실, 차 안, 집이었던 건 혹시 기억나?"

"……."

"그마저도 넌 매일 골골댔고, 나는 잠든 네 몸 주무르는 게 일인 사람이었어. 어디 다친 데 없나 살피고 약 발라 주고. 네 덕분에 근육 테이프 하난 잘 붙이게 됐다."

"……대체."

"가끔 발을 절뚝거리며 걸어오는 날엔 심장이 떨어질 뻔도 했지. 네 소식 듣고 나서도 내 오른쪽 발목을 주고 싶었다니까. 의학 기술이 거기까지 발전하면 얼마나 좋아, 진짜 줬을 텐데."

"하고 싶은 말이 뭔데?"

"연애할 상태도 아니면서 내게 들어온 건 너였다고."

"……."

"어차피 넌 내가 독일 간다고 해서 그쪽 발레단 생각해 볼 것도 아니었잖아. 네 꿈은 러시아 마린스키 발레단 프리마 발레리나였고."

"그래서 한 게 고작 통보였어?"

"그럼 가자고 말해?"

"……."

재민이 옅게 웃었다.

"미움만 받지. 나 너한테 그런 거 받기 싫어."

"내 핑계 대지 마. 오빠 내가 뭐라고 하든 갈 사람이었어."

"그건 맞아."

"대체 뭐하자는…….."

"그러니까 그때 왜 나 안 잡았어, 지혜야. 그럼 내가 미련 갖고 돌아올 일도 없잖아."

바둑돌처럼 둥그런 눈동자가 지혜를 보았다.

"……뭐?"

한국에 돌아온 게 나 때문이라고? 지혜는 어이가 없어 웃음만 나왔다. 이별의 순간에도 지금처럼 흔들림 하나 없던 동공을 지혜는 기억한다. 집으로 가 독일이 얼마나 먼 거리에 있는지 찾아보고 절망했다. 그는 과연 그 먼 거리까지 생각한 뒤에 내게 말했을까?

"다시 돌아온단 말조차 하지 않았으면서, 지금 누굴 탓하는 거야?"

"네 성격 탓. 구질구질하게 붙잡지도 않고 돌아설 땐 칼 같고, 애인이 있을지라도 자신의 커리어를 선택하는 여자 매력 있단 소릴 여러 번 말해서 너도 기억하지. 내가 거기에 반했으니까."

"…….."

"독일 가서 이 년 정도 회사 다니다가 도무지 안 되겠어서 사표 냈어. 못해도 일 년을 고민해 보고 결정해서 온 거야. 가볍게 놀러 온 거 아니라고, 내 말은."

안다. 재민은 한국을 좁고 답답한 나라라고 생각했다.

세계적으로 유명한 한복 디자이너인 어머니를 둔 터라 어려서부터 해외로 여행 다녔고 보고 느꼈던 것도 많았을 것이다. 하늘을 올려다보던 재민을 자주 목격했던 지혜는 언젠가 그가 비행기를 타고 유유히 떠날 거라 생각했던 적 있었다.

"마침 한국도 그리웠고. 아니, 네가 있어서 그리웠던 거지, 사실은."

"……내가 뭐라고 해야 돼?"

"딱히 무슨 말을 할 필요는 없어."

"그럼 우리 왜 여기 앉아 있어?"

"내가 같이 커피 마실래, 하고 물었고 네가 대답 없이 나만 바라봐서. 침묵은 긍정이라는 판단 아래 데려왔는데 가고 싶으면 그만 가도 좋아."

"……."

"지금도 대답이 없네."

"……."

지혜는 올곧게 다물린 입에서 무슨 말이 나올까 궁금했다. 천천히 시선을 내리깐 재민이 차분하게 말했다.

"데리러 왔어."

"……뭐?"

잔잔한 수면 한가운데로 엄청난 폭탄이 떨어졌다. 지혜가 아무런 말도 하지 못하자 재민이 커피를 들어 마저 흡입했다.

"어차피 이젠 발레도 안 하잖아."

"기억 안 나나 본데…… 우리 헤어졌어."

"헤어졌나?"

재민은 빙그레 웃었다.

"어. 그때 삼 년 전에 오빠가 일 선택하고, 나도 발레 선택했을 때 이미 우린 끝난 사이야."

"지금 내가 일 포기하고, 너도 발레 그만뒀으니 그럼 다시 만나는 사인가?"

"뭐라는……."

"거기가 너 하고 싶은 공부하면서 지내기엔 좋을 거야. 교육 시스템이 한국보다 훨씬 더 잘되어 있어. 너도 금전적인 부분에서 부담 안 느껴도 되고. 어차피 내가 해 줄 거긴 하지만 무턱대고 하면 또 기분 나쁠 테니까."

"지금 나랑 외국 가서 동거를 하자고?"

"가면."

커피를 바닥까지 전부 마신 재민이 입을 떼었다.

"결혼이지, 왜 동거야."

툭, 얼음만 앙상하게 남은 잔이 테이블 위로 놓였다. 지혜의 눈동자가 그 자잘한 알갱이처럼 미끄럽게 녹는 중이었다.

"……결혼?"

"응."

"……."

"연애할 때에도 몇 번 말 나온 거로 기억하는데 이제 와 들으니 거북해?"

"당연한 거 아니야? 언제 적 얘길 하는 거야, 그때랑 사정이 많이 달라졌어."

"어떻게 변했는데?"

지혜는 대답하려던 입술을 꾹 짓눌렀다. 차라리 발레 하느라 연습벌레처럼 살아가던 나날이 더 아름답게 느껴질 정도로 망가진 몸을 재민은 이해하지 못할 것이다.

"내 쪽에서 맞춰 볼게."

발레리나의 애인도 힘들다 느꼈던 재민에게 그런 말을 할 수 있을 리가 없다. 지혜는 족쇄를 채운 것인 양 아무 말도 하지 않았다. 그 모습을 가만히 지켜보던 재민이 '후' 하고 바람을 불었다. 퍼뜩 정신 차린 지혜는 바닥에 내려 두었던 케이크 상자를 집어 들었다.

"그럴 필요 없어."

"……돌아선 마음이야 다시 원상태로 내가 돌려놓으면 되는 거고."

"……."

"우선은 갈 거지? 잡아도."

자리에서 일어난 지혜가 한쪽 어깨에 매달린 가방끈을

고쳐 매었다. 재민은 고개를 끄덕이며 아직 집을 구하지 못해 호텔에서 지낸다 말했다. 지혜는 콧방귀 꼈다.

"못 구한 게 아니라 여기 오래 있기 싫은 거겠지."

"그렇게 들렸어? 맞긴 해."

하필이면 그것도 진원의 계열사 호텔이라니. 지혜는 이상하게 상황이 엮이는 것만 같은 기분에 휩싸였다.

"아, 그리고 그때 네 전화 대신 받은 남자한테 전해 줘라."

그리고 보통 이런 기분은 틀리지 않는 법이다.

"거짓말 별로라고."

난생처음 듣는 얘기에 지혜가 뒤돌아섰다.

"그게 무슨 말이야?"

"뭘 모르더라고."

"그니까 뭘……."

"너 원래 혼자 샤워 안 하잖아."

지혜의 눈동자가 거칠게 뒤흔들렸다.

"같이 씻는 걸 좋아하는지 모르더라고."

카페를 박차고 나온 지혜는 핸드폰을 뒤적였다. 스팸 처리함에 들어가니 멀쩡한 숫자를 가진 번호가 거기에 섞여 있었다. 진원이 한 일일까, 대체 둘은 무슨 얘길 주고받았지? 정신없는 가운데 핸드폰 액정 한가운데로 떠오른 시간이 8시 30분이었다.

"미쳤어. 한 시간 반 동안 뭘 한 거야?"

지혜가 느끼기엔 너무나도 짧은 시간이었지만 재민의 입장에선 참으로 느리고 긴 대화였다. 지혜가 대답도 늦게 하고 멍하니 생각에 잠겨 있던 걸 반복했기 때문이다. 그런 지혜를 보며 재민도 간간이 바람만 훅훅 불어 댈 뿐, 딱히 제지를 하지 않았다.

"택시!"

시간이 흘러간 것처럼 택시도 빨리 가면 좋으련만, 도로는 여전히 꽉꽉 막힌 체증으로 잘 나아가질 못했다. 편안한 시트에 앉아서도 안절부절못하던 지혜는 애꿎은 핸드폰만 괴롭혀 댔다.

"왜 전화를 안 받아."

진원에게 지금 가고 있다고 전해야 하는데 연결음만 지겹도록 흐른다. 음성 사서함으로 메시지를 남기자니 부질없는 행동처럼 느껴졌다. 마지막으로 진원에게 온 문자는 8시 1분이었다.

[오겠다고만 말해.]

대답하지 못했던 삼십 분 사이, 무슨 일이 벌어진 듯싶었다. 지혜는 포기하지 않고 전화를 계속 걸었다. 진원의 집에 도착해 문을 여는 순간까지.

"진원 씨!"

불 꺼진 집 안이 삭막했다. 벽을 더듬으며 조명을 켠 지혜는 피부로 느껴지는 황량한 기운에 진원이 없다는 걸 인지했다. 너무나도 깨끗한 집 안이라 걸을 때마다 한기가 돌았다. 주방으로 다가선 지혜는 식탁 위에 올려진 샴페인을 보고 멈춰 섰다.

"······대체 내가 무슨 짓을 한 거야."

냉장고 문을 여니 지혜가 사 두었던 재료들이 차곡차곡 정리돼 있었다. 새로 산 듯 보이는 하얀색 에이프런이 지혜의 눈으로 아프게 박혀 들어왔다.

"생일인 남자한테······."

지혜는 바닥으로 주저앉고 싶었다. 늘 손목에 채워진 시계를 주시하며 언제 오나 기다리던 진원이 지쳐 집을 나간 건 어찌 보면 당연한 결과였다. 그를 기다리게 하는 여잔 지금껏 없었을 테니까. 지혜가 그 대단한 업적에 흠집을 낸 것이다.

"찾으면 되지."

생일이 지나기까지 시간은 남아 있었다. 지혜는 유일한 연결고리인 핸드폰을 잡고 끈질기게 전화를 걸었다. 부재중 전화가 산처럼 쌓이면 그 정상에서 진원을 외치겠단 마음가짐으로 걸고 또 걸었다. 그 간절함이 통했는지 연결음뿐이던 핸드폰에서 '달칵' 하며 소리가 들렸다.

"여보세요. 진원 씨!"

「아, 귀 따가워. 무슨 여자가······.」

지혜의 눈이 휘둥그레졌다.

"누구세요?"

「그쪽은 누구신데요?」

잠시 정적이 엉켰다.

「여보세요?」

수화기 너머로의 남자가 '똑똑' 하고 지혜의 고막을 두드렸다.

"아, 저 우진원 씨랑 같이 계세요?"

「네.」

"바꿔 주세요."

「얘가 지금 전화받을 상태가 아니라 할 말은 문자로…….」

"그래도 바꿔 주세요. 직접 해야 돼요."

「우리 애 함부로 못 깨우는데요.」

"……자요?"

지혜가 나지막이 묻자 남자는 작게 한숨을 내쉬었다.

「오자마자 들이마시더니 지금 뻗은 거 같네요.」

"거기가 어디예요?"

「오시게요?」

"네."

「진원이랑 어떤 사이인지 말해 줘야 불러도 저희가 욕을 안 먹는…….」

"친구요."

「저도 친군데요, 뭘. 진원이 오늘 기분 정말 안 좋아 보이거든요? 날도 날인데 다음에…….」

"오늘 같이 저녁 먹기로 했어요."

「근데 왜 진원이가 여길 와요?」

"그러니까 거기가 어디냐고요."

「저기요, 누군지 모르겠는데 아까부터 진원이 핸드폰 불나고 있거든요. 오늘 애 생일인 건 아시죠?」

"네."

「잘 아시겠네, 그럼. 전화받았으면 다 댁처럼 말했을 거라고.」

"뭐라고요? 그럼 대체 왜 전화받으신 건데요."

「너무 울려 대서 받았죠. 뭐 이리 끈질긴 여자가 다 있나하고. 그쯤 하라고요.」

지혜가 속이 꽉 막힌 듯한 갑갑함을 숨으로 표출했다. 만나러 가야 하는데…….

「별 사이 아닌 거 같으니 끊겠습니다.」

"애인이에요."

차분한 지혜의 목소리에 남자가 당황했는지 말을 더듬거리다 문자로 위치를 알려 주겠다 했다. 그 단어 하나가 잠긴 문을 연 것이다. 지혜는 허탈하게 웃으며 통화가 종료된 휴대폰을 귓가에서 떼어 냈다.

"어지간히 급하긴 했구나……."

액정 위로 '엮이기 싫은 사람'이라고 저장된 글자가 흐려 졌다가 꺼졌다. 지혜는 이를 신호탄처럼 생각하며 재빨리 가방과 케이크를 들고 나섰다.

"무슨 사이래."

"애인이라는데?"

진원이 픽 하고 웃음을 터트렸다. 명진은 그럴 줄 알았다 며 혀를 끌끌 찼다.

"무슨 여자가 이렇게 착각도 심하게 하냐? 이 정도면 소 설 쓰는 수준인데?"

"……."

"근데 왜 나보고 받으라고…… 진짜 뭐라도 돼?"

"……."

진원은 들고 있던 온더록스 잔을 입가에 대었다. 안에 담 겨 있던 짙은 액체가 빠르게 진원의 목울대를 스치며 내려 갔다. 잔에서 떨어진 입술이 촉촉했다.

"애들 오면 데리고 나가."

"어?"

"아니다. 넌 남아."

"나만?"

"연락 오면 네가 데리러 나가야지. 네 친구인 것처럼."

"너 오늘 나 되게 유용하게 써먹는다?"

"시끄럽고. 입 잘못 놀리면 재미없을 줄 알아."

곧바로 긴 병에 담긴 액체의 상당한 양이 진원의 잔 안으로 쏟아졌다. 명진은 살짝 눈썹을 찌푸렸다.

"나 참. 내가 어디 가서 말 안 할 놈이긴 한데…… 그 여자가 누군지 알고 나가야 데려오지."

"너도 본 여자야."

"누군데?"

팍 삭아 있던 명진의 눈동자가 파릇하게 되살아났다. 진원은 그 우스운 얼굴을 보며 '재미있냐?' 하고 삐딱하게 물었다.

"누군지 알려 달라니까? 애들한테 말 안 할게."

"……."

"에휴, 됐다. 됐어."

"찾기 쉬워."

"나랑 친한 애야?"

"경고하겠는데 친한 척하지 말고 데려와."

"아니, 어떻게 아냐고."

"여기에 어울리지 않는 옷 입고 왔을 거야. 가서 정중하게 데려와. 쓸데없이 이상한 말 하지 말고."

진원이 가늘어진 눈매로 명진을 응시하며 잔을 비웠다. 그 눈빛에 겁먹은 명진이 머리를 석석 긁적이다 결국 진원을 뜯어말렸다.

"알았으니까, 너 적당히 마셔라. 취한다."

"……아직도 뭘 모르네."

빈 잔의 윗부분을 엄지와 검지로 든 진원이 허공에다가 그걸 휘휘 돌렸다. 알코올에 푹 절여진 상태라면 바닥에 처박히는 게 맞지만 얇고 섬세한 유리잔은 진원의 손에서 유려하게 놀아났다.

"넌 내가 취한 거 봤어?"

싱겁다는 듯이 시선을 내린 진원이 테이블 위로 잔을 내려놓았다. 제아무리 술과 유흥이 전부인 삶을 사는 명진이라도 진원만큼 주량이 센 사람을 본 적 없었다. 누가 누굴 걱정하나. 고개를 젓던 명진은 다시 한 번 떨떠름하게 진원을 바라보았다.

"너 오늘 좀 이상한 거 알아?"

"내 생일이잖아."

"그래. 우리가 몇 주 전부터 같이 놀자고 했을 땐 거절하더니 갑자기 나타난 것도 그렇고, 오자마자 술만 죽어라 마시는 것도 그렇고."

진원은 묵묵히 또 잔을 비웠다. 차가 막히나, 오다가 길을 잃었나. 온갖 치졸한 핑계를 대며 기다려도 지혜에겐 연락조차 없었다. 언제나 진원은 상대를 기다리게 하는 사람이었고, 상대가 5분이라도 늦으면 자리 털고 일어났다. 하지만 지혜와 함께하는 생일의 달콤한 기대감이 진원을 그곳에 한 시간이나 붙잡아 둔 것이다.

제가 기대하며 준비한 것들이 눈에 밟혀 견딜 수 없던 진원은 집을 벗어났다. 실망한 저 자신이 낯설어 알코올이 필요한데 어느 가게를 갈 것이며, 어느 걸 주문할 것인지 생각하기 귀찮고 성가셨다.

그래서 늘 입에 술을 달고 사는 명진에게 전화했다. 무작정 그들이 있는 곳에 들이닥쳐 갈증을 해소하고 나서야 제 전화가 숨 가쁘게 울고 있단 걸 깨달았다. 얄미워 방치하다가 무시가 안 돼 기회를 줬다. 명진에게 핸드폰을 내밀며 '받아 봐.' 하고.

"야, 진원아. 손님…… 왔다."

진원은 눈을 감은 채 편히 숨을 뱉었다. 지혜를 본 명진이 여기까지 오는 내내 얼마나 어색했을지 말하는 목소리에서 전부 읽혔다.

"나가 봐."

그 말에 문이 닫히고 얼마 가지 않아 고요해진 공간에 낮은 구두 소리가 울려 퍼졌다. 그 울림이 진원의 뇌를 톡톡 자극했다. 얼마나 많은 알코올을 들이부었는지 기억나지 않았다. 얼마나 화가 났는지, 머리가 아직도 욱신거렸지만 그로 인해 한 가지 명확해진 건 있다.

"진원 씨."

자신을 부르는 목소리에 진원은 설핏 웃음을 터트리며

천천히 감고 있던 눈을 떴다.

"애인 왔어……?"

너 오늘 진짜 잘못 걸렸다.

지혜는 잠시 멍했다. 여긴 대체 왜 온 거냐며 저를 뚫어지게 응시할 줄 알았던 눈이 게슴츠레했다. 이런 취급은 난생처음이라고 구태여 말하지 않더라도 늦은 이유부터 설명하려 했다. 하지만 그 모든 것이 저를 바라보는 열대의 태양 같은 시선 하나로 빠르게 증발했다.

"……."

진원은 단정치 못한 자세로 소파에 앉아 있었다. 아무렇게나 벌어진 다리와 짓눌린 뒷머리가 지혜의 눈에도 무척 낯설었다. 반쯤 벌어진 입에서 나온 애인이라는 단어도.

"하아……."

한숨을 내쉰 진원의 우람한 목울대가 푹 잠겼다가 떠올랐다. 지혜는 반사적으로 테이블 위를 살폈다. 세 개의 긴 병이 희생될 동안 쓰디쓴 입안을 달래 주려 마련된 과일은 싱그런 자태를 유지했다. 뻔했다. 술만 죽어라 퍼마신 것이다.

"대체 얼마나 마신 거예요?"

"……애인."

지혜가 다가가자 진원이 몽롱하게 눈가를 좁혔다.

"애인이 온다고 했는데 왜 네가 왔지."

"거기엔 사정이 있고요."

"네가 내 애인이야……?"

"아니에요."

"이상하다, 애인이라고 해서 기다렸는데……."

"오늘 같이 저녁 먹기로 했잖아요."

"아."

진원이 실없이 웃음을 흘렸다.

"이제 보니 지혜구나."

지그시 바라보던 진원이 옅게 인상을 구겼다. '머리 아파.' 속삭이는 목소리가 지혜의 마음을 불편하게 했다.

"저기 있는 거 얼마나 마셨어요?"

"기억 안 나."

"머리 많이 아파요?"

"응……."

"어떡하지."

우선은 들고 있던 케이크부터 테이블에 올려 둔 지혜에게 돌연 진원의 얼굴이 닿았다. 찰떡처럼 달라붙는 바람에 지혜의 배가 납작하게 압축됐다.

"아…… 푹신해."

"진원 씨, 잠시만요……!"

"베개가 왜 움직여……."

베개라니? 침대로 착각한 듯 날렵한 코끝이 지혜의 옷 위로 아무렇게나 쓸리며 비벼졌다. 이리저리 문질러 대다 아예 이마를 지그시 대고 파고든다.

"머리……."

"이것 좀……!"

"아프다니까……."

'하아' 술내 가득한 숨결이 옷 사이로 진액처럼 흘러내리며 지혜의 배꼽으로 고였다. 지혜는 움찔거리며 민감하게 반응했다. 진원의 속눈썹이 깜빡이는 것조차 지혜에게 고스란히 전해졌다. 점차 그 횟수가 줄어드는 것도.

"졸려……."

"뭐……? 자면 안 돼요!"

"왜……."

"잠들지 마요, 제발."

이 거대한 체구를 홀로 어떻게 감당하라고. 지금도 넘어가지 않기 위해 다리에 빳빳하게 힘을 준 지혜는 다짜고짜 진원의 머리를 확 움켜잡았다. '아' 뒤로 고개가 젖혀지며 톡 하고 터진 신음 때문에 지혜의 살결이 찌르르 울렸다.

"거기에 대고 숨 좀 뱉지 마요!"

"머리 잡지 마…… 아파."

"그러니까 떨어져요."

정신 놓은 사람에겐 고삐가 필요한 법이다. 조이스틱처

럼 머리카락을 움켜쥔 지혜가 뒤로 밀며 제게서 떼어 내자 픽 하고 진원의 입가에서 웃음이 터졌다.

"얻다 대고 명령……?"

"진원 씨, 정신 차리세요."

"머리 놓으랬다."

"떨어지라고 했어요."

"아……."

지혜의 허리에 덩굴처럼 엉겨 있던 팔 위로 돌연 핏대가 올라섰다.

"말 여러 번 하게 만드네."

그 순간 확 하고 지혜의 시야가 뒤집혔다. 멀쩡히 서 있던 몸을 소파로 눕혀 버리는 엄청난 괴력이었다. 어디서 이런 힘이 발휘된 건지 어안이 벙벙한 가운데 자신을 내려다보는 진원의 시선에 숨이 잠겼다.

"놔."

아까와 달리 명확한 발음이 지혜의 손가락 사이를 벌어지게 했다. 장마로 흠뻑 젖은 눈동자가 검은 호수처럼 아득히 깊어지는 걸 지혜는 똑똑히 목격했다. 스르륵 힘 빠진 손가락이 아래로 내려가자 진원이 '흐음' 하고 목울대를 울렸다.

"착하네."

취한 거 맞아……? 의문이 비집고 들어왔을 때 쇄골 근처로 뜨겁게 달궈진 입술이 꾹 하고 짓눌러졌다.

"아! 뭐하는!"

"너무 졸리다, 지혜야."

지혜는 제 목으로 고개를 묻은 진원을 보며 기겁했다. 밀어내려고 어깨를 잡았지만 아까와 달리 위에서 짓누르는 무게감이 비교조차 되지 않았다. 두 다리가 교차해 엮여 있어 일어서는 것도 불가능했다. 압사당할지도 모른단 불안감에 바둥대는 지혜와 달리 진원은 편히 눈을 감은 채 중얼거렸다.

"올 때까지 기다렸는데……."

"알았으니까 진원 씨, 좀……."

"다 망했어."

또 스며드는 죄책감이다. 얼마나 저녁 식사를 고대했을지가 집 안에 남은 흔적에 엿보였다. 진원이 살결을 쭉쭉 빨아당기는 것도 잊은 채 지혜는 숙연해졌다.

"연락 못한 건 정말 미안해요. 갑자기 사정이 생겨서 그랬어요."

"……."

"그렇지만, 망한 거 아니에요. 봐요."

지혜가 고개를 옆으로 돌리자 '촉' 하고 길게 뻗은 목에서 야릇한 소리가 울려 퍼졌다. 진원은 잠에서 막 깨어난 듯한 움직임으로 고개만 든 채 테이블을 보았다.

"케이크 사 왔잖아요. 아직 12시도 안 지났고, 파티하면 되죠."

"……."

"생일 축하해요."

"……Happy birthday?"

"네. 제이크네 어머니처럼 직접 만든 건 아니지만요."

묵묵히 테이블을 보던 진원이 흥미를 잃은 듯 크림보다 뽀얀 지혜의 목으로 다시 입술을 대었다.

"내 케이크는 너로 하자."

"아!"

그와 동시에 힘이 훅 빠지며 진원의 체중이 아래에 깔린 지혜에게 무자비하게 실렸다. 지혜는 손을 뻗어 진원의 태평양 같은 어깨를 토닥였다. 노를 젓는 노인의 손길에 반응하는 것처럼 진원의 등 근육이 잔잔히 넘실댔다. 바다와 맞서기에 지혜는 약체였다.

"윽, 무거워요!"

"미안. 살 뺄까?"

"다 근육이면서!"

"내 몸에 대해서 잘 아네. 얼마나 훔쳐봤어?"

"안 그랬어요."

"만져도 봐."

"숨 막힌다고요. 좀 비켜서……!"

살기 위한 발버둥이 지속될수록 진원은 족쇄처럼 더욱 지혜를 억압했다. 다리를 아무리 투덕거려도 소파에선 먼지 한 점 나오지 않았고 진원도 벽처럼 끄떡없었다. 오히려 민망해지는 상황만 계속 연출됐다. 서로 맞물린 다리가 마찰하며 공간을 야릇한 분위기로 만들었다. 서로의 배가 몇 번이고 떨어졌다 붙으며 버드키스를 했다. 가만히 있으라며 진원의 손이 검은 스키니진을 움켜잡고 제 몸에 딱 붙였을 때 지혜는 갈비뼈가 오므라드는 기분이었다. 그래서 더 파닥댔다.

"하아, 하아……."

"후으……."

레슬링을 한 듯 둘 사이로 가빠지는 숨이 거침없이 토해졌다. 진원이 인상을 찌푸렸다.

"케이크가 뭐 이래?"

"나 케이크 아니에요. 내 어디에 초가 꽂혀 있는지나 봐요."

"다 녹아서 안 보이는 거 같은데……."

"취한 사람에게 뭘 바라."

지혜는 크게 한숨을 내쉬며 온몸의 힘을 뺐다. 반포기 상태로 접어드니 이제야 소파가 얼마나 푹신한지 느껴졌다. 체력적으로 한계를 느낀 지혜가 먼저 백기를 들었지만 지치지도 않는지 정복자는 꿈틀꿈틀 잘도 움직여 댔다. 쇄골 근처에 입술을 대고 숨을 넣었다가 혀로 살짝 핥기도 했다. 어쩐지 능숙한 움직임이었다.

"진원 씨."

"응."

"잘못했어요."

"뭘……?"

"그냥 다요."

"아. 다…… 잘못했구나."

"제가 약속 시간만 맞췄으면 여기 계시지도 않았을 테죠."

"…….."

"술도 안 마셨을 테고. 취하지도 않았을 거고. 난 진원 씨 친구분에게 그런 민망한 단어를 말하지 않아도 됐을……."

"…….."

"아…….."

아까 명진과 만나면서 흐르던 침묵을 떠올린 지혜는 민망해 죽을 거 같았다. 지혜도 전화를 받은 상대방이 가게에서 안 좋게 마주쳤던 무리들 중 하나라고 생각 못했고 명진 역시 여기 올 여자가 지혜일 줄은 꿈에도 몰랐다. 그것도 긴바지에 프렌치 코트를 대충 걸친 캐주얼한 차림으로. 진원의 말대로 이곳과 어울리지 않는 의상이긴 했다.

"아까 입구에서 친구분 보고 서로 어색해 죽는 줄 알았어요."

얼굴을 가린 지혜는 걸어오는 내내 이곳을 수백 번은 더

욕하고 탓했다. 길은 어찌나 복잡한지, 긴 복도를 지나고 또 위로 올라가는데 출구 없는 미로 속을 헤매는 것 같았다. 고개를 살짝 든 진원이 나지막이 물었다.

"그럼 안 왔을 거야?"

"아니, 오긴 왔을 테지만 그 과정이…… 내가 왜 그런 소릴 해서……."

"무슨 소리?"

"하…… 됐어요."

"애인 아닌가?"

"그 단어 좀 그만 꺼내요."

"자꾸 입에 감겨."

"취해서 그래요. 취하면 원래 다 좋아 보이고 사리 분별도 안 돼."

"그래?"

진원은 시큰둥하게 다시금 지혜의 목으로 얼굴을 묻었다. 냄새 좋다……. 한가롭게 그런 소리나 하고 있었다. 지혜는 이제 진원을 떼어 내려고 했던 것도 포기한 채 높은 천장만 응시했다. 반짝이는 조명이 마치 밤하늘에 펼쳐진 은하수 같았다. 졸린 상태라 망정이지, 맨정신일 때 진원과 이런 자세로 누워 있었더라면 아마 지혜는 발작했을지도 모른다.

"난 그렇다고 쳐도 진원 씨 이렇게 취하고 추태 부리는 거 친구분들이 본 적이나 있어요?"

"……."

"이거 들키면 진원 씨 평소 이미지 다 망가진다고요."

"걔들 안 와."

"네……?"

"내가 가라고 했어."

"왜 그랬어요?"

"혼내는 거야?"

"미쳤어, 핸드폰 내놔요!"

"누구한테 연락하게."

"아까 그 어색해 죽을 거 같던 그분이요!"

지혜의 허리를 끌어안고 있던 진원이 돌연 무서운 얼굴로 고개 들었다.

"자꾸 한눈팔지."

"네?"

"나한테 집중해."

"알았어요, 보고 있잖아요."

지혜는 테이블로 팔을 뻗어 더듬거렸다. 목표는 주인에게 버려진 검은색 물체였지만 터무니없이 먼 거리였다. 견우와 직녀도 아니고, 간절하게 팔을 힘껏 뻗던 지혜는 그마저도 시간이 흐르자 포기해 버렸다.

"좀 비키면 안 돼요? 압사당할 거 같아요."

"자세를 바꿀까?"

"일어나면 안 될까요?"

"그건 싫은데."

"하……."

여기 온 게 잘못이지, 지혜는 눈을 감으며 한숨처럼 말했다.

"거기서 재민 오빠만 안 만났어도……."

"누구 오빠?"

진원이 확 고개를 드는 바람에 지혜도 덩달아 놀랐다.

"아."

"나는 왜 오빠라고 안 해?"

"애인이랬다가 이젠 오빠래. 제발 하나에만 꽂혀요. 네?"

"둘 다 가지고 싶은데."

"욕심도 많아, 그걸 어떻게 다……."

"연애할래."

지혜의 표정이 딱딱하게 굳었다. 너무나도 놀라 몸이 반쯤 들렸고 진원이 거기에 맞춰 다리를 세웠다. 입으로 말했으면서 눈빛으로 또 속삭이는 남자다. 검은 눈동자 안에 담긴 제 얼굴을 응시하던 지혜의 입가로 픽 하고 바람이 빠졌다.

"술에 취해도 단단히 취했네……."

말도 안 되는 일이라 생각하니 자꾸만 웃음이 났다. 순정만화에서 자주 등장하는 재벌남과 찢어지게 가난한 신데

렐라의 주인공이 된 것만 같았다. 현실에선 일어나지 않을 법한 얘기를 들은 사람인 양 지혜가 계속 웃어 댔다. 진원이 그걸 보며 잔잔히 웃었다.

"웃겨?"

"네, 지금 막 되는 대로 떠드는 거 같은데…… 진원 씨 취하면 원래 이렇게 현실성이 없어져요?"

진원은 세웠던 다리를 바닥으로 내려 지지했다. 서로 엉겨 붙느라 엉망이 된 옷을 몇 번 털어 내고 주름을 펴는 손길이 각에 맞춰 이뤄졌다. 매무새를 다듬느라 잠시 비껴 나간 시계까지 제 위치로 돌려놓은 진원이 테이블에 올려진 상자로 손을 뻗었다.

"케이크는 뭐로 사 왔어?"

직원이 열심히 접어 댄 상자를 진원은 손쉽게 풀어냈다. 그 안에 담긴 케이크는 무척이나 깔끔한 모습을 유지하고 있었다. 모퉁이에 크림이 묻거나 형체가 망가지지 않은 채 말이다.

"밀푀유."

"……."

"디저트 케이크라니 귀엽네."

상자를 닫은 뒤 그 위로 꺼낸 케이크를 반듯하게 올려놓는다. 지혜는 정신이 멍했다. 조금 전까지만 해도 제 몸에 착 달라붙어 술 냄새를 풀풀 풍기던 남자가 언제 그랬냐는 듯이 똑바로 일어나 정확한 발음으로 말했다.

"글자는 네가 직접 고른 거야?"

알코올 냄새는 여전했지만 말이다. 상자 끄트머리와 케이크 모서리를 똑같이 맞춘 진원이 커터를 뜯어내며 말했다.

"스물아홉 번째 생일 축하해요."

초콜릿으로 쓰인 듯한 글자가 아래에 하나 더 있었다. 포장을 벗기다가 만 커터가 테이블로 내려졌다.

"……태어나 줘서 고마워요."

진원의 가슴 안에서 무언가가 크게 요동쳤다. 지금까지 살면서 저 말을 들어 본 적이 없다. 다들 남들보다 우위에 서려 더 비싼 선물을 하거나 환심을 사려 제 몸을 치장했지, 정작 보내온 화환이나 카드는 다른 누군가가 대필한 듯 똑같이 찍어 낸 말들뿐이었다.

'생일 축하해요.' 평소 축하받을 일은 많았기에 오히려 생일날 저런 소리를 듣는 게 더 지겨웠다. 자신의 탄생이 그들에게 어떤 기쁨을 안겨 줬는지 생각하면 늘 그래 왔던 것처럼 완벽한 모습을 유지해야 한다는 결론이 나왔다. 부모조차 네가 자랑스럽단 말을 건넸다.

"사람 기쁘게 하는 데 뭐 있다니까."

하지만 진원의 존재 자체를 고맙다 하는 사람은 처음이다. 어떤 모습이든 상관없고 더 나아가 진원의 앞날까지 지켜보고 싶단 의미처럼 들려왔다. 네가 무엇을 하든 너는 태어난 순간부터 내게 기쁨이라고.

"진원 씨, 취한 거……."

"나 지금 제대로 치인 거 같다, 오지혜한테."

"취한 거 아니었어요? 다 연기야?"

"태어나 줘서 고맙대……."

진원이 손을 뻗어 페이스트리를 툭 하고 분질렀다. 조각을 떼어 내 놀라 벌어진 지혜의 입으로 넣었다.

"감동받았어. 연애하자."

턱을 느리게 밀어 올렸다.

"만나 보자, 나랑."

겹겹이 쌓인 페이스트리와 크림이 한데 어우러져 지혜의 입안에서 살살 녹았다. 사실 씹을 수 없는 상태였다. 턱을 움직이는 것조차 잊은 채 진원을 올려다보았다.

"재미있을 거야."

"……."

"후회 안 하게 해 줄게."

한데도 눈 녹듯 사라진 케이크는 지혜의 입에 남아 있지 않았다. 지혜는 끈적해진 혀를 굴렸다.

"……아뇨. 후회는 내가 하게 될 거예요."

"왜?"

"결국 버려지는 건 나일 테니까."

"표현이 좀 그런데. 사귀었다가 헤어지면 이별이지 왜

너를 물건 취급해. 그런 거 바람직하지 않아."

"그런 소리가 아니……."

"초 꽂아 줘."

"아…… 네."

진원이 건네준 초를 받은 지혜는 난감해졌다. 일단 나이에 맞춰 주문하긴 했는데 케이크 표면이 딱딱해 초를 꽂으면 형태가 망가질 거 같았다. 테이블 위로 나뒹구는 라이터를 들고 온 진원이 웃었다.

"네가 들고 있어."

"네?"

"케이크 해, 오늘."

'치익' 부싯돌 비벼지는 소리와 함께 촛불 하나가 만들어졌다. 뭉텅이로 초를 들고 있던 지혜의 손에서 금세 활화산 같은 불길이 치솟았다. 지혜는 놀라 팔을 쭉 뻗었다.

"아, 이게 뭐예요!"

"끝내주는데."

"빨리, 빨리 불어요."

"말 안 해 줬잖아."

"뭘요?"

"사귀자니까."

"싫어요!"

"생일 축하 노래는 안 불러 줘?"

"노래? 생일 축하합니다, 생일 축하합니다. 사랑하는 우진원 생일 축⋯⋯."

"사랑한다고 고백까지 했네."

"장난치지 말고요!"

"알았어, 분다."

"소원, 소원 빌고요."

촛농이 제 손으로 떨어질까 바들바들 떠는 와중에도 지혜는 소원을 강조했다. 진원은 픽 하고 웃으며 숨을 모아 불었다. 후욱, 알코올 냄새가 가득 묻어난 바람과 향처럼 피어오르는 연기가 정적을 불러 왔다. 분향소에 인사하러 들린 것처럼 진원의 표정은 엄숙했다.

"소원 뭐라고 빌었게?"

"말하면 안 이뤄지니까 혼자만 알고 있어요."

신위神位로 자리한 지혜는 어떤 표정을 짓고 있을까? 진원에게는 한낱 연애일지언정 나비인 지혜에게는 죽음과도 같은 행위였다.

"고백인데 너 들으라고 말해야지 속에만 담아 두면 무슨 소용이야."

이별처럼 헤어지는 순간이 분명히 올 텐데, 그때 냉철하게 돌아서기 위해서라도 연애는 피하고 싶었다. 철저히 선을 긋고 그 안에서만 움직여야 한다. 진원에게 잠시 매달려 휴식을 취할지언정 마음까지 줘선 안 된다.

"발레도 그만뒀고, 난 우진원 씨 같이 유명하고 촉망받는 사람하고 안 어울려요."

이뤄질 수 없는 남자와 연애하기엔 지혜가 잃을 게 너무 많았다. 진원과 매일 잠들면서 찾아올 달콤한 정상적인 생활도 이별 뒤엔 끝이었다. 다시 찾아올 지옥 같은 나날에 적응하려 괴로워질 몸과 버림받은 상처로 엉망이 될 가슴이 재민과 헤어졌을 때와는 비교조차 되지 않을 것이다. 그땐 모든 걸 잊고 지낼 발레라도 있었지, 지금 지혜에겐 아무것도 없다.

"내 위치가 불편하다면 비밀로라도 좋아. 안 들키게 조심할게."

지혜가 물기 젖은 눈동자로 진원을 올려다보았다.

"만나면서 서로 더 알아보자고."

"지금도 만나고 알아 가잖아요."

"호칭이."

진원이 잠시 말을 멈추었다가 이었다.

"신경 쓰여."

"……."

"난 원래 두 번 말 안 하는데 넌 여러 번 하게 해. 사람 흔들어 놓고 모른 척 뻔뻔하게 구는 태도도 이젠 더는 귀엽게 못 봐주겠어. 계속 신경 쓰이고 화나. 짜증 나고 안 풀리니까 계속 일할 때도 헛손질이야."

그 순간 지혜의 고막에서 '삐' 하는 소리가 울려 퍼졌다. 혼자 만들어 놓은 신호라 지혜에게만 들렸다. 얌전해진 거부감을 짓밟고 일어선 욕구는 지혜가 비정상적인 존재라는 걸 알렸다.

"네 연락처에 다른 남자 번호가 찍히는 것도 싫고, 네가 꼬박꼬박 존댓말 하면서 날 대하는 것도 거북해."

품에 안기고 싶다.

"오지혜 인생을 간섭하고 싶어졌어, 내가."

……안아 달라고 하면 뭐라 말할까. 지혜가 입술을 살며시 벌렸다.

"나는……."

"졸리구나."

그 순간 지혜의 눈꺼풀 옆으로 손이 다가와 어루만졌다.

"반쯤 감겼다."

나긋한 목소리를 들으니 지혜의 손이 절로 나아갔다. 지혜가 진원의 품에 쏙 들어가자 진원은 가두듯이 어깨로 껴안으며 소파로 데려갔다. 나란히 앉은 두 사람은 아까처럼 겹쳐 있지 않았다. 대신 진원이 어깨를 내준 채 서로 손을 잡았다.

옆자리로 가져다 놓은 케이크가 조금씩 조각났다. 지혜가 몰려오는 졸음에 고개를 내젓자 거절당한 조각이 진원의 입으로 들어갔다.

"나는 진원 씨가 편하지 않아요."

"기대어 있다가 잠들어도 돼."

"사실 망가질까 봐 두려워요……."

"내가 소중하게 대해 줄게."

자신도 저렇게 먹히게 될까? 지혜의 인생이 걸린 문제다. 이틀에 맞춰 잠들고 일어나는 규칙에 적응하는 데도 1년이나 걸렸는데, 진원 때문에 그 모든 게 무너진 뒤 떠나면 남겨진 지혜는 그보다 더한 암흑 속을 헤매게 될 것이 뻔했다.

"난 발레 그만두면서 죽을까도 생각해 봤고요……."

크림이 묻은 손가락을 핥던 진원이 잠시 멈추었다.

"앞으로 아무도 못 만날 거란 생각도 계속해 왔어요."

"……."

"그래서 못 만나요, 나."

진원이 지혜의 이마로 부드럽게 입맞춤했다.

"내가 되게 할게."

그 따스한 온기가 천천히 스며들었다. 머리카락 사이로 파고든 손길이 보드랍게 젖어든다.

"오늘 내 고백 듣느라 수고했어."

지혜의 눈꺼풀이 녹아내렸다.

진원은 최 비서에게 난생처음 사적인 부탁을 했다. 그리 늦은 시각은 아니지만 출근하지 않는 날에 저를 부른 상사가 의아해 버선발로 나온 최 비서는 상황을 보고 왜 자신이 필요한지 알 수 있었다.

"취했어요."

"아…… 네."

진원에게 기대어 잠든 지혜를 본 최 비서는 '큼큼' 헛기침을 한 뒤 진원이 이곳을 조용히 빠져나갈 수 있도록 힘썼다. 발렛되어 있던 진원의 차 또한 최 비서가 맡아야 할 임무였다. 운전대를 잡은 최 비서는 여자의 집이 어딘지 물어볼까 하다가 이내 굳게 입을 닫았다.

"저희 집으로 가 주세요."

자신이 어떤 걸 비밀로 해야 하는지도 그때 느꼈다. 잠든 여자의 얼굴에서 시선을 떼지 못하는 진원을 백미러 너머로 지켜본 최 비서는 조용히 제 할 일에 충실했다.

집으로 돌아온 진원은 지혜부터 침실로 데려가 눕혔다. 최 비서가 들고 온 지혜의 가방과 케이크 상자를 탁자 위에 두고선 인사했다.

"그럼 다음 주 월요일에 뵙겠습니다."

"고마워요."

"아닙니다. 편히 쉬십시오."

최 비서가 제 역할을 모두 마치고서 사라졌다. 고요해진 집 안에서 나직한 한숨이 흘렀다.

"힘들면 말을 하지."

아까 지혜의 입에서 죽는단 얘기가 나왔을 때 심장이 떨어지는 걸 경험했다. 한평생 해 온 일에서 박탈당한 상실감이야 이루 말할 수 없을 테지만 자살 기도까지 했을 줄이야. 잠든 지혜를 가만히 내려다보던 진원은 순간 울려 퍼지는 벨 소리에 빠르게 등을 돌렸다.

지혜의 가방에서 핸드폰을 꺼내 들자 '엄마'라고 저장된 이름이 보였다. 혹시나 지혜가 깰까 무음으로 돌려놓고 주방으로 가 물을 마셨다. 지혜가 일어났을 때 마실 것도 함께 준비한 진원은 핸드폰을 아예 꺼두려 했다.

[야, 너 언제 잤어? 너네 어머니가 전화했는데 일어나면 바로 연락해.]

본의 아니게 목격한 메시지에선 '선미'란 이름이 유독 도드라졌다. 지혜의 입에서도 한번 나왔던 이름이다.

근데 언제 잤느냐니, 보통은 지금 자고 있냐고 묻는 게 정상 아닌가? 진원은 액정 위를 배회하던 손가락을 천천히 움직였다.

[엄마가 왜?]

[안 잤어?]

[응.]

메시지는 빠르게 오고 갔다.

[너 통 안 내려온다고 서운해하시더라. 내가 너 바쁘다고

잘 둘러댐.]

[고마워.]

[뭘 이런 거 가지고. 너 언제 잠?]

[이제 곧.]

[야, 그럼 우리 월요일 저녁에 영화 볼래?]

오늘은 토요일이었다.

[너 지금 자면 10시에 일어날 테니까 내가 11시 30분 거
로 예매해 둔다?]

이틀?

[오전?]

잠들면.

[얘가 왜 이래, 심야지.]

이틀 뒤에 일어나?

터무니없는 생각이다. 하지만 이유 없이 지혜와 연락이
닿지 않던 시간들 사이로 이틀을 끼워 넣으니 알맞게 들어
맞았다.

"이틀이나 잔다고?"

진원은 주저앉은 채 핸드폰을 바닥으로 떨구었다. 생각
할수록 말도 안 되고 믿기지도 않았다. 하지만 친구라는 사
람의 입에서 이미 오래된 일상처럼 이틀이란 말이 자연스
럽게 흘러나왔다. 게다가 진원이 본 현재 시각도 10시였다.

"만약 48시간을 잔다면……."

일어나는 시간이 월요일 오후 10시가 된다. 생각에 잠겨 있던 진원이 헛숨을 내뱉었다.

"나랑 있을 땐 아니었는데."

지혜와 함께 잠든 건 두 번 정도였다. 한 번은 룸서비스는 무사히 전달됐는지 호텔을 통해 확인했기 때문에 지혜가 아침에 일어났다는 걸 알았고 이 집에서 함께 잠들었을 땐 함께 일어나서 안다. 진원이 지켜본 바로 지혜의 수면 시간은 대략 6시간 정도.

"……내가 너무 예민한가."

진원은 잠든 지혜의 얼굴을 가만히 바라보았다. 잠결인지 진원에게로 줄기처럼 뻗어진 손가락 끝이 작게 꼼지락거렸다. 그 모습이 앙증맞아 잡아 줄까 하던 손이 돌연 허공에서 멈추었다.

"……."

진원과 함께 누운 날이면 지혜는 무척이나 심한 잠버릇을 부렸는데 바로 자신의 몸에 자석처럼 엉겨 붙는 것이다. 평소엔 죽도 못 먹은 사람처럼 비척비척 걸어 다녀 진원의 걱정을 사더니 잠들었을 때만큼은 성인 남자도 눕힐 정도로 힘이 셌다. 마치 바다에 빠진 사람이 살기 위해 부표를 움켜쥐는 것처럼 말이다.

그 필사적이던 몸도 진원을 껴안으면 금세 얌전해졌다. 지금도 저에게 신호를 보내고 있는 가느다란 손가락을 보던 진원이 자리에서 일어났다.

"한번…… 볼까."

진원은 침대 위가 아닌 거실 소파로 향했다.

말도 안 되지 않나. 어떻게 사람이 그렇게 긴 시간을 잘 수 있단 말인가. 진원도 바쁜 스케줄로 인해 차로 이동하는 시간에 잠깐씩 눈을 붙이다 휴일에 20시간을 기절하다시피 몰아서 자 본 적 있었지만 단 한 번도 깨지 않고 48시간을 잔다는 건 거의 불가능했다.

반신반의한 생각으로 뒤척이던 진원은 해가 뜨기도 전에 소파에서 일어나 침실 문을 열어 보았다. 지혜는 미동도 없이 여전히 눕혀 놨던 모습 그대로였다. 쥐 죽은 듯 음산하게 깔린 어둠이 맘에 들지 않는다. 어서 빨리 일어나 이 혼란을 깨 주었으면 하는데 이미 지혜의 수면 시간인 6시간을 넘긴 후였다.

머리라도 비울 겸 한강으로 나선 진원은 땀에 흠뻑 젖어서야 집에 돌아올 수 있었다. 집 안에서 음식 냄새가 진동했다. 아, 진원은 나지막이 입을 벌리며 주방으로 향했다.

"운동 다녀왔어요?"

"네."

"밖에 웬 구두가 있던데."

연서에게 오늘은 오지 않아도 된단 말을 전한다는 게 깜빡했다. 원래 진원은 실수가 없도록 앞서 꼼꼼하게 계획하고 실행하는 성격인데, 지혜와 엮이면 지금처럼 어디 하나 나사 빠진 사람이 되었다.

"어제 생일은 잘 보냈고요?"

"네."

"다행이네. 지혜 씨 안에서 자고 있죠?"

"들어가서 보셨어요?"

"제가 도련님 혼자 자는 방문도 안 열어 보는데 그걸 열어 봤을 리가."

"그럼 아직도 안 나왔단 거네요."

진원의 표정이 어두워졌다. 그에 비해 연서의 얼굴 위론 향긋한 기대감이 피어올랐다.

"어제 얼마나 괴롭힌 거예요?"

"⋯⋯거실에서 잤어요."

"숙맥이네."

"피곤한 여자 안 건드리는 게 매너죠."

"그러다가 다른 남자가 채 가면 어쩌려고."

"⋯⋯."

"씻고 나와요. 오면서 지혜 씨도 깨워서 데려오고요."

무슨 정신으로 샤워를 한 건지도 진원은 기억나지 않았다. 샴푸를 짜서 머리카락이 아닌 샤워볼에 묻히거나 물이 어디로 떨어지는지도 모른 채 서 있었다. 깨워야지. 진원은 정신 차렸다.

"오지혜."

물방울이 뚝뚝 떨어지는 머리카락으로 침대 앞에 섰다. 드라이기로 말려야 한다는 생각이나 적어도 머리를 털어야 한다는 간단한 상식조차 기억나지 않았다. 진원의 발밑으로는 금세 자그마한 웅덩이들이 여러 군데 생겨났다.

"지혜야."

"……."

"일어나자."

손으로 얼굴을 두드려 보아도 감은 눈은 여전했다.

"아침 먹고 자."

어깨를 잡고 흔들었다.

"일어나 봐."

애꿎은 침대만 앞뒤로 진동한다.

"좀."

돌연 진원의 손아귀로 힘이 들어갔다.

"눈 떠 봐, 사람 불안하게 하지 말고!"

큰 목소리로 말했지만 여전히 반응이 없다. 진원은 여린 뺨을 여러 차례 두들겨 보다 코 밑으로 손을 가져다 대었다. 숨은 쉬고 있는데 의식이 없다. 진원은 어제 가져다 놓았던 컵에 담긴 물을 지혜의 얼굴로 끼얹었다. 반사적으로 눈을 떠도 모자랄 판에 매끈한 뺨 위로 물이 미끄러지며 흘러내렸다. 긴 속눈썹으로 물기가 고였고 땀이 맺힌 것처럼 얼굴은 흥건했다.

"어머, 도련님. 무슨 일이에요?"

"……."

평소 언성을 높인 적 없던 진원이라 연서가 헐레벌떡 뛰어왔다. 진원은 말없이 비스듬히 기운 유리컵만 움켜쥐고서 있었다. 성과도 없이 내질러진 물이 베개로 고요히 스며들었고 진원의 눈썹이 천천히 구겨졌다.

"지혜 씨는 또 왜…… 도련님이 그런 거예요?"

"의사."

진원이 컵을 꽉 움켜쥐며 연서를 내려다보았다.

"의사 좀 불러 주세요."

낮은 목소리가 연서의 고막을 휘감았다. 오싹 소름이 돋았다. 매일 제 자식처럼 먹이고 돌보았던 진원에게서 여태껏 볼 수 없던 분위기였다. 옴짝달싹 못하던 연서가 재빨리 침실을 나섰다.

"어때요?"

평소 건강에 극도로 신경 쓰던 중용은 오랫동안 주치의를 두었는데, 가족도 예외 없이 함께 공유했다. 그런 훈석에게도 지금의 진원은 낯설었다. 초조하게 팔짱을 낀 채 대답을 종용하는 눈빛이 예사롭지 않았다.

"지금 이 아가씬 자는 게야."

"……잔다고요?"

"그러네, 의식을 잃어 기절한 것도 아니고 수면 상태란 말일세."

"근데 왜 깨워도 일어나질 않아요?"

"어제 먹은 음식에 혹 수면제가 들어 있었나?"

"이 여자 입에 들어간 건 제가 다 똑같이 먹었습니다. 만약 그딴 게 들어가 있었다면 저도 같이 곯아떨어져야 맞는 얘기죠."

훈석은 '흐음' 하고 진원을 바라보았다.

"일단 깨어날 때까지 기다려 보세. 자세한 검진은 일어난 후에 병원으로 찾아와서 하는 거로 하고 너무 심각한 상태는 아니니 걱정 말게나."

"심각한 상태가 아니라고요?"

"비정상적으로 수면이 긴 환자들이 있네. 그런 건 약으로도 치료할 수 있으니 걱정 말고."

"보세요."

진원이 침대 아래에 놓인 지혜의 가방을 들고 거꾸로 뒤집었다. 안에 있던 물건들이 우르르 바닥으로 처박혔다.

"약이 어디 있는지."

홀쭉하게 줄어든 가방을 옆으로 던지듯이 치운 진원이 다시 한 번 물었다.

"이게 정상으로 보여요?"

"……."

"어제 오후 9시 20분경에 잠든 여자가 지금까지 못 일어나고 있어요. 아무리 깨워도 못 듣고, 때려도 못 느끼고."

"잠이 깊으면……."

"이 정도면 일상생활이 불가능한데, 이제껏 병원도 안 가고 약도 안 처방받고 살겠습니까?"

"개인적인 사정이 있을지도 모르잖나."

진원은 속이 끓어 올랐다. 저랑 같이 누웠을 땐 잘만 일어났던 지혜가 지금은 못 일어나고 있는데 그걸 알 리 없는 훈석은 기다려 보란 말만 앵무새처럼 반복했다. 투명한 안경알 너머로 비친 노쇠한 눈동자가 이리저리 구르다 이내 차분히 말했다.

"잠은 사람에게 휴식인데 그걸 억지로 깨운다고 해서 좋을 리 있나. 전날 무척이나 피곤했을 수도 있고 정신적으로도 힘들었을 수도 있지."

"……어젠 저랑 종일 안 있어서 뭐했는지 몰라요."

진원이 손으로 얼굴을 덮으며 고개 숙였다.

"평소에도 아무 데나 쓰러져 잠드는데 이게 병이 아니면 뭔데……."

지끈거리는 두통이 몰려왔다. 훈석은 제 가방 안에서 진통제를 꺼내 들며 연서에게 물을 부탁했다.

"어제 어땠는가? 피곤해 보이진 않았어?"

"글쎄요. 맨날 그런 얼굴이라…… 제대로 잘 못 걷기도 하고요."

"수면을 오래 취하지 못하면 행동에 실수가 많아지네."

순간 진원의 머리로 처음 만났을 때 보았던 지혜의 모습이 그려졌다. 잔을 쏟는 바람에 함께 호텔로 갔을 때 계속 실수란 말만 반복하던 지혜였다. 진원은 그런 지혜에게 제 이름은 아느냐고 물어봤었다.

"언어 능력도 많이 무뎌지고."

죄송합니다. 원래 알았는데…….

"인지능력이 떨어지기도 하네."

잘 기억이 안 나요.

"정신이 멍하기도 하지."

작업을 거는 게 아니라 정말로 기억 못하는 거였다. 늘 한숨 쉬고 힘없이 움직이던 것에도 다 이유가 있었다. 항상 중요한 순간에 잠들어 버리는 것도. 순간 지혜가 가게 내에서 바쁘게 걸어 다니던 모습이 진원에게 짜증이 되어 돌아왔다.

"그래서 제게 하실 수 있는 말이…… 기다려 보라?"

"……."

훈석이 고갯짓하자 연서가 물과 함께 약을 내밀었다. 새하얀 알약은 진원의 목 안으로 서슴없이 넘어갔다.

"알겠습니다. 일어나면 또 연락드리죠."

"그래. 그만 가겠네. 나올 필요는……."

가방을 챙겨 든 훈석이 허리를 편 채 우두커니 멈춰 섰다. 어떤 상황이든 예의를 가장 중시하던 진원이 침대에 앉아 있었다. 지금 제가 한 말조차 진원의 귀로는 들어가지 못한 듯 보였다.

"……이게 어떻게 정상이야."

뺨 위로 오고 가는 손길이 부드러웠지만 이조차 느끼지 못하는 듯 지혜는 조용했다.

진원은 잠들지 않고 지혜가 언제 깨어나나 그 옆에 누워 시간을 보냈다. 지혜는 일어나는 대신 진원의 품을 파고들었다. 잠버릇으로나마 움직이니 그나마 다행이었다. 욕심을 조금 보태자면 어서 빨리 일어나 저를 바라봐 주었으면 했다.

잠을 자지 않아 하루가 어떻게 흘러갔는지 기억나지 않았다. 저녁 식사도 거른 채 지혜를 안는 데 시간을 할애했다. 어둠이 찾아와 주변을 이불처럼 감싸고 차갑게 공기를 적셨다. 진원은 몸에 감겨 있던 지혜의 팔을 떼어 내며 바닥으로 내려왔다. 그리고 움켜쥔 건 지혜의 핸드폰이었다.

[핸드폰 주워서 연락드립니다.]

선미에게 문자를 보낸 진원은 곧바로 전화가 울리자 귓가로 가져다 댔다.

『여보세요, 핸드폰 주우셨다고요?』

해답을 아는 여자가 있다.

"네. 최근 통화 목록 가장 위에 있는 사람에게 연락드렸습니다만."

『아, 감사해요. 얘는 또 칠칠하지 못하게 흘려선. 제가 지금 찾으러 갈게요, 어디 계세요?』

"아닙니다. 제가 움직일 테니 지금 어디 계십니까?"

『저 청담동이요.』

"가깝네요. 금방 갑니다."

빠르게 차 키를 챙겨 든 진원은 연서에게 지혜가 일어나는지 지켜봐 달라 부탁하고선 밖으로 나섰다.

운전하는 내내 차선을 몇 번이나 바꿨는지 모른다. 속도감을 즐기는 편이었지만 한가로운 새벽 시간대에나 끌고 나왔지, 지금처럼 엔진의 성능을 이용해 난폭한 운전을 하는 건 처음이었다. 거친 배기음 소리를 들은 차들이 피해 준 덕분에 사고는 면했다. 인도 부근에 아무렇게나 주차한 진원이 난간을 가뿐히 넘으며 지혜의 핸드폰으로 전화를 걸었다.

"카페라고요."

『네, 입구로 오시면 제가 나갈게요.』

"아닙니다. 제가 들어가죠."

『아, 그럼 들어오셔서 왼쪽으로.』

"아, 저기 보이네요."

『네? 저 어떤 옷 입었는지 말도 안 했…….』

한식집에서 보았던 짧은 단발이 진원의 눈에 박혔다. 비어 있는 맞은편 의자를 빼 앉았다.

"오지혜에게 어떤 문제가 있는 겁니까?"

"우…… 진원 씨?"

선미의 눈이 휘둥그레졌다.

"지혜와 월요일에 영화 보기로 했죠."

"그걸 어떻게…… 핸드폰 주운 게 우진원 씨예요?"

진원의 손에 들려 있는 낯익은 핸드폰을 보았으면서도 멍청하게 그런 질문부터 나왔다. 진원은 '아' 하며 눈 감은 채 관자놀이를 꾹 짓눌렀다.

"용건을."

"언제, 어디서 주웠는데요?"

"중요한 일이라 직접 듣고 싶어서 왔는데요."

"영화 보기로 한 건 또 어떻게 아시고…… 아, 핸드폰 주인 찾으려고 뒤적이면서 문자도 보셨겠구나."

"그 약속은 지혜랑 한 게 아니라 저와 한 겁니다."

"그렇죠. 제가 우진원 씨랑 약속을…… 네? 제가요?"

"지혜 핸드폰은 어제부터 제가 가지고 있었어요."

"어제요?"

선미의 등골이 서늘해졌다. 성을 떼고 발음되는 제 친구의 이름이 무척 낯설었다.

"지혜랑…… 아는 사이에요?"

답답한 듯 가만히 선미를 응시하던 진원이 낮은 음색으로 되물었다.

"육회는 맛있었습니까?"

식당에서 실수로 문을 연 것이 아니라 지혜 때문이라니. 로또의 확률이라 자부했던 그 순간이 전부 계획된 일이었단 사실을 안 선미는 충격에 빠졌다.

"그 빚진 사람이 우진원 씨……."

자신은 하나부터 열까지 사소한 일과라도 전부 말하는데 지혜는 이토록 중대한 비밀을 숨기고 있었다니. 선미는 파르르 떨리는 입술을 손으로 덮었다. 지혜의 앞에서 진원을 보고 오두방정 떨었던 자신이 얼마나 웃겨 보였을까.

"저와 한 문자 기억하시죠."

진원은 여전히 두통에 시달리는 중이었다.

"지금 자면 월요일 저녁 열 시에 일어날 거라고 장담하던데 대체 몇 시간을 자는 건지, 언제부터 그런 건지 얘기해 보세요."

"이거 몰래카메라 아니죠?"

"어서. 지금 이러는 와중에도 잠들어 있어요."

"당연히 지금도 자고 있겠…….."

"당연?"

선미의 눈동자가 뒤흔들렸다.

"그러니까 어디가 어떻게 당연한 건지 납득 가게 얘길 해 주셔야…… 알아 듣지."

원래 우진원이 이토록 차가운 냉기를 풍기는 남자였나? 선미는 멍한 얼굴로 날카로운 말이 제게 박히는 걸 가만히 보고만 있었다. 뒤늦게 자신이 앞뒤 구별 못하고 달려들고 있단 것을 깨달은 진원이 억지로 웃었다.

"선미 씨라고 했나……. 도움은 내가 더 많이 줄 수 있을 거예요. 지혜를 위한 거니까 말해 봐요."

난처한 듯 손톱 끄트머리만 맞붙이던 선미가 망설이다 말했다.

"……제가 말해 봤자 달라지는 것도 없는데요. 게다가 지혜가 아직 말하지 않은 걸 제 입으로 먼저 하기도 그렇고요."

"지혜에겐 못 들은 거로 할 테니 말씀해 보세요. 희귀병입니까?"

"아니. 그 반대예요."

진원의 표정이 굳자 선미가 한숨을 내쉬었다.

"아픈 게 아니에요. 병원에 가도 전부 다 신체적으로 아무런 이상 없다 말한다고요."

"여기도 정상이라고 말하네……."

나지막한 목소리에 선미는 제 귀를 의심했다. 혼잣말임

에도 불구하고 그 무게가 쇳덩이 같았다.

"정신의학과 진단은 받아 봤어요?"

"어딜 가든 마찬가지였어요."

"……."

"의학적으로는 설명할 수 없는 그런 부분이라 저도 더 말씀드리진 못해요."

"……좋습니다. 그럼 어떻게 해야 일어나는지 말해 보세요."

"48시간 뒤요."

"정확히요."

"네. 정확…… 해요."

"아무것도 못 듣고 못 느끼고 일어나지도 못하는데, 48시간이 지나면 저절로 눈을 뜬다고요."

"네……."

진원의 입술 사이로 비싯 웃음이 튀어나왔다. 선미는 도리어 민망해졌다.

"것 봐요, 말해도 믿기지 않으시죠."

"아니, 그런 게 아니라 대답이……."

진원은 차분히 입 다물며 테이블을 응시했다.

"……이 사실을 누가 또 압니까?"

"저 말곤 아무도 몰라요."

"하기야…… 아는 사람이 많아서 좋을 것도 없겠네요."

기대했던 답을 듣지 못한 진원이 느리게 자리에서 일어

나려 하자 선미가 다급히 말했다.

"제발, 제보하지 말아 주세요."

"……어딜요?"

"서프라이즈 같은 데……."

서프라이즈? 진원의 눈썹이 작게 꿈틀거렸다.

"선미 씨였군요. 그때 지혜 핸드폰으로 저한테 문자 했던 게."

선미가 왕방울만 한 눈으로 진원을 보았다.

"언제요?"

"항문 외과 추천해 달라고."

"어…… 그럼 그 스토커가 우진원 씨예요?"

"스토커?"

"아니, 지혜가 엮이기 싫다고 저장한 남자라서 제가 퇴치한답시고……."

둘 사이로 묘한 기류가 흘렀다.

"……하."

"세상에……."

"어쩐지 말투가 다르다 했다……."

"……죄송합니다."

진원의 고개가 뒤로 젖혀지고 선미의 입에선 외마디 탄성이 튀어나왔다.

"아니, 우진원 씨가 뭐가 부족해서 엮이고 싶지 않은 남자예요?"

"왜 날 피하는 건데?"

"그러게요. 지혜가 미쳤나?"

"그쪽이 봐도 이해 안 가죠?"

"네. 걔 지금 어디 있어요? 혼내야겠네."

진원이 허탈하게 웃으며 차 키를 움켜쥐었다.

"지금은 우리 집에 있으니 나중에."

선미의 입이 떡하니 벌어졌다. 우리 집이란 단어는 온갖 상상의 나래를 펼치기에 충분했다. 정작 진원은 신경 쓰지 않은 채 일어섰다.

"아무래도 혼자 두기 불안해서요. 일단 제가 데리고 있으면서 지켜본 뒤에 또 연락드리겠습니다."

진원이 걸어가자 이곳을 본체만체 곁눈질로 훔쳐보던 시선들이 화르륵 달아났다.

"아."

진원은 비스듬히 턱을 돌리며 제 어깨와 부딪친 남자를 보았다.

"실례했습니다."

턱 끝을 살짝 내리며 인사한 진원이 걸어가자 남자가 빤히 그 뒷모습을 지켜보았다. 선미는 아직 진원이 나가는 길목에 정신이 팔린 채였다. 뒤늦게 테이블 위를 '콩' 하고 두드린 소리에 퍼뜩 정신 차린 선미가 어색하게 웃었다.

"쌤 오셨어요?"

"재구나."

"네?"

재민이 미소를 띤 채 자리에 앉았다.

"어디서 들어 본 목소리라서."

선미는 무슨 소리를 하냐는 듯 난해한 기색을 숨기지 않고 드러냈다. 예나 지금이나 변함없이 재민은 알기 어려운 남자였다. 남을 구경하는 취미도 없으면서 유리창 너머를 빤히 본다.

"차가 많이 막히더라."

"아, 주말이라……."

"여긴 여전히 시끄러워."

두 번 다신 오지 않을 것처럼 떠났음에도 오늘 갑작스레 전화해 한국이라 말하는 성격도 선미는 이해할 수 없었다. 남자라면 지긋지긋하게 만나 왔는데도 저 살짝 좁아진 미간에 어떤 생각을 넣어 두고 있는지 도통 모르겠다.

"커피는?"

"제 건 여기 있어요."

"나 왔으니까 하나 더 마셔. 사 줄게."

재민은 3년 만에 본 건데 마치 어제도 만난 것처럼 편안한 대화를 주도했다. SNS를 통해 재민과 꾸준히 연락을 주고받던 선미도 전혀 낌새를 눈치채지 못했던 귀국이었다. 한국에 무슨 일로 온 거냐고 물어보려고 했던 입이 시들해진다.

"아니요…… 안 마실래요. 갑자기 입맛이 싹 사라졌어요."

"왜?"

"그러게요……. 아, 내가 대체 뭘 한 거지. 생각해 보니 저 지금 완전 실수한 거 같아요."

"무슨 실수."

"해서는 안 될 말을 한 거 같은데……."

"지혜 어디 있어?"

"우진원 씨 집에……."

무의식중에 말한 선미가 뒤늦게 제 입을 손으로 틀어막았다. 재민은 태연하게 건너편에 놓인 아메리카노를 들었다. 선미가 심란한 마음에 마시지 못했던 검은 액체가 빨대를 통해 슬금슬금 올라갔다. 그리고 보면 재민은 늘 아메리카노를 마셨다. 누군가의 입에는 쓰게 느껴질 액체를 물 마시듯 흡수하고서 어떤 표정 변화도 없다. 도톰한 입술이 살짝 벌어졌다.

"동거야?"

선미조차 생각하지 못한 대답이었다.

"오늘도 같이 주무실 거예요?"

　진원은 대답 대신 웃음 지었다. 확실히 이 사실을 여러 사람이 알아서 좋을 건 없다. 진원이 나갔다 돌아오는 동안에도 지혜가 일어나지 않았다며 조바심 낸 탓에 연서의 고운 얼굴이 폭삭 시들어 있었다.

　"선생님 말씀으로는 피곤해서 그런 거라니까 곧 일어나겠죠."

　진원은 청량한 목소리로 여린 마음을 다독였다.

　"내일 식사 준비는 안 하셔도 돼요. 만들어 놓은 반찬 알아서 꺼내 먹을게요."

　"그래도 출근하시는데……."

　"저 어린애 아니에요."

　"제가 맘이 불편해서 그래요."

　"알았어요. 걱정 안 하게 잘 챙겨 먹을게."

　연서를 배웅한 진원은 문에 기대어 잠시 눈을 감았다.

　"정신 차려야지……."

　지혜가 누워 있는 침실로 향하는 걸음이 천근만근 무거웠다. 이젠 저 잠든 모습도 어느 정도 적응을 마쳤는지 다른 것이 눈에 띄었다. 가방을 뒤집어 놓으며 떨어진 물건들은 전부 연서의 손길을 타 침대 옆 탁자에 정렬돼 있었다.

그 한가운데 메모장이 있었다.

진원은 옆면으로 엄지를 지그시 대며 종이의 두께를 가늠했다. 힘주자 살결을 긁으며 쏟아지는 종이에서 잉크 냄새가 넘실거렸다.

"……."

이틀이나 깨 있느라 빈약해진 기억력을 대신해 많은 것들이 적혀 있었다.

세탁소에 옷 맡김, 가스 검침을 받지 못함, 엄마가 보낸 사골국은 냉동실에 있음……. 사사로운 일상 하나까지 전부 다 이곳에 있었다. 그 사이로 자신의 생일을 본 진원이 넘기던 종이를 멈추었다.

"까먹지 않으려고 적어 둔 건 기특한데…… 적지 않았으면 잊었을 거지."

글자 위를 스치는 손길엔 아무것도 묻어나지 않았다. 자신은 지혜와 줄곧 대화하고 마주 보며 추억을 쌓아 가고 있는데 지혜는 아니었다. 머릿속이 아닌 찢으면 그만일, 넘기면 어제가 될 곳에 자신을 남겨 두었다.

"엮이기 싫은 남자……."

그러니 종이 한 장 차이인 꿈과 현실도 구분하지 못하는 것이다.

"내가 무슨 벌레라도 돼?"

꼭 지혜를 갉아먹는 암 덩어리인 양. 거무룩한 속내를 가졌다고는 하나 그마저도 지혜에겐 전부 보여 줬다. 삽입 직전에 인내하며 돌아선 것도 욕구만 해결하는 게 아니라 둘이 함께 기억하는 섹스를 원해서였다. 배설의 대상이 아니다. 관심 있어 원하게 되고 그래서 바라는 일련의 과정을 차례대로 밟게 한 여잔 지혜가 처음이었다.

"이런 거 말고 직접 말해 주지."

종이의 마지막 장까지 전부 훑어본 진원의 손끝이 아쉽게 떨어졌다.

"왜 자꾸 날 담아 놔. 글자도 아닌데."

진원의 시선이 그 옆에 놓인 펜으로 꽂혔다. 지혜의 집에서도 본 적 있는 데다가 손에 든 것만 해도 여러 번이다. 뭐든 기록하는 습관을 지닌 지혜가 하루 중 가장 많이 만지는 물건일 터였다. 진원은 펜을 가볍게 쥐고서 빙 둘러보았다. 보통은 위에서 누르면 펜촉이 나오는 것과 달리 버튼이 옆면에 달려 있었다. 엄지로 누르려고 하자 버튼이 헐겁게 움직였다. 상하좌우로. 옆으로 느슨하게 밀었다.

딸깍.

『어, 왔네.』

『타이밍은 정말 귀신같다니까. 식사 준비 다 됐어요.』

『감사해요.』

『즐거운 식사 되세요. 지혜 씨도 맛있게 먹고요.』

『아, 네.』

『그리고 아파트 경비에겐 내가 두는 직원이라고 말해 놨으니까 걱정 말고요.』

진원의 표정이 묘해졌다. 재생된 음성은 그리 머지않은 시간에 기록된 것이다.

『나는 요즘 밤에 자주 뒤척이는데 꿈에 네가 나와.』

처음 지혜가 이곳에 와 식사했던 날의 대화였다.

『왜. 거기에 입술 먹는단 조항은 없어서?』

『우진원 씨.』

『포함해. 디저트로 딱인데.』

달콤하게 나눴던 키스의 흔적도 여실히 담겨 있었다. 옆으로 한 번 더 버튼을 밀자 다음 음성으로 넘어간다. 어수선한 분위기 속에서 떠들어 대는 낯익은 남자들의 목소리가 재생됐다.

『니들끼리 술 처마시면서 나 어떻게 돌려먹고 저급하게 말하든 상관 안 하겠는데, 내 앞에서는 자제해라. 이거 다 녹음되고 있거든?』

또 다음.

『작업 걸려고.』

다음.

『아플까 봐 걱정이네. 침 발라 줄까?』

딸깍. 진원은 비싯 웃음을 터트렸다.

"……이것 봐라."

저를 제외하고 다른 녀석들의 목소리도 녹음된 걸로 보아 이 펜의 목적은 뻔했다. 잠시나마 사회를 들썩이게 할 타이틀도 생각났다. 재벌 3세들의 사생활, 우진원의 숨겨진 모습.

"아니."

옅게 미간을 찌푸린 진원이 잠들어 있는 지혜를 내려다보았다.

"이게 아니지, 지혜야."

진원이 펜을 움켜쥐자 나침판처럼 저를 향해 뻗어진 지혜의 손이 작게 꿈틀거렸다. 진원은 그걸 보며 부드럽게 미소 지었다. 사실 답은 이미 알고 있다.

"어림도 없지."

진원은 유유히 등 돌리며 침실 문을 닫고 나갔다. 하루만 더 견디면 된다.

The Bad Relationship

5. 나비효과

5.나비효과

딸깍, 딸깍.

지혜는 느릿하게 눈꺼풀을 들어 올렸다. 귓가로 딸깍거리는 소리가 지속해서 들려오고 있었다. 딸깍. 그 불규칙한 음정에 맞춰 지혜는 여전히 낯설지만 처음은 아닌 천장을 응시했다. 진원의 집이구나. 또 어느 순간에 잠들어 이곳까지 온 건지 알 수가 없었다. 찌뿌듯한 몸을 기지개 켜며 일어나자 침대 끄트머리에 놓인 일인용 소파에 진원이 앉아 있었다.

"일어났어?"

"네……."

아, 그런데 왜 이렇게 피곤하지. 지혜가 습관처럼 손으로 어깨를 주물거렸다. 그러다 문득 진원의 손에서 정체를 알 수 없던 소리가 울려 퍼지고 있단 걸 깨달았다. 딸깍, 딸깍. 진원이 누를 때마다 펜촉이 나왔다가 들어갔다. 버튼을 옆으로 밀자 음성이 재생됐다.

『꿈에서 키스했다니까 궁금해서 그랬지. 미안해.』

그걸 본 지혜는 등골이 서늘해졌다.

『네 칫솔 그때 욕실에 그대로 있어.』

지혜가 소지한 녹음기 펜이었다.

"어때. 듣기 좋지?"

"지금 이게 무슨……."

"별로야?"

『그때 닦아 주고 나왔는데도 모르네…….』

"이상하네."

진원이 고개를 기울이며 제 귀 옆으로 펜을 가져다 댔다.

『내가 존재감이 그렇게 없나.』

"우리 섹스할 뻔했는데 안 들어 봤어?"

할 뻔이라니. 지혜의 얼굴이 서늘하게 식었다. 진원이 음성을 멈추며 도로 펜을 내렸다.

"왜 그렇게 놀라. 들어서 다 알 거 아니야."

답을 찾아 헤매니 도달한 건 그날 밤이었다. 지혜가 집으로 올라갔다고 생각했지만 그러지 않았던 밤. 돌아가 진원의 차에 다시 올라탔던 제 자신이 희미하게 떠올랐다.

"작업도 걸고, 고백도 하고."

딸깍딸깍, 또다시 버튼이 진원의 손에서 유린당하기 시작했다.

"사람들이 알면 꽤 놀랄 만도 할 거야. 내가 어디 가서 이런 얘길 하겠어?"

지금 들은 건 지혜조차 언제 녹음됐는지 모르는 것들이었다. 잘못 눌렸거나 의도치 않은 흔적들. 패기롭게 증거를 모은답시고 사 두었던 녹음기는 그저 펜의 용도로 전락한 지 오래였다.

"이거에 대해서 할 말 없어?"

지혜는 입안이 말랐다. 어느 순간부터 진원의 목소리를 기록하려는 의욕조차 잊었다. 하지만 남겨진 결과물은 정반대였다.

"……제 가방을 뒤지신 거예요?"

"그거 말고."

"저 잠든 사이에 제 물건 함부로 손댔냐고요."

"그렇게 됐어. 또 할 말 없어?"

"무슨 할 말이 있겠어요. 이미 다 들어서 아시잖아요."

그래. 자신도 모르는 순간에 녹음이 되었다고 한들 어차피 올 순간이었다. 지혜는 차분히 말했다.

"놀이는 이쯤 끝내도록 하죠."

"뭘?"

"그 녹음 내용 외부로 알려지면 진원 씨도 피곤하실 거

아니에요. 일부러 난처하게 할 생각으로 작정하고 녹음한
거였어요."

"아, 그랬구나. 근데 무슨 놀이? 우리가 놀았나?"

"지금 계속 놀고 있던 거 아니었어요?"

"내가 했던 말들 중에 웃겼던 게 있었나?"

"다요."

"전부 진심이었는데 너무하네."

"당신 같은 남자가 나한테 진심이라고요?"

진원의 눈매가 진해졌다.

"동화는 혼자 쓰세요. 애꿎은 사람 끌어들이지 말고."

짧게 웃음을 터트린 진원이 펜을 꾹 누르며 옆으로 치웠다.

"그래서 내 뒤통수치려고 몰래 이런 깜찍한 짓을 했다?"

평소에도 차가운 인상이라 느꼈지만 저렇게 바라보니 칼
날에 베이는 것만 같았다.

"그럼 주인공은 모르게 해야지 왜 나한테 들켜. 재미없게."

아니, 자고 일어난 뒤라 되살아난 거부감 때문이다. 지혜
는 삐쭉한 가시가 박힌 것만 같아 손으로 팔 위를 감쌌다.

"……어차피 말할 생각이었어요."

"이걸로 뭘 뜯어 낼 생각이었는데? 돈?"

"주신다면 받고요."

"뭐?"

"처음엔 관심 있어서 접근했는데 계속 보다 보니 질려서

어떻게 끊어 낼까 고민했거든요. 이왕이면 실속 챙겨도 나쁠 건 없겠죠."

"……."

지혜는 애써 시선을 떨어뜨렸다.

"당신 같은 남자랑 놀기엔 저까지 피곤해지는 것 같아 싫증 나던 참이었거든요."

원했던 상황이고 바라던 말인데 왜 이렇게 말하기가 힘든지 모르겠다. 잠시 침묵을 유지하던 진원이 옅게 웃었다.

"아, 그렇지. 우리가 놀았다고 했나?"

"……."

"그래, 뭐…… 난 논 적 없지만 네가 원한다니 한번 해 보자. 일어나."

"네……?"

"제대로 놀게 몸부터 풀라고."

진원이 먼저 소파에 붙이고 있던 몸을 떼어 냈다.

"안 그래도 이틀이나 자서 뻐근할 텐데."

그 순간 쇳덩이가 날아와 지혜의 머리를 후려친 듯했다. 진원은 넥타이에 셔츠 차림이었다. 출근 준비를 하는 거로만 알았는데 생각해 보니 지혜는 토요일에 잠들었으니 남들이 보기에는 일요일에 일어났어야 맞았다. 지혜가 서둘러 창밖을 보는 사이 진원은 제 손목에 걸린 시계를 매만졌다.

"지금이…… 저녁 9시 23분."

어두운 풍경 속에 버려진 사시나무처럼 지혜의 몸이 오들오들 떨렸다.

"아, 궁금해할까 봐 말해 주는 건데 오늘 월요일이야."

진원이라면 저를 혼자 재우지 않았을 거라 여겼다. 두 번이나 그 품에서 일어난 경험 때문에라도 지혜는 진원이 침대에 무방비 상태로 놓인 자신을 두고 거실 소파에서 웅크리고 자는 걸 상상해 본 적 없었다. 진원은 제 할 일을 다 마친 시계를 풀어내 탁자 위로 올려 두었다.

"무슨 놀이를 해 볼까. 밀고 당기기?"

"왜……."

"아니면 진실게임?"

"왜 날 안 깨웠어."

"먼저 질문한 거야? 대답해 줄게."

"……."

"그냥 혼자 재워 보고 싶었어. 근데 깨우려 무슨 짓을 해도 일어나질 않더라고."

냉동 창고 안에 갇힌 듯 지혜의 살갗이 조금씩 얼어붙었다.

"이번엔 내 차례인가? 언제부터 내가 싫증 났는데?"

"기억…… 안 나요."

"그래, 다음 질문해."

"나 자는 거 계속 지켜봤어요?"

"출근한 오늘 빼고는 계속 봤었지. 처음엔 내게 관심 있어서 접근한 거라고 말했는데 맞아?"

"맞다고요."

"규칙을 잘 모르나 본데……."

다 지켜봤다면서 왜 이상하게 생각하며 바라보지 않을까?

"이거 거짓말하면 안 된다. 맞아?"

한가롭게 질문이나 던지고 있는 진원을 보며 지혜의 눈꺼풀이 살짝 경련했다.

"맞냐고."

"……."

"맞다고 해."

지혜가 으스러지듯 입술을 깨물었다.

"해. 나도 두 번은 안 놓쳐."

결국 토해 내듯 숨을 뱉은 지혜가 솔직히 대답했다.

"아니에요."

"거짓말한 거지, 그럼."

"……."

"대신 내가 두 번 질문한다."

누굴 위한 게임인지 모르겠다. 지혜는 한시라도 빨리 이곳을 도망치고 싶었다.

"불치병에 걸린 거야?"

"아니요."

"그럼 매번 잘 때마다 이틀씩 자?"

"……."

"대답해."

"네……."

도망가고 싶어. 눈을 질끈 감은 지혜를 조명처럼 감싸며 진원이 나지막이 물었다.

"정말?"

"그렇다고요. 다 봤다면서요."

"보긴 했지."

"……."

"……근데 이상하다."

"뭐가요."

"네 친구도 그렇고 너도 그렇고."

진원이 천천히 웃었다.

"왜 나와 같이 잠들면 여섯 시간 안에 일어난단 얘길 안 해?"

지혜가 심장이 떨어진 듯한 표정을 지었다. 그 얼굴을 바라보며 진원은 오히려 여유롭게 미소 지었다. 어차피 네게 한 편의 동화처럼 글자로 기록될 남자라면.

"재미없게."

그 안에서 영원히 잊히지 않을 역사가 되어야지.

진원은 시선을 내리깔았다. 그 순간 얇지만 날카로운 종이 날이 지혜를 스치는 듯했다. 보통 남녀가 함께 침대에 눕는다면 팔베개를 해 주거나 편한 자세를 배려해 맞추는 것이 대부분이다. 하지만 진원은 달랐다. 단순히 행위에 머물지 않고 상대의 잠버릇이 어떤지, 얼마나 수면을 취했는지, 일어난 뒤 표정이 어땠는지 전부를 기억했다. 그러고 보면 진원은 항상 지혜보다 먼저 일어났다.

"오래 자서 배고플 텐데 식사부터 할까?"

지혜의 입술이 바드득거리며 움직였다.

"친구 누구요?"

"선미라고 너 그때 같이 식사했던 여자애 있잖아. 가게 바깥 테이블에 앉았을 때도 본 적 있지, 아마."

지혜는 소름 돋았다. 비밀이 들통 난 상황과 어울리지 않게 식사를 왜 권하나 싶었는데 그건 가진 자의 여유였다.

"마침 네 핸드폰으로 문자가 왔기에 친한 사이인 거 같아 궁금해 찾아갔거든. 안 일어나는 거 다 봤으니 얘기도 빨랐지. 어떻게 하면 일어나냐고 물어보니까 48시간 지나야 한다더라."

"……."

"보니까 네가 일찍 일어나는 법을 아예 모르던 눈치던데."

평소 날카롭던 관찰력을 발판 삼아 진원은 우위에 섰다.

"너도 숨기고 싶으니까 이 중요한 걸 내게 말 안 했을 테고."

진원의 예측에는 오차가 없다. 지혜는 고개 들었다.

"당연하죠. 그럼 바보 천치처럼 동네방네 떠들면서 다닐까요? 나 이틀이나 자고, 또 빨리 일어날 때도 있다고? 날 정상으로 보겠어요?"

사람들은 원래 평범함에서 조금만 벗어나면 입에 넣고 굴려도 될 먹잇감으로 삼는다. 고급스러운 음식으로 예찬받든가, 뭐 이런 맛이 있냐며 비난받든가. 대상화된 존재의 운명은 딱 두 갈래였다.

"누가 믿기나 하겠냐고요."

"내가 믿잖아."

진원은 전자였고 지혜는 후자였다. 커다란 손이 다가와 지혜의 머리카락을 쓸어넘겼다. 흠칫 몸이 떨렸다. 하지만 진원은 더 이상 거기에 불쾌해하거나 인상을 찌푸리지 않았다. 오히려 나른한 목소리로 지혜에게 묻는다.

"내가 도와줄 수 있을 것 같은데…… 아닌가?"

지혜의 속눈썹이 희미하게 떨며 반응했다. 친절한 포식자의 속삭임이다. 타인이 보기엔 두 사람 다 평범함과 멀었지만 동지애를 느끼기엔 전혀 다른 성질이었다.

"……자기애가 무척 넘치시는 거 같은데, 착각하지 말아요. 당신만이 아니니까."

"……."

"다른 누구라도 함께 잠들면 빨리 일어난다고요."

진원의 눈썹이 들썩였다.

"누구나 다?"

"네."

지혜는 어디론가 숨고 싶었다. 이틀을 잠드는 것보다 거미의 품이 없으면 일상적인 생활이 불가능하단 것을 들킨 게 수치스러웠다. 누구의 도움 없이도 살 수 있단 고집으로 버텨 왔던 터라 한순간에 공든 탑이 무너지는 기분이었다. 하지만 지금은 그 고고한 자존심마저 포기하며 누구라도 수용할 수 있는 사람처럼 굴어야만 했다.

"죄송하지만 우진원 씨 그렇게 나한테 중요한 사람 아니에요."

너는 내게 열쇠가 아니라고. 일부러 누구와 자도 빨리 일어날 수 있다며 패악질을 부렸다. 묵묵히 지혜를 지켜보던 진원이 양복을 빼입은 신사처럼 점잖게 물었다.

"근데 왜 친구 도움을 받지 않지?"

"남에게 의지하고 싶지 않아서요."

"아. 우리 지혜 나한테 의지하는 게 싫구나."

한데 어떤 거짓말이든 진원에게 도달하면 사실이 되는 기이한 현상만 벌어졌다.

"네 생각이 그렇더라도 6시간과 48시간의 차이가 너무 크잖아."

"……."

"사람들이 이상하게 볼까 봐 걱정하면서 그렇게 오래 자면……."

거짓말도 질서정연하게 해야 한다는 걸 지혜는 또다시 실감했다.

"들키기 더 쉬울 텐데."

이 비밀을 누구에게 말하고 다니느냐며 방어적인 태도를 보일 땐 언제고 정작 자존심 하나 내세우려 안일하게 들키는 위험성을 고려 안 하다니. 지혜가 봐도 어불성설이었다.

"친구한테 도움받는 기분이 싫다면 룸메이트 구해서 한 침대를 같이 쓰면 해결되는 거 아닌가?"

"싫다고요."

"네가 말하지 않는다면 들키지 않잖아. 대신 넌 일찍 일어나고."

"사람이 아프다고 해서 꼭 약을 챙겨 먹어야 해요? 내가 그런 거 없이 견뎌 보겠다는데 그만 간섭해요."

"……."

"그리고 원래 남이랑 불편해서 같이 못 자요."

"아닌데. 나랑은 잘 자는데."

더 이상 말하면 제 무덤을 파는 일이 될 것만 같아 지혜는 정면만 응시했다. 셔츠에 달린 단추가 팽팽해졌다 다시 느슨해진다.

"하긴, 이틀씩 안 자면서 일하는 것만 봐도 네 고집 알 만하다."

"……."

또 부풀어 오른 가슴이 땅 밑으로 가라앉듯 꺼졌다.

"직장이 아닌 아르바이트를 할 수밖에 없는 이유도 그 때문인 거 같은데 그렇게나 남에게 도움받는 게 싫나?"

"네."

"피곤하게 사네."

"동정하지 마요."

"솔직하게 말할게. 걱정이야."

……지금 그가 한숨을 몇 번이나 쉰 거지?

"얼마나 이렇게 살아왔지?"

진원의 목소리로 점차 공기가 많아졌다.

"태어날 때부터 그랬어?"

정말 걱정이라도 하는 사람처럼 말이다. 오늘따라 진원의 입에선 보이지 않는 연기가 계속 흘러나왔고 그건 고스란히 지혜에게 달라붙어 무게가 되었다.

"어차피 그만 만날 사이인데 거기까지 말해야 할 이유를 모르겠네요."

한시라도 빨리 떨쳐 내고 싶어 말하니 진원이 한쪽 눈가를 구겼다.

"뭘 그만 만나?"

"네?"

"나랑 놀아 보자며."

"아니, 제 말은……."

"아. 싫증 났다고 했나……. 그래도 다시 하자."

"무슨, 진원 씨는 자존심도 없어요?"

"왜 가만히 있는 내 프라이드를 건드려? 인신공격은 페널티감이야."

"당신 반응 보려고 계속 만났던 거라고요. 남들 다 동경하는 남자, 나한테만 다른 모습 보이는 게 흥미롭더라고요. 솔직히 말해 우습기도 했고."

"우스웠어?"

"네."

"거 봐, 너도 즐겼네."

"뭐라고요?"

"그러니까 계속해. 이번엔 더 재미있을 테니까."

진원이 뒤돌아서 넓은 보폭으로 걸어갔다. 벽에다 대고 말하는 것만 같은 기분에 휩싸인 지혜가 그 넓은 등을 황망하게 바라봤다. 순간 귓가로 '딸깍, 딸깍' 하며 지겹도록 들어왔던 소리가 들려왔다. 진원이 주도하는 템포에 맞춰 펜촉이 나왔다가 들어가는 걸 반복했다. 지혜의 눈에 그것이 독을 품은 가시처럼 비쳤다.

"잘 들었어."

내리꽂힌 곳은 지혜의 다 구겨진 셔츠 포켓 안이었다.

"이걸 왜……?"

"주인한테 돌려주는 건데 뭐가 잘못됐나?"

당장 쓰레기통에 처박힐 줄 알았던 녹음기가 다시 지혜의 품으로 돌아왔다. 지혜가 멍한 얼굴로 보자 진원이 웃었다.

"또 뭐라고 했더라, 돈?"

"뭐 하는…….""

"우리 지혜 실속은 내가 또 잘 챙기지."

진원이 뒷주머니로 손을 반쯤 밀어 넣었다가 이내 멈추었다.

"아니다. 이미 줬구나……."

철근으로 뭉쳐진 듯한 팔이 느슨해진다.

"이참에 내가 준 카드 한도 알아보는 것도 나쁘지 않을 거 같은데 어디 한번 해 봐. 부족하면 또 말하고."

지혜는 무자비한 속도로 달려오는 차에 치인 듯했다. 몸이 붕 떠 바닥 어딘가로 처박혔다. 뼈가 조각나는 소리가 들려왔다.

"내 말 못 들었어요?"

"다 들었어. 처음엔 흥미로웠단 얘기, 놀았단 얘기, 돈 얘기……."

잘게 부서져 균열이 생긴 곳으로 서늘한 시선이 파고든다.

"그래서 나와 진심이 아니란 결론."

지혜는 뒷걸음질 치며 말했다.

"잘 아시네요. 이젠 그 모든 게 피곤해져서 만나기 싫다고요."

"돈 주잖아."

"그래요, 받을 테니까 그럼 깔끔하게 끝내요."

"아니. 더 줄 수 있을 거 같으니까 바닥날 때까지 계속해."

"당신 별로라니까?"

"내가 가진 재력은 별로가 아닐 텐데. 협박할 녹음기까지 돌려줬는데 대체 뭐가 아쉬워서 이렇게 떨어지려고 하지."

"……."

"나처럼 거물인 남자 상대로 자료 더 모아서 요구할 금액 올린다면 네게 더 좋은 일 아닌가?"

평소 지혜가 그토록 혐오하던 부류로 진원에게 취급받으니 갑작스런 사고를 당한 것과 맞먹는 충격에 휩싸였다. 뒤흔들리는 동공을 바로잡기 위해 안간힘을 썼다.

"카드도 줬고, 협박할 거리도 줬고. 나중에 녹음기 들고 찾아가 요구할 땐 언론사 말고 우리 어머니한테 해. 그쪽이 더 많이 쳐줄 거야."

"내가 무슨…… 꽃뱀인지 알아요?"

모두 자업자득이다. 거침없이 앞만 보며 달리다 치인 거라 이것 말곤 할 말도 없었다. 운전석에 있던 남자가 내려 아스팔트 위에 축 처진 지혜에게 다가와 물었다.

"이상하다……."

아파? 헤드라이트에 반사돼 어떤 표정인지 잘 보이지 않았다.

"네가 나에게 원하는 게 이것뿐이라 말했잖아."

근데 나도 다쳤어.

헤드라이트가 팍 하고 꺼졌다. 촉촉이 젖은 밤거리엔 두 사람만 존재했다.

"그래서 준다고."

가로등 하나 놓이지 않는 주변으로 적막이 휘감겼다.

"뭘 원하든 다 해 주겠다고."

그 안에서 작게 움츠리고 있던 고독이 다가와 지혜의 목을 조였다. 진원은 유유히 웃었다.

"나 엄청 헤프지."

도무지 숨을 쉴 수가 없다. 긴장감 때문인지 지혜의 옷 속으로 땀이 흠뻑 배어 나왔다. 파르르 떨리는 지혜의 목 덜미로 진원이 손등을 지그시 가져다 대었다.

"근데 지혜야……."

반듯하게 세워진 손가락 하나가 그 위를 매끄럽게 스치며 속삭인다.

"나 너한테만 이래."

쓸어내리자 지혜는 한시라도 빨리 호흡하고 싶었다. 벌어진 지혜의 입술 사이로 혀가 헤엄쳤다.

"나 좋아해서 이래요……?"

진원이 미소 지은 채 낮은 시선으로 지혜를 응시했다.

"좋아하냐고요."

"아니."

대답은 빠르고 곧게 흘러나왔다.

"너 그럼 도망칠 거잖아."

아…… 그 무엇보다 진한 고백이었다. 지혜는 그만 눈꺼풀을 내려감았다. 파도처럼 일렁이던 진동이 완벽히 멈춘다. 우리의 관계가 더 짙은 어둠 속으로 가라앉았단 의미다.

수영 선수에게 발목에 모래주머니를 달고 헤엄치라 한다면 당장엔 버겁고 무거울지라도 풀고 나면 물살을 날렵하게 가르며 쭉 앞으로 뻗어 나가게 된다. 지혜는 구두를 바닥으로 끌며 걸었다. 과연 이 족쇄를 떼어 내고 도망칠 날이 올까? 이것이 더 높이 날아가기 위함이라면 기간이라도 정해졌으면 좋겠다. 이쯤 돼서 네게 달린 모래주머니를 빼주겠다고.

"하아……."

아무것도 알지 못하니 죽어라 헤엄치는 수밖에 없다. 무작정 발버둥 치는 과정에서 그날의 고백과 그날의 우진원이 사라졌다.

'네가 나에게 원하는 게 이것뿐이라 말했잖아.'

좀 더 유연하게 움직일 수 없었을까? 지혜의 시선이 아래로 떨어졌다.

'나 엄청 헤프지.'

그 누구도 아프지 않게 말이다.

"……누가 누굴 걱정해."

지혜는 도로 멈춰 섰던 걸음을 떼었다. 지금은 진원에게
얽매인 자신이 가장 불쌍했다.

진원에게 비밀이 알려진 순간은 그리 드라마틱하지 않았
다. 저를 이상하게 보든가, 어떻게 이런 일이 가능하냐며
캐묻거나 하다못해 불쌍하단 소리도 듣지 않았다.

얻은 거라곤 전보다 더 질척해진 거미줄이다.

"야, 오지혜!"

아파트 단지를 쩌렁쩌렁하게 울리는 목소리에 고개 돌린
지혜는 번쩍이는 헤드라이트를 보며 인상을 찡그렸다. 쏘
아 대던 빛이 곧 숨을 죽이더니 선미가 차 문을 열고 달려
나왔다.

"일어났으면 핸드폰부터 켜야지, 제정신이야?! 얼마나
기다린 줄 알아?"

"아…….."

그제야 지혜는 어깨에 멘 가방을 헤집으며 핸드폰을 꺼
내 들었다. 액정을 켜는 손놀림이 무척 느렸다.

"걱정했잖아!"

"뭘?"

"너 진짜 동거하는 줄……!"

"이제 와?"

선미의 등 뒤로 커다란 형체가 자리 잡는다. 놀란 지혜가 재빨리 시동 꺼진 차를 훑었다. 선미의 차가 아니었다. 재민의 커다란 그림자에 덮인 선미가 답지 않게 몸을 쭈뼛거렸다.

"아니…… 쌤이 너 연락 안 되는 거 걱정된다고 같이 가재서……."

"아직도 여기 사네."

아파트를 올려다보는 재민의 턱이 그리 높지 않은 허공에서 멈춰 선다. 2층을 바라보는 시선은 훤히 개방된 복도에서 정확히 지혜의 현관을 집어냈다. 눈 감고 찾아가라고 해도 넘어지지 않고 걸어와 현관문 비밀번호까지 누를 남자였다.

"여기가 편해서 이사 가지 않았을 뿐이야."

아래로 떨어진 재민의 눈이 웃고 있다.

"내 상상은 다른데."

무슨 생각을 하는 걸까. 인정하고 싶지 않지만 매일 연습이 끝난 지혜를 데려다주며 집으로 가 데이트를 즐겼던 사이다. 그 남겨진 추억 때문에 떠나지 못한 여자처럼 보였나 싶어 지혜는 그때와 마찬가지로 피곤한 얼굴로 말했다.

"나 오늘 좀 상태가 별론데…… 두 사람 다 길게 얘기 못할 것 같아."

"야, 너 나랑은 해야지."

아, 김선미. 지혜의 눈이 뾰족해졌다.

"선미랑은 할 얘기 있고, 오빠 그만 가 봐."

"괜찮은 거야?"

"응."

"어디 아픈 거면 약 사다 주고 갈게."

"피곤해서 그래. 정말 괜찮아."

"그럼 언제 저녁 먹자."

"잠시만……."

지혜의 손에 들린 핸드폰이 진동했다. 전원을 켜자 밀린 문자들이 무자비로 쏟아지는 중이었다.

[다음 저녁 식사는 언제 할래.]

그중 가장 위에 놓인 진원의 문자에 지혜는 시선을 빼앗겼다. 시간을 보니 10분 전에 온 문자다. 이곳까지 멍한 채로 걸어오느라 벌써 40분이나 소요됐는데 그사이에 진원은 무엇을 하고 있었을까. 현관문을 나설 때에도 침실에서 나오지 않던 진원이 지혜의 머릿속에서 계속 발자국을 남기며 돌아다녔다.

"지혜야."

"어?"

지혜가 고개 들자 재민이 시선을 내렸다. 여전히 하나의 문자에 머물러 있는 핸드폰과 움직이지 않는 지혜의 손을 보고서 웃는다.

"내 도움이 필요하면 언제든 얘기해."

"뭘……."

"저녁 생각나면 연락해 줘."

"아니, 오빠."

지혜의 머리를 쓰다듬은 재민이 돌아서며 선미의 어깨를 다독였다. 선미는 아직 학생일 때 버릇이 남아 있는지 반사적으로 고개를 숙였다가 들었다. 재민이 멀어지자 선미가 소곤거렸다.

"야, 쌤 다시 한국 돌아올 생각이었나 봐."

"뭐가?"

"차 정리도 안 하고 갔잖아."

그러고 보니 낯익다 싶더니 지혜와 연애할 때 탔던 차였다.

"난 진짜 그렇게 가고 안 돌아올 줄 알았는데."

지혜의 눈이 욱신거렸다. 재민과 이별이라고 생각했던 건 한국에서 생활하던 흔적을 전부 처분했기 때문이다. 출국을 앞둔 한 달 전부터 함께 타고 다녔던 차가 더는 보이지 않게 되자 지혜는 남아 있던 마음이 잘려 나가는 듯했다. 정말 이곳에 미련이 하나도 없을까. 아무것도 두고 가는 것 없냐고 물어봤을 때 재민이 곰곰이 생각하다 없다고 말했다.

─아, 하나 남겨 두고 간다.

─뭔데?

─넌 말해도 모르는 거야.

─들어 봤자 또 이상한 거겠지.

─맞아. 이상하긴 해.

─어?

─그거 하나 못 버려서 자꾸 시간이 얼마나 남았나 보게 되더라. 요즘 날짜 보는 게 거의 그거 때문이야.

지혜는 살짝 서운했다. 그 물건이 대체 뭐기에 출국 날짜를 보며 고민을 하나 싶었기에.

─그냥 들고 가면 되잖아.

─무거워서 그러진 못하고.

─얼마나 무겁기에 그래? 거리가 멀어 비싸서 문제지, 그렇게 신경 쓰이면 택배로 부쳐서 가져가.

─들고 갈 수만 있다면 돈이야 상관없는데.

재민이 옅게 웃으며 지혜를 바라보았다.

─망가질까 봐 못 그러겠어.

그렇게 애지중지하는 물건이 뭐기에 이토록 재민을 웃게 하고 고민하게 할까. 지혜는 일부러 질투하지 않는 척 태연하게 말했다.

─가서도 계속 생각날걸.

─그럴 거 같아.

재민이 지혜의 머리를 쓰다듬었다.

―다치지 마.

놀란 눈으로 바라보자 여전히 화사한 미소를 띠고 있었다.

―잘 있어.

그때 남겨 두고 간 게…… 나였나.

"어제 연락해서 만났을 때도 얼마나 놀랐다고."

"……뭐 이번엔 가져가 보려고 온 거지."

"어? 한국에 왜 오신 거래?"

"말 안 했어?"

"어제 별 얘기 안 했는데…… 그냥 너 만났다고, 다른 애들은 다 잘 지내냐고 묻더라."

지혜가 가느다란 눈매로 바라보자 선미가 두어 번 눈을 깜빡이더니 꽥 소리 질렀다.

"너 우진원 씨랑 동거해?!"

동네방네 소문을 다 내라. 지혜가 선미의 입을 틀어막고선 아파트로 들어갔다.

어차피 진원에게 들통 난 비밀, 선미에게 더는 숨길 것도 없다 판단한 지혜는 지금껏 있었던 일들을 전부 얘기했다. 솔직히 말해 자포자기한 심정이었다. 정신이 나가 있으니 입술은 한없이 쉽게 움직였다. 혹시나 하는 맘에 제 볼을 꼬집어 본 선미가 보톡스를 맞은 지 얼마 되지 않은 뺨이 소중했는지 곧장 살살 문질렀다.

"어쩐지 집 밖에서 잠든 게 이상하다고 했는데 우진원

씨가 거미라니."

"……."

"아무튼 그래서? 응? 사귀면 되잖아."

"내가 왜 그 남잘 만나?"

들떴던 선미의 얼굴이 어두워졌다.

"어, 왜……?"

"그 남자 지오 그룹 셋째 아들이야. 29살 나이에 상무 달고 대중들을 비롯해 언론, 하다못해 패션 잡지에서까지 관심받는 남자지."

"응, 그치. 우리 진원 씨가 워낙 특출 나고 유능해야지."

"그런 남자 주변으로 또 얼마나 많은 여자들이 있겠어."

"맞아, 넘치고 넘칠……."

맞장구치던 선미가 삐죽 입술을 내밀었다.

"얘가 또 우울해지게 하네. 우진원 씨가 조건 보고 만나는 사람이라는 거야? 우리 오빠 그런 속물 아니거든요? 그러니까 너한테 고백한 거거든?"

"그런 위치란 거야. 거기에 휩쓸리기도 싫고, 피곤해지는 것도 싫어. 지금도 충분히 힘들고 고단해."

"왜? 그래도 거미라서 너도 6시간만 자고 일어났는데…… 그냥 만나 보면 안 돼?"

"싫어. 그런 남자한테 의지해서 살게 되는 인생이 온전히 내 것도 아니잖아."

"그러니까 서로 좋아하면 되잖아. 아니, 이미 그쪽은 매달리는데 너만 좋아하면 될 문제 아니야?"

"거부감 들어."

"몸만 그런 거잖아. 머리로 이해하려고 해 봐. 그리고 졸릴 땐 또 그렇게 좋다며."

"그 집에서 내가 마음에 들겠어?"

선미의 입이 꾹 다물렸다. 지혜는 차분하게 말했다.

"무슨 일을 당하라고…… 내 인생 여기서 더 망가지는 거 나 보기 싫어. 그러니까 너도 나 도와."

"뭘?"

"어떻게 하면 그 남자에게서 떨어질 수 있는지."

"야, 네가 그렇게 꽃뱀처럼 굴었는데도 더 뜯어가라고 목줄 내준 남잘 어떻게 끊어?"

"어떻게든 해야 돼."

지혜가 한숨 내쉬며 힘주어 말했다.

"나 우진원 하고만 잠들어야지 일찍 일어나는 거 들키면 다 끝나는 거야."

"너 뭐하냐, 혼자서?"

문을 열어 준 진원은 제 뒤를 오리 새끼인 양 졸졸 따라오는 명진을 보며 귀찮은 표정을 지었다.

"현관 앞에 놓아뒀는데."

"어, 알아."

명진의 손에 들린 종이 백이 덜렁거렸다.

"챙겼으면 가지고 나가."

"맥주 마셔? 웬일."

주인의 허락도 없이 친근하게 다가온 명진이 소파 맞은편에 앉았다.

"술은 같이 마셔야지, 임마."

진원의 눈가가 좁아졌다. 가뜩이나 머리도 아픈데 수행인을 통해 보내겠다고 해도 시끄러운 녀석이 굳이 집으로 오겠다며 전화로 난리를 피웠다. 얼마 전 옥션에서 낙찰받은 시계가 있는데, 그때 지혜를 데려오기 위해 명진을 써먹은 후로 호시탐탐 그걸 원하는 눈치였다. 맥주로 입가심한 명진이 방정맞은 움직임으로 시계를 꺼내 손목에 찼다.

"역시 실제로 보니까 더 죽이네."

"……."

예술적인 다이얼과 6830의 무브먼트는 평소 명진의 난잡한 행실과 어울리지 않았다. 주인을 잘못 만난 시계를 보며 진원이 마저 캔을 비웠다.

보상으로 건넨 시계가 아까운 게 아니다. 영국으로 보낸 대리인을 통해 한 시간 내내 핸드폰을 붙잡고 가격을 베팅하는 번거로움이 있었지만 그 결과물이 타인의 손에 넘어갔다고 해서 아쉽지 않았다. 그날, 지혜와 함께했던 생일을 가격으로 환산하자면 얼마를 줘도 살 수 없을 테니까.

"그 여자랑은 어떻게 됐어?"

"뭐가."

"그때 잘됐냐고."

"신경 꺼."

진심이었던 여자에게 배신으로도 모자라 온갖 치욕적인 말들을 들었다.

"잘 안 됐어?"

그랬기에 진원은 오히려 더 독기를 품고 실패 요인을 분석했다.

"……."

지혜는 머리와 몸이 따로 노는 여자다. 돈을 원한다 말하면서 정작 카드는 쓰지 않는다. 키스까지 했으면서 꿈이라 생각한다. 품에서 달콤하게 잠들었으면서 일어나면 벌레 보듯 놀란다.

타인과 잠들면 불편하다면서 저를 꽉 끌어안고 놓아주지 않았다. 늘 피곤한 얼굴로 걸어 다니면서 자신이 원해서 안 자는 거라고 한다. 웃겼다. 누구의 옆이든 잠들면 그만인데 왜 굳이 이틀을 소모하지? 진원도 자존심이라면 누구에게도 밀리지 않아 잘 안다.

"누구와 잠들면 일찍 일어난다니."

진원이 마른 목을 맥주로 축였다.

"무슨 말도 안 되는 소릴 하고 있어……."

그건 강자 앞에서 몸집을 커 보이게 해 도망치려는 생존 본능이었다.

"어? 뭐라고 했어?"

"아직도 안 갔냐."

"앉아 있는데 신경 좀 써 줘라. 무슨 생각하고 있는데?"

"……."

"아, 말해 봐. 좀."

진원은 성가셔 파리를 내쫓는 것처럼 말했다.

"심증은 있는데 물증이 없어."

명진은 더욱 모르겠단 얼굴을 했다. 앞뒤 설명도 없이 추리소설 속 탐정 같은 말을 한다. 그렇다면 명진이 궁금한 건 단 하나다.

"그 물증이라는 걸 잡으면 어쩔 건데?"

"뭘 물어?"

진원은 그 당연한 걸 왜 궁금해하는지 이해할 수 없었다.

"그땐 진짜 안 놔주는 거지."

다 마신 맥주캔이 진원의 손에서 가볍게 구겨졌다.

지혜의 일상은 그다지 특별할 게 없었다. 잠을 견디고 이틀 뒤에 일어나고, 단기적으로 할 수 있는 일을 찾아 했다. 비밀이 알려진 게 맞나 싶을 정도로 무척이나 고요한 나날이었다.

[요즘 일이 많아.]

그 평화는 진원의 생활과 연관돼 있었다. 워낙 바쁜 탓인지 일주일에 두 번 저녁 식사를 할 때를 제외하곤 보지 못했다. 더 열정적으로 지혜에게 간섭하며 옭아맬 줄 알았는데 의외였다.

[지금 뭐해.]

그래서 지혜는 평소와 똑같이 진원과 문자하고 연락했다.

[언제 잘 거야.]

한 가지 찝찝한 것이 있다면 지혜가 잠드는 시간을 묻는 건데, 이마저도 사람들과 연락할 때 형식적으로 주고받는 대화이기에 금세 기분 탓으로 치부됐다. 겉으로 보기에 진원은 비밀을 안 사람처럼 굴지 않았으니 말이다.

[일어났어?]

이것도 일반적인 대화.

[연락 없던 거 봐선 혼자 잤구나.]

이건…… 기분 탓이 아니다. 지혜는 마른침을 꼴깍 삼켰다. 그 이후부터 일부러 답장하지 않거나 전화를 받지 않았다. 일종의 혼란 작전이었다. 피곤해 죽겠으면서 마치 지금 일어난 것처럼 일부러 전화해 맑은 목소리를 흉내 내기도 했다. 그에 화답하듯 진원은 느긋하게 말했다.

「요즘 계속 혼자 자나 보네.」

"하……."

미꾸라지처럼 열심히 꼬리 쳐 뿌옇게 만들어 놓은 연막도 소용없어진다. 지혜의 입술이 빠르게 움직였다.

"그걸 어떻게 알아요?"

「남에게 의지하기 싫다 하지 않았나?」

자업자득. 또 한 번 지혜의 가슴속에 새겨지는 말이다. 아무렇게나 떠들어 댄 그 순간을 원망했지만 진원은 언제부턴가 지혜의 입을 그리 신뢰하지 않았다.

「넌 발레 하면서 생긴 습관인지 자는 것도 훈련처럼 해.」

"……뭐라고요?"

「꼭 이틀을 안 자고 버티더라.」

지혜는 순간 제 머리가 진원이 읽기 편하게 열려 있는 건 아닐까 생각했다. 야근 중인지 수화기 너머로 의자가 끼릭거리며 당겨지는 소리가 났다. 긴 손가락 사이로 끼워진 펜이 두꺼운 무언가를 툭툭 두드렸다.

「나도 너처럼 기록하는 버릇을 들여 볼까 해서 오지혜 전용으로 짜 놓은 스케줄이 하나 있는데, 우리 집에서 일어났던 그날을 기점으로 너와 연락된 시간을 대입해 보면 신기하게도 전부 안 자는 이틀에 해당해. 그건 곧 네가 여전히 바른 생활을 하고 있단 거지.」

너무나도 쉬운 계산법이었다.

"제 수면 시간을 대체 왜요?"

「그냥…….」

지혜의 목으로 땀이 뱄다. 진원이 지그시 손등을 대었던 그날과 같은 습도의 질척함이었다.

「알아 두면 좋을 거 같아서.」

바빠서 저를 신경 못 쓰는 줄 알았건만 전혀 아니었다. 그것이 도화선이 돼 지혜를 불타오르게 했다.

"모르시나 본데, 저 진원 씨한테 들키고 난 뒤부터 막살 아요."

「아. 그러는 중이었어?」

"네. 한 번뿐인 인생인데 제가 너무 고리타분하게 살고 있단 생각이 들어서요. 요즘 맨날 놀러 다니면서 지내 보 니 나쁘지 않더라고요."

「그래도 우리 지혜가 의지력이 강한 앤데.」

"한 번 엇나가니까 계속하고 싶던걸요. 일탈이 이래서 무서운가?"

「그렇구나. 어떻게 막살고 있는데?」

뭐라고 말해야 삶에 미련 따위 없는 사람처럼 비칠까. 한 번도 그래 본 적 없던 지혜가 생각한 것은 비교적 단순했다.

"이상하게 요즘 술이 그렇게 달더라고요."

「지혜 요즘 술이 달아?」

귀엽다는 듯 다정다감한 목소리였다. 지혜는 그 앞에다 대고 콧방귀를 꼈다.

"클럽에 가서 처음 본 남자들과 놀기도 하고요."

「아, 술 마셨으니 음악 있는 데 가서 춤을 춘다?」

"네. 보고 괜찮다 싶으면 따로 나가서 놀기도 해요."

그렇다면 이것도 애교처럼 느껴지나 보잔 식으로 터트렸다.

"뭐 그러다 마음 맞으면 같이 잠들기도 하고요."

「……」

비밀도 들킨 마당에, 지혜는 새하얀 눈밭을 다른 남자들이 막무가내로 밟고 지나간 것처럼 말했다. 진원만이 유일하게 발자국을 남길 수 있단 걸 당사자가 모르도록 말이다.

「……걔들이 뭘 모르나 본데.」

하지만 진원은 지혜의 행실보다 가볍게 그 옆을 차지한 남자에게 조소를 날렸다.

「내가 아는 오지혜는 그렇게 하룻밤 자고 나면 뒤도 안 돌아볼 여자야. 그날로 끝인 거지.」

"……."

수화기 너머로 진원의 입술이 안타깝단 식으로 벌어졌다.

「아깝게. 나라면 절대 안 그래.」

탄식이었다. 정말 맘에 든다면 견디기 힘들더라도 시간을 두고 지켜봐야 하는 법도 모르는 덜 여문 것들. 하나만 아는 녀석들과 어울려 시간을 허비하지 말란 듯이 진원은 속삭였다.

「그런 풋내기들 말고 나랑 놀아.」

이쪽이 더 재미있다니까? 허상일 뿐인 족속들을 자신 있게 깔아뭉갰다. 지혜는 마른침을 꼴깍 삼키며 핸드폰만 꼭 움켜쥐었다.

"그 남자들이 진원 씨도 아닌데, 너무 쓸데없는 부분까지 이입하시네요. 진원 씨 저와 그럴 일 없으니까 안심하시고 바쁜 일 마저 하시면 돼요."

「말뿐인 남자 만나지 말라고 충고해 주는 거야. 굳이 좋아한단 말을 안 해도 그걸 느끼게 해 주는 남자를 만나야지, 뭐가 아쉬워서.」

지혜의 눈가가 살며시 좁아졌다.

「그래서 우린 언제 만나지?」

지금 진원은 좋아한단 말을 돌려 하고 있다. 그날, 지혜가 확인하듯 물었던 질문에 단호히 아니라고 답했던 것과 달리 아련해 녹을 것만 같던 검은 눈동자가 가끔씩 떠올라 지혜를 괴롭혔다.

"……제가 식사 준비할 차례죠."

「응.」

"언제가 좋으세요."

「가만 보자…….」

이미 거미는 다 알고 있던 것이다. 나비가 어떤 말을 기다리는지, 무엇을 확인하려 자꾸만 묻는 것인지. 만약 또 한 번의 구속하는 말이 진원의 입에서 나온다면 지혜는 식사 약속도 팽개친 채 도망칠 생각이었다. 좋아하면서도 고백하지 않아야 하며 만나더라도 연인이면 안 된다.

「17일 목요일.」

지혜는 눈을 감았다. 그전에 무슨 수를 써서라도 멀어져야 한다.

「네가 이틀째 안 잔 날이 좋겠어.」

하지만 진원은 무슨 수를 써서라도 붙잡을 생각이다. 11일 금요일은 지혜가 일어난 날이었고 13일 일요일은 지혜가 잠든 날이었다. 15일 화요일에 일어났고 17일 목요일은 잠들기 전이다.

진원과의 식사는 이처럼 교차 형식으로 이뤄졌다. 지혜는 감았던 눈을 떴다.

"날짜 한번 속보이게 잡으시네요."

「그랬나?」

진원이 픽 하고 웃음을 터트리자 지혜의 귀 안 쪽 솜털이 오므라들었다.

「클럽엔 가지 마.」

경고가 통화의 마지막을 장식했다. 지혜는 어리둥절했다. 방금 전 통화에서 지혜가 얻은 건 질투도 아니었고 고백도 아닌 바로 '싫어하는 것'이었다. 생각해 보니 알코올에 지배당한 사람들이 한데 엉켜 거대한 스피커 앞으로 달려드는 장면은 진원과 어울리지 않았다. 오히려 질색하는 요소일 것이다. 그게 해답이 되었다.

"뭐? 너 그거 때문에 가겠다고 한 거야?"

선미가 좁은 택시 안에서 몸을 들썩거렸다. 주변으로 먼지가 날렸지만 정작 지혜는 창밖으로 스쳐 지나가는 빛을 받으며 차분했다.

"네가 그랬잖아. 꽃뱀도 좋다고 하는 남자 뗄 방법은 도무지 모르겠다고. 그 사람이 하는 말에 귀 기울이라며."

"그랬지······."

지혜가 몰아붙이는 바람에 하는 수 없이 진원의 말 속에서 싫어하는 걸 찾으라 했던 선미였다.

"클럽 싫어한대?"

"어."

"거짓말······."

예전에 보았던 인터뷰 한 구절이 선미의 머릿속을 빠르게 스쳤다. '싫어하는 게 뭔가요?' 그 뻔하고 단순한 질문에 진원은 아예 정의를 바꿔 버렸다.

【평소 싫어한다는 말을 꺼내는 걸 별로 선호하지 않는 편입니다. 입 밖으로 낸다는 것 자체가 다른 이에게 들으라고 하는 소리인데, 내게 싫은 것이 그 사람에겐 좋아하는 것일 수도 있지 않나요?】

거기까지 생각하지 못했던 기자가 멍청하게 입술을 벌렸

다. 물론 활자에 기자의 표정까지 실리진 않았지만 기사를 읽은 모두가 똑같은 표정을 지었으니 아마 그랬을 것이다.

【그래서 전 제가 즐기지 않는 것이라 말합니다. 훨씬 더 부드러운 표현인 데다가 그걸 좋아하는 사람들까지 배려할 수 있죠. 사실 제 마인드 안에 극과 극으로 분류되는 건 없습니다. 모두 그럴 수 있다고 생각하고 그대로를 이해하는 편입니다. 분류를 정하는 순간부터 편견이 생겨나기 마련인데, 하나의 잣대로 사람을 나누게 되면 무엇이든 평등한 시선으로 바라볼 수 없지 않나요?】

이 얼마나 포용력 넓은 인터뷰인가. 그 기사를 아예 오려서 스크랩까지 해 둔 선미는 뇌까지 섹시한 남자라며 생각날 때마다 읽곤 했다. 그런다고 호불호가 강한 선미의 성격이 개과천선하는 일은 벌어지지 않았지만 말이다. 선미가 단호히 말했다.

"평소 싫어한단 소리 하는 남자 아니야."

"그런 뉘앙스였어."

지혜가 전화로 무작정 클럽에 가자고 했을 때만 해도 신나게 예약 전화를 걸고 달려 나왔던 선미지만 그 이유가 진원을 떼어 내기 위함이라니. 정말 이러다 지혜에게 정떨어지면 어쩌지? 진원과 제 친구가 이어지길 속으로 바라던 선미는 애꿎은 손가락만 꼼지락거리다 말했다.

"근데 수요일 11시면 시간 애매해서 사람도 없고 물도 별론데."

"상관없어. 어차피 가서 시간만 때우다 올 생각이었는데 사람 없으면 더 좋지."

"그래도 이왕이면 남자가 많은 날이 좋지. 주말에 가자. 응?"

"피곤한데 남잘 왜 만나. 그냥 우리끼리 있다가 오자."

"도착했습니다."

"아저씨, 왜 이렇게 빨리 왔어요?"

"……차가 안 막히니까요?"

택시 기사 인생에서 빨리 왔다고 뭐라 하는 손님은 처음이었는지 기사가 당혹스러운 얼굴을 했다. 지혜는 제 지갑을 열어 값을 지불했다.

"뭐해? 안 내려?"

"어? 어, 응……."

선미가 떨떠름하게 내리자 클럽 외관에서부터 휘황찬란한 빛이 쏟아졌다. 이른 시간임에도 벌써부터 입장을 하기 위해 기다리는 줄이 인도까지 늘어져 있었다.

"사람 많은데?"

강남 최대 규모를 자랑하는 클럽 'SHINDY'는 주말엔 껴죽을 정도로 인파가 몰렸지만 그를 알지 못하는 지혜에겐 지금도 충분히 도떼기시장처럼 보였다. 어서 안내해 달란 지혜의 눈총에 견디지 못한 선미가 꾸역꾸역 입구에서 MD에게 전화를 걸었다.

"어어…… 오빠, 나 지금 도착했는데…….""

시들시들한 선미의 목소리를 듣고 입구로 마중 온 기명은 오늘 잘하면 매상을 더 올릴 수 있단 기분 좋은 촉이 섰다. 처음 별세계에 놀러 온 고양이처럼 새초롬한 눈매로 주변을 둘러보는 저 여자로 인해.

"와, 엄청 예쁘시네. 선미 친구?"

"안녕하세요."

지금도 오가며 바보처럼 시선을 빼앗긴 남자들이 여럿이었다. 긴 생머리에 하얀 얼굴은 모든 남자들이 좋아하는 요소인 데다가 힘주지 않은 화장이 도리어 이목구비를 말끔히 돋보이게 했다. 블랙진에 티셔츠인 옷차림에도 불구하고 비율이 좋은 편이라 태가 났다. 기명의 손이 재킷 안 주머니로 홀린 듯이 들어갔다.

"한기명입니다. 여기 제 명함…….""

"됐으니까 작업 걸지 말고 자리나 안내해 줘."

선미가 불퉁하게 말하며 인파를 지나쳤다. 클럽 전경이 보이는 2층 VIP 라운지로 가 테이블에 앉은 선미는 제가 늘 즐겨 마시던 술을 시킨 뒤 가방을 뒤적거렸다.

"내가 계산할게."

"어?"

그보다 먼저 지혜의 지갑에서 나와 번쩍이는 카드를 보며 선미가 기겁했다.

"그거 혹시 네가 말한 그 카드?"

"응. 어디 한번 꽃뱀처럼 굴어 보려고."

"세상에, 얘가 갑자기 왜 이래?"

"내가 한 말에 알았다고 하면서 뒤에선 혼자 내 수면 시간까지 정리해 두는 남자야. 이게 의미하는 게 뭐겠어?"

지혜가 평소 관심에도 없던 클럽을 처음 방문해 진원의 카드를 꺼내 든 데엔 전부 이유가 있었다.

"내 말이 더 이상 먹히지 않아."

"……."

"그러니 이젠 행동으로 보여 줘야지."

"……저 결제해 드려요?"

"네. 이걸로 부탁드려요."

카드를 건네는 여자가 정말 제가 아는 오지혜가 맞는지 선미는 혼란스러웠다. 그에 비해 지혜는 모든 걸 단념한 듯 태연했다. 나중에 가서 진원이 이딴 데 쓰라고 준 건지 아냐며 화낸다면 다시 금액을 돌려주면 되었다. 그러니 부디 문자로 전송될 카드 내역서를 본 진원이 진짜라고 믿어 줬으면 좋겠다. 제게서 정이 뚝 떨어졌으면 한다. 실망도 함께라면 더는 바랄 게 없다.

주문한 보드카가 테이블로 놓이고 과일이 새하얀 접시에 맛깔스럽게 담겨 나왔다. 카드를 돌려받은 지혜는 귀가 멍해 정신이 하나도 없었다. 제집인 양 편하게 소파에 기대어 있던 선미가 쯧쯧 혀를 찼다.

"사운드 적응 안 되지? 원래 처음 오면 그래. 지금이라도 나가자, 응?"

"됐어."

"으휴, 저 고집."

선미가 술을 땄다.

"둘이 왔어요?"

지혜가 낯선 곳에 적응할 새도 없이 문지방 닳듯이 남자들이 드나들었다. 애초에 벽 없이 테이블만 죽 늘어선 공간은 원활한 즉석 만남을 위해 구축된 것이다. 금세 지친 표정이 된 지혜를 보며 선미가 당연하단 식으로 얘기했다.

"여자끼리 오면 이렇지, 뭐. 계속 '됐어요, 저희끼리 놀게요'란 말만 앞으로 백 번은 더 해야 할 거다."

"두 시간 정도 더 있어야 하는데…… 결제 한 번 더 할 생각이거든."

"엔간히 해라, 진짜."

"너야말로 이 남자가 얼마나 치밀한지 몰라서 하는 소리야. 정말 출입했는지 언제 나갔는지 CCTV까지 돌려 볼 사람이라고."

"설마 우진원 씨가 그렇게까지 하겠어?"

"……."

"근데 더 있을 거면 수를 쓰긴 해야 하는데. 지금 우리밖에 없어서 더 귀찮게 굴 거야."

"남자면 돼?"

"어? 응. 아는 애 오라고 할까?"

"그러는 게 좋을 거 같아. 계속 향수 냄새 맡았더니 어지러워."

"내 심남이를 부르자!"

선미가 신나 문자를 두들겼지만 팀 과제 때문에 지금 카페에 있단 아쉬운 답장이 돌아왔다. 맘에 들지 않아 입술만 실룩거리던 선미가 물었다.

"재민 쌤 부를까?"

"오빠를?"

"응. 얼마 전에 너네 집 앞에서 시간 되면 저녁 먹자고 했잖아."

"헤어진 사이에 뭘 얼굴 보고 그래. 껄끄럽기만 하지."

"그래도 호텔에서 지내는 거 보면 한국에 잠깐 있다 갈 생각인가 본데 이번에 가면 또 언제 보겠어?"

선생과 제자 사이로 시작된 관계는 가끔 경계를 모호하게 만들었다. 헤어진 연인이었기에 만남을 피하고 싶은 반면, 덕분에 아이들 모두가 원하는 대학에 입학한 쾌거를 이룬 터라 스승의 날엔 꼭 챙겨야 할 사람이었다. 지혜도 연인인 재민을 떠올리면 거북하다가도 책상 앞에서 다정하게 흘러나오던 목소리를 잊지 못했다.

"……내가 연락할게."

제자로서 가는 날깐진 잘해 줘야겠단 생각은 손쉽게 핸드폰을 쥐게 했다. 스팸함에 분류되어 있던 번호를 찾아 '재민 오빠'로 저장해 둔 지혜는 문득 저 몰래 이런 짓을 저지른 인물이 누구였는지 떠올렸다.

"……."

분명히 문자로 클럽 상호가 적힌 내역서가 갔을 텐데, 진원에게선 30분 동안 아무런 연락도 오지 않았다.

실망했겠지. 이런 수준밖에 안 되는 여자였다는 걸 안 진원이 어이없어 하며 연락할 가치조차 못 느꼈으면 한다. 지혜는 재민에게 연락한 뒤 계속 눈으로만 감상하던 술잔을 들었다.

"너 술 마시게?"

"응."

"내일 저녁에 자야 하잖아. 술 들어가면 견딜 수 있겠어?"

진원과 저녁 약속 후에 잠들려고 했던 지혜는 미미하게 웃었다.

"내일 일정이 없을 거 같아서 마시려고."

"처리는 어떻게 되었습니까?"

IN5 출시에 문제가 생겼다.

카메라를 실행시키면 색상이 붉어지는 결함이 바이러스

처럼 등장했기 때문이다. 높은 예약자 수를 기록한 만큼 관심을 한 몸에 받고 있던 기대작이었다. 진원의 의견까지 반영된 터라 실패하면 이곳저곳에서 물어뜯기 좋았다. 문제가 나타난 제품 교환은 당연한 건데, 한번 실망한 고객들의 마음까지 붙잡느라 전략기획팀도 야근을 면할 수 없었다. 그룹 이미지까지 망칠 수 없는 노릇이었다.

"……결국 업체를 옮기기로 했다고요."

진원은 미간를 구기며 엘리베이터 앞에 섰다. 버튼을 누르는 손길이 제법 신경질적이었다.

"왜 그 사람들도 고객일 거란 생각을 못하는 겁니까?"

직접 중국 공장까지 방문해 검열했을 때만 해도 이런 사고가 일어날 줄은 몰랐다. 게다가 교환 요청이 들어오는 건수도 아직까지 문제가 될 정도로 많지는 않았다. 더 두고 보자는 의견을 피력했음에도 불구하고 결과는 정해진 절차를 밟았다.

「회장님 뜻이 그러신 거라…….」

진원은 지끈거리는 두통을 느꼈다. 처음 이 문제와 관련돼 중용을 만났을 때도 진원은 그룹 이미지를 강조했었다. 비록 하청 업체일지언정 사람이 하는 일이고, 나아가 고객도 될 터였다.

"이래 가지곤 달라질 게 없는데……."

하지만 결국 기결이다. 진원 혼자만 그들을 사람 취급하지, 모두가 오점을 남긴 대가를 치르길 바랐다. 신뢰가 깨졌단 이유는 명분일 뿐 강압적인 갑과 을의 관계는 진원을 가끔 진저리나게 했다.

"고객들 피드백은 계속 받고 있습니까?"

「네.」

엘리베이터에 오른 진원은 숫자를 누른 채 한숨을 내쉬었다. 고객의 눈 밖에 나지 않기 위해 그룹 계열사가 총동원되었다. 퍽퍽한 눈가를 매만지던 진원은 순간 '덜컹' 하는 큰 진동에 떠밀려 휘청였다.

「큰 소리가 났는데, 어디십니까?」

"집으로 올라가는 중인데 갑자기 엘리베이터가 멈췄네요……."

지직거리는 조명 아래에 선 진원은 13에서 멈춰 있는 빨간 숫자를 올려다보았다. 긴급 버튼을 누르자 근무 중이던 남자와 빠르게 연결됐다.

『무슨 일이십니까?』

"203동 엘리베이터 안입니다만 13층에서 멈췄습니다."

『잠시만요, 확인해 보겠습니다.』

"네."

『……아, 불편을 끼쳐 드려 죄송합니다. 바로 직원을 보내 조치할 테니 잠시만 기다려 주세요.』

"알겠습니다."

『추락하지 않으니 불안해하시지 않으셔도 됩니다.』

불안해하긴. 진원은 별반 대수롭지 않게 다시 통화에 집
중하려 했지만 수화기 너머로는 무거운 침묵뿐이었다. 핸
드폰을 떼어 보니 '통화권 이탈'이란 표시가 번득였다.

"이건 또 왜 이래."

엘리베이터 안에서 몇 번이나 통화를 해 왔던 진원인데,
아무래도 이상했다. 이리저리 눌러보던 핸드폰에서 눈을
뗀 진원은 '후으' 하고 깊은 한숨을 내쉬며 눈 감았다.

"아…… 짜증 나."

처음으로 모든 것이 성가시고 귀찮단 생각을 했다. 피곤
한 미간을 손으로 주물렀다. 생일 때 저들끼리 모였던 사
람들에게서 몇 번이고 아쉬움을 토로하는 연락이 왔다. 선
물도 직접 고르고 카드까지 바쁜 와중에 챙겨 보냈지만 아
우성은 줄어들지 않았다.

뭘 어쩌란 거지?

회사 상황도 상황인지라 평일 내내 얌전하던 희연도 주
말이면 자리를 만들어 진원에게 출석하길 요구했다. 그냥
남을 돕고 싶으면 조용히 기부나 하면 될 것을 격식 차리
며 열리는 자선 파티는 진원을 피곤하게만 했다. 주기적으
로 후원하는 단체에선 이번 달도 감사한 마음은 잘 받았으
나 언제쯤 직접 방문해 얼굴을 비춰 줄 거냐며 아쉬운 소
리를 한다.

"다 집어치울까 보다……."

지금 누구 하나 생각하기도 벅찬데 주변에서 왜 이리 쨍알쨍알거리는지 머리 아팠다. 가뜩이나 언제 튈지 모르는 여자를 간신히 움켜잡고 있는 중이다. 그 와중에 엘리베이터는 멈추고 난리다. 어서 빨리 통화를 마무리해야 했기에 진원은 긴급버튼을 또 한 번 눌렀다.

"언제까지 기다려야……."

덜컹! 아까와 비교조차 되지 않을 커다란 진동이 진원의 몸을 뒤로 물러나게 했다. 손잡이를 꽉 잡은 진원은 심장이 아래로 처박히는 기분을 느꼈다. 아니, 정말로 추락하고 있었다. 진원의 동공 안에서 빠르게 변하는 숫자와 함께 아래로 곤두박질쳤다.

쾅!

"하……."

끈적하게 흘러나온 땀이 손잡이를 미끈거리게 했다. '4'란 숫자에 멈춘 엘리베이터가 아무런 지시 없이 저 혼자 스르륵 열렸다. 가만히 보고만 있자 쾅 닫힌다. 공포가 엄습한 가운데 조금 전과 달리 고요히 내려간 엘리베이터가 1층에서 멈추었다.

"괜찮으십니까?"

열린 문 너머로 서 있던 직원을 보고 나서야 진원은 안도했다.

"떨어지지 않을 거라고 말씀하셨······."

등골이 서늘했던 진원은 애써 놀란 마음을 가다듬었다.

"······아닙니다. 엘리베이터 점검 다시 확인 부탁드립니다."

"이게 갑자기 왜 이러지. 많이 놀라신 거 같은데 어서 나오세요."

떨어지지 않는 발을 간신히 떼어 내는 순간에도 바닥으로 곤두박질치지 않을까 불안했다. 살얼음판을 걷는 것처럼 조심스럽게 엘리베이터에서 벗어난 진원은 '후욱' 숨을 내쉬었다. 땀이 엉킨 핸드폰 위로 메시지함이 둥실 떠 있었다. 통화하느라 보지 못했던 사이 도착한 메시지는 하나였다.

[승인 750,000원 CLUB SHINDY 10/15 11:12]

진원의 눈썹이 살짝 구겨졌다.

그런 사람들이 있다. 클럽의 활기 넘치는 분위기를 좋아하거나 거기서 마주칠 새로운 만남을 정겹게 여긴다거나 음악을 빵빵한 사운드로 듣고 싶다는 이유로 방문하는 부류. 클럽을 딱히 부정적인 이미지로 몰아세울 필요 없고 문란하단 편견도 가지지 않는 게 좋다. 예외는 언제나 존재하는 법이니까.

"이게 가지 말라니까."

근데 넌 안 돼.

진원은 엘리베이터를 등진 채 돌아섰다. 진원이 사라진

후에 점검 팻말이 그 앞으로 세워졌다. 내부를 꼼꼼히 살피던 직원이 의아한 표정을 지었다.

"아무 이상 없는데?"

나비가 발버둥 칠수록 줄은 엉망이 되고 거미는 가끔 곤경에 처한다.

6. 너를 쫓다 보니

6.너를 쫓다 보니

스테이지에 나가지도 않고 앉아서 술만 홀짝이다니. 이럴 거면 동네 호프집이 딱인데 지혜는 요지부동이었다. 진원이 문자 내용을 확인하고 정떨어지길 바라나 본데, 선미는 제발 그러지 않길 간절히 속으로 기도했다.

"우진원 씨는 연락 없어?"

"응."

"아직 문자를 못 보신 건……."

"항상 핸드폰 달고 사는 남자가 어떻게 아직도 못 봐."

"주무시는 건……."

"잠귀가 그렇게나 밝은데."

선미는 입을 꾹 다물었다. 한 침대에 누워 본 여자가 하는 말이라 더는 꼬투리를 잡을 수 없다. 의도치 않았지만 지혜는 이미 진원의 많은 것을 알고 있었다.

"선생님 조금 늦네. 어디래?"

"이제 다 왔대."

"선미야."

"어?"

테이블로 다가온 기명이 시끄러운 음악 소리를 피해 선미에게 귓속말했다.

"아까 바에서 네 친구 봤는데."

"내 친구 누구?"

"너 저번에 같이 왔던 여자애 있잖아. 아까도 나 보더니 서비스부터 달라고 어찌나 들러붙던지, 내가 너 생각해서 테킬라 몇 잔 줬어."

"누구한테 뭘 줘?"

"그, 머리 길고 볼살 통통한."

"……아."

떠오른 얼굴이 그리 달갑지 않았다. 불안함을 느낀 선미가 재빨리 두 손 모아 기명의 귀로 찰싹 붙었다.

"걔한테 여기 테이블 알려 준 거 아니지?"

"……말했는데?"

"여기서 다 만나네?"

입구에 도착했단 재민의 문자를 보던 지혜가 그 목소리에 반응해 고개 들었다.

"어, 지혜도 있었구나."

손안에서 밝게 번지던 빛이 서서히 꺼졌다. 자신이 무언가 실수했다는 걸 감지한 기명은 바쁘단 핑계로 사라졌다. 이 분위기를 타파하려 선미가 되레 부산스럽게 재잘거렸다.

"어, 영선아. 여기서 다 보네. 너 내일 출근 안 해?"

"손목 아파서 치료차 며칠 휴가 냈어."

"저런…… 집에서 쉬지 않고."

"손이 아픈 거지 다리가 잘못된 게 아니잖아. 평소에 월차 내는 것도 눈치 보이는데 이왕 쉴 때 놀아야지."

영선이 신고 있던 하이힐을 끼릭 하고 소리나게 돌리며 소파로 자연스럽게 엉덩이를 붙였다.

"마침 서 있느라 아프던 참이었는데 나 앉아도 되지?"

"어? 안 돼, 아니……."

"내가 계산한 자리야. 나한테 허락 맡아."

당연히 선미가 지불한 자리인 줄로만 알았던 영선이 지혜를 보더니 이내 생긋 웃었다.

"같이 좀 마시자?"

"술까지 얻어 마시려고 했니?"

영선의 웃던 입가가 점차 내려갔다.

"왜 그래, 지혜야. 그때 가게에서 있었던 일 때문에 그래?"

"……."

"취해서 한 말이라고. 다음 날 사과했잖아."

"오늘도 취해서 나한테 그럴 생각이면 앉아만 있다 가."

"……안 그럴게. 너도 이미 선생님하고 헤어진 사이인데 그땐 내가 너무 구차하게 굴었어."

얌전히 대답한 영선이 금세 얼굴 위로 활기를 띠었다.

"나 여기 같이 온 친구들도 불러도 되지?"

"야……."

"지혜 속 좁은 애 아니잖아."

지혜는 영선이 뭐라 말하든 신경 껐다. 어차피 진원의 카드로 계산한 자리다. 그는 배려심이 넘치는 인물이니 이곳에 누가 엉덩이를 붙이고 앉든 상관하지 않을 것이다.

"여기. 나 안 보여?"

핸드폰을 귀에다가 댄 영선은 테이블 바로 앞 난간으로 다가섰다. 아래에서 방황하고 있는 친구들에게 손을 흔든다. 난간으로 푹 눌린 가슴이 누군가로 인해 살짝 떼어졌다.

"그러다 떨어질라."

뒤돌아선 영선의 눈동자가 넘어질 듯 휘청였다.

"재…… 민…… 선생님……?"

"영선이 오랜만이다."

귀신이라도 본 것처럼 영선이 눈을 꿈뻑였다.

"언제 오셨어요?"

"방금 왔어."

"아니…… 여기 말고, 한국에……."

재민은 웃으며 돌아섰다.

"질문 많은 건 여전하구나."

혹시 환상을 보는 건 아닐까. 수분이 죄다 증발한 영선은 몽롱한 시선으로 재민을 좇았다. 듬직한 어깨가 자석처럼 다가가 붙은 곳이 지혜의 옆인 걸 보고선 정신을 차렸다.

"뭐야, 선생님 부른 거 너야?"

"……너 조금 전에 이젠 안 그러겠다고 말했던 거 잊었어?"

"왜 나한테 말 안 했어?"

영선은 아무것도 들리지 않는다는 듯이 지혜를 몰아붙였다. 그런 걸 얘기할 정신이 없었단 말도 핑계처럼 들릴 것이다.

"너 일부러 그랬지?"

너만 아니었더라면 내가 만났을 남자라며 재민이 독일로 떠난 후에도 집요하게 지난날을 물어뜯던 영선인데, 이제 지혜는 원망받는 게 익숙했다. 심상치 않은 분위기를 감지한 재민이 의아한 듯 물었다.

"무슨 일인데."

"선생님 한국 온 거, 지혜가 말 안 해 줬다고요."

"왜 해야 돼?"

"……네?"

재민이 잔잔히 웃었다.

"네가 지혜에게 물어봤어?"

"아니, 그건 아니지만…… 친구니까, 선생님 왔다고 말해 줄 수도 있는 거잖아요."

"그게 의무는 아니지."

재민의 다정한 목소리는 학생들의 귀를 여는 것과 동시에 설득하는 힘을 가지고 있었다. 빳빳하게 핏대를 세웠던 영선의 고개가 전투력을 상실하고 아래로 수그러들었다. 지혜는 한숨을 내쉬었다. 겉으로는 주눅 든 모습일지라도 여우 같은 계집애라고 생각하고 있을 게 뻔했다.

"영선이도 만났으니까 마침 잘됐네."

보드카가 녹아든 주스로 입안을 축인 지혜가 말했다.

"모였으니까 말할게. 나 오빠랑 다시 만날 생각으로 여기에 부른 거 아니야. 한국에 왔단 연락받고 한때 가르침 받았던 제자로서 출국하기 전 식사 한번 하려던 것뿐이었어. 그게 술이 됐지만 별로 중요한 것도 아니고 자리 만들어서 함께 뭐라도 먹으면 되지."

이상하게 보일 만한 상황이었지만 오히려 지혜는 지금과 같은 삼자대면이 속 편했다.

"과외받았던 애들 차례대로 연락해서 만날 거라고 그때 전화하면서 내게 얘기했어. 맞죠, 선생님?"

거짓말을 선두로 지혜가 선을 긋자 재민이 웃었다.

"오랜만에 들으니까 예전 생각난다."

하지만 정작 재민이 집중한 건 선생님이란 단어였다. 완벽한 발음이었다고 칭찬하는 것처럼 눈에서 애정이 떨어졌다. 지혜는 인상을 찌푸리며 고개 돌렸다.

"정말이에요, 선생님?"

"응. 지혜가 한 말이 맞아."

"아……."

"한번에 애들 모여서 보는 것도 좋지만 너희들도 다 큰 성인인데 어떻게 지냈는지 얘기가 길어질 거 같았거든. 이왕 보는 거 한 명씩 만나는 게 나도 집중할 수 있기도 하니까."

그제야 흥분으로 달아올랐던 영선의 뺨이 부끄러운 색을 띠었다. 저와 단둘이 마주 앉아 있는 재민을 상상하며 머릿속으로 어떤 한 편의 로맨스를 쓰고 있을지 지혜가 알 바 아니었다. 차라리 실제가 되었으면 하는 마음도 없지 않아 있었다.

"영선아, 왜 문자 안 봐? 찾는 데 한참이었잖아."

"어, 내 정신 좀 봐. 인사해, 내 친구들. 선미랑은 몇 번 봤는데 지혜는 처음이지?"

"안녕하세요, 설유미예요."

"윤가연입니다."

"오지혜예요. 같이 앉아서 마셔요."

"그리고 여긴……."

영선의 목소리 끝이 살짝 떨리자 재민이 먼저 일어섰다. 순식간에 높은 기둥 하나가 눈앞으로 솟구치자 친구들이 뒷걸음 쳤다.

"심재민입니다."

"아…… 안녕하세요."

"……뭐야. 영선이 네가 좋아한다는 남자랑 이름 똑같다."

가연이 눈치 없이 말했지만 오히려 영선은 수줍게 웃을 뿐이었다. 아직도 건재한 제 마음이 재민에게 순애보로 비치길 바라는 듯했다.

재민이 있으니 열심히 드나들던 남자들의 발길도 뚝 끊어졌다. 다섯 명의 여자를 거느리고 있어 무슨 의자왕이라도 되냐는 식으로 쳐다보았던 공격적인 시선도 재민을 보고선 얌전히 물러났다. 거기엔 그럴 만도 하단 수긍도 뒤따랐다. 그는 확실히 같은 남자에게도 멋지다고 인정받을 만한 외형을 가지고 있었다.

"남자는 서른부터 와인이라던데."

"그거 냄새난다는 건가?"

"네?"

"아니. 오래돼서……."

기분 좋은 웃음소리가 음악과 한데 어우러졌다.

"잘생긴 줄로만 알았는데 재치도 있으셔."

"군대도 다녀오고, 사회도 어느 정도 겪어 봐서 알고. 그래서 그때부터 인생 시작이란 뜻에서 남자들이 다들 서른부터, 서른부터 하더라고요."

"왜 남자만일까. 여자도 서른이면 좋은 나이지."

"와, 이렇게 말하는 남자 처음이에요."

"그런 거로 구분 짓는 게 이상한 거야."

"어쩜 생각하시는 게…… 아, 맞다. 외국에 계신다고 했지. 애인 있으세요?"

"없어."

"아 뭐야, 외국까지 가셨으면서 연애담도 없어요?"

"거기서 여자 안 만났어."

"선생님, 결혼 언제 하실 생각이세요?"

친구들이 저를 대신해 떠들며 흩뿌려 놓은 곡식들을 열심히 주워 담던 영선이 재빠르게 질문했다. 음. 목울대를 꿀 담갔다가 들어 올린 재민이 지혜에게로 고개 돌렸다.

"결혼 안 해?"

지혜는 갑자기 뜬금없이 튀어나온 물음에 입가에서 잔을 살짝 떼어 냈다.

"그걸 왜 나한테 물어?"

"넌 답을 아나 해서."

재민이 곧게 세운 엄지로 지혜의 입술을 문질렀다.

"여기 묻었다."

"아니, 내가 그걸 어떻게 알아?"

"모르면 됐어. 그냥 물어본 거야."

능구렁이처럼 지혜를 꽉 조였다가도 언제 그랬냐는 듯이

쑥 빠진다. 외국으로 데려갈 생각으로 왔다는 말이 지혜의 피부 위를 차갑게 스쳤다. 내가 넘어갈 줄 알고. 지혜가 묵묵히 술을 마시자 재민이 걱정스러운 눈빛을 했다.

"그만 마셔."

"신경 쓰지 마."

"그럼 조금만 천천히."

"대체 왜 이래? 우리 헤어졌어."

"어…… 둘이 사귀었어요?"

가연이 놀란 듯이 묻자 영선의 목소리가 스프링처럼 튀어 올랐다.

"한때! 한때 사귀었던 사인데 지혜가 차인 거나 마찬가지지. 그쵸, 선생님?"

"우리 그렇게 헤어진 거 아니야."

"네?"

"누가 차고 차이고 그런 거 아니었어."

"아…… 전 그냥, 선생님이 일 때문에 외국으로 떠나서 그런 줄로……."

우물쭈물 기어들어 가던 영선은 자신의 꺾인 위신을 추켜세워 줄 상대를 찾았다.

"근데 지혜 넌 결혼 언제 할 거야?"

"안 해."

"어쩜 그 나이인데도 결혼 생각을 안 하니? 태평하다."

"왜 꼭 결혼을 해야 돼?"

"여자로 태어나서 사랑하는 남자 만나고, 아이도 가지고. 가정을 꿈꾸는 건 좋은 일 아니니? 난 결혼하면 내조 하나는 정말 잘해 줄 자신 있어."

"어, 맞아. 영선이 쟤 요리도 잘하잖아."

"응. 아침에 남편 깨워서 아침밥도 챙겨 주고, 셔츠도 반듯하게 다려 주면서 넥타이도 직접 매어 주고 싶어. 출근한 뒤엔 아이랑 놀아 주고. 난 아이는 아들, 딸로 해서 둘 낳고 싶더라. 선생님은 어떠세요?"

"글쎄. 지혜 넌 어때?"

"난 결혼 싫어."

재민이 옅게 웃음을 터트리는 걸 곁눈질로 본 영선은 힘주어 지혜를 물어뜯었다.

"저러니까 여태 남자가 없지. 너 연애 안 하는 게 아니라 못하는 거지?"

"……."

"저런 성격 누가 감당해……."

"야, 넌 무슨 소리를 그렇게 해?"

가만히 있던 선미가 씩씩대며 말했다.

"지혜 만나는 사람 있어!"

무시가 답이라 생각하던 지혜가 '퓹' 하고 반쯤 입안으로 들어갔던 술을 잔으로 뱉어 냈다. 재민의 눈가가 살짝 일

그러졌다.

"누구?"

"아니야, 없어. 선미 쟤가 괜한 소리 하는 거야."

"너 나 왜 거짓말하는 사람으로 만들어? 그분 있잖아, 그분!"

"뭐야, 누군데? 누구기에 이래?"

영선의 관심이 표독스럽게 올라온 순간 지혜의 몸이 떨렸다. 아니, 진동하는 건 핸드폰이었다. 의자에 파묻혀 있던 핸드폰을 집어 든 지혜의 심장이 빨리 뛰었다.

[엮이기 싫은 사람.]

우…… 진원이다. 누가 볼세라 재빨리 핸드폰을 아래로 푹 담근 지혜는 손바닥으로 꼭 감싼 채 진동이 멈추기만을 기다렸다. 계속 울린다. 지혜의 눈동자가 복잡하게 굴렀다. 난동 부리던 움직임이 멎자 조심스럽게 손가락 사이를 벌린 지혜는 도착한 메시지를 확인할 수 있었다.

[안 받아?]

핸드폰을 소파 깊숙이 밀어 넣었다. 왜 이제야 전화하는 거야. 지혜의 등줄기로 서늘한 땀이 맺혔다.

"답장도 안 하네."

핸드폰을 내린 진원의 입가로 조소가 걸렸다. 얼마나 정신없었으면 지하주차장으로 내려갈 새도 없이 밖에 대기 중이던 택시를 탔다. 턱없이 느린 속도를 실감하고선 뒤늦게 바보 같은 짓을 한 걸 알아챘다.

하는 수 없이 빨리 가 달라 기사를 재촉하고 말았다. 그렇게 바쁘면 어제 오지 그랬냐며 한마디 하고 싶던 기사는 진원의 지갑에서 나온 오만 원권 지폐를 보고선 액셀을 힘껏 밟았다.

클럽에 도착했을 때, 진원은 취한 남녀가 서로를 끌어안다시피 해 어디론가 향하는 모습을 여러 번 목격할 수 있었다. 안에서 찌렁찌렁하게 울려 퍼지는 음악이 서로의 난잡한 행위조차 묻어 줄 것이다. 지혜를 찾기 위해 진원은 직원에게 웃으며 말했다.

—카드를 분실했는데 이곳에서 결제된 내역이 있습니다. 결제된 시간 확인해서 어느 테이블인지 찾아 주시겠습니까?

직원은 입을 떡하니 벌렸다. 여기는 클럽이 아니던가. 정말 우진원이 맞는지 믿기지 않는 표정이었다.

—제가 조금 급한 상황이라…….

기다려 줄 여유가 없던 진원이 부탁한단 말을 덧붙이자 그것이 마술이 되어 펼쳐졌다. 그녀는 성심성의를 다한 거로도 모자라 기명까지 호출했다. 기명이 난색을 표했다.

—분실된 카드인 줄은…… 그럼 결제는 취소해 드릴까요?

—아닙니다. 제가 직접 받도록 하죠. 자리가 어디입니까?

—따라오세요.

—······아니.

진원은 안내를 위해 앞장선 기명을 갑자기 불러세웠다. 옅게 인상을 찌푸린 얼굴이 무언가를 생각하는 듯 보였다.

—여기에 지금 남는 자리가 있습니까?

기명은 눈동자를 굴렸다. 2층 테이블이 네 자리 정도 남은 상태였지만 상대는 유명한 재벌 3세였다. 약삭빠른 머리가 데구루루 굴러 3층에 있는 VVIP룸을 가리켰다.

—있긴 한데······.

—조용합니까?

—네. 딱 하나밖에 안 남은 룸이라서 테이블보다 가격이 조금 셉니다.

—룸이라면 막힌 방이라는 거죠.

—네.

진원이 만족스럽게 웃으며 지갑을 꺼내 들었다.

—좋네요. 주세요.

카드를 받아 든 기명은 웬 떡이냐 싶었다. 그리고 속으로 생각했다. 오늘 매출 진짜 대박이라고.

룸으로 가는 길목은 매끄러웠다. 엘리베이터에 오른다는 것이 아까 추락했던 기시감을 느끼게 해 찝찝했지만 유리창으로 이루어진 룸을 보니 그마저도 씻은 듯이 날아갔다.

"경치 좋네."

진원은 지불한 값에 포함된 술은 마시지도 않은 채 창문 너머를 응시했다. 클럽의 전경이 한눈에 보이는 장소 덕분에 목표물을 찾는 건 그리 어렵지 않았다. 2층 테이블에 도란도란 앉아 있다. 표정까진 잘 보이지 않았지만 형체는 또렷했다.

위화감 없이 붙어 있는 어깨. 뭘 잘했다고 계속 술이 들어가? 미간이 깊어지는 와중에도 진원의 손에 들린 핸드폰은 계속해서 한 대상에게 통화를 거는 중이었다.

들썩들썩 불편하게 움직이던 몸이 도무지 견딜 수 없었는지 고개를 뒤로 돌렸다. '달칵' 지겹도록 같은 음만 토해내던 수화기 너머로 드디어 지혜의 목소리가 들렸다.

「왜 자꾸 전화하는 건데요?」

"어디야."

「클럽이요.」

"인생 망칠 일 있어?"

「제 인생이 여기 좀 온다고 해서 크게 달라질 거 없는데요.」

"아니, 그 남자 말이야. 지금 네 옆에 어깨 딱 붙이고 앉아 있는 애."

「⋯⋯.」

"아니면 우리 지혜가 날 망치고 싶나?"

「⋯⋯이상한 소리 할 거면 끊을게요.」

"내 말이 농담같이 들리나 본데. 너 거기 딱 기다려."

핸드폰을 내린 진원은 곧장 룸 밖으로 나섰다. 긴 다리가 성큼성큼 계단을 밟으며 2층으로 내려갔다. 옹기종기 붙어 있던 테이블에서 돌연 일어나 바삐 움직이는 가느다란 팔다리가 보인다. 원형으로 된 소파 한가운데에 앉아 있었으니 자리를 빠져나오는 데도 한참이다.

"나 잠깐 화장실 좀 다녀올게."

"자리 피하는 거 모를 줄 알고? 누구랑 만나는데?"

"야, 유영선 너 적당히……!"

지혜가 참다못해 뒤돌아섰다. 그 순간 커다란 손이 다가와 지혜의 이마를 덮고선 끌어당겼다.

"어딜 도망가."

단단한 몸에 턱 하고 부딪힌 지혜가 낮고 짙은 음성에 딱딱하게 굳었다. 진원이 숙였던 허리를 편 채 이마를 덮은 손을 느긋하게 뒤로 넘겼다. 지혜의 머리카락이 보드랍게 엉키며 흘러내렸다.

"담배 냄새 다 뱄겠다."

그 모습을 목격한 이들은 전부 일시 정지 상태였다. 진원은 경직된 테이블을 향해 부드럽게 웃었다.

"안녕하세요. 우진원입니다."

"우, 우진원…… 씨?"

"내가 준 카드로 결제했더라."

진원은 어안이 벙벙한 지혜를 태연하게 끌어다가 소파에 함께 앉았다.

"잘했어. 안 그래도 네 친구들에게 뭐라도 사고 싶었는데 더 긁지."

"……."

다정히 지혜의 어깨 위로 팔을 두른 진원이 한숨을 내쉬었다.

"다 좋은데 연락 안 돼서 걱정했잖아."

"어떻게……."

"나 요즘 야근 잦아서 오지 말라고 배려한 건가?"

"여길, 왜 와."

새파랗게 질린 지혜의 낯빛을 보며 진원이 자상하게 웃었다.

"아무리 바빠도 너 하나 못 챙기겠어?"

그 말은 곧 지혜에게 '너 오늘 사람 열 받게 했더라'로 해석됐다.

"넌 날 그렇게 봤으면서 아직도 몰라."

실망한 줄로만 알았던 게 완벽히 빗나간 것이다.

"……."

뺨, 뺨을 때릴까? 그럼 떨어져 나갈까 지혜는 잠시 생각했지만 가까이 얼굴을 붙이는 진원 때문에 그러지 못했다. 손을 올리기엔 애매한 거리였다. 지혜가 혼란스러운 틈을 타 슬그머니 어깨에서 내려온 팔이 허리를 감쌌다. 뭘 하는 거야, 여기가 어딘지 까마득하게 잊은 건가?

"술 마셨어요?"

"너무 한다. 안 마셨어."

진원은 가볍게 웃었다. 허리를 부드럽게 주물거리는 능글맞은 손과 어울리지 않게 너무나도 청량한 미소였다.

"일하느라 문자를 늦게 봤어. 용서해 줄 거지?"

취한 것도 아닌데 진원의 얼굴엔 고뇌와 갈등이 전혀 없었다. 되는 대로 뱉어진 말은 머리를 거치지 않은 날것이다. 지혜는 그런 진원이 몹시 이상했다. 어떤 상황이 제게 합리적인지 따지고 재는 계산적인 면모가 아예 사라졌다. 아마 이성이 있었더라면 진원은 이곳에 오진 않았을 것이다. 클럽은 사람들의 인식이 그리 좋은 곳도 아닌 데다가, 보는 눈도 많았다.

"정말…… 우진원 씨예요?"

"갑자기 끼어들어서 죄송합니다."

"말도 안 돼……."

어디라도 따라와 붙는 파파라치 같은 시선은 진원이 늘 신경 쓰던 것이다. 한데도 진원은 이곳에서 일어날 생각이 없어 보였다. 지금도 저들의 머릿속에 어떤 오해가 생겨날지도 모를 일인데 말이다.

"그러고 보니 남자분이 한 명 계시네요."

"안녕하세요."

"여기에서 만났습니까?"

"누구요?"

"제 옆에 있는 여자요."

"원래 알던 사이입니다."

"그럼 친구인가 보네요."

"아니요. 지혜 전 남자 친구입니다."

"……."

진원의 눈가가 살짝 내려갔다. 그 이유가 재민 때문인지 지혜는 이제 막 깨달았다.

"아. 반갑네요."

진원의 입가에 걸린 미소가 어떤 사고를 칠지 지혜는 조마조마했다.

"한번 만나 뵙고 싶었는데. 선생님이라고 했었나요? 맞지, 지혜야."

진원이 또 한 번 지혜를 제 쪽으로 끌어당기며 속삭였다. 예고 없이 진원의 품에 안기게 된 지혜는 정신을 차릴 수 없었다. 아이들의 놀란 표정이 지혜를 움직이지 못하게 꽁꽁 묶었다. 제발 잊어 주길, 기억을 지우는 약이라도 한 알씩 저 벌어진 입에 넣어 주고 싶다.

"왜?"

약은 우진원이 먹은 건 아닐까? 지혜가 핏기가 사라진 얼굴로 빤히 쳐다보자 진원의 눈 밑이 부드럽게 휘었다.

"뭔데 이렇게 사랑스럽게 쳐다봐?"

지혜의 얼굴이 서늘해졌다. 다른 누가 본다면 귀신이라도 본 거냐며 심각하게 물었을 테고 그럼 지혜는 바르르 떨리는 손가락을 치켜세워 우진원을 가리킬 것이다. 진원은 그런 지혜를 보며 웃었다.

"살살해. 네 친구들 처음 만나는 자리인데 나도 체면은 차려야지."

"뭐야, 지혜…… 너…… 만난다는 사람이…….'"

"지혜가 제 얘길 했나요?"

지혜에게 고정되어 있던 시선을 든 진원이 묻자 영선이 딸꾹질했다. 곧이어 반달처럼 웃는다.

"실례지만 지혜와 무슨 사이예요?"

"우리가 어떤 사이였더라."

모두의 시선이 진원의 입으로 집중됐다.

"지혜가 제 친구에겐 애인이라고 했었는데…….'"

놀란 지혜가 진원의 입을 손으로 막았다. 거짓말은 아니었지만 그땐 그럴 만한 사정이 있었다. 진원은 일부러 사람들이 오해하기 딱 좋은 부위만 잘라 내놓았다. 테이블에 앉은 아이들의 얼굴이 과열된 냄비처럼 달아올랐다.

"사, 사귀는 거예요?"

"아니, 그런 게 아니라……!"

"이젠 말해도 되지 않아?"

"뭘 말해요?"

"지혜가 이래요. 제가 친구들 직접 만나고 싶어서 몇 번이고 부탁했는데 애들이 부담스러워할 거라고 싫어하더라고요. 전 이미 제 친구들에게 소개시켜 줬는데."

"무슨 말을, 대체 언제요?"

"기억 안 나? 그때 너 일하느라 시간 못 내서 내가 친구들 데리고 갔었잖아."

설마…… 지혜의 표정이 창백해졌다. 가게에 손님으로 온 진원의 친구들이 지혜에게 껄떡대던 순간을 말하는 걸까? 얼굴도장 하나는 톡톡히 찍은 셈이었다. 진원이 모두의 앞에서 선물을 건네주며 경고한 거로도 모자라 윤호의 얼굴에 주먹까지 꽂았으니 말이다. 바싹 타들어 가는 지혜의 속과 달리 정작 아이들은 단비에 젖어 촉촉한 얼굴이었다.

"내일 출근하실 텐데 이렇게 와도 괜찮으세요?"

"아무리 바빠도 만날 시간 정도는 만들어야죠. 사실 내일 만나기로 했는데 제가 보고 싶어서 온 겁니다. 지혜가 어딜 가든지 제게 문자를 남겨 두는 편이라서요."

카드 사용 내역서를 보고 이 갈며 왔을 진원의 모습이 지혜의 머릿속에서 훤히 그려졌다.

"그걸 너무 늦게 봐 미안해서 이렇게 오게 되었습니다. 제가 말도 없이 저지른 일이라 많이 놀랐을 거예요."

'하' 지혜는 진원을 보며 헛숨을 들이켰다.

"미안해."

저 다정한 눈빛도 연기일까?

"근데 나도 네 친구들 만나 보고 싶었어."

진심일까. 지혜는 올라오는 술기운 탓에 명확한 판단을 내릴 수 없었다. 지금 이 모든 게 애매하고 모호했다.

시끄러운 클럽에 온 우진원, 술도 안 마셨으면서 취했을 때보다 더 편하게 구는 우진원, 사람 이목을 신경 안 쓰는 우진원, 나와 엮여 이상한 소문에 휘말릴 우진원.

이렇게 올 줄 알았으면 술을 마시지 말걸. 진원 자체가 지혜의 머릿속에서 올라오는 취기와 한데 뒤엉키며 이상한 기분을 느끼게 했다.

"우리 지혜 앞으로 잘 부탁드린단 얘기도 직접 전하고 싶었고요. 오늘은 제가 사겠습니다. 드시고 싶은 거 더 시키세요."

"와! 정말요?"

"네."

신이 난 선미가 눈짓으로 부른 직원에게 메뉴판을 요구했다. 다른 아이들은 아직도 믿기지 않는지 진원을 관망했다. 자주 보는 진원이지만 실제로 만나긴 하늘의 별 따기만큼이나 어려운 남자였다.

"무슨 생각해?"

"……."

낮게 시선을 내린 진원이 땅거미 진 눈으로 지혜를 보았다.

"내 생각하고 있지?"

게다가 스캔들 한 번 난 적 없던 인물이 지혜와 나란히 앉아 묘한 분위기를 풍기고 있었다. 지혜는 재빨리 자리에서 일어났다.

"어디 가?"

"화장실이요."

"같이 갈까."

"돌아다니지 말아요."

목격자가 늘어나는 걸 막기 위해 저지하자 지혜가 말한 의미를 알아챈 것인지 진원이 웃었다.

"그럼 얌전히 기다리면 오나?"

무언가를 확인하듯 진원은 지혜의 손을 잡고서 주물렀다. 놀라거나 몸을 뒤로 빼는 행위는 없었다. 가느다랗게 내려온 눈꺼풀이 해답이었다.

"지혜가 술을 좀 마신 거 같은데 화장실에 데려다주시겠어요?"

"네? 네. 그럴게요."

냉큼 자리를 박차고 일어난 가연이 지혜의 옆으로 친밀하게 다가와 붙었다. 지혜는 흐릿하게 번지는 조명 아래를 걸었다. 이젠 졸음이 몰려오면 거부반응이 사라지는 것마저 아는 듯 보였다.

진원은 오고 가는 사람들 사이로 지혜가 가려져 보이지 않을 때까지 지켜보았다.

"저 주문해도 될까요?"

선미의 말에 진원이 기다렸단 듯이 카드를 내밀었다. 가격조차 묻지 않고 결제하는 씀씀이에 선미의 눈동자 안으로 하트가 콕콕 박혔다.

"평소 과묵하신 편인가 봅니다."

벌린 재킷 안으로 지갑을 넣으며 진원이 물었다. 재민은 마시던 잔 위로 맺힌 물방울을 엄지로 거둬 냈다.

"말하는 것보다 듣는 걸 더 좋아합니다."

"그래서 계속 듣고만 계셨던 거군요."

남자들 사이에서 재력은 누가 더 우월한지 단번에 구분 짓는 요소다. 진원이 선수를 쳤음에도 불구하고 재민은 얌전히 그 모습을 지켜볼 뿐이었다. 순한 편인가. 진원의 눈초리가 길어졌다.

"낯가림이 있으신 게 아니라면 저와도 대화 부탁드립니다. 안 그래도 도중에 낀 거라 그쪽…… 아, 죄송합니다. 제가 여태껏 성함도 묻지 않았네요."

"심재민입니다."

"좋은 이름이네요. 말씀이 없으셔서 심재민 씨에게 불청객처럼 비치진 않을까 걱정했습니다."

"그런 기분이었다니 대화라면…… 그래요."

재민이 살짝 소파에 기대었던 등을 앞으로 당겼다.

"호구조사만 아니면 대답해 드리겠습니다."

진원은 느릿하게 웃었다.

"지혜에겐 전 남자 친구가 과외 선생님이었다고 들었습니다만 실제로 만나 뵈니 좋으신 분 같습니다."

"아니. 나쁜 사람이었어요."

"헤어져서 그런 기분을 느끼시는 건 아니고요?"

재민이 대답 대신 미소 지었다.

"애인이시라고요."

"그 비슷합니다."

"지혜는 아무 말 없던데."

"아직 그 단어를 부끄럽게 생각하더라고요. 마침 친구들 만난다고 하기에 제가 찾아와 뿌리박은 셈이죠."

일자를 유지하던 재민의 입에서 돌연 웃음이 튀어나왔다. 진원의 눈썹이 살짝 구겨졌다.

"무슨 웃긴 일이라도 있습니까?"

"아니."

재민이 웃으며 반쯤 벌어진 입술을 움직였다.

"지혜 친구들 만나러 오면서 옷깃 정리도 안 한 게 신기해서요."

진원은 끄트머리가 살짝 말린 자신의 셔츠 깃을 내려다보았다. 주차장까지 갈 여유도 없었는데, 자신의 옷 상태를 점검할 새가 있을 리 없었다. 가장 기본적인 것을 지적받은 진원과 달리 재민의 모습은 결벽증에 가까울 정도로 깨끗했다.

"지혜 친구와 만나는 게 처음이라던데."

진원은 재민을 보며 차분히 셔츠 깃을 잡고선 펼쳤다.

"그때 선미 만난 건 왜 빼는지 의문이지만."

카페에서 부딪쳤던 남자다.

"모른 척해 드리겠습니다. 그게 지금 상황에선 매너 같네요."

진원마저 거부감을 느낄 정도의 깔끔함이었다. 표면이 매끄러운 뱀의 비늘처럼 말이다. 두 사람을 지켜보고 있던 영선은 벌컥벌컥 마시던 술잔을 탁 하고 테이블로 내려놓았다. 속이 벌겋게 달아오르던 차에 지혜와 가연이 돌아왔다.

"왔어?"

"무슨 얘기하고 있었어요?"

"즐거운 얘기."

진원이 웃으며 지혜를 제 옆으로 데려다 앉혔다. 재민은 제 옆에 놓인 가방을 들고선 지혜에게 내밀었다.

"지혜야, 네 가방."

"저 주시죠."

어서 집에 가란 뜻이 담긴 행동이었다. 진원이 그걸 낚아채며 지혜를 향해 웃었다.

"더 놀다 가야지. 졸려도 참아?"

지혜는 마른침을 삼켰다. 묘한 기류에 휩싸인 세 사람은 영선의 속을 휘저어 놓기에 충분했다. 지혜의 곁으로 자신이 짝사랑하는 재민과 모든 여성들이 선망하는 진원이 나란히 앉아 있었다.

"우진원 씨."

"네."

"지혜와 어떻게 만난 사이신 거죠? 쟤가 우진원 씨 같은 분을 어디서 만나요?"

영선의 눈동자엔 질투심이 범람했다. 순간 지혜의 위신을 추락시킬 만한 장면이 떠올랐다.

"아, 혹시 그때 바에서 만나신 거 아닌가요? 지혜 너 거기서 일했잖아. 우리 모임 가졌을 때 마침 우진원 씨도 계셨던 거로 기억해요."

"……."

지혜의 눈빛이 차가워졌다. 영선의 입술 끝이 그제야 숨통이 트인 듯 올라섰다.

"역시, 정상적인 방법으로는 못 만나는구나?"

"무슨 뜻으로 하는 소리야?"

"격식이니 분위기니 해도 어쨌든 술 마시는 곳이라 취한 사람들이 대부분이잖아……. 아무나 안 받는 곳이니 고객들 재력은 검증됐고, 우진원 씨도 거기 단골이라고 들었는데 맞죠?"

지혜가 이를 꽉 깨물었다. 자신이 하는 일이 뭐든 간에 최선을 다했을 뿐인데 타인의 눈엔 그저 상위층 고객들에게 접근해 기회나 엿보는 사람처럼 비쳤다니. 그것도 친구라고 생각했던 영선이 말한 터라 배신감은 이루 말할 수가 없었다. 도무지 참을 수 없던 지혜가 앞에 놓인 잔을 무작정 들었다. 얼굴에 끼얹어야 정신을 차릴 것 같았으니까. 그 순간 진원이 지혜의 손목을 잡았다.

"뭔가 오해하신 모양인데……."

아래로 내리는 힘이 강압적이지 않았다. 오히려 그보다 더 좋은 게 있단 듯이 타이르는 손짓이다.

"제가 지혜에게 매력을 느낀 건 발레 하는 걸 보고 난 후부터입니다."

뻑뻑하게 굳어 있던 지혜의 손이 그 한마디에 느슨해졌다.

"원래 예술 분야라면 가리지 않고 보는 편이라 관람하는 순간의 즐거움으로 그치는 것이 대부분인데 지혜가 연기한 백조의 호수는 정말 잊히지 않을 정도로 아름다웠거든요. 감동을 쉽게 느끼는 편도 아닌데 이상하게 가슴이 울렁거리더군요. 여린 몸으로 오데트를, 강렬한 몸짓으로 오딜을 아예 다른 사람처럼 연기하는데……."

진원이 지혜를 보았다.

"거기에 빠졌어요."

거칠었던 수면이 잠잠해지고 검은 눈동자가 그 위로 고요히 비쳤다.

"진짜 오지혜는 어떨지 알고 싶어서 제가 먼저 접근했습니다. 가게에서 만난 건 오히려 제게 행운이었죠."

지혜의 눈동자가 희미하게 흔들렸다. 닿을 수 없다는 걸 안다.

"발레에 그다지 흥미를 느끼지 못했던 절 두 번, 세 번이나 보게 한 여자입니다."

그럼에도 지금 이 순간만큼은 진원이 제 앞에 있는 듯한 착각이 밀려왔다. 마치 손 내밀면 잡을 수 있을 것처럼 말이다.

"……죄송합니다. 오늘 만남은 이쯤하고 그만 달래 주러 가야겠네요."

진원은 지혜의 손에 있는 잔을 떼어 내고 대신해 제 손가락을 밀어 넣었다. 깍지 낀 손을 몽롱하게 내려다보던 지혜는 진원이 움직이는 대로 따라 걸었다. 멀어지는 두 사람을 지켜보던 선미의 입에서 외마디 탄성이 튀어나왔다.

"대박. 손깍지."

"우진원 씨 진짜 장난 아니다."

"와, 부러워. 영선아, 너 저런 친구 둬서 좋겠다."

"……."

자신이 예상했던 것과 전혀 다른 상황이 펼쳐지자 영선

이 재빨리 재민에게로 고개 돌렸다.

"서…… 선생님 봤어요? 지혜가 저렇게 여우 같은……."

"영선아."

재민이 벗어 두었던 재킷을 한 손에 들며 자리에서 일어났다.

"짜증 나게 좀 하지 마."

필사적으로 움직이던 영선의 입술이 뚝 하고 멈추었다. 항상 다정하게 웃으며 저를 봐 주었던 재민인데 지금은 무척 낯설었다. 괴리감을 느낀 영선이 충격에 휩싸인 것과 달리 선미를 포함한 아이들은 아직도 진원과 지혜가 남기고 간 여운을 곱씹느라 정신이 팔린 채였다. 재킷으로 팔을 밀어 넣은 재민이 단추를 잠갔다.

"이렇게라도 나 만나고 싶으면 안 보이게 숨기라고."

"선생님……."

"그 호칭도."

재민은 살짝 인상을 찌푸렸다.

"이제 어른인데 언제까지 학생처럼 굴래."

"어, 선생님 가시게요?"

선미가 뒤늦게 갈 채비를 마친 재민을 보고선 자리에서 일어났다. 재민은 웃으며 앉으라 손짓했다.

"응. 다음에 또 보자. 재미있게들 놀다 가."

"네, 연락드릴게요."

영선의 눈동자가 흔들렸다. 선미가 말한 선생님이란 호칭에는 웃음으로 화답할 정도로 너그러웠다. 저 혼자에게만 그어진 선에 갈피를 잃은 영선은 한동안 소파에 앉아 움직일 수가 없었다.

쿵쾅대는 음악 소리와 점점 멀어진다. 하지만 지혜의 심장은 여전히 진동의 영향을 받고 있었다. 어울리지 않게 도로가로 나가 택시를 잡은 진원이 지혜를 안으로 밀어 넣었다. 도착지는 지혜가 살고 있는 아파트 단지였다. 백미러를 힐끔거리던 택시 기사가 혹시 우진원 씨가 아니냐고 물었고 진원은 웃으며 맞다고 했다.

"아이고, 이런 분을 만나 뵙다니 영광이네."

"늦은 시간까지 고생 많으세요."

"다 먹고 살려고 하는 일인데요, 뭐."

"그래도 수고해 주시는 덕분에 이렇게 집까지 편하게 가는 거죠."

"말씀이라도 감사합니다. 귀한 분 태웠으니 더 신경 써서 안전 운전해 드려야겠네."

지혜는 느리게 눈을 깜빡였다. 기사의 목적지는 땅값이 그리 비싸지 않은 20년도 더 된 아파트 단지였다. 그걸 보고도 지금처럼 웃을 수 있을까? 진원은 '집'이라고 말했지만 그런 누추한 곳에 살 리 없다.

"네. 조심히 가 주세요."

지금도 잡은 손을 놓지 않은 채였다.

헤드라이트가 어두컴컴한 아파트 단지를 밝히며 들어섰다. 가로등이 곳곳에 서 있었지만 환하게 주변을 비추던 시절은 잃은 지 꽤 되었다. 기사의 눈엔 그게 아무렇지도 않아 보일까? 낡은 풍경을 응시하던 지혜는 진원에게로 시선을 돌렸다. 한 손으로 재킷에서 지갑을 꺼내는 모습이 불편해 보였다. 잡은 손을 놓으면 그만인데 진원은 꿋꿋이 긴 손가락으로 지폐를 꺼내 기사에게 건네었다. 잔돈은 받지 않겠단 말도 함께였다.

그것이 늦은 시간까지 고생하는 기사를 위로하는 배려일까, 지혜의 손을 놓기 싫단 의미일까. 지혜는 알 수가 없었다. 멍한 표정으로 서 있는 지혜의 주변은 온통 고요함뿐이었다.

"아직도 기분이 안 풀려?"

지혜는 대답하지 않았다. 진원이 한숨을 내쉬며 지혜를 잡아끌었다. 내일도 바쁜 하루를 시작하기 위해 잠든 아파트 단지에는 두 사람의 발소리만이 울려 퍼졌다.

"비밀번호 누르고."

익숙한 현관문을 바라보던 지혜는 움직이지 않았다. 진원이 결국 잡았던 손을 놓아주었다. 터치식 도어락은 진원과 손을 잡고 있느라 끈적해진 손가락을 인식하지 못했다. 지혜는 하는 수 없이 손을 옷에 문질러 닦아야만 했다.

"내일 저녁은 먹은 거로 할 테니까 들어가서 푹 쉬어."

"……진짜예요?"

문을 반쯤 연 지혜가 뒤돌아서 진원에게 나지막이 물었다. 오는 내내 한마디도 하지 않아 영선 때문에 기분이 좋지 않은 거라 생각했던 진원이다.

"뭐가?"

"저를 그렇게 본 거요."

진원이 삐뚜름하게 섰던 몸을 똑바로 했다. 오는 내내 생각해 봤지만 답은 나오지 않았다.

"그럼 없는 걸 지어 내겠어?"

"제가 발레 하는 무대 봤어요?"

"……."

"백조의 호수라면 4번 연기했어요."

"알아. 다 봤어."

"직접 공연 와서 본 거냐고요."

"영상으로 봤어."

"언제요."

진원은 잠시 입을 다물었다가 고요히 대답했다.

"너 가게에서 처음 만나고 난 뒤에."

둘 사이로 침묵이 내려앉았다. 아름답다고 했던가.

"제가 아름다웠어요?"

진원이 픽 하고 웃었다.

"어. 그러니까 그런 눈빛으로 보지 마."

"……제 눈이 어떤데요."

"내 참을성을 실험하는 듯한."

진원이 손을 뻗어 지혜의 눈꺼풀 위를 보듬었다.

"건방진 눈."

완벽히 우위가 누구인지 구분 짓는 말이었다. 하지만 지혜는 부릅뜬 눈을 거두지 않았다. 진원의 손끝이 작게 떨렸다.

"오늘만큼은 넘어가 주지."

진원이 허리를 낮추며 입술을 부딪치자 지혜는 힘껏 턱을 벌렸다. 매끈하게 들어와 헤집는 진원을 반갑게 맞이했다. 오래된 가로등에서 뿜어내는 아련한 주홍빛이 둘 사이로 번졌다. 진원이 펼친 손으로 열기가 맺히는 뺨을 감쌌다. 얼었던 심장이 녹아드는 기분이었다.

하루는 밀어내고, 이튿짼 달라붙고.

자고 일어나면 경계하고 졸리면 다가오고.

오데트와 오딜의 경계에 놓인 지혜의 입맞춤은 진원에게 강렬하고 또한 자멸적이었다. 입술이 떨어졌다. 반쯤 희미하게 떠진 몽롱한 시선, 아쉽다는 듯이 벌어진 입술. 일어나면 너는 또 오데트가 되겠지만.

"거기에 빠져서 문제야."

지혜의 눈동자가 뒤흔들렸다.

"답도 없지."

지혜는 가느다랗게 뜬 눈으로 진원의 넥타이를 잡아끌었다.

"오늘도 들여보내 줄 건가?"

그건 이미 한 차례 경험을 맛 본 자에게만 허락된 말이었다. 문이 닫히고 어둠이 달려들었다. 호흡이 두 입술 사이에서 격렬해졌다. 지혜가 재킷을 벗겼고 진원은 그를 도왔다. 잠깐이라도 입이 떨어질라 치면 득달같이 다시 붙어 왔다. 벗겨진 옷들이 발치에 걸렸다. 커다란 손이 거칠게 지혜의 머리를 헤집으며 혀를 욱여넣었다. 밀려나다 뒤엉킨다. 지혜는 벽에 몸을 기댄 채 고개를 돌렸다. 숨이 모자란 기분이었다. 길게 뻗은 목 줄기로 진원의 탐스런 입술이 밀착됐다. 혀를 굴리며 내려가는 솜씨가 보통이 아니었다. 발가락 끝을 오므리자 진원이 젖가슴 위로 입맞춤했다.

"흐읏……."

"색이 예뻐."

마른 체형에 걸맞게 작은 가슴이었지만 진원은 그 마저도 성스럽게 다루었다. 한 손에 전부 움켜잡히는 사이즈가 부족하다고 느낄 만도 한데 진원은 오히려 그걸 한데 모아 젖무덤을 만든다. 푹 파인 골 사이로 혀를 밀어 넣자 지혜의 허리가 뒤흔들렸다.

"으…… 하아……."

한데 모인 살점에 푹 담갔다가 빠져나온다. 그리고 다시 밀려올 땐 꼿꼿하게 세운 혀로 골 사이를 비집고 들어갔다. 금세 골 안으로 타액이 고이는 것이 느껴졌다. 흐른다. 그걸 손가락으로 받쳐 올린 진원의 손가락이 유두를 툭툭 건드린다. 매끄러운 감촉에 도드라진 유두를 진원이 살살 어루만졌다. 지혜의 몸이 지렁이처럼 꿈틀거렸다. 막무가내로 움켜잡고 달려들면 정신없을 텐데, 오히려 자극만 주니 견디기 어려웠다. 진원은 얇은 붓으로 색을 칠하는 것처럼 손톱으로 피부 위를 스쳐 지나다녔다. 강렬한 흡입은 없었다. 천천히 녹아 가는 아이스크림처럼 지혜는 벽에 기댄 몸이 무너지는 걸 경험했다. 다리에 힘이 빠져 주저앉았다. 하아, 하아…… 숨을 몰아쉬자 진원이 천천히 제 바지 지퍼를 내렸다.

"해 볼래?"

지혜는 제 얼굴 앞으로 솟아오른 둔덕을 보았다.

"벗기지 말고 위로 해 봐."

친절히 속삭인다. 지혜는 브리프 안으로 구겨져 있을 성기가 어떨지 감이 잡히지 않았다. 겉으로 보기에도 그 윤곽이 비범했다. 마른침을 삼킨 지혜가 몽롱하게 고개를 들자 진원이 내려다보며 웃는다.

"만져만 봐."

달래는 사람처럼 별거 아니라는 듯 얘기한다. 지혜는 손을 뻗어 그 위를 살며시 움켜쥐었다. 뜨거운 열기가 느껴졌다. 꼿꼿하게 심을 세운 성기는 무척 단단했다. 위아래로 천천히 그를 쓰다듬던 지혜는 느리게 눈을 깜빡였다. 졸리다. 이대로 쓰러져 잠들어도 이상하지 않을 만큼의 수면욕이었다. 머리가 취기로 한껏 고조됐다. 진원의 것을 만지는 순간에도 지혜는 기분이 몹시 좋았다. 이 남자만 있다면 푹 잠들 수 있을 것만 같은 기분이다. 지혜는 천천히 눈을 감으며 입을 벌렸다.

아래를 물었다. 코끝에 닿은 딱딱함과 달리 말랑했다. 혀를 조금 내어 핥자 천이 촉촉이 젖어 가는 게 느껴졌다.

"후……."

살짝살짝 핥는 지혜의 혀는 마치 우유를 마시는 아기 고양이 같았다. 말랑말랑한 감촉이 좋은지 손으로 지혜가 그걸 어루만졌다. 엄지로 꾹 눌렀다가 손바닥으로 쓰다듬었다.

"위로 가."

그 말에 지혜의 혀가 천천히 위로 선을 그리며 올라갔다. 빳빳한 성기가 그 움직임을 따라 반응했다. 정상에 도달한 지혜는 힘이 든다는 듯 핳학거렸다. 천 사이로 그 뜨거운 숨이 고스란히 밀려 들어와 달라붙는다. 진원은 손으로 지혜의 머리를 쓰다듬어 주었다. 잘했다는 듯이. 그 어루만짐이 좋았는지 지혜가 고개를 틀었다. 입술을 벌려 성기를 옆으로 문 지혜는 제 안에 담긴 천을 혀로 훑었다. 까슬까슬한 느낌과 달리 안쪽으로 폭발할 것만 같은 에너지가 느껴졌다. 살아 있는 생명처럼 맥이 뛰었다. 핥을수록 작아지긴커녕 그 크기를 더 키워 나간다. 이젠 터질듯해 버거운 지혜가 입을 떼었다. 진원이 나지막이 말했다.

"이제…… 벗겨."

지혜는 홀린 듯이 그 말에 따라 밴드를 움켜쥐었다. 천천히 잡아 내리자 어떻게 견딘 건지 알 수 없을 만큼 거대해진 성기가 튀어나왔다. 지혜는 제 뺨에 닿는 성기를 멍하니 바라보았다. 귀두엔 이미 쿠퍼액이 미세하게 흘러나온 상태였다. 진원은 여유롭게 미소 지었다.

"천천히 해. 다 삼킬 필요 없어."

입안이 좁은 지혜를 배려한 말이었다. 이것을 다 삼킬 수 없다는 것도 안다. 그냥 네가 원하는 대로 하라는 진원은 배려심 있게 기다려 주었다. 한 손으로 성기를 잡은 지혜는 제 손이 작게만 느껴졌다. 불에 달궈진 두툼한 몽둥이를 잡은 기분과 흡사했다. 지혜는 살짝 혀를 내어 윤기가 흐르는 귀두를 핥았다. 짭쪼롬하고 비릿한 맛이었다. 지혜는 그걸 조금 벌린 입에 담가 보았다. 동굴에서 메아리치듯 쿵쿵거리는 뜨거운 맥이 느껴지는 기분이었다. 보드랍게 혀를 굴려 주자 요동이 더욱 심해졌다. 진원의 숨이 점차 거칠어진다. 지혜는 미끄럼틀을 타고 내려가듯 그걸 제

목 뒤까지 쭉 밀어 넣어 보았다. 목젖에 금방 도달했음에도 불구하고 손에 잡힌 건 여전했다. 반도 못 삼킨 것이다. 지혜의 눈가로 눈물이 찔끔 고였다. 입에 머금은 채 벅찬 숨을 내쉬자 진원의 손이 뺨을 어루만진다.

"뱉어."

"웃……."

"말 좀……."

지혜가 입가에 고인 침을 꿀꺽 삼키자 진원의 눈가가 구겨졌다. 좁은 목구멍으로 빨려 들어가는 느낌이 꽤 강렬했다. 지혜는 천천히 성기를 머금은 채 앞뒤로 움직였다. 타액으로 흠뻑 젖은 입술 점막이 부드러운 왕복을 도왔다. 혀를 갖다 붙여 도드라진 힘줄을 자극한다. 삼켰다가 빠질 때 괴로워하면서도 절대로 제 손에 잡힌 것을 놓지 않았다. 살짝살짝 괴로울 때마다 잡는 힘에도 진원은 미칠 것만 같았다. 핥는 것이나 흡력 전부 다 서툴렀다. 그럼에도 불구하고 진원은 그 어느 때보다 흥분하고 있었다. 지혜의 눈꼬리에 맺힌 눈물을 거둬 냈다. 그럼에도 지혜는 눈을 뜨지 않은 채 느리게 빨고 핥는 것에 치중했다. 이러한 행위의 결말을 진원은 안다.

"또 잘 거지."

지금 지혜에게 이것은 현실이 아니었다. 꿈이라 생각하고서 하는 행위이다. 온전한 정신도 아니다. 진원은 부드럽게 지혜의 머리를 쓰다듬어 주다 고요히 움켜쥐었다.

"그럼 꿈속에서 탓해."

"읍!"

지혜의 눈이 질끈 구겨졌다.

"하…….."

있는 힘껏 힘을 줘 제 쪽으로 머리를 끌어당긴 진원은 낮게 신음했다. 갑작스러운 침입에 좁은 입안이 난리도 아니었다. 빨아당기고 숨을 뱉어 내고 콜록댄다. 진원은 거기서 멈추지 않고 더 끝까지 밀어붙였다. 성기를 잡고 있던 지혜가 이젠 진원의 골반을 밀어냈다. 진원은 고개를 뒤로 젖히며 낮게 속삭였다.

"이 세우지 말고 힘 빼 봐."

"끕…….."

"고통스럽지? 그럼 일어나서 날 원망해."

일어나서 기억해 주길 바라는 마음에서 사납게 굴었다. 지혜가 물기 젖은 눈으로 올려다보았다.

"……하, 턱 더 벌려 봐."

진원은 저도 모르게 골반을 퉁겼다. 지혜의 눈이 질끈 감겼다. 빠르게 오고 가는 추삽질에 집 안으로 음탕한 소리가 울려 퍼졌다. 성이 난 허벅지를 움켜잡고 매달리던 손도 어느덧 얌전하다. 진원은 이를 악물었다. 제 안에 숨겨져 있던 가학심이 이 정도일 줄은 꿈에도 몰랐다. 힘들어

하는 모습을 떠올리면 멈춰야 하는데 그러지 못했다. 몰려오는 사정감을 견뎌 내며 괴롭히는 꼴이라니. 더는 견디지 못한 진원이 사정을 하려 뒤로 물러서려고 하자 지혜의 손이 엉덩이를 감싸 왔다. 빠져나가지 못한 채 진원은 그 입 안에서 사정했다.

"하…… 시발, 이러면."

진원은 다급하게 지혜의 입안에 담긴 제 정액을 치우려 했다. 그 순간 꿀꺽하고 지혜의 목울대가 움직였다.

"하아……."

개운하다는 듯 입을 뗀 지혜가 진원을 올려다보았다.

"이제…… 잘래."

"……."

"재워 줘…… 요."

지오 본사에선 이른 아침부터 때아닌 괴소문이 돌았다. 어젯밤 클럽 신디에서 진원과 닮은 남자가 어떤 여자의 손을 잡고 가는 걸 보았던 목격담이었다. SNS에서 시작된 역병은 빠른 시간 내에 주변으로 퍼지며 여자들의 얼굴 위로 근심을 만들어 냈다. 탕비실에 한번 들어갔다 하면 좀 처럼 나오질 않았고 홍보팀도 혹시나 하는 맘으로 인터넷을 주시했다.

목격자들 중에서 진원이 입은 슈트 브랜드를 알아챌 수 있는 눈썰미 좋은 사람이 한 명이라도 있었더라면 이 소문은 여사원들에게 거의 확정적이었을 거다. 하다못해 시프레 계열의 묵직한 베이스 냄새를 맡았다고 한다면 빼도 박도 못할 텐데 술 취한 사람들의 증언은 그냥 슈트에 키 큰 우진원이었다.

"그렇게 크게 걱정하실 문제가 아닙니다. 상무님이 그러실 분이 아니란 거 사모님께서 더 잘 아시지 않습니까."

줄곧 진원의 곁을 보좌하던 최 비서는 이런 바이러스 같은 소문에 꿈쩍도 하지 않는 항체였다. 최 비서는 늠름한 목소리로 말했다.

"시끄러운 음악을 좋아하지 않는 분이신데, 클럽에서 홍보 목적으로 퍼트린 루머가 아닐까 사료됩니다."

「그렇겠지?」

"네."

「하긴 사진이라고 찍힌 걸 보니 우리 진원이보다 키도 작고 별로던걸.」

"키는 비슷해 보이던데……."

「최 비서?」

"아닙니다."

'큼큼' 작게 헛기침한 최 비서는 엘리베이터 앞에 선 채 버튼을 눌렀다.

"게다가 어제 저와 통화하실 땐 집으로 올라가는 엘리베이터 안이었는데, 그런 곳에 가실리가요."

희연은 그제야 안도했다. 이런 얘길 진원에게 직접 전화해 꼬치꼬치 캐묻자니 요즘 우리 여사님 심심한가 보냐며 너스레를 떨 게 뻔했다. 제게 실망감을 안겨 준 적 없던 아들인데, 고작 이런 얘길 가지고 믿음 없는 어머니로 비치고 싶지 않았다. 게다가 최 비서는 입이 무거웠다.

「요즘 진원인 별일 없지?」

"네. 주변에서 무슨 일이 터지지 않는 이상 늘 완벽하신 분이죠."

「그러게나 말이야. 야근 때문에 진원이 얼굴 많이 상했겠어.」

"제 얼굴도 마찬가지……."

「최 비서?」

"아닙니다. 아, 그러고 보니 어제 통화 중에 엘리베이터가 멈추셨다고……."

「뭐?」

고상하던 희연의 목소리가 높은 옥타브로 단숨에 올라가자 당황한 최 비서가 말했다.

"잠시 멈춘 것뿐입니다. 갑자기 끊기긴 했지만 다시 저와 확인차 통화도 했습니다."

「아휴, 무슨 일 생긴 줄 알고 놀랐잖아.」

"엘리베이터야 원래 자주 멈추고 그러니 너무 걱정 마십시오."

말은 그렇게 해도 전화가 끊기고 난 뒤 불안했던 최 비서는 애인에게 집착하는 것처럼 진원에게 계속 전화를 걸었다. 연결음이 1분 이상 지속되는 걸 보면 전원이 꺼진 건 아닐 텐데 받질 않으니 이상한 생각이 먹구름처럼 잔뜩 몰려왔다. 이윽고 연결된 통화에서 진원은 낮은 목소리로 '무슨 일이십니까?' 하고 물었다.

—아니, 걱정돼서 연락드렸습니다.

—뭐가요?

—예? 어…… 아까 통화가 그렇게 끊겨서.

—아. 네.

뻘쭘한 정적이 이어졌다.

—근데 제가 지금 조금 바쁜데.

—아, 죄송합니다. 얼른 씻고 주무십시오.

뒤늦게 피곤할 진원을 방해했단 생각에서 최 비서는 냉큼 핸드폰을 귓가에서 떼어 냈다. 그때 작게 들렸던 진원의 목소리가 불현듯 최 비서의 뇌리를 스쳤다.

—더블이요.

음. 더블. 택시도 아닌 집에서 더블을 외칠 만한 일이 뭐가 있을까…….

"되게 마르고 긴 머리인 여자라던데."

……기분 탓이겠지. 엘리베이터 안에서도 끊이질 않는 루머를 들으며 최 비서는 42층에서 내렸다.

최 비서는 입이 무거운 편이기도 하지만 비밀을 요구하는 일이라면 아예 기억조차 안 나게끔 머릿속에서 비워 버리는 식이었다. 답답함을 견디지 못해 대나무 숲이나 찾는 일을 방지하기 위함이었다. 그래서 진원의 생일에 백미러로 훔쳐보았던 여자의 얼굴을 떠올리는 데 한참이나 걸렸다.

"좋은 아침입니다."

그 여자도 머리가 길고 꽤 마른 편이었는데…….

"최 비서님?"

"아, 네. 네? 상무님."

정신을 놓은 채 서 있는 최 비서가 진원을 보고서 깜짝 놀라 경련했다. 이제 막 사무실 안으로 들어온 진원이 웃으며 책상으로 향했다. 최 비서는 작게 한탄했다. 진원이 출근하는 시간에 맞춰 커피를 직접 준비해 두는 편인데, 잡념에 사로잡혀 미처 하지 못했다. 그런 건 안중에도 없다는 듯이 재킷을 벗은 진원이 의자에 앉으며 작게 하품했다. 그걸 본 최 비서의 눈이 휘둥그레졌다.

"상무님, 지금 하품…… 하셨습니까?"

"잠을 못 잤어요."

"왜, 왜 못 주무셨던……."

"일이 터졌는데 어떻게 편히 자요."

최 비서의 눈동자가 흔들렸다. 혹시 클럽 신디……?

"우선 고객 보상 처리 건부터 살펴보죠."

"……아, 그렇죠. 그럼요."

그럴 리가. 최 비서는 자신의 망상이 커졌다는 걸 깨닫고선 정리해 둔 서류를 책상으로 가져갔다. 진원은 빠르게 서류를 검토했다. 막힘없이 일을 처리하는 날렵한 손동작과 달리 차 안에서 그 여자를 안아 든 손은 도자기를 빚는 것처럼 섬세했다. 생각해 보면 여자의 옷은 진원과는 별로 어울리지 않는 재질이었다. 가볍고 윤택도 없다. 하지만 그 여자가 입고 있단 이유만으로 진원의 손에서 보석처럼 다뤄졌다.

"항공 쪽 혜택은 마일리지로 제공하되 언제든 고객이 원할 때 좌석 업그레이드가 무리 없이 진행될 수 있도록 다섯 좌석 정도 항시 비워 두는 거로 하고요."

"서민…… 입니까?"

"네?"

최 비서가 손으로 입을 턱 막았다. 머릿속에서 이뤄지던 생각이 밖으로 흘러나간 것이다. 진원은 느슨하게 펜을 놓으며 웃었다.

"최 비서님 요즘 일 때문에 피곤하신가 본데 제가 몸보

신시켜 드릴게요."

"아니, 그러실 필요는……."

"점심시간까지 뭐 드시고 싶은지 생각해 보세요."

진원은 다시금 고개 숙이며 앞에 놓인 서류를 넘겼다. 무언가를 찾는 듯한 손놀림에 최 비서가 재빨리 진원의 옆으로 다가섰다.

"협력 동의 건은 제일 뒷장에 있습니다."

"아, 그러네요."

미소를 띤 최 비서는 속으로 프로답지 못한 제 행동에 채찍질을 가했다. 정녕 진원이 그 여자를 제집으로 불러 재울 만큼 진지한 관계라고 해도 업무 시간에 신경 쓸 필요가 없는 일이다. 게다가 진원은 어제 클럽에 갔을 남자라고 생각되지 않을 정도로 완벽했다.

답답한 블랙 슈트의 숨통을 트여 줄 피크트 라펠과 브레스트 포켓에 수놓아진 블루 라벨은 보는 이로 하여금 물줄기 같은 시원함을 선사했다. 따분한 블랙 슈트의 단조로움도 디테일 하나로 센스 있게 전환하는 남자다. 그곳에서 규칙인 양 늘 유지되는 단정함은 바로 지금처럼 펜을 쥐고 움직여도 커프 링크스가 방정맞게 셔츠 소맷단이 올라가는 걸 막아 주기 때문이다.

"사…… 상무님."

"네."

"소, 손목에⋯⋯."

놀란 최 비서의 입이 붕어처럼 뻐끔거렸다. 시선을 뗀 진원이 자신의 손목을 보았다.

"머리끈이⋯⋯."

"아."

별거 아니라는 듯 진원이 손목에서 빼낸 검은색 머리끈은 책상 서랍 어딘가로 사라졌다.

"못 본 걸로 해 주세요."

대체 어제 무슨 일이! 아니, 그보다 진원의 손목에 있던 끈이 여자들이 10개 사 놓으면 10개 전부 다 사라진다던 그 마성의 머리끈이 맞긴 한가? 최 비서는 자신의 눈을 의심했다. 무슨 새로운 패션 아이템은 아닐까 하고. 요즘 팔찌는 저렇게 고무줄 형식으로 나오는 건 아닐까 하고.

"어제 샤워시키다 깜빡했네⋯⋯."

하지만 진원의 입에서 흘러나온 혼잣말은 최 비서의 모든 추측을 한꺼번에 무너뜨렸다. 같이 씻었다는 건가? 욕조에서 진원과 단둘이 달콤한 시간을 보냈을 여자의 뽀얀 살결이 최 비서의 머릿속에서 수증기처럼 몽실몽실 피어올랐다.

"삼계탕 드실래요?"

"네? 네!"

진원이 옅게 인상을 찌푸렸다. 최 비서는 재빨리 손목시계를 확인했다. 어느새 12시가 된 걸까, 평소 점심시간 5분 전에 곧 식사하실 시간이라 진원에게 일러 주던 최 비서의 알람시계 같은 면모도 오늘은 발휘되지 못했다.

"삼계탕 괜찮으세요?"

"네. 좋습니다."

하필이면 메뉴도 유들유들한 살을 드러낸 삼계탕이라니……. 최 비서는 마른침을 꼴깍 삼켰다.

회사 근처에서 간단하게 먹자며 엘리베이터에 오른 진원은 사원들의 달콤한 복숭아꽃 같은 인사와 더불어 석류처럼 톡톡 터지는 붉은 한숨을 함께 보았다. 그 사이에 낀 최 비서는 갑갑한 듯 넥타이를 느슨하게 풀었다.

"저기, 우진원 씨 만나려고 왔는데……."

로비를 걷던 최 비서는 제 귀를 파고든 상사의 이름에 반사적으로 출처를 찾았다.

"선약은 하고 오셨나요?"

"아니요. 그래서 일부러 점심시간에 맞춰서 온 건데요."

"예정된 스케줄이 있으셔서 선약 없이는 곤란합니다. 명함 주시면 저희가 전달해 드릴 테니 선약 후 다시 찾아와 주겠어요?"

다행히도 1층 안내 데스크 앞에 선 여자의 머리는 짧았다. 최 비서는 안도의 한숨을 내쉬고 정석대로 손님을 다루는 친절한 데스크 직원의 안내에 흐뭇해했다.

"여긴 어쩐 일입니까?"

한데 단번에 진원이 그 여자에게 다가가 말을 건네는 사태가 벌어졌다. 그것도 회사 로비에서. 안 그래도 뒤숭숭한 소문 때문에 오늘 내내 체증을 겪었는데 진원이 여자와 엮인 장면은 지금보다 더한 고충을 불러 올 터였다. 지금도 가던 길도 멈춰 선 채 이 장면을 아침 드라마에 혼 빼앗긴 사람처럼 지켜보는 사원들이 한두 명이 아니었다. 그 일을 막기 위해 최 비서가 냉큼 여자에게 다가갔다.

"어이고, 회사까지 찾아오다니 내가 연락은 미리 주고 오라고 했잖아. 오빠를 당황하게 하려고 말도 안 하고 왔구나?"

"네? 누구……."

"이런 장난은 그만할 때도 됐는데 얘가 아직 이러네요. 허허. 아무리 그래도 그렇지, 오빠가 모시는 상사 이름을 대면 어쩌니."

여자가 최 비서를 미친 사람처럼 보았다.

"상무님도 한번 보셨죠? 제 여동생."

최 비서의 목덜미로 땀이 주르륵 흘러내렸다. 어렸을 적 유치원에서 하던 장기자랑에서도 영 소질이 없어 멀뚱멀뚱 춤사위를 펼치던 남자에게 이런 연기는 쥐약이었다.

"이 아저씨가 왜 이래?"

"어허, 아저씨라니! 오빠 직장까지 찾아와서, 집에서 하던 말버릇은 자제해야지."

진원은 그 모습을 보며 뭐가 그리도 웃긴지 큭큭댈 뿐이
었다. 웃음이 멎고 나서야 최 비서는 자신을 개똥처럼 바
라보는 여자의 이름을 알 수 있었다.

"선미야, 친오빠랑 같이 셋이서 밥 먹으러 갈래?"

셋이 함께 먹으러 간 식사 자리였지만 최 비서는 홀로 테
이블에 나와 앉았다. 원래 무엇이든 혼자 해결하는 것에
익숙한 최 비서에게 한 끼 식사는 일도 아니었다. 하지만
지금은 주린 배보다 한번 발동된 호기심이 느끼는 공복이
더 극심했다. 홀쭉해진 최 비서의 눈매가 꽉 닫혀 있는 미
닫이문으로 향했다.

"요즘 회사에 워낙 일이 많아서…… 제가 연락한다고 말
해 놓고선 깜빡 잊고 있었네요. 힘들게 찾아오시게 하고
죄송합니다."

"아니에요, 오히려 제가 불쑥 찾아와 우진원 씨 곤란하
게 만든 건 아닌가 싶어요."

"이참에 식사도 한 끼 대접하고 좋죠. 더 맛있는 곳으로
못 데려가서 미안해요. 점심시간이 워낙 짧아서 다음번에.
그땐 제대로 살게요."

선미는 수줍은 듯 시선을 내렸다. 예의 없이 찾아왔음에
도 불구하고 진원은 당황하는 법 없이 선미의 앞으로 수저

를 놓아주는 친절을 베풀었다.

"……어제 일 때문에 많이 시끄럽던데 괜찮으신가 해서요. 보셨을진 모르겠지만 다들 어제 클럽에서 우진원 씨 봤다고 난리도 아니에요."

"회사도 시끄럽던데요."

"알고 계셨어요?"

"저 인터넷 자주 봐요."

모를 리가 없다. 아침에 눈 뜨자마자 제 이름 석 자를 검색해 보았던 진원은 도로 핸드폰을 침대로 던져 두며 욕실을 찾았다.

"다들 이러다 말겠죠."

나른하게 기지개를 켜던 몸짓은 전혀 불안해하는 사람이 보일 만한 태도가 아니었다. 선미가 열심히 눈동자를 굴리다 말했다.

"그럼, 지혜랑은 어제……."

"같이 집에 갔어요."

선미의 눈이 커다랗게 뜨여졌다. 진원이 웃으며 물었다.

"뭐했는지 궁금해요?"

선미는 저도 모르게 고개를 끄덕였다. 진원은 어제 제 정액을 집어삼킨 지혜를 떠올렸다.

"……근데 잠은 같이 안 잤고."

어느새 앞에 놓인 음식에도 시선도 주지 않은 채 선미가 중얼거렸다.

"그럼, 지혜 지금 계속 자고 있다는 거네요?"

"네."

"왜 같이 안 주무셨어요?"

"섹스요?"

"네?"

"아니, 잠이 어떤 걸 말씀하시는가 해서요."

진원이 선하게 웃었다.

"섹스는 아직이고 잠은 제 집에 가서 잤습니다."

노골적인 말에 놀란 선미가 숨만 뱉어 내다가 조용히 말
했다.

"그냥 자빠뜨리지……."

진원이 픽 하고 웃었다. 그에 비해 선미는 진지했다.

"진원 씨, 그렇게 기다리기만 하시면 안 돼요."

"뭘요."

"그게…… 진원 씨가 지혜에 대해서 아셔야 할 게 있는
데요."

"뭡니까? 아, 어제 마주친 그 남자 얘기라면 괜찮습니
다. 전에 만났던 사이까지 들먹이면서 연연해하는 성격은
아니라서요."

"아니, 그게 아니라요."

"……."

"지혜가 왜 이틀씩이나 잠들게 되었고, 왜 진원 씨를 불편하게 생각하는지요."

진원의 눈썹이 미세하게 구겨졌다.

"저를 부담스럽게 생각하는 건 알고 있습니다만. 잠들게된 이유도 저와 연관 있습니까?"

"연관이 아예 없다고는 할 수 없죠. 진원 씨는 지혜에게 꼭 필요한 사람이니까요. 하지만 마냥 좋아할 수 없는 게 진원 씨와 이뤄질 수 없다고 생각하는 것도 있지만 본능적인 것도 있는 거라서요. 진원 씨를 몹시 원하면서 또 두려워하거든요."

"저를요?"

"네…… 아, 이걸 뭐라고 설명해야 되지."

진원은 가만히 추상적인 표현을 들어 주고만 있었다. 선미가 모르겠단 식으로 말했다.

"진원 씨, 지혜와 사귈 마음이 확실히 있는 거죠?"

"지금은 그렇죠."

"나중에는 아닐 수도 있고, 만났다가 헤어질 수도 있고요. 맞죠?"

"대개 연애가 다 그런 거 아닌가요?"

"하지만 지혜에겐 그렇게 단순한 문제가 아니에요. 그런 식으로는 안 돼요. 뭔가 더 확실한 게 있어야 한다고요."

"확신?"

"진원 씨는 연애 정도로 생각하고 다가갈 테지만 지혜에 겐 만나고 헤어지면 그만일 문제가 아닐 정도로 중대한 일이란 말이에요. 그러니까 아예 시작조차 하지 않으려고 계속 밀어내는 거고요."

"왜 그게 중대한 일이죠?"

"그러니까, 지혜는 진원 씨가 무서우면서도 필요한 애라서 헤어졌을 때 더…… 아, 내가 무슨 말을……."

제가 생각해도 답답했는지 선미가 가방을 뒤적거리다 명함을 하나 꺼냈다.

"제가 지금 엄청난 오지랖을 부리는 건지도 모르는데요. 안 그래도 민폐 끼치길 싫어하는 지혜 성격에 지금 이 사실을 알면 저한테 불같이 화낼 거 뻔히 다 아는데요."

"……."

"그런 거 다 떠나서 어제 우진원 씨가 지혜를 어떻게 생각하는지 다른 사람들에게 당당히 말씀하시는 거 보고 저 솔직히 감동했거든요."

선미의 손을 떠난 명함은 붉은색으로 화려하게 치장되어 있었다.

"그냥…… 쉽게 만날 사이는 아닌 거 같아서요. 제가 또 우진원 씨 팬이라 잘 알거든요, 다른 여자와 식사는 해도 손잡은 적 없는 거."

제 앞으로 놓인 명함을 꼼꼼히 살핀 진원이 넌지시 물었다.

"지혜가 무당집 딸입니까?"

"아뇨. 직접 가 보시면 아실 거예요."

선미가 씁쓸하게 웃었다.

"어떤 편견도 이겨 내실 분이라고 믿어요. 저희 지혜 꼭 좀 도와주세요."

음식에 손도 대지 않은 선미가 꾸벅하고 인사한 뒤 자리에서 일어났다. 진원은 홀로 그곳에 앉아 명함을 주시했다. 손으로 집어 들어 비스듬히 세우자 주소가 보였다.

차 안에서 묵묵히 기다리던 진원은 기와집 대문 위로 걸린 등불이 꺼지는 걸 보고서 차에서 내렸다. 내부로 들어서자 직원으로 추정되는 한복을 입은 여성이 말했다.

"죄송하지만 오늘 영업은 끝났습니다."

"소개로 찾아왔습니다만."

"누구 소개로……?"

명함을 내밀자 뒤에 적힌 손님 이름을 보고선 직원이 부리나케 수화기를 들었다. 누군가와 통화하더니 직원이 이내 생긋 웃으며 안쪽으로 진원을 안내했다.

"이리 따라오세요."

진원은 직원을 따라 긴 복도를 넓은 보폭으로 걸었다. 알록달록 다채로운 빛깔의 무늬로 치장된 외관도 진원의 시선을 빼앗을 순 없었다. 평소 미신이나 신앙, 하물며 종교조차 믿지 않는 진원이다. 이런 곳에 발걸음 했단 것 자체가 외부로 알려진다면 또 쓸데없이 입방아에 오를 테지만 아무래도 좋았다. 드르륵 문이 열리고 휘황찬란한 신당을 등지고 앉은 여자가 날카롭게 눈을 떴다. 한쪽 다리를 올리고선 비장하게 말한다.

"어이구, 범상치 않은 것이 왔구먼."

진원의 입가에 조소가 걸렸다.

"오지혜한테도 그런 식으로 말씀하셨습니까?"

진원은 그녀의 앞에 놓인 방석으로 태연하게 걸어갔다. 가부좌를 틀고 앉은 뒤에도 신기한 듯 주변을 둘러보는 일 따윈 하지 않았다. 그저 곧은 시선으로 그녀를 응시하자 무당의 입에서 세찬 바람이 터졌다.

"이것이, 어디 내 앞에서 수를 써?"

"……대화하려 앉았는데 사람 눈을 본 게 잘못된 일인가요."

"네 녀석은 아무 생각 없이 본 거겠지만 주변으로 흉흉한 기운이 실타래처럼 무성한데 어쩔 게야. 거기에 꼼짝없이 걸린 사람들이 여럿일 테지."

진원의 시선 한 번에 간이고 쓸개고 빼 줄 것처럼 굴던 여자들은 참으로 많았다. 하다못해 전화상으로 깐깐하게 굴었던 비즈니스 상대마저도 진원과 얼굴 마주 보고 몇 마디 대화를 나눴다 하면 웃는 얼굴로 환심을 표했다.

"여기서 유세 떨지 마. 돈이건 권력이건 썩어빠질 정도

로 넘쳐 나는 여러 마나님도 내게 울며 빌며 부적 써 갔으
니까."

"······."

"네 그 대단한 사주 내가 어디 한번 봐 주지. 태어난 날
짜와 시간, 얼른 불어."

"됐습니다."

"어서."

지혜와 관련된 얘기를 듣고자 왔는데 제 사주를 봐서 무
슨 소용이란 말인가. 고심하던 진원은 선미가 이곳으로 저
를 보낸 이유가 있을 거라 생각하며 무당이 요구한 것을
얘기해 주었다. 종이 위로 빠르게 무언가 적어 내려가는
무당의 눈매가 가늘어졌다.

"어쩐지 사람 끌어당기는 게 보통이 아니구나 싶었는데······."

쌀알을 흩뿌리고 검지로 이리저리 옮겨 대던 무당이 진
원을 날카롭게 쳐다보았다.

"네 녀석이로구나."

"네?"

"지금 네 옆에 나비 한 마리 걸려 있지?"

"······."

"그 있잖아. 나풀나풀하며 춤추듯이 네 옆으로 날아온
여자. 지금은 호접몽에 빠져 저 좋아하는 일도 못하고 공
치면서 있지만."

진원의 미간이 살짝 좁아졌다.

"전생을 현생에서도 타고나는 바람에 꿈에서 날아다니느라 이젠 아예 48시간이나 떠 있다 하더라고. 쯧쯧. 그나마 거미를 만났으니 다행이지."

"거미요?"

"너. 네 녀석이 전생에 거미였다고."

빨간 눈두덩이 번득였다. 한 번도 전생의 존재 여부를 생각해 본 적 없던 진원이지만 막상 듣게 된 전생이 사람도 아닌 곤충이라니. 진원은 떨떠름하게 입맛을 다셨다.

"뭐…… 참신하네요."

한 명은 나비에 한 명은 거미라. 석연치 않은 기분에 진원이 눈가를 찌푸렸다. 따지고 보면 천적이 아닌가?

"그래도 고 남자 갈아치우며 떠들기 좋아하는 입이 끝내는 중요한 일을 해 주었구먼. 잘 찾아왔어. 안 그래도 네 녀석을 한번쯤 보고 싶었거든."

"저를요?"

"그래. 내 나비에게도 신령님의 말씀을 일러 주었는데 거미 너도 알아야 공평하지. 안 그래?"

무당의 등 뒤로 긴 수염을 바닥까지 내린 채 위엄 있게 앉아 있는 남자 조각상이 그녀가 말한 신령님인 듯싶었다. 진원은 시선을 묵묵히 내리깔았다.

"안 믿는 눈치구만?"

"판단은 나중으로 미뤄 두고 우선 들어 볼 생각입니다."

"그러니 이왕 행차하신 거 날 더 믿게 해야지. 넌 인생을 그냥 흘러가는 대로 사는 게 아니라 철저히 계획하고 설계해. 네가 가는 곳이 어디든 그곳을 아예 네 구역으로 만들어 버려야 속이 편한 녀석이지. 사람들 눈에 띄는 삶을 살아가지만 실은 더 엄숙하고 은밀한 걸 좋아하고 말이야."

진원의 시선이 살며시 올라왔다. 눈에 보이는 행동이나 겉으로 시끄럽게 떠들어 대는 사람들의 목소리는 이골이 난 지 오래다.

"따지고 보면 정말 음습한 녀석이지. 얼굴로 유인해서 거기에 걸려 든 먹잇감을 잡아먹든 버리든 아니면 더 끌어당기든 인간관계의 선이나 거리도 네가 쥐어 잡고 정해. 남들 머리 꼭대기에 집을 틀어야 성미에 맞고 안 그러면 못 견디는 녀석이야, 너는."

진원은 모든 관계에서 자신이 주도할 수 있는 위치를 선호했다. 친하다, 친하지 않다. 그런 규정 또한 진원이 우위에 서면 알아서 정리될 서열이었다.

"게다가 치밀한 녀석이라 한번 노린 목표는 놓친 적 없고 말이야."

진원은 무엇을 하든 간에 남에게 쉽게 읽히는 남자가 아니다.

"근데 나비가 자꾸 버둥대서 어쩌누, 골치 아프게. 머리 꽤 아프지?"

한데 무당은 전부 다 보았다. 지혜가 어떻게 발버둥 쳐 진원이 어떤 기분인지도.

"……이제야 선미 씨가 절 이곳으로 보낸 이유를 알겠네요. 지혜가 48시간을 잠들어도 의학적으로는 이상 없다고 하는데 이것이 앞서 말씀하신 호접몽이라는 것과 연관 있습니까?"

"그래, 나비가 그 여자고 그 여자가 곧 나비니 꿈속에서 날아다니는 것도 걔에겐 일상인 셈이지. 먹고 자고 싸고 하는 것처럼 너무나도 자연스러운 일인데 그게 어떻게 병이야."

"그럼 평생을 그렇게 살아야 합니까?"

"방법이 있긴 해. 꿈에서의 나비를 못 움직이게 해 현실에서 생활할 시간을 더 길게 하면 되거든."

"저와 잠들 땐 여섯 시간만 자는데요."

무당의 날카로운 눈매가 진원을 똑바로 응시했다.

"나비를 묶어 둘 수 있는 게 바로 거미줄이니까 네가 바로 그 방법이야."

"아무하고나 자면 되는 게 아니라…… 저와 같이 잠들어야 한다고요."

"그래, 무조건 거미여야만 해. 그래서 네가 필요하단 얘길 그렇게 했는데 도망가는 법이나 알려 달라고 하니, 원. 쯧."

진원의 손가락이 까딱였다.

"제게서 도망치고 싶어 한다고요?"

"그래."

"왜 저를 피하는 겁니까?"

"너 같으면 거미가 좋겠어? 나비가 널 두려워하는 건 피식자의 본능이고 넌 그럴수록 꽁꽁 묶어 두고 싶은 포식자의 성미를 지녔는데."

"혹시 먹이사슬 얘기입니까?"

"현생에선 인간으로 태어났다고 하나 너희 둘에겐 전생이 깃들어 있어. 그러니 감으로 느껴질 테지. 네 녀석, 나비가 보면 볼수록 탐나지 않았어?"

자꾸만 저를 보며 움츠러들고 피하는 것이 의아하긴 했다. 누구라도 옆에 머물고 싶어 안달인 진원을 지혜는 반대로 극구 거부했다. 그러면서 또 졸린 눈으로 살랑살랑 다가와 꼬리를 친다. 그래서 더 알고 싶은 여자가 된 건 부정할 수가 없다. 지금도 너를 쫓다 보니 난생처음 와 본 곳이다.

"반대로 나비 역시 네가 꺼림칙하다고 느끼겠지."

건조하게 주변을 한번 훑어본 진원이 무당을 보았다.

"……그것참 이상하네요. 제가 실제로 잡아먹는 것도 아닌데요."

"한데 그런 기분이라니까?"

진원의 고개가 한쪽으로 기울었다.

"그런 이유로 저를 좋아할 순 없다고요."

"당연하지. 걘 아마 영원히 널 거북스러워할 게야. 얼굴 볼 때마다 소름 끼친다 생각할걸?"

"……."

차가운 웃음이 진원의 입가로 서렸다.

"오지혜 본인도 아니신데 너무 속단하시는 거 아닙니까?"

"어허? 본능이래도?"

"제가 경험해 본 지혜는 비록 일어났을 때 절 거부할지언정 졸음이 쏟아질 땐 또 그렇게 사랑스러울 수가 없어서요."

무당의 눈이 놀란 듯 희번득해졌다.

"……이놈 보게나. 착각도 유분수지, 어떻게 나비가 거미에게 먼저 다가가?"

"뭐 어떻게 착각하든 그건 제 자유고요."

"네 녀석 설마……."

감히 겁도 없이 필요하다 느낄 때 다가가다니, 무당이 나지막이 물었다.

"지켜보기만 했어?"

"무슨 말씀이십니까?"

"나비를 처음 만났을 때 줄로 감아 네 옆에 딱 붙여 놓지 않았구나. 맘껏 움직이게 내버려 두고 그걸 빤히 지켜만 보았어."

진원의 일자로 다물린 입을 보며 무당은 확신했다.

"나비와 네가 처음 잠든 순간부터 둘의 운명이 맞물린 거나 마찬가지인데, 너는 걜 꼼짝없이 묶어야 한다니까? 한데 왜 보란 듯이 떡하니 잠든 나비를 구경만 하고 앉아 있어? 같이 자야지."

"……함께 잠드는 거에 대한 질문이라면 제게 의지하기 싫다고 해서 기다려 주던 참이었어요."

"허이구, 네가 그렇게 너그러우니까 나비가 그 모양이지!"

무당은 답답하단 듯이 말했다.

"들어 봐, 이것아. 거미가 왜 줄을 치밀하게 짜는 줄 아나?"

진원은 모호한 눈빛을 했다.

"바로 자신의 생존 문제가 걸렸기 때문이지."

"생존?"

"요즘 안 좋은 일이 자꾸 네 주변에서 일어나지?"

진원의 시점에서 안 좋은 일이라면 지혜를 만난 뒤부터 쭉 그랬다. 진원은 지친 표정으로 말했다.

"저는 됐고 지혜 얘기나 해 주세요."

"쯧쯧, 알아서 잘하고 있을 줄 알았건만 저래서 거미라고 할 수 있나. 평소 하던 대로 제 걸로 만들어 버리지, 정말 나비를 좋아하기라도 하는 게야?"

"좋아하니까 여기까지 왔죠."

"지금 걔가 문제가 아니라니까? 네 녀석이 지금 배려한

답시고 하는 대로 내버려 두는 여유를 부리는데, 걔가 잠들었을 때가 네가 줄을 칠 수 있는 시간이야."

진원이 나른한 숨을 뱉으며 일어섰다. 잠시 맨바닥에 앉아 있느라 구겨졌던 슈트가 원래대로 돌아왔다.

"좋은 말씀 감사합니다. 많은 도움이 되었어요."

"안 그럼 네가 화를 당해. 걔 주변에 지금 네 천적이 붙어 있으니 그놈부터 치워 내고."

묵례한 뒤 걸음을 떼자 무당이 근심 가득한 목소리로 말했다.

"나비에게 언제라도 도망칠 수 있단 생각을 주지 마. 네 옆에 붙여 놔야 해. 날아간 뒤엔 후회해도 소용없어."

옆에 붙여 놔야 한단 소리만 진원의 귀에 박혔다. 하지만 어떻게? 지금도 뭐든지 다 해 주고 구실을 만들며 만남을 유지하고 있지만 정작 지혜의 마음이 원하지 않으니 더 이상 진척될 수 없는 관계다. 기껏 의식이 희미할 때뿐, 일어나면 다시 선명해지는 둘 사이의 선은 무슨 짓을 해도 지워지지 않았다. 진원의 걸음이 멈춰 섰다.

"아. 한 가지 궁금한 게 있는데……."

"뭘?"

"지혜가 이 얘길 들었을 때 뭐라 하던가요?"

"어떤 걸?"

"제게 의지해야 빨리 일어날 수 있다고 했을 때요."

"가만 보자…… 처음 너와 잠든 뒤에 놀라 찾아왔을 때 뭐라 했더라."

무당이 기억을 찾아 골라내는 족집게 같은 눈으로 말했다.

"사는 세계가 다르다고 하더만. 같이 자야지만 정상적인 삶을 산다 하니 그 남자의 장난감이라도 되란 소리냐고 성을 냈어."

진원은 쓰게 웃었다. 그래서 나와의 연애가 싫은 거였나.

"도망치는 법을 알려 달라 하기에 그냥 순응하라고 했더니 앙칼지게 눈을 치켜뜨며 그러더구먼."

지혜에게 필요한 건 보장된 삶이다. 단순히 사랑하고픈 진원과 같이 서기엔 한참이나 부족한 위치의 여자다.

"그렇다고 얌전히 있어요? 죽을 땐 죽더라도 끝까지 해 봐야죠, 라고. 참으로 주제 파악 못하는 것이지."

진원의 목울대가 불쑥 올라와 따갑게 섰다.

"……끝까지 해 본다."

잠기며 진원의 입가로 미소가 그려졌다.

"참으로 마음에 와 닿는 구절인데 복채는 어디서 계산하면 됩니까?"

차로 돌아온 진원은 가만히 시트에 파묻혀 앉아 있었다.

지혜가 나비이고, 자신이 거미라는 그 말도 안 될 이유가 그간 있었던 모든 사건과 형상들의 논리를 충족했다. 진원은 비싯 웃음을 터트렸다.

"웃기는 일이네."

진원은 잠겨 있던 브레이크를 풀었다. 네게 끌렸다는 것 자체가 그 증거라니.

"……."

끌림은 그 어떤 거로도 증명할 수가 없다. 진원이 늦은 시간 잠들어 아무리 두드려도 열리지 않을 현관문 앞에 선 것도 설명할 수 없었다. 초인종을 누를 생각도 없는 손은 여전히 아래로 향해 있다. 이 안에 지혜가 있음에도 가로 막힌 벽을 통과할 수 없다. 진원은 비밀번호조차 모른다.

"……."

왜 그걸 받아 두지 않았던 건지 저 자신이 한심스러웠 다. 어차피 당당하게 요구할 수 있는 관계도 아니다. 애매 한 사이는 너를 보려면 하루나 더 기다려야 한단 결론만 안겨 줬다. 진원은 결국 뒤돌아섰다.

그 시간이 얼마나 길게 느껴지는지 넌 모르지.

얼른 달려가 깨우고 싶으면서도 가끔 볕도 못 보게 옆에 서 재워 두고 싶은 내 마음이 이상하다. 네가 정상적인 생 활을 하길 바라면서도 나로 인해 그 하루가 망가졌으면 하 는 욕망은 어떠한가. 남에게 의지하는 여잘 좋아하진 않지 만 너만은 그래 주었으면 하는 바람을 가지게 됐다. 이 모 든 게 너를 쫓다 벌어진 일이다.

"선물하실 건가요?"

정신을 차려 보니 난생처음 와 본 곳이다. 진원은 몽롱한 눈으로 화려한 조명이 쏟아지는 공간을 둘러보다 앞에 선 직원을 보았다. 그녀의 뺨이 수줍게 붉어지며 곧 익은 벼처럼 숙여진다.

"네."

"어떤 분께 선물하실 건지 연령대가……."

"스물여섯이요."

"아……."

생각보다 어린 나이라고 생각되었는지 그녀가 작게 안타까운 소리를 냈다. 진원과 무척 잘 어울리는 나이 대의 여자라 생각할 것이다. 직원의 마음과는 상관없이 진원은 유리창 안에 비치되어 있는 상품을 바라볼 뿐이었다.

"잘나가는 상품으로 보여 드릴까요?"

"아니요. 이게 좋겠네요."

그녀는 진원의 안목에 감탄했다. 새하얀 장갑을 낀 여자의 손이 유리창 밑으로 들어갔다.

"56개의 다이아몬드가 파베Pave 세팅된 화이트 골드 브레이슬릿입니다."

"주세요."

"네…… 네?"

"계산 부탁드립니다."

지갑에서 카드를 꺼낸 진원이 직원에게 내밀었다. 이토록 빠른 결제는 처음인지라 당황하던 여자가 이내 카드를 받아 들고선 사라졌다. 다른 직원이 다가와 진원에게 물었다.

"포장해 드릴까요?"

"괜찮습니다."

이곳에서 단연 최고라 말할 수 있는 가격대의 제품이 진원의 손에 들렸다. 선물받는 입장에서도 고급스런 상자를 보고서 안에 뭐가 담겨 있을까 두근거리며 궁금해하는 장면은 필수 요소이다. 여자의 마음은 여자가 가장 잘 안다는 듯 직원이 말했다.

"선물하실 거라면 상자에 담는 게……."

"어차피 거절당할 겁니다."

진원이 도로 제게로 안착한 카드를 집어넣으며 웃었다.

"다시 오게 될 테니 방문 전에 연락드리겠습니다."

아직도 금요일. 진원은 회의실에 앉아 양손을 모아 깍지 꼈다. 인내심이 필요하다. 양보도 해야 한다. 지금껏 무엇을 버려 본 적 없지만 지금은 토해야 한다. 그래야 끌려올 테지. 진원은 지금껏 생각해 보지 않았던 사상들로 새롭게 거미줄을 치는 중이었다.

"안 먹고 뭐해?"

지혜는 눈동자를 굴렸다. 눈앞에 놓인 먹음직스러운 초밥은 진원이 직접 포장해 온 것이다. 좀처럼 손이 나가지 않는 건 호텔에서 잠든 이후 진원이 직접 찾아와 건네주었던 초밥과 똑같은 상호가 적힌 봉투 때문이다. 뜻 모를 기시감이 허벅지 위로 가지런히 놓인 지혜의 손을 휘감았다.

"먹여 줄까?"

"저도 손 있어요."

지혜가 앞에 놓인 젓가락을 집었다. 진원이 픽 하고 웃으며 맞은편에 앉았다. 토요일 아침부터 전화가 오더니 점심을 같이 먹자고 제안했다. 새벽에 일어났던 지혜에겐 그리 어려운 부탁은 아니었으나 뭔가 이상했다. 이틀 만에 일어났다는 건 제가 진원과 함께 잠들지 않았단 걸 의미하는데 집 안 곳곳에 진원이 있다 간 흔적들이 성성했다.

"자, 머리 묶고."

그 대표적인 예가 지금처럼 진원의 손에서 검은 머리끈이 튀어나온 것이다. 지혜는 눈을 치켜떴다.

"그때 클럽에서 나온 뒤 저와 같이 집에 들어왔어요?"

"또 기억 못하네. 들어갔지."

"하……."

"키스도 더 진하게 하고, 씻기도 하고."

잘근 입술이 짓이겨졌다.

"네가 내 거 빨았어."

"뭐라…… 고요?"

지혜의 얼굴이 창백해졌다. 그에 비해 진원은 멀끔했다.

"오럴. 몰라?"

장난이 아니다. 지혜가 기억하는 건 함께 집 앞에 서 있던 순간까지였다. 그 뒤부터는 하나도 떠오르지 않는다. 진실된 표정과 진중함이 지혜의 식욕을 순식간에 떨어뜨렸다. 자고 일어나서 유난히 목이 아파 감기에 걸린 줄로만 알았는데. 상상하니 토악질이 밀려올 것만 같았다.

"역시나 기억을 못하네."

진원이 나지막이 말했다.

"오래 잠을 안 자니까 그러잖아. 기억력도 뚝뚝 끊기고."

"상관…… 하지 말아요."

"네가 그날 얼마나 예뻤는데……."

진원이 정갈하게 든 젓가락으로 초밥을 집었다. 지혜가 입을 손으로 가렸다. 곧 속을 게워 낼 것만 같은 표정이었다. 진원은 그걸 가만히 지켜볼 뿐이었다. 어서 빨리 헤어지려면 이 초밥부터 비워 내야만 했다. 진원과 약속한 식사는 언제나 지혜에게 숙제같았지만 오늘은 더했다. 지혜는 의무적으로 초밥을 밀어 넣었다.

"너는 내가 왜 싫어?"

갑작스런 질문에 지혜의 입에서 반사적으로 대답이 나갔다.

"싫은 데 이유 있어요?"

"이유."

"……."

"내 걸 빨아 준 사이인데 여전히 싫으면 그 정도는 있어야지."

지혜가 하얗게 질린 얼굴로 냅킨을 찾는 사이 진원이 말했다.

"손 줘 봐."

지혜는 무심결에 제 손목을 들었고 그 위로 차가운 감촉이 둘러지는 게 느껴졌다. 그것도 무게감 있는.

"어때."

지혜는 눈을 깜빡였다. 식탁 조명 아래에서 별처럼 빛을 내는 건 누가 봐도 입을 벌릴 만한 보석이었다. 지혜는 재빨리 빼내려다가 멈추었다. 이렇게나 부담스러운 걸 주었으면서도 정작 진원은 두 손을 모은 채 지혜를 주시하고 있었다.

"우연히 가게 들렸다가 하나 샀는데 마음에 들어?"

지혜는 살짝 입술을 깨물었다. 제가 뿌렸던 말대로 진원에게 꽃뱀과 다를 바 없는 여자로 거듭나야 했다. 지혜는 고민하다 허탈하게 웃었다.

"고작 이거예요?"

대답을 기다리던 진원이 깍지를 풀었다.

"그럼 아예 매장을 방문할까."

마치 예견한 것처럼 진원은 자리를 털고 일어섰다.

"안녕하세요. 우진원입니다. 10분 이내로 매장에 도착할 예정인데 편하게 둘러보고 싶어서요. 네. 부탁드립니다."

클럽까지 간 마당에, 차마 지혜의 입에서 가기 싫단 말은 나오지 못했다. 제 나름대로 착실히 진원이 싫어할 만한 여자를 떠올리며 이행하는 중이었지만 자꾸만 그 방향이 엇나가고 있단 기분을 지울 수 없었다.

"네 맘에 드는 거로 직접 골라 봐."

진원의 전화 한 통에 말끔하게 비워진 매장으로 발을 들인 지혜는 내부를 둘러보았다. 눈동자로 따갑게 박히는 보석이 진열된 형태나 직원의 잔잔한 미소를 보니 대략적으로 그 값이 짐작되었다. 지혜는 제대로 보지도 않은 채 고개를 돌렸다.

"다 별로예요."

다른 제품을 구경하던 진원이 의아한 듯 고개 돌렸다.

"다 사 달라고?"

"별로라고요."

"제대로 보지도 않았잖아."

"안 봐도 뻔해요. 제 취향인 거 없어요."

"……."

"용건은 끝났으니 이만 가 볼게요."

들어온 지 1분도 되지 않아 내뱉은 성급한 지혜의 발언에 진원이 느긋한 미소를 지었다.

"예뻐서 다 해 주고 싶은데 지금 발을 뺀다고?"

"네?"

앞으로 나아가던 걸음이 멈추었다. 지혜가 돌아보았다.

"지금부터 중요한 얘기할 테니 잘 들어."

"대체 뭘를요?"

"내가 한 여자를 얼마나 좋아하는지 구분하는 법은 간단해. 우선 가던 길에 예정에도 없던 선물을 사는 거야. 이유는 단순해, 그냥 네게 어울릴 거 같아서."

"……."

"퇴근해 정신을 차려 보니 네 집 앞이야. 넌 안에 있을지 없을지, 하다못해 자고 있는지 일어나 있는지 생각도 못한 채 전화도 하지 않고 무작정 찾아가는 거지. 여기서 핵심은 널 보지 않고 그냥 돌아온다는 거에 있어."

"……무슨."

"그리고 마지막이 이거야."

진원이 유리관에 골반을 기댄 채 지혜를 바라보았다.

"비싸고 값진 것들로만 모아 놓은 곳에 데려와 보는 거."

지혜의 눈동자가 천천히 굴렀다.

"너만 보여."

뚝 하고 멈추었다. 정면으로 다시 돌아온 곳엔 저를 뜨겁게 바라보는 진원의 시선이 있었다.

"이제 알겠어?"

지금처럼 진원의 시선에서 온도를 느낀 게 언제부터였더라. 지혜는 기억나지 않았다. 그저 둘 사이로 어울리지 않을 봄날 같은 기운이 풍기고 있단 사실이 지혜가 입은 코트를 겸연쩍게 했다. 진원이 느슨하게 팔짱을 끼자 지혜의 눈앞으로 아지랑이가 피어오르는 듯한 착각이 일었다.

"지금 이대로 더 해 봐."

얼굴을 쓰다듬는 것처럼 진원의 시선이 내려갔다.

"더 해서 내게 결혼할 생각까지 들게 해 봐, 한번."

지혜의 심장이 저릿했다. 지금 뭐라고……. 지혜가 놀란 표정을 감추지 못하고 진원을 바라보자 나지막이 웃는다.

"이거 맞지, 네가 원하는 거."

날갯짓하고 싶은 계절의 목소리다. 마음은 이미 저만치 떨어져 있는 진원의 옆을 배회하는데 정작 몸은 딱딱한 나무토막처럼 굳어 있다. 머리와 달리 지혜의 입에서 또다시 거부하는 말이 나섰다.

"내가 뭘 원해요? 저 결혼 생각 없어요."

"나도 없어."

"……."

"근데 널 만나고 나서부터 생각이 조금씩 달라지고 있는 중이야."

우진원이 평범한 여자와 결혼이라니. 그건 완벽히 유지되던 생활에서 벗어나는 일이었다. 지혜는 그동안 진원이 당연하게 누린 것들 중 동질감을 느낄 수 있는 거라곤 하나도 없는 여자였다. 태어날 때부터 금 탯줄을 움켜쥔 것도 아니었고 재벌가와 연계도 없다. 이건 수준 문제가 아니라 단순한 격차였다. 지금도 지혜가 불편하게 서 있는 곳은 사치의 바다 한가운데이다.

"미쳤어요?"

"그게 네 대답이야?"

"네. 저 당신 끔찍하게도 싫어요. 무섭고 그냥 다 싫어요."

"……."

"못 들은 거로 하겠습니다."

지혜가 황급히 달아나듯 매장을 빠져나갔다. 진원은 그 길목을 바라보다 제 맞은편에 서 있는 매니저에게 물었다.

"들으셨어요?"

"네?"

"기껏 고백했더니 저보고 미쳤대요."

"네……."

오늘 본 일을 모른 체하라 압박이 들어온 것도 아닌데 직원들은 저마다 입을 굳게 다물었다. 놀란 건 둘째 치고 대한민국을 떠들썩하게 할 중대한 사건이 이곳 매장에서 벌어졌으니 그에 따른 책임감이 요구됐다.

"걱정하지 마세요. 고객님의 프라이버시를 지키는 게 당연합니다."

"솔직히 전 상관없거든요."

"네?"

"좋아하는데 왜 숨겨요?"

매니저가 눈을 한번 깜빡였다.

"누구를 좋아하는 게 부끄러운 일도 아닌데."

무심한 목소리로 말한 그 한마디가 직원들을 도미노처럼 쓰러뜨리며 감동시켰다. 그동안 깔끔했던 진원의 전적은 좋아하는 여자가 없었기 때문이란 결론도 함께 나왔다. 한눈에 봐도 진원과는 수준이 다른 여자인데 당당하게 밝히다니. 백마 탄 왕자를 꿈꾸던 여자들의 눈에 진원은 드라마 속 남자 주인공이나 다름없었다.

"하지만 영업하는 곳을 제 사적인 감정으로 이용한 것은 잘못된 일이니 책임지겠습니다."

그건 곧 셔터 내린 값은 톡톡히 치르겠단 소리다.

"오늘은 세트로 고를 예정인데."

매출을 걱정하던 매니저는 이미 진원의 신봉자가 된 듯 비밀을 꼭 지키겠단 결연한 표정으로 새하얀 장갑을 비장하게 꼈다.

"선물하실 건가요?"

"네. 괜찮은 것 좀 추천해 주세요."

진원이 유리관을 내려다보며 웃었다.

"이번에는 60대 여성 취향."

"네, 어머니."

진원은 귓가에 꽂힌 블루투스 이어폰을 만지작거렸다.

"15분 뒤면 도착해요."

「……진원아, 어쩌지. 지금 볼일 있어서 나가는 길인데.」

"그럼 집에 놓고 갈게요."

「얘는, 주말인데 엄마 얼굴 안 보고 싶니?」

희연의 목소리가 불퉁스럽다. 진원은 곁눈질로 조수석에 놓인 상자를 보았다. 사회를 쥐락펴락하는 언론사 장녀답게 저를 향해 부럽다는 듯이 쏟아지는 타인의 시선을 유독 즐기는 경향이 있는 희연이다.

"가시는 곳이 어디예요? 보러 가게."

즐겁게 해 주는 것도 나쁘지 않을 거라 판단한 진원이 차를 돌렸다.

도착한 곳은 해외에서 명성이 자자한 한복 디자이너의 이름이 당당하게 걸린 숍이었다. 그녀가 올해 참가한 파리 컬렉션에선 담백한 색이 어우러진 저고리와 처마 밑 풍경과 같이 흔들리는 치맛자락을 보며 한국의 정경을 느낄 수 있었다며 극찬받은 바 있었다. 진원도 기사로 얼굴을 몇 번 접한 적 있었기에 단번에 희연이 대화하는 상대가 그녀인지 알아차릴 수 있었다.

"어머니."

"어머, 진원이 왔네. 제 아들이에요. 박 선생님께 인사드려."

"안녕하세요. 우진원입니다."

"박미정이에요. 세상에, 아드님이 정말 잘생기셨네. 사모님 똑 닮았어요."

미정의 칭찬에 기분이 좋아진 건지 희연의 입가로 미소가 그려졌다. 그보다 더 기분을 좋게 해 주려는 듯 진원이 손에 들린 종이 백을 들며 소파로 앉았다.

"이게 뭐니?"

"생각해 보니 직접 하신 거 보는 게 더 기분 좋을 거 같아서요."

직접 안에서 상자를 꺼내 든 진원이 희연의 손을 잡고 반지를 밀어 넣어 주었다. 희연의 눈이 휘둥그레졌다.

"웬 반지야?"

"귀걸이 잠시만 뺄게요."

진원은 조심스럽게 희연의 귓불을 만지며 진주 알을 빼내고선 그 위로 다이아몬드를 선물했다.

"진원아."

"아직 하나 더 있어요."

목걸이까지 진원이 사 온 것으로 탈바꿈하고 나서야 희연은 일어나 거울 앞으로 다가가 섰다. 말을 잇지 못하는 희연의 옆으로 다가선 진원이 그녀의 목 위를 가볍게 손으로 문질렀다.

"뭘 해도 아름다우시니 보람 있네."

"진원아……."

"어우, 사모님 좋으시겠다."

"오늘 무슨 날이니?"

"날은 무슨. 그냥 지나가다가 어머니 생각나서 샀어요."

"저런 아들 두시고, 웬만한 딸 부럽지 않겠어요."

한껏 콧대가 높아진 희연은 돌아서서 진원을 끌어안았다.

"고마워. 우리 아들이 준 거니까 수준은 안 봐도 되겠지?"

"그럼요."

진원은 희연의 어깨를 끌어당기며 웃었다.

"계속 보지 마요."

희연을 데리고서 도로 소파로 다가오자 미정이 부럽단 표정으로 진원을 바라보았다.

"우리 아들도 진원 씨처럼 살갑고 걱정 안 끼치면 좋은데."

"아들이 있으세요?"

"응. 말도 마. 하나밖에 없는 아들이라고 있는 게 건강 문제로 얼마나 내 속을 태웠는지……."

"박 선생님 아들 어디 아파요?"

"네, 남편 쪽으로 폐암 병력이 있어서 꾸준히 검사받곤 했는데 이른 나이에 걸렸더라고요."

"저런, 어떻게 됐어요?"

"초기에 발견돼서 다행이긴 한데 그래도 암이라 안심할수가 있어야죠. 바로 일 다 접고 독일로 갔어요."

"어머."

희연의 고운 얼굴이 옅게 구겨지자 진원이 어깨를 다독여 주며 말했다.

"독일이 의료 선진국이긴 하죠. 세계 최고의 암 치료 성공률을 가졌다고 들었습니다."

"맞아요. 1기여서 절제술받긴 했는데 요양 중에 재발이 생각보다 빨리 되었어요. 방사선 치료는 부작용이 많아서 권하지 않고, 바로 수술을 다시 하기에 체력이 너무 약해져 있는 상태라 비수술 요법을 권하더라고요. 그러면서도 얼마나 속을 썩였는지……."

"부모인 입장에서 아픈 아들을 옆에 두고 지켜보셨으니 많이 힘드셨겠어요."

"응, 그런 어미 마음도 모르고 그 녀석은 처음 암 발견됐을 때 외국으로 먼저 나가자고 하더구나. 여자 친구가 알면 안 된다고."

진원의 인상이 묘하게 변했다.

"아. 한국에서 치료받지 않은 이유가 아드님 의사 때문이었군요."

"응. 나야 뭐 더 좋은 환경에서 치료받는 거야 상관없지

만…… 사람 기분이라는 게 그렇더라고. 난 마음 찢어지는
데 아들은 여자 친구 얘기나 하고 말이야."

진원은 뭔가 석연치 않은 기분을 느꼈다.

"그 여자 친구랑은 어떻게 됐습니까?"

"헤어지자고 말했지."

"……."

"서로가 많이 좋아하는 상태였는데 그 애 모르게 한다고
독일로 유학 가는 것처럼 말한 모양이더라고. 자기 아픈
거 알면 발레 하는 데 지장 있을 거라면서……. 엄마 걱정
을 그 애만큼 했으면 지금도 내게 말도 없이 한국을 올 수
가…… 아."

무언가를 본 미정이 놀라더니 이내 웃었다.

"어, 왔니?"

뒤따라 고개를 돌린 희연은 품평회 하듯 나긋한 목소리
로 말했다.

"속 썩인 것치곤 훤칠하네요."

"심재민입니다."

기분 나쁜 예감은 틀리지 않는 법이다. 재민이 천천히 걸
어왔고 그 모습이 고개 돌린 진원의 눈에 슬로우 모션처럼
늘어졌다. 서로가 많이 좋아했다는데, 헤어진 여자 친구가
이 사실을 알게 되면 어떻게 되는 거지?

"엄마, 그런 얘긴 손님 앞에서 하지 마세요."

떠나고 헤어져야 했던 이별에 사정이 있다는 걸 안다면 말이다. 소파 옆으로 선 재민이 낮은 시선으로 진원을 내려다보았다.

"놀라잖아요."

재민이 웃었다. '여기 신기한 게 있네.' 하는 표정으로.

"말씀하신 거 가져왔어요."

구경하던 인물을 지나친 재민은 들고 있던 가방을 미정에게 건네주었다. 받아드는 미정의 표정에선 온화함과 애석함이 함께였다.

"못난 아들 이렇게라도 부려 먹어야지. 수고했어."

재민이 한국에 온 걸 까마득하게 모르고 있었으니 화가 날 만도 했다. 독일에 미정이 도우미란 명목으로 심어 둔 그녀조차 재민에게 매수된 것인지 이 얘길 하지 않았었다. 결국 마주친 곳이 연회 방문차 들렸던 호텔에서였다.

"또 호텔로 갈 거니?"

"네."

"집으로 들어오라니까."

"매일 잔소리하실 거면서. 불편해요."

그 속상한 마음을 지금처럼 잔심부름으로 해소하곤 했지만 아들 말 한마디에 꼼짝 못하는 미정이다. 자식이 아파하는 걸 옆에서 지켜보던 어미라면 어떤 망나니짓을 해도 너그러워질 수밖에 없었다.

"아니 왜 편한 집을 놔두고…… 호텔에서 지내는 거예요?"

"아, 사모님네 호텔이에요."

"저런 진작 말하지. 재민이라고 했나? 내가 거기 대표예요. 서비스나 불편한 거 있으면 언제든 말해요."

"워낙 서비스와 시설이 좋아 지금도 불편함 없이 지내고 있습니다."

"그래도 박 선생님 아들이라니까 내가 뭐라도 하나 더 해 주고 싶네. 룸 업그레이드라도 괜찮다면 해 줄게요."

"말도 마세요, 지금도 가장 좋은 방에서 머물고 있으니까."

"이제 보니 고마운 고객이었네. 나도 아들만 셋이라 남 얘기 같지 않아서……."

진원은 가만히 소파에 기댄 채 직원이 가져다준 커피를 마셨다. 그러다가 살짝 입을 떼었다. 시럽을 넣었나? 껄끄럽게 달다.

"저분은 사모님 셋째 아드님이야. 우진원이라고……."

"몇 호입니까?"

미정이 눈을 동그랗게 떴다. 진원은 한 모금밖에 마시지 않은 커피를 테이블로 내려 두었다.

"크게 아프셨다는데 몸에 좋은 선물이라도 보내 드릴까 해서요."

"마음만 받겠습니다."

"요즘 가을 황사 때문에 서울 공기가 그다지 좋지 않아요. 공기청정에 더 신경 쓰라고 직원에게 말해 두는 것도 나쁘지 않을 것 같네요. 룸 케어 서비스도 더 꼼꼼하게 해 줄 수도 있고요."

"제 방이 그렇게 궁금합니까?"

진원은 유순한 미소를 지었다.

"알아 둬서 나쁠 거 같지 않아서요."

"그러니 더 비밀로 하고 싶네요."

묘한 분위기가 둘 사이에서 풍기는 가운데, 미정은 양 손 바닥을 짝 맞붙이며 둘이 친구라도 되면 좋겠다고 말했다.

"나이가 어떻게 되세요?"

"서른하나입니다."

나이도 맞지 않은데 무슨. 진원은 이런 남자를 형이라 부를 마음이 없었다.

"결혼하기 딱 좋을 나이네. 어디 봐 둔 여자라도 있어요?"

"애가 아직 생각이 없는지 말도 없더라고요."

"왜요, 이 정도면 여자들이 가만 놔두지 않을 거 같은데 어디 내가 한번 알아봐 줘요?"

"어머, 사모님이 직접요?"

희연은 재벌가들 사이에서도 넓은 마당발과 여왕벌 같은 면모를 두루 갖추고 있었다. 미정도 좋은 신붓감을 물어 와 주길 바라는 눈치인지 반응이 살가웠다. 진원은 설핏 웃음 지었다. 그 관심이 제게로 쏠렸을 땐 피곤하지만 눈앞에서 치우고 싶은 남자에게 그러니 이렇게 반가울 수가 없다. 그러자 재민이 정중하게 말했다.

"아니요. 기다리는 여자 있습니다."

아. 진원의 혀가 뭉그러진다. 커피에 허락도 없이 넣은 시럽 탓이다.

"그만 가 볼게요. 만나서 반가웠습니다."

"이건 내 명함이에요. 도움 주고 싶단 말 겉치레로 한 거 아니니까 필요하면 언제든 연락해요."

"감사합니다."

희연의 가방에서 나온 명함은 재민의 손으로 건너갔다. 자연스럽게 이뤄진 매끄러운 진행이었다. 그걸 흐뭇하게 지켜보는 미정과 골치 아프단 듯이 고개를 뒤로 젖히는 진원. 재민이 나가자 진원도 자리에서 일어났다.

"어머니, 저도 가 볼게요. 박 선생님과 얘기 마저 하고 오세요."

"응. 선물 고마워. 너무 맘에 들더라."

"뭘요. 박 선생님, 그럼 잘 부탁드리겠습니다."

"또 봐요, 진원 군."

진원은 탁자에 놓인 미정의 명함을 한 장 꺼내 들었다. 이젠 아줌마까지 관리를 해야 하다니. 슈트 주머니 안으로 명함을 넣은 진원이 문을 열었다. 그 앞에 선 재민이 의아한 듯 돌아보았다.

"왜 따라 나와요?"

"왜요. 제가 그쪽 번호라도 딸까 봐?"

화창하게 내리쬐는 햇살이 진원의 검은 머리카락 사이를 파고들며 찔러 댔다. 따갑다. 진원은 입술을 끌어올리며 웃었다.

"듣자 하니 기다리는 여자가 있다던데."

"누군지 아실 거 같은데요."

"글쎄요. 잘 모르겠는데?"

"오지혜요. 이제 알겠지?"

"내가 아는 그 오지혜?"

"그래, 네가 지혜 전화 받아서 애인이라고 말했던 그날 내 번호 스팸함에 넣었잖아."

"근데 안 치워졌네."

재민이 부드럽게 웃었다.

"네가 뭔데 날 치워."

그 말에 눈을 둥그렇게 휜 진원이 친절한 목소리로 말했다.

"저보다 나이가 있으신데, 맞지 않는 태도를 보였네요. 불쾌하셨다면 죄송합니다."

"괜찮아요. 동생처럼 느껴졌어요."

고작 몇 마디 나눈 것뿐이지만 서로가 서로를 전부 간파한 상태였다. 진원은 손에 들린 차 키를 만지작거렸다.

"지혜도 압니까?"

"아니요. 말 안 했어요."

"……."

"근데 우진원 씨 하는 거 보니 말하면 어떤 반응일진 궁금합니다."

"……사랑하는 여자가 병을 알까 거짓말로 얼버무리고 떠났다. 그 마음 저도 이해합니다. 저 같아도 걱정 끼치기 싫어서 그랬을 거예요."

진원이 키 버튼을 누르자 앞에 서 있던 자동차가 부릉거리며 시동을 걸었다.

"하지만 미련 가지고 다시 돌아오기엔 제가 버티고 서 있는데 감당할 수 있겠습니까?"

비스듬히 고개를 기울인 진원을 보며 재민은 나긋하게 말했다.

"그때라고 지혜 옆에 남자가 없었겠어요?"

"아. 학생 때를 말씀하시는 건가요?"

"네. 그때도 충분했는데 지금도 자신 있어요."

"학생 때라……."

먼 곳을 응시하던 진원이 이내 빙그레 웃었다.

"그땐 어려서 뭘 모른다지만 지금은 사정이 다를 텐데요."

"지혜 안 어려요. 공부하면서 힘든 연습까지 투정 없이 묵묵히 전부 소화한 애입니다."

"아니요. 지금은 그보다 더 힘든 생활을 해 와서 얘기가 달라졌을 겁니다."

"……."

"지혜만 당신을 모른다고 생각합니까?"

진원이 검은빛 구두를 내려다보며 말했다.

"당신도 지혜를 몰라요."

아스팔트에 붙어 있던 구두가 끈적하게 떨어졌다. 차에 올라탄 진원이 사라지자 재민은 실소를 터트렸다. 고개를 뒤로 젖혀 올려다본 하늘에선 파란 기운과 흩뿌려진 구름이 유유자적하게 넘실대고 있었다. 한가롭게 그걸 지켜보던 재민은 뒷목이 뻐근해질 즈음 턱을 똑바로 했다. 진원의 차가 사라진 길목을 본 재민은 지혜에게 전화를 걸었다. 최대한 다정한 목소리를 내고 싶다. 그럴 생각이고. 헤어져 있는 동안 듣지 못했던 아쉬움을 전부 해소하려는 듯이 청아한 목소리가 나왔다.

"지혜야, 날이 좋아서 연락했어."

이곳에 오기 전까지 내내 먹구름 낀 날씨뿐이었다는 말은 숨기고서. 재민은 웃으며 발을 떼었다.

"데이트도 안 해 줄 거면서…… 연락이라도 자주 하자."

재민은 천천히 조이는 일을 잘한다.

— 2권에서 계속

나쁜 관계 1

1판 1쇄 발행 2017년 9월 20일
1판 2쇄 발행 2020년 2월 10일

지은이 안테
펴낸이 신현호
편집부장 예숙영
편집 박상희
편집디자인 한방울
영업·관리 김민원 조은걸 조인희
물류 이순우 최준혁 박찬수

펴낸곳 ㈜디앤씨미디어
출판등록 2002년 5월 1일 제117-90-51792호
주소 서울시 구로구 디지털로 26길 111 JnK디지털타워 503호
대표전화 (02)333-2513 팩스 (02)333-2514
전자우편 dncbooks@dncmedia.co.kr
디앤씨북스 블로그 http://blog.naver.com/dncbooks

ISBN 979-11-264-4195-2 (04810)
ISBN 979-11-264-4194-5 (세트)